HYPERTERRA

L I B R O   T R E S

I0566018

LA DAGA
DE LOS MUNDOS

STAVROS TOFALOS

Esta es una obra de ficción. Los nombres, personajes, lugares e incidentes son producto de la imaginación de Stavros Tofalos o se usan de manera ficticia. Cualquier parecido con personas reales, vivas o muertas, eventos, paises, ciudades, estados o lugares es pura coincidencia.

Hyperterra
Libro Tres, La Daga de los Mundos
Copyright ©2020 por Stavros Damian Tofalos Bradanovich
Todos los derechos reservados.

Ninguna parte de esta publicación puede ser reproducida, almacenada en un sistema de recuperación o transmitida, en cualquier forma o por cualquier medio (electrónico, mecánico, fotocopiado, grabación u otro) sin el permiso previo por escrito del editor, excepto por la inclusión de breves citas en una reseña.

Para obtener información sobre este título o para solicitar otros libros y/o medios electrónicos, comuníquese con el editor:
Stavros Tofalos
thehyperterra@gmail.com
www.thehyperterra.com

Derechos de autor: TXu002207042 / 2020-07-06 Biblioteca pública de Los Estados Unidos de América.
ISBN: 978-1-7368207-6-6

Primera edición impresa en los Estados Unidos de América
Diseño de Portada e Interior: Stavros D. Tofalos Bradanovich

Dedicado a todos quienes hacen posible Hyperterra. Gracias.

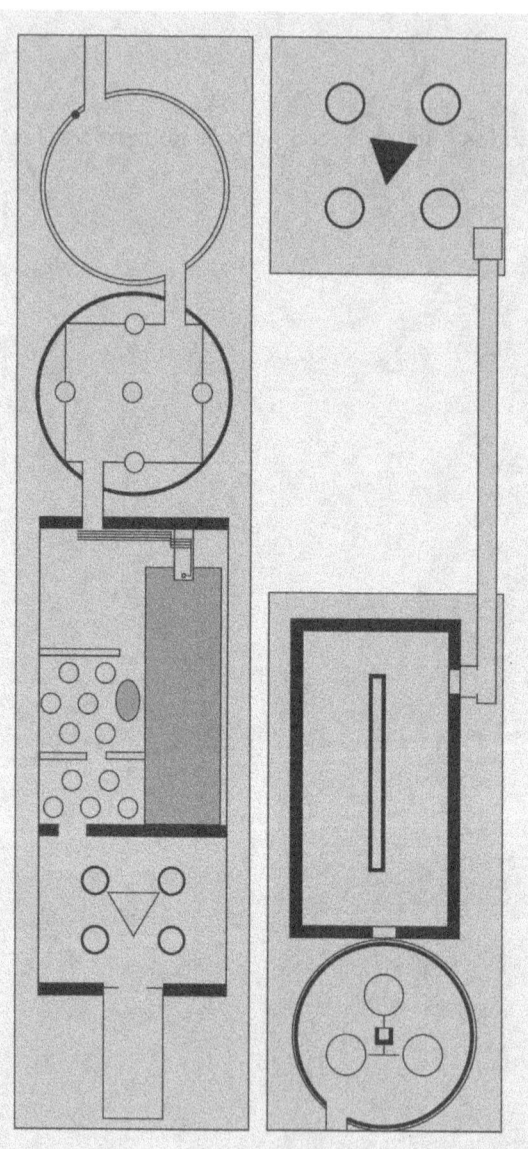

HWT-KA-PTAH

PRÓLOGO

El mal visitó la Tierra. Desastre metafísico, inmoralidad y sufrimiento desatados en la ingenua superficie de la tierra en una frase escrita hace millones de años en el núcleo del origen del universo. La especie nativa, los humanos, estaban en los albores de su civilización, aprendiendo a funcionar como comunidad, caminando hacia el progreso y desarrollando la sociedad y la cultura en un lugar llamado Egipto.

Un día, un visitante en un transporte volador llegó en paz a la Tierra con el propósito astronómico de esconder el fragmento de un gran tesoro, la Piedra del Tiempo. A cambio de la ayuda y la hospitalidad, el visitante prometió construir una base más sólida para la alianza, enseñándoles sobre política y religión. Su nombre era Kharpo.

El visitante era considerado una deidad entre los egipcios y trabajaron juntos en paz y armonía durante trescientos fructíferos años. La civilización desarrolló estudios sobre la dimensión de las formas y los ángulos de las cosas, seguidos de la topografía, la cosmología y la documentación. Kharpo les enseñó, el conocimiento que recibían los miembros de la realeza de Pree, metalurgia y física, introduciendo tecnologías como la rampa y la palanca, colaborando en el auge de la agricultura, con el arado y los molinos para moler grano.

Estos avances le otorgaron a los humanos de la Tierra, las habilidades suficientes para erigir sus primeros monumentos y asentamientos, fundando la ciudad bajo el mando de un faraón. Cerca de una de las enormes estructuras piramidales que se encontraban en el desierto, los lugareños construyeron un templo para el fragmento de la Piedra del Tiempo, asegurado por seis enormes puertas que protegen el tesoro en un altar escoltado por la diosa de la guerra y el dios creador, dos deidades importantes para su comunidad. La cámara fue visitada a diario convirtiéndose en un lugar importante para el culto religioso.

El curso armonioso de la vida en la Tierra se vio interrumpido cuando un transporte volador piramidal llegó al templo. Los lugareños se reunieron alrededor del vehículo cuando el Rey de Pree se bajó de la nave. El faraón le ofreció al padre de Kharpo una celebración y una fiesta, pero las festividades cesaron repentinamente cuando el ejército recibió la advertencia de que el faraón estaba en peligro. La leyenda dice que el visitante era un impostor usando el aspecto físico del Rey de Pree y atentó contra la vida de Kharpo y el faraón. En la batalla contra el monstruo, el faraón perdió la vida. Aún así, en un evento milagroso, Kharpo devolvió la vida al faraón, quedando plasmado en su piel una marca cósmica como símbolo de resurrección y realeza. Simultáneamente, el monstruo resultó ser uno de los hermanos de Kharpo. Su cadáver liberó espíritus oscuros en la superficie del planeta, cambiando el curso de la historia humana para siempre, construyendo personajes malvados que quitarían la vida y traerían dolor y ambición a la gente.

Kharpo lloró por el mundo de los humanos, sintiéndose responsable del acto imprudente de su hermano que convertiría la paz de la Tierra en una batalla entre la luz y la oscuridad. Kharpo sostuvo el cuerpo sin vida de su hermano y lo cubrió con finas telas blancas.

Luego de ello, la ubicación del poderoso fragmento se vio comprometida. Kharpo no tuvo más remedio que llevarse su fragmento de regreso a Pree, borrando cualquier signo de su presencia en el planeta. Antes de irse, Kharpo le dio al faraón una misión crítica. Tan pronto como Kharpo dejó el planeta en su transporte volador, el faraón seleccionó a un grupo de sirvientes que colaborarían con él. Expertos en metalurgia y artes se dieron a la tarea de transformar los otros dos fragmentos en una daga y la fusionaron con las paredes del templo para que nadie la encontrara jamás.

En la ciudad, hubo historias sobre lo que sucedió ese día. El aspecto físico de los hermanos recordó a los chacales que se ven a menudo en los cementerios, creando un nuevo dios basado en la muerte y los espíritus oscuros que Kharmo liberó en la tierra. La gente lo llamaba Anubis, el dios que velaba por los muertos.

Las virutas calientes del proceso de fusión de los fragmentos saltaron fuera del horno, convirtiéndose en dijes caros y apetecidos coleccionables. Los espíritus que escaparon del cuerpo de Kharmo poseyeron a otros humanos, creando sufrimiento, luchas sociales, sequía, guerras entre la gente e invasión.

El faraón, que fue salvado por Kharpo y poseedor de la marca real en su cuerpo, fue perseguido por un grupo oscuro, con el afán de eliminar todo rastro de la sangre real de Pree. El grupo se conoce como Los Caballeros de Hulmor.

Los sirvientes del faraón ayudaron a la familia, los escondieron en un carruaje y huyeron de Egipto. Estos fieles súbditos fueron conocidos como los Sorvats. Oyeron que los caballeros de Hulmor estaban más cerca y fingieron la muerte de los descendientes. Colocaron un sarcófago improvisado con el cuerpo de otra persona e incluyeron en el ataúd los cuerpos de dos pequeñas bebés que murieron días antes. También arreglaron la máscara dorada de su sarcófago y pusieron todos los tesoros del faraón dentro de su tumba. Cuando llegaron los Hulmor, solo vieron los cuerpos cubiertos de telas.

Los Sorvats escaparon con el faraón, su esposa y las dos niñas.

Miles de años después de ese evento, arqueólogos encontraron la tumba del faraón, los cuerpos de los bebés, el faraón y más tarde, el ataúd de su esposa. Además, los arqueólogos encontraron una daga, llamando la atención de los Hulmor. Durante años intentaron romper la seguridad alrededor de la daga, hasta que un día en una operación secreta, Hulmors, disfrazados como científicos,

3

analizaron la vieja daga en un estudio de investigación universitario. Descubrieron que no era el tesoro que buscaban.

Sorvats se convirtió en una organización secreta multimillonaria, utilizando algunos de los tesoros dorados que el faraón destinó para la supervivencia de los descendientes. Sorvats se ocupó en secreto de los descendientes estando más cerca de ellos pero sin revelar sus identidades. Los originales Sorvats escribieron el libro de orientación espiritual llamado El Código. El texto sagrado revela la ubicación exacta del tesoro y explica el juramento de los Sorvats de proteger a los descendientes con la marca del reino Strattos hasta que sea el momento de equilibrar el tiempo. Los Sorvats se convirtieron en un mito, recibiendo diferentes nombres a lo largo de la historia humana como guardianes y custodios de un gran tesoro, de un grial santo.

La organización impulsó de forma anónima la exploración espacial y los avances astronómicos, fundando varias instituciones y organizaciones científicas con el único propósito de encontrar el planeta Pree. Los Sorvats huyeron miles de años desde las oscuras intenciones de los Hulmor hasta que los estratos regresaron en busca del tesoro, comandado por un despiadado general llamado Kortox.

Con años de exploración y después de realizar falsas negociaciones con el malvado general, los Sorvats encontraron tres planetas que podrían servir como plan de escape de emergencia en preparación para el inminente ataque de los Strattos. El proyecto Oval de la agencia ISA fue el último esfuerzo para salvar a los últimos descendientes del faraón, enviándolos a uno de esos tres planetas, con la creencia de que algún día encuentren su conexión cósmica con Pree.

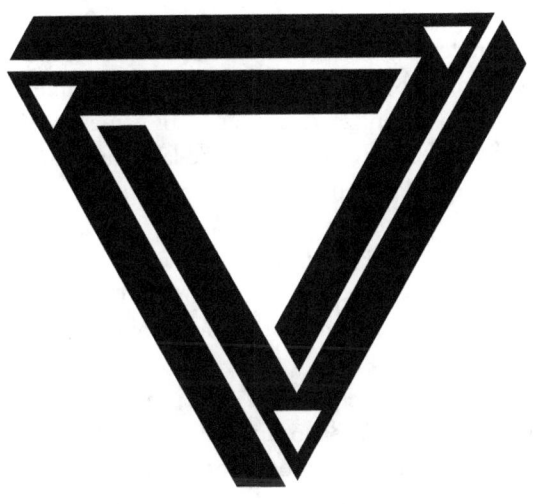

CAPÍTULO 1 - LA LLEGADA

Zhoto nunca había puesto un pie fuera de la enorme ciudad metálica, y estaba a punto de comenzar un salto entre galaxias. Fue lo más emocionante que sucedió en sus casi 800 años de vida, pero estaba asustado, ansioso y su corazón latía como nunca antes. Zhoto agarró la barra frente a él y la apretó con fuerza, su amado planeta Pree apareció completo ante sus ojos mientras que la nave se alejaba de la superficie. Parecía asombroso desde el espacio. La nave espacial se estaba preparando para dar el salto. Todo lo que Makho y Mokhy pudieron hacer fue mirarse el uno al otro. Estaban en la misma situación que Zhoto, nacidos y criados en la ciudad. Nunca habían estado en la órbita del planeta; nunca hubo una razón para ello. Sin embargo, eran 400 años más jóvenes que Zhoto, y ambas caras tenían una sonrisa vertiginosa. Los gemelos casi se reían. Harkhuf era el Strattos más joven de la tripulación, pero no mucho más joven que los gemelos. Aún así, tenía la mayor experiencia. Había saltado por el espacio varias veces con la general Sesmar y su ejército. Juntos, habían visitado varios sistemas planetarios. Harkhuf había pasado antes por la presión de estar envuelto en gel Protark y sabía exactamente cómo manejar el salto física y mentalmente.

Comparada con la densa masa física de un Strattos, Amy era una humana frágil. Había dado un salto en su vida desde Hyperterra a Pree. Solo duró tres segundos. Esos tres breves segundos rodeada de gel Protark fueron una eternidad para ella, con la presión en el pecho y la imposibilidad de respirar, pero nunca cerró los ojos. Este salto iba a durar un poco más: seis segundos. Estaba lista y la tripulación estaba esperando sus órdenes.

"Listo, mi señora", dijo Harkhuf.

"¡Prepárense equipo! Estamos saltando en tres, dos, uno ... "dijo Amy, empujando la piedra diminuta, azul y brillante en el flujo macrozoide en el centro del panel de control. El sistema de propulsión en las turbinas comenzó de inmediato con un sonido bajo y robusto, haciendo que la estructura presurizada vibrara por todas partes. "La vida está escrita en línea recta. Veamos qué nos espera," susurró Amy.

Harkhuf tiró de la palanca que liberaba la energía del generador dejándola circular alrededor del flujo macrozoide. Tan pronto como el dispositivo brilló, la nave tiró con fuerza a la tripulación mientras avanzaba más rápido que la luz, activando el gel Protark que encapsulaba a la tripulación.

Zhoto, Makho y Mokhy abrieron los ojos, agarrándose con fuerza a la barra frontal. Los Mellizos sonreían hasta que sintieron la presión en el pecho. Makho miró a su hermano con expresión asustada.

"¡Hermano!" gritó Makho, pero su voz no emitió ningún sonido. La nave iba tan rápido que el sonido de su voz ya era parte del pasado.

Zhoto miró hacia adelante mientras las galaxias pasaban a su alrededor. Los colores y los sistemas multiplanetarios pasaron mientras la nave atravesaba el tiempo desde Pree a la Tierra en un viaje corto que parecía interminable para los viajeros. Algunas estrellas desaparecieron tan pronto como estuvieron cerca de ellas, dejando polvo y gases por todas partes. Otras explotaban, estallaban y salpicaban alrededor de sus núcleos brillantes, luego colapsaban sobre sí mismos como un video que se reproduce al revés. Este fue el efecto de viajar más rápido que la luz.

Amy le hizo una señal a Mokhy con dos dedos. Mokhy entendió de inmediato su mensaje e hizo lo mismo con su hermano, que estaba comenzando a entrar en pánico. La comunicación de su gemelo ayudó a Makho a concentrarse un poco mejor.

Luego, Harkhuf miró a Zhoto y señaló con la mano tres dedos. Zhoto lo vio, pero estaba demasiado distraído para comprender el significado del gesto. Para un ingeniero que solo había visto paredes oxidadas y equipos de metal durante toda su vida, la vista del espacio exterior era sublime e inconmensurable.

Cuatro segundos. En este punto, todos en la nave estaban batiendo récords de viajes en el espacio-tiempo a través del universo. Makho estaba perdiendo la batalla, y la presión en su pecho lo estaba haciendo entrar y salir de la inconsciencia. Mokhy intentó mover su brazo y tocar la mano de su hermano, pero su cuerpo era

7

increíblemente pesado. Mokhy le hizo una mueca a Makho instándolo a mirar el cosmos.

La falta de sonido se sintió extraña en sus oídos. Fue una lucha contra el pánico con la incapacidad de respirar. La presión física estaba jugando con sus mentes.

Cinco segundos. La nave comenzó a vibrar más de lo habitual y el flujo macrozoide comenzó a mostrar los primeros signos de sobrecalentamiento. Amy estaba aguantando perfectamente bien, y el entrenamiento de Harkhuf aseguró el éxito de esta parte de su viaje. Harkhuf era fundamental para el éxito de la misión y sabía que nadie más podría pilotar la nave espacial. No podía perder el enfoque en este momento crucial.

Acercándose al final del salto, aparecieron advertencias de proximidad y luces parpadeantes en el panel frontal, mientras que algo de humo comenzó a aparecer del metal caliente que rodeaba el dispositivo de energía. El gel Protark cubrió casi todo el interior de la nave, protegiendo la vida biológica en el interior pero manteniendo la integridad del transporte. Makho estaba a punto de desmayarse, y Zhoto tenía exactamente la misma mirada deslumbrada en su rostro.

Seis segundos. El flujo macrozoide se apagó y la nave redujo su velocidad drásticamente, empujando el gel protark de regreso a los pies de los viajeros y abriendo sus cajas torácicas. La vibración desapareció y desde la pequeña pieza de energía salieron delgadas líneas de humo, mostrando una prueba física de la intensidad del salto interestelar. El panel de control estaba caliente, y el sonido retumbó en los oídos de los miembros de la tripulación.

Al instante, Mokhy abofeteó la cara de Makho, despertándolo y Zhoto inhaló profundamente. Pero Harkhuf y Amy estaban callados con los ojos fijos en la vista a través de la ventana. La trágica escena frente a ellos no era más que un planeta destruido. Fragmentos circulaban en su órbita con una atmósfera brillante mezclada de azul y marrón. Las alertas de proximidad y el sistema automático que evita la colisión con objetos, movían la nave, a través de múltiples pedazos de rocas en movimiento. La Tierra no era más que un planeta muerto con una horrible declaración de aniquilación y desolación. La tripulación guardó silencio y lamentó con la reina el momento conmovedor.

"Yo ... yo no sabía ..." susurró Harkhuf.

Amy instantáneamente estalló en lágrimas, trayendo recuerdos dolorosos a su mente, mirando los escombros del planeta donde nació. Ella lloró, fuerte y con dolor.

"Sesmar cometio genocidio. Nunca olvidaré lo que les hizo a los humanos ", dijo Amy, sollozando. "El universo le hará pagar por esto".

Harkhuf sabía de las intenciones de Sesmar, hacer que los humanos le entregaran el mapa con la ubicación del fragmento de la Piedra del Tiempo y que estaba cansada de las negociaciones inútiles. El legado del general Prass influyó en Sesmar, pero ella era dulce y auténtica cuando estaba cerca de Harkhuf. El amor que corría en sus corazones era una relación complicada que hizo creer a Harkhuf que de alguna manera era buena dentro de su alma. La siguió a todas partes y la animó a cumplir la promesa de su familia, pero sabía que todo eso estaba mal. Muy mal. Harkhuf la amaba más que a nada. Sabía detalles sobre el ataque final de la Tierra, un excelente plan que diseñó para ella, obligando a los humanos a entregar el mapa y dejar que Sesmar se fuera como un ganador en las mediaciones. Aún así, nunca imaginó el nivel de destrucción y desolación que podrían producir las intenciones desviadas de Sesmar.

"Yo estaba en la sala de guerra dirigiendo los planes del último paso de las negociaciones con los humanos", dijo Harkhuf con los ojos cubiertos de lágrimas.

"¿Qué?" dijo Amy sollozando.

"Sí, diseñé el plan para darles un ultimátum a los humanos, mostrándoles que teníamos un gran grupo de asteroides apuntando a su civilización", dijo Harkhuf.

"¿Tu hiciste esto, Harkhuf?" gritó Amy.

"No, no esta destrucción", dijo Harkhuf. "El grupo de rocas espaciales eran simplemente elementos sin vida que redirigimos desde un cinturón de asteroides, no muy lejos de la Tierra. La idea era recoger algunas de esas rocas con una cantidad limitada de Protark y comenzar una falsa amenaza contra el planeta. De esa manera, los sistemas de alerta que los humanos construyeron para defender su mundo contra las amenazas espaciales haría el trabajo por nosotros, alertándoles sobre la proximidad de esos asteroides. Entonces ese sería el momento de Sesmar para entregar el ultimátum. Los humanos no tendrían otra opción que no fuera darle el mapa, el fragmento y el honor de su línea de sangre. Después de eso, el plan era devolver esas rocas al cinturón del asteroides."

Harkhuf se tomó un momento para respirar y darse cuenta de lo malvada que era Sesmar. Al mirar el devastado planeta Tierra, Harkhuf tomó la mano de Amy y le pidió perdón.

"Un día, Sesmar se fue en una misión que no estaba programada, y el resto del Protark desapareció de la ciudad. Supongo que se merece lo que viene para ella, y no le espera otro destino que la justicia y el castigo. Mi padre murió en el camino de la persistente búsqueda de gloria y poder que tiene Sesmar, siguiendo el mismo resultado que los humanos y quién sabe cuántos más".

Harkhuf tomó el control de la nave, desactivando el sistema automático y entrando en la atmósfera espesa y turbia de la Tierra. Sus increíbles habilidades de piloto llevaron a la nave espacial cerca de la entrada del templo en segundos, haciendo que la superficie de la nave se calentara con la fricción.

"¡Todos, pónganse los cascos ahora!" gritó Harkhuf. "La cabina se descomprimirá rápidamente, ¡así que apúrense!"

La tripulación siguió rápidamente el consejo, preparándose para un aterrizaje lleno de sorpresas.

"Frank, ¿Estás seguro de que alimentaste el sistema de ubicación con las coordenadas del Templo de Ptah?" preguntó Amy antes de cerrar su casco.

"Sí, Amy. Pero la baliza de la nave de Sesmar no está en esta ubicación", dijo Frank.

"¿Qué?" dijo Harkhuf.

"¿Dónde está ella?" gritó Amy.

"Supongo que nunca lo sabrás", dijo Jhul a través del sistema de comunicación del casco.

"¿Jhul?" dijo Harkhuf.

"¿Jhul? ¿Qué estás haciendo aquí?" dijo Zhoto.

"Estoy aquí para matarlos a todos", dijo Jhul. Luego sacó un cuchillo del tamaño de su cabeza, y después de extender su brazo, apuñaló la pierna de Makho.

"¡Ah!" gritó Makho.

"¡Todos ustedes van a morir!" gritó Jhul.

"¡Afírmense!" gritó Harkhuf. Movió los controles sacudiendo la nave hacia arriba y hacia abajo, haciendo que Jhul se golpeara la cabeza con la estructura y dejara caer el cuchillo.

"¡Mi pierna!" gritó Makho, gritando de dolor y sangrando rápidamente después de que la cabina sufriera descompresión.

Mokhy agarró la mano de su hermano, tratando de calmarlo.

"¡Harkhuf, aterriza la nave ahora!" dijo Amy desesperada.

"¡Lo estoy intentando!" gritó Harkhuf.

Jhul estaba atrapado con las provisiones en la parte trasera de la cabina mientras Harkhuf descendía la nave a una velocidad increíble. Con el aspecto de una bola de fuego, la nave espacial cruzó la atmósfera como un proyectil, y Harkhuf utilizó la aerodinámica para reducir la velocidad a medida que se acercaban a la superficie arenosa.

Jhul estaba listo para atacar de nuevo, y rápidamente se acercó al cuchillo, pero Amy lo vio.

"¡Harkhuf! ¡Gira!" gritó Amy.

Harkhuf entendió instantáneamente la idea de Amy, y con un movimiento rápido y corto de los controles, la nave giró hacia la izquierda, empujando el cuerpo de Jhul hacia la derecha de la cabina, más cerca de Zhoto.

"Mi señora, licencia para romper el protocolo", gritó Zhoto.

"Licencia concedida", dijo Amy.

Entonces Zhoto pateó a Jhul en el pecho en medio del aire, empujándolo de nuevo hacia la parte trasera de la cabina.

"¡Agárrense fuerte!" dijo Harkhuf.

"¡Agárrense fuerte!" dijo Amy también. Luego, Harkhuf movió los controles de izquierda a derecha, acercándose muy rápido a la superficie. El viento polvoriento y la visibilidad fueron un gran obstáculo para el procedimiento de aterrizaje, pero Harkhuf tenía todo bajo control.

"Tan pronto como aterricemos, abriré las puertas individuales. ¡Prepárate para caer o saltar!" gritó Harkhuf.

"¡Mantengan sus cascos puestos!" gritó Amy.

La nave hizo un círculo cerrado mientras las patas de aterrizaje se extendían desde la base. Con una corta distancia que separaba la nave de tocar el suelo, Harkhuf abrió las puertas individuales, dejando que la tripulación escapase de Jhul.

"¡Salten ahora!" dijo Harkhuf. "¡Zhoto, protege a Amy!"

Las puertas se abrieron y una enorme nube de polvo entró en la cabina, empañando la visibilidad de Jhul, impidiéndole saltar y atacar a la tripulación. Al instante, Mokhy rodó primero, cayendo sobre la arena, pero rápidamente adoptó una posición en la espera de atrapar el cuerpo de su hermano. Zhoto se deslizó con Amy y ambos huyeron de la nave. Harkhuf, todavía en la nave, apagó los controladores y sacó el collar con el fragmento.

"¿Dónde estás, príncipe?" dijo Jhul, con una voz maligna a través del sistema de comunicación.

Harkhuf se deslizó lentamente fuera de la nave y rodó por la arena. Las condiciones eran increíblemente severas e inhóspitas, lo que agregaba el temor de tener un miembro peligroso de la tripulación a su alrededor con un cuchillo.

"¿Estás bien, Amy?" preguntó Harkhuf.

"Sí, ella está conmigo", dijo Zhoto a través del sistema de comunicación.

"¿Mellizos?" preguntó Harkhuf.

"Estamos bien", dijo Makho.

"¿Desde cuándo te convertiste en un buen Strattos, príncipe?" preguntó Jhul.

"En el mismo momento en que te convertiste en un asesino, Jhul", dijo Harkhuf.

12

"Bueno, tengo noticias para ti, príncipe, ahora eres el enemigo de la general, mi amigo", dijo Jhul, caminando por el aire polvoriento, tratando de ver formas o cualquier cosa que pudiera llevarlo al resto de la tripulación.

"Dime, Jhul", dijo Makho, "¿Tu familia sabía de esto? ¿O simplemente eres un cobarde mintiéndole a todo el mundo?"

"No pongas a mi familia en todo esto", dijo Jhul.

"¿Cómo crees que van a recibir la noticia?" dijo Harkhuf.

"¿Qué noticia?" dijo Jhul.

"Que trataste de matar a la reina y matarnos a todos", dijo Makho.

"No eres un héroe, Jhul. Las malas intenciones de Sesmar solo te están usando", dijo Harkhuf. "Déjanos ayudarte. Déjame ayudarte", dijo Harkhuf, acercándose a Jhul, revelando su forma a través del aire arenoso y contaminado.

"¿Ahora te crees honorable y respetado? Tú ya sabías de los planes de destruir el planeta de la humana," dijo Jhul.

"Yo ya lo sé, y le di el perdón del reino", dijo Amy. "Y, además, está trabajando muy duro para intentar arreglar lo que hizo, no empeorarlo".

"¿Qué crees que va a pasar ahora, reina falsa?" dijo Jhul burlescamente.

"No sé qué va a pasar ahora, Jhul", respondió Amy. "Pero sé una cosa y es que todo el mundo merece una segunda oportunidad en la vida. Estoy segura de que puedes enmendar tus acciones y volver a honrar a tu familia. Déjanos ayudarte, Jhul."

"Sí, permítenos ayudarte", dijo Harkhuf, acercándose a Jhul.

Después de eso vino un largo silencio. Era como si Jhul estuviera pensando en su lugar en toda esta situación, pero era el momento perfecto para buscar al resto de la tripulación y atacarlos por sorpresa.

"¿Sabes lo que escuché?" dijo Jhul.

"¿Y ahora qué, Jhul?" dijo Zhoto.

"Escuché que el rey Ufusta era hermano del general Prass, y ya sabes lo que eso significa ...", dijo Jhul con voz cruel.

13

"Esas son solo historias tristes y despreciables llevadas en boca de sus repugnantes partidarios".

"Interesante", dijo Jhul. "Así que te enteraste, ¿eh?"

"¡Por supuesto, todos escucharon esa absurda historia, Jhul!" dijo Zhoto.

"La sangre del reino era pura, y Prass nunca fue lo suficientemente puro como para llevar esa sangre poderosa", dijo Harkhuf. "Esas son solo mentiras. Un montón de historias creadas por el hijo y el nieto de Prass con la única intención de llenar el vacío de sus miserables vidas."

"Pero, piénsalo", dijo Jhul. "Si Prass era de sangre real, eso significa que todo su linaje es heredero del Reino de Pree".

"¿Sesmar?" dijo Makho.

"Tienes razón, mi joven amigo", dijo Jhul.

"La sangre real de los Strattos desapareció con Kharpo y Meryptah", dijo Harkhuf. "Pero el reino estaba a salvo en manos de los humanos, y ahora lo recuperaremos".

"¡Qué vergüenza, Jhul!" gritó Zhoto.

"Si Ufusta y Prass fueran hermanos ...", dijo Jhul.

"¡Cállate! ¡Blasfemia!" dijo Harkhuf, caminando hacia Jhul.

"¡Detente ahí, príncipe!" gritó Jhul.

"¡Por qué! ¿Qué vas a hacer, viejo Strattos? dijo Harkhuf.

"¡Tengo un cuchillo y te voy a matar!" gritó Jhul.

"¡Harkhuf! ¡No te acerques a él!" gritó Amy a través del sistema de comunicación de su casco, tratando de ver donde estaba Harkhuf en medio del polvoriento escenario.

"Si esta acción vergonzosa va a traer paz a tu alma, adelante, estoy aquí", dijo Harkhuf, desafiante.

"¡No, Harkhuf, no!" gritó Amy.

"Si ella es la reina que dices que es, y la sangre real está aquí, algo especial debería suceder ahora mismo, ¿No crees?" dijo Jhul, casi riendo. "Escuché historias sobre su poderosa sangre y el poder que tenía su familia. ¿Por qué no está haciendo todas esas cosas mágicas para salvarte, Harkhuf?"

"Porque no merezco ser salvado", dijo Harkhuf.

"¡Incorrecto! ¡Porque ella no es sangre real!"

"¡Cállate, Jhul!" gritó Zhoto.

"La mismísima General Sesmar me envió con una misión específica aquí, y voy a cumplir mi promesa."

"¿Qué estás esperando?" dijo Harkhuf, triste y arrepentido por sus acciones en el pasado.

"Si eso es lo que quieres", dijo Jhul, comenzando a caminar hacia Harkhuf.

Jhul sacó su cuchillo y levantó la mano, preparándose para apuñalar a Harkhuf, quien estaba inmóvil frente a él con los ojos cerrados.

"¡Harkhuf! ¡Qué estás haciendo!" gritó Amy a través del sistema de comunicación.

Entonces, Jhul se detuvo repentinamente. El momento fue interrumpido cuando algo extraño se movió alrededor de Harkhuf. En medio del aire arenoso, una forma dorada caminó hacia Harkhuf, llamando la atención de Jhul, quien se congeló en medio del ataque.

"¿Meryptah?" dijo Jhul.

"¿Meryptah?" preguntó Zhoto, confundido.

"¿Qué estás haciendo aquí, mi reina?" dijo Jhul, casi llorando, mirando exactamente la misma imagen que todos los creyentes de Meryptah vieron en la rampa sagrada. "¿Vienes por mí o estás aquí para salvarlo?" dijo Jhul.

Harkhuf abrió los ojos y vio una forma oscura detrás de Jhul, caminando hacia él. Estaba a punto de advertirle a Jhul cuando vio un brillo dorado en el lado derecho de su casco. Harkhuf nunca estuvo tan cerca del espíritu de Meryptah, y su corazón se detuvo por un momento lleno de alegría y esperanza. Los ojos y la boca de Harkhuf estaban muy abiertos y, por un momento, sintió que Meryptah le concedía el perdón que estaba esperando.

"Lo siento ..." dijo Harkhuf, mientras las lágrimas comenzaban a correr espontáneamente por su rostro.

Harkhuf volvió la vista hacia Jhul. Entonces Mokhy apareció detras de Jhul, rompiendo la arenosa atmósfera con una herramienta metálica y golpeó a Jhul en la nuca, aturdiéndolo

15

instantáneamente. Mokhy también vio el brillo dorado, que se desvaneció cuando el cuerpo de Jhul cayó al suelo.

"Gracias, Mokhy", dijo Harkhuf.

"Supongo que todos aquí hoy estamos haciendo lo correcto", dijo Makho, caminando detrás de Mokhy.

"Sí, hoy, nuestra pequeña tripulación ha recibido el consentimiento de nuestros antepasados. Tenemos que proteger lo más importante", dijo Harkhuf, mientras Zhoto y Amy se acercaban al resto del grupo a través del aire espeso y polvoriento. "Mi señora..."

Harkhuf se arrodilló instantáneamente frente a Amy y fue seguido por los mellizos y Zhoto.

"Voy a poner mi vida frente a ti para protegerte si es necesario", dijo Harkhuf.

"Yo también", dijo Zhoto.

"Yo también", dijo Makho.

Mokhy se llevó la mano al corazón y luego se tocó una ceja con un dedo. "Yo también", señaló Mokhy.

Amy sonrió.

CAPÍTULO 2 - LA PIRÁMIDE ESCALONADA

El clima alrededor era increíblemente duro y, a veces, el viento lleno de partículas de arena empujaba sus cuerpos.

"Ven, vamos a meternos debajo de la nave", dijo Amy.

"Mokhy, échame una mano con el cuerpo de Jhul", dijo Harkhuf. El grupo se movió lentamente hasta encontrar refugio debajo de la nave espacial mientras Jhul aún estaba inconsciente.

"Chicos, hay un pequeño tubo de bronce debajo de cada puerta", explicó Harkhuf. "Tomen ese pequeño tubo y jálenlo suavemente. A partir de ahí extenderán una manguera".

"¿Qué es esto Harkhuf?" preguntó Amy.

"Este es un dispensador de aire auxiliar. Llena el tanque de reserva de aire ubicado en la parte posterior de sus cascos, y pueden respirar directamente del flujo mientras se carga el tanque", dijo Harkhuf, mostrándoles cómo hacerlo.

Los gemelos, Zhoto y Amy caminaron bajo la nave hasta las puertas individuales y buscaron el tubo de metal amarillo. La nave es de color gris oscuro, por lo que encontrar el dispensador no fue realmente difícil en el aire polvoriento.

"Lo tengo", dijo Amy.

"Mokhy y yo también lo encontramos", dijo Makho.

"Yo también", confirmó Zhoto.

"Perfecto", dijo Harkhuf. "Ahora, el truco consiste en introducir el dedo dentro de la pieza pequeña. Entonces sentirás que algo detiene tu dedo. Empujen más fuerte y un click liberará la manguera. Haganlo ahora".

Todos empujaron la pieza fuertemente dentro del tubo que no era más grande que sus dedos. Varios sonidos de clicks confirmaron que sus dispensadores de aire estaban desbloqueados y listos para tirar.

"Um, chicos?" dijo Amy. "No sé si se dieron cuenta, pero los dedos de los Strattos son un poco más largos que el de los humanos. No puedo alcanzar la cerradura dentro del tubo".

"Déjame ayudarte, mi señora", dijo suavemente Harkhuf.

17

Empujó su dedo dentro de la parte metálica e instantáneamente hizo click en la caja fuerte, liberando la línea del distribuidor de aire.

"Ahora, tire suavemente de la línea hacia abajo y conecte el conector metálico al lado izquierdo de su casco", instruyó Harkhuf con voz suave.

Ayudó a Amy a encontrar el puerto en su casco tocándole la mano y mostrándole suavemente dónde buscarlo.

"Lo encontré", dijo Amy, mirando a los ojos de Harkhuf con respeto y admiración.

"¡Lo encontré también, Harkhuf!" dijo Zhoto.

"Nosotros también lo tenemos", dijo Makho.

"Bien, ahora empuja el conector y el aire entrará en tu casco instantáneamente", dijo Harkhuf, empujando suavemente la pieza en el casco de Amy.

El aire fresco entró en sus cascos y comenzó a llenar su tanque interno. Amy se tomó un momento para tomar las manos de Harkhuf y, en un momento de silencio, reconoció su personalidad y sus valientes acciones.

"Nunca olvidaré lo que acabas de hacer por mí y por todos nosotros, Harkhuf", dijo Amy. "Sé que eres un Strattos con principios profundos. Eres un verdadero miembro de este reino".

Harkhuf le tomó las manos y las tocó suavemente. Él la miró a los ojos y sonrió gentilmente mientras las partículas de arena se precipitaban a su alrededor. "Haré lo que sea necesario para mantener viva la última semilla de nuestro reino, y me preocuparé en todo momento por mantener unido a este equipo para lograr nuestro objetivo. Siento que la paz para nuestro mundo nunca ha estado tan cerca, y créanme cuando les digo que lo lograremos", dijo Harkhuf.

"Si tu padre estuviera aquí, se sentiría honrado y orgulloso del camino que has decidido tomar. La gente de Pree te estará agradecida por siempre. Yo estoy agradecida por ti, y sé que el resto de nosotros también lo estamos." dijo Amy, sonriendo.

"Así es", dijo Zhoto.

"Te conocemos desde hace mucho tiempo, amigo mío", dijo Makho. "Sabemos quién es usted y nos alegra que el corazón de nuestro amigo haya vuelto a nosotros".

Harkhuf estaba visiblemente emocionado y respiró hondo después de este momento de reconciliación, propósito y destino. Luego, asintió a Amy y caminó para tirar de su línea de suministro de aire, conectando su casco al sistema de aire fresco.

"Ahora, ¿qué vamos a hacer con este?" dijo Harkhuf.

"No me dejes decidir eso, por favor", dijo Zhoto.

"Deberíamos dejarlo aquí para que muera", dijo Makho, enojado. "Mira lo que me hizo. Tenemos suerte de estar vivos".

"No. Jhul tiene una familia, y merecen volver a verle", dijo Amy. "No vamos a decidir la vida de otra especie nunca. El núcleo de esta misión es traer equilibrio y significado, y matar nunca más estará en las opciones. Jhul necesita enfrentar la justicia. Lo llevaremos de regreso a Pree, y él se enfrentará al departamento de justicia y pagará por sus acciones. Somos una especie civilizada, y tenemos reglas y leyes. Así es como se supone que debe ser, y es lo que vamos a hacer. Mokhy, por favor busca dentro de la nave algo que pueda inmovilizarlo. Lo volveremos a poner dentro y permanecerá allí como prisionero".

Mokhy inmediatamente caminó dentro de la nave espacial, arrastrándose por la rampa de una puerta individual. Zhoto y Harkhuf tomaron el cuerpo inconsciente de Jhul y lo arrastraron dentro de la nave. Amy notó el cuchillo que llevaba Jhul y lo tomó de la superficie arenosa.

"Esta podría ser una herramienta útil en nuestra misión", dijo Amy. "Makho, déjame revisar tu herida."

"Duele mucho, Amy", dijo Makho.

"Tenemos aquí algunos elementos que pueden cuidar esa herida, mi señora", dijo Harkhuf.

"Bien. Pásame esas cosas. Yo me ocuparé de la pierna de Makho", respondió Amy.

"Gracias, mi señora", dijo Makho.

"¿Qué es esto?" dijo Zhoto.

"¿Qué encontraste?" preguntó Harkhuf mientras le pasaba a Amy una bolsa con material médico.

"Esta cosa parece un dispositivo", dijo Zhoto. "Lo encontré en la ropa de Jhul."

"Déjame verlo", dijo Harkhuf.

"¿Puedes reconocer esa cosa, Harkhuf? ¿Has visto algo así antes?" preguntó Amy mientras se ocupaba de la pierna de Makho.

"Sí, sé lo que es", dijo Harkhuf. "Es un rastreador de soldados. Usamos estos dispositivos en cada misión. Esto es similar al dispositivo que estamos usando para rastrear la posición de la nave de Sesmar".

"¡Tenemos que destruirlo! ¡Sesmar nos encontrará!" gritó Makho.

"No, no lo haremos. Eso es exactamente lo que queremos", dijo Amy. "Sesmar no sabe nada sobre la misión fallida de Jhul, así que podría ser nuestro momento para sorprenderla. Aprovechemos esta oportunidad para nuestro beneficio".

"Eso es correcto", dijo Harkhuf. "Así podría ser como ganemos esto. Terminemos y vayamos a un lugar donde podamos hacer un buen plan".

"Frank, trata de localizar a Sesmar en este momento. Esa información podría ser útil", dijo Amy. "Sería genial si pudieras poner una alarma sobre cualquier movimiento de esa nave. Eso nos dará preciosos minutos para estar listos".

"Por supuesto, Amy", respondió Frank.

Harkhuf y Zhoto esposaron las manos y los pies de Jhul con insumos militares. Encontraron cuerdas, herramientas y dos pares de esposas magnéticas en un compartimento en la parte trasera de la nave. Luego lo ataron a un lugar distante a la derecha de la cabina. La tripulación tomó posición en el resto de los cinco lugares, y Harkhuf comenzó a averiguar dónde aterrizaron.

"¿Qué tan lejos estamos del objetivo?" preguntó Amy.

"No muy lejos, en realidad", respondió Harkhuf. "El sistema de navegación nos puso exactamente en el camino correcto antes de que Jhul nos atacara".

"Eso es genial", dijo Amy. "¿Tienes imágenes del lugar?"

"Sí, puedo tomar un escaneo infrarrojo desde el cielo. Déjame subir y ver qué puedo hacer", dijo Harkhuf, tirando suavemente de los controles que activan la nave. "Por cierto, ¿cómo te sientes, Makho?"

"Me siento mejor, pero me duele la pierna cuando camino. Espero no haber perdido mucha sangre", respondió Makho. "Gracias por preguntar."

"Avísame si necesitas algo, Makho," añadió Harkhuf con un tono amistoso sorprendido y mostrando su lado real como parte de la búsqueda.

"Amy, localicé la nave de Sesmar, pero la posición aún no es exacta", dijo Frank a través del sistema de comunicación.

"Excelente. ¿Puedes cargar los datos en el panel de control?" dijo Amy.

"Subiendo", respondió Frank.

"Espero que esté lejos de nosotros, considerando que no tenemos ningún plan en este momento", agregó Harkhuf.

"Vayamos primero al objetivo. A partir de ahí, podemos encontrar un lugar seguro para iniciar la búsqueda del fragmento", dijo Amy. "Todos tengan en mente cualquier refugio que vean o algo en las estructuras que nos pueda dar una ventaja cuando llegue Sesmar".

"Sí, mi señora", dijo Zhoto.

"Claro, lo haremos", dijo Makho mientras Mokhy asintió con la cabeza hacia Amy.

"Bien. Frank, ¿qué pasa con las imágenes?" dijo Amy.

"Los datos están aún cargando los códigos para una ubicación visual", respondió Frank. "Pero por los números recopilados por el dispositivo, parece que la nave de Sesmar está al otro lado del planeta".

"¿Qué? ¿Qué está haciendo ella allí?" dijo Amy.

"¿Qué pasa si estamos en el lugar equivocado?" dijo Harkhuf, preocupado.

"Ella podría estar en el lugar correcto, pero sé que aquí vamos a encontrar al menos una pista sobre los Sorvats o el fragmento. Puedo sentirlo", dijo Amy, mirando a Harkhuf con confianza. "Frank, tan pronto como tengas la confirmación, avísanos".

"Claro, Amy", respondió Frank.

"Ahora, veamos si puedo tener imágenes con el sistema de infrarrojo", dijo Harkhuf, presionando algunos botones y encendiendo un pequeño monitor en el panel. "Estoy impresionado con este nivel de tecnología que logramos aquí, Harkhuf", dijo Zhoto. "Estoy decepcionado de que después de todos estos años, algo como esto estuviera disponible para la gente de Pree. Podríamos haber realizado muchos otros logros y hacer que nuestra gente prosperara, haciendo que nuestra civilización fuera más sabia y segura. Es una vergüenza".

"Sé que estás molesto, Zhoto, y tienes todo el derecho de estarlo", dijo Harkhuf, mirándolo a su izquierda. "Recuerdo la primera vez que vi esta nave y los demás avances tecnológicos que alcanzó nuestro ejército. Pensé por un momento en mi propia realización personal, alejándome de los demás. Era increíble todo lo que veía. Era incomprensible para mí ver tal nivel de avance tecnológico. Traté de contárselo a mi padre, pero Sesmar me dijo que nadie en Pree estaba preparado para esta tecnología. Que era mejor que la gente fuera ignorante. La escuché, y sonaba muy sabia, articulada y oficial. Ella sabía más cosas que yo o cualquier otro Strattos. Su familia cosechó lo mejor de lo mejor para ellos, pero nunca vi el oscuro propósito que estaban tratando de alcanzar". Harkhuf hizo una pausa. "Nunca imaginé que fueran capaces de hacer sufrir a la gente o destruirles. Ya era demasiado tarde para mi cuando lo entendí. Yo ya estaba profundamente metido en sus planes, y ella construyó en mí el deseo de poder, de poseer más, sin considerar la vida de la gente. Ella fue clara en sus afirmaciones y objetivos, y ese liderazgo me llenó lo suficiente como para seguirla y transformarme en uno de sus seguidores".

"No tienes que sentirte mal por esto, Harkhuf", dijo Zhoto, con su voz agradable y sabia. "La gente comete errores casi todos los días. Te conozco, y sé que tus ojos no eran lo suficientemente fuertes para ver la luz. No nos fallaste en absoluto, y deberías estar orgulloso de ti mismo por convertir esa ira y esos sentimientos de tristeza en algo puro y valioso. Sabía que te unirías a nosotros en este viaje. Nunca lo dudé. Sé fuerte, sé un buen Strattos, como lo fue tu padre".

Harkhuf sonrió gentilmente, agradeciendo a Zhoto por sus palabras.

Amy tocó la mano de Harkhuf, expresando su admiración por él, más allá de su conexión espiritual con la misión y más allá del dolor de perder a un padre y el amor de Sesmar.

"Gracias a todos ustedes", dijo Harkhuf. Después de un silencio grupal, Harkhuf retornó su mente a la misión. "Ahora, déjame ver aquí..."

En la pequeña pantalla, diferentes líneas rojas mostraban lo que estaban enfrentando. El sistema de radar frontal mostraba toda estructura sólida y cambios en el terreno. Harkhuf movió el radar de izquierda a derecha, inclinándose hacia arriba y hacia abajo, tratando de encontrar el lugar al que apuntaban antes del aterrizaje forzoso.

"Ten en cuenta que estamos buscando una estructura piramidal", dijo Amy.

"Sí, lo recuerdo", dijo Harkhuf.

"¿Qué? ¡Qué están haciendo conmigo! ¡Déjame ir!" dijo Jhul, despertando después de su conmoción craneal.

"¡Mantén esa boca cerrada, malvado Strattos!" gritó Makho.

"¡Vamos, suéltame y hablemos!" respondió Jhul.

"¡Cállate! O te pondré una cinta en esa boca", gritó Amy. "¡Una palabra más y te prometo que te sellaré la cara!"

Jhul se sorprendió por el tono de voz de Amy. Se quedó en silencio en un segundo y la tripulación se volvió hacia las ventanas nuevamente, tratando de ver a través de la tormenta de arena.

"Puedo ver una estructura o algo así", dijo Harkhuf.

"¿Dónde?" preguntó Amy.

"Allí mismo, a la derecha", dijo Harkhuf, siguiendo los datos mostrados en el pequeño monitor.

"No puedo ver nada", dijo Amy.

"Mira, dale un vistazo al monitor", dijo Harkhuf.

"Veamos … Oh, wow … puedo verlo ahora", dijo Amy, sorprendida y emocionada por ello. "¡Es la pirámide escalonada! Sé algo sobre esto. Lo aprendí en la escuela. ¿Puedes acercarte?"

"Sí, déjeme dar la vuelta aquí y descenderé en un lugar seguro", dijo Harkhuf.

"Este es el lugar exacto donde se supone que deberíamos aterrizar", dijo Amy, mirando a Jhul. Jhul la miró y bajó la vista.

Harkhuf hizo un excelente trabajo aterrizando la nave en contra del fuerte viento alrededor de la estructura.

"Esta es una de las estructuras más antiguas de la Tierra", dijo Amy. "Durante muchos años, estas estructuras fascinaron la exploración humana, pero nunca supimos cómo construyeron estas pirámides. Todo esto sigue siendo un misterio, incluso hoy… Después de que la humanidad ha desaparecido de la superficie del planeta para siempre".

La tripulación vio una estructura masiva entre el aire arenoso que parecía una montaña, pero con diferentes secciones, como escaleras hacia el cielo.

"¿Puedes localizar agujeros o alguna entrada con los instrumentos que tenemos a bordo?" preguntó Amy.

"Claro, déjame probar algo", dijo Harkhuf, moviendo palancas y presionando botones. "Esto creará una imagen con el ultrasonido generado por un sistema ubicado debajo de la nave. Dejemos que la herramienta haga lo suyo. No tomará mucho tiempo".

"¡Suena bien, Harkhuf!" dijo Amy, muy optimista.

"¿Y qué?" dijo Jhul. "¿Entonces qué vas a hacer? De seguro no tienes ningún plan, humano estúpido".

"Y listo, eso es suficiente", dijo Amy, moviéndose de su lugar, arrastrándose sobre Mokhy y llegando a Jhul con un rollo de cinta. "Te doy la opción de quedarte callado y, por supuesto, fallaste. Felicidades, has ganado el premio de la cinta silenciosa".

"No te atrevas a poner una mano sobre mi…" dijo Jhul, sin tener la oportunidad de terminar su frase. Amy envolvió la cinta alrededor de su boca puntiaguda manteniendo al Strattos callado.

"Y agradece que no te cubriré los ojos. De nada", dijo Amy, arrastrándose de regreso a su lugar.

La tripulación estaba en silencio pero sonriente. Les encantaba ver a Amy actuar de inmediato sobre Jhul. Todos querían golpearlo y dejarlo en la arena seca de ese desierto. Todos disfrutaron del silencio mientras lo miraban riendo a escondidas.

"Ahora, ¿dónde estábamos? Sí, buscando una forma de entrar en la estructura", dijo Amy, mirando el pequeño monitor.

"¿Qué es eso? ¿Es una puerta?"

"Parece una puerta, sí. Vamos a echar un vistazo", dijo Harkhuf.

"Estoy cargando un mapa de la ubicación específica de Sesmar", dijo Frank, convirtiendo la imagen del monitor en una esfera, como un mapa global de la Tierra. "El punto rojo somos nosotros en este momento. El punto azul, al otro lado del globo, es la nave de Sesmar".

"¡Eso es extraño!" dijo Harkhuf. "¿Qué está haciendo ella ahí?"

"Frank, ¿qué se encuentra al otro lado del planeta? ¿América?" preguntó Amy, tratando de recordar el mapa-mundi que veía a diario en la pared de su salón de clases.

"No puedo conectarme con un GPS porque no hay satélites en la atmósfera, pero puedo superponer el mapa de la Tierra sobre el globo en la pantalla. Cargando ...", dijo Frank.

"Creo que sé por qué Sesmar está allí, pero no estoy segura de esto. Déjame ver el mapa una vez que esté completamente cargado", agregó Amy.

"¿Qué tienes en mente, mi señora?" dijo Harkhuf.

"Recuerdo que había varias pirámides en todo el planeta, y todas esas estructuras eran antiguas, de diferentes períodos de la civilización humana. Sesmar debe haber visto la estructura incorrecta, y creo que esa es la razón por la que está en otra parte".

"Carga completa", dijo Frank.

"Excelente, veamos", dijo Harkhuf.

Hizo girar algunos puntos, moviendo el mapa y haciendo buenos zoom en la imagen. Después de varias acciones sobre los datos y la imagen, tres pirámides formadas por muchos escalones aparecieron en la pantalla.

"Creo que tienes razón, mi señora", dijo Harkhuf. "Se equivocó. Tenemos tiempo suficiente para buscar hasta que descubra que hay más estructuras o que nos encuentre aquí, lo que pase primero".

"Eso es correcto, Harkhuf, pero no olvides que ella tiene la misma nave. Podría estar aquí en cuestión de minutos", agregó Amy.

"Eso es cierto", dijo Harkhuf.

"Tres minutos y medio, para ser exactos", dijo Frank.

"Genial Frank", dijo Amy, bromeando.

"Permítanme volver al mapa de ultrasonido. Creo que podemos ir a la estructura y traer con nosotros algunas herramientas en caso de que las necesitemos", dijo Harkhuf.

"Entonces, ¿qué estamos esperando? ¡Vamos!" gritó Makho.

"¡Sí, hagámoslo!" dijo Amy.

El equipo abrió las puertas de la rampa y salió de la nave. Dejaron a Jhul adentro en medio de sus gemidos enojados y amenazadores.

"¿Qué? ¿Qué dices? ¡No puedo escucharte, Jhul!" ¡Habla más fuerte! " gritó Makho, riendo y cerrando la puerta.

"¡No hagas nada tonto, Jhul! O volveré por ti", dijo Amy, deslizándose y cerrando la puerta.

Amy tomó los brazos de Harkhuf y Mokhy e hizo que los demás hicieran lo mismo. El grupo caminó a través de la tormenta de arena protegido por sus cascos pero con poca visibilidad.

"¡Tenemos que caminar en línea recta en esta dirección! ¡Siganme!" gritó Harkhuf.

"¡Entendido! ¡Hagamos eso!" gritó Zhoto.

Caminaban perfectamente derechos en una densa superficie de arena con el viento incondicional empujándolos desde un lado. Después de una corta caminata desde la nave, la silueta de una estructura masiva frente a ellos anunció la proximidad de su objetivo.

"¡Sigue moviéndote recto! Estás perfectamente alineado con el mapa de ultrasonido", dijo Frank, rodando detrás del grupo con su particular sistema de tracción. "¡Casi ahí!"

A medida que el equipo se acercaba a la entrada, la visibilidad era cada vez mejor y el viento lleno de partículas de arena se movía alrededor de las paredes, dejándolas como un plano claro de una superficie hecha de grandes bloques de piedra.

"No hay entrada", dijo Harkhuf.

"Debe estar aquí. ¡Lo vi!" dijo Amy.

"¡Yo también lo vi!" respondió Harkhuf.

"Según las imágenes que estoy recibiendo del sistema de ultrasonido, Mokhy está de pie en la entrada", dijo Frank.

"¿Ves algo diferente en la pared, Mokhy?" preguntó Amy.

"Mokhy se tomó un momento para tocar la pared. Sus manos se movieron suavemente, una al lado de la otra. Luego, Mokhy extendió los brazos, tratando de llegar lo más alto que podía. Mokhy movió la cabeza procurando entender los patrones en los bloques, logrando percibir similitud en las líneas.

"¿Qué está haciendo?" preguntó Harkhuf.

"Está hablando con la pared", dijo Zhoto. "Siempre hace eso cuando las piezas de metal están defectuosas. Puede encontrar los huecos en las placas de metal con solo tocarlas".

"Démosle un poco de espacio entonces. Nadie hable", dijo Amy con suavidad.

Mokhy comenzó de nuevo tocando las líneas del bloque desde la parte superior, bajando lentamente, siguiendo sus dedos hacia abajo, hacia la izquierda, hacia abajo y hacia la derecha. Luego necesitaba seguir bajando, pero la arena era un obstáculo en su observancia.

"Harkhuf, échame una mano", dijo Zhoto, comenzando a cavar en la arena con las manos. Amy se unió también. Makho estaba herido y se puso de pie detrás de su hermano, poniendo sus manos sobre los hombros de Mokhy.

"Vamos, hermano, concéntrate. Puedes hacerlo", dijo Makho.

Mientras Zhoto, Harkhuf y Amy excavaban, Mokhy reinició su cometido siguiendo las líneas, hasta que se detuvo.

"¿Qué pasa, Moky?" dijo Amy.

Mokhy extendió el pulgar y el meñique y sacudió la mano dos veces.

"¿Un noter?" dijo Makho. "Está pidiendo un noter".

"¡Tengo el mío aquí! ¡Espera!" dijo Amy, buscando en su riñonera, sacando rápidamente la herramienta que Mokhy estaba pidiendo.

"Toma, toma", dijo Amy.

Entonces Mokhy hizo varios golpes suaves sobre un bloque en la parte inferior de la pared, pero no pasó nada.

"¿Qué significa esto?" dijo Makho.

Mokhy insistió de nuevo, pero esta vez con un poco más de fuerza. Fue entonces cuando un fuerte sonido de piedras rompiéndose se pudo sentir bajo los pies del grupo. La arena empezó a temblar a su alrededor y la pared se agrietó en forma de rectángulo vertical.

"¡Manténganse juntos!" gritó Amy mientras el bloque de la pared penetraba profundamente en la estructura abriendo una brecha.

"Esta es la entrada", dijo Harkhuf. "Bien hecho, Mokhy, bien hecho."

Mokhy asintió y echó otro vistazo al agujero en la pared.

"¿Vamos a entrar o qué?" dijo Makho.

"Sí, vamos", dijo Amy. "Vamos a caminar en fila, agarrándonos de nuestra ropa. ¿Estamos claros?"

El grupo asintió con la cabeza en preparación para el siguiente paso.

"Enciende las luces de tu casco. El botón está en la parte de atrás", dijo Harkhuf mientras los cinco caminaban dentro de la estructura milenaria.

CAPÍTULO 3 - CONEXIÓN

"¡Esto está vacío!" gritó Sesmar desde la cima de la pirámide escalonada, en lo profundo de México o lo que quedaba de América Central.

Luego, disparó su arma, descargando bolas azules de energía por todas partes a su alrededor, golpeando algunas paredes del templo en la parte superior de la pirámide y otras volando en el aire polvoriento.

"¡Dónde está! ¡Dónde está!" gritó Sesmar dentro de su casco, totalmente trastornada y fuera de control.

Sesmar volvió a bajar las escaleras después de haber buscado incansablemente en las tres pirámides cualquier rastro que indicara la ubicación de los fragmentos que necesitaba. Esta vez le tomó un tiempo, agregando su frustración y fatiga. Su casco le indicaba en el cristal facial que su nivel de aire era extremadamente bajo y necesitaba recargar los micro tanques rápidamente.

"¡Ya lo se!" le gritó Sesmar a las alertas.

Una vez que llegó a la base del complejo piramidal, el agua le cubrió hasta la rodilla. Todo el lugar estaba inundado. Caminar en estas condiciones fue increíblemente difícil para ella, agregando el viento que soplaba frente a ella. Activó las escamas de pettron de su traje, tratando de elevarse en el aire y llegar más rápido a la nave, pero la atmósfera turbia de la Tierra no dejaba que los rayos del sol penetraran.

"Esto es una pérdida de tiempo", dijo Sesmar, cansada y sin aire, pero finalmente llegó a su nave. Casi desmayándose, y después de presionar un mecanismo, la puerta se abrió frente a ella.

"¡No puedo encontrarlo! No puedo encontrar el tesoro. No sé qué hacer ahora...", murmuró Sesmar activando el mecanismo de cierre de la compuerta.

Poco a poco, el viento polvoriento desapareció cuando la puerta se cerró con ella tendida sobre la superficie metálica. Luego, después del ruido de la puerta cerrándose y bloqueando el mecanismo, el silencio insondable dentro de la nave fue un recordatorio de lo sola que se sintió después de la búsqueda infructuosa de la gloria y el poder.

Con el sonido de la arena y los minerales afilados golpeando la estructura exterior de su nave y las alertas dentro de su casco, Sesmar tiró de las dos pequeñas palancas alrededor de su cuello que separan el casco, soltándolo y dejándola respirar nuevamente. Era dura, como su padre y su padre antes que él, pero se sentía sola.

Rodando su cuerpo miró hacia arriba, triste y decepcionada. Apretó el botón que apagaba la alerta del casco y respiró hondo cerrando los ojos por un momento.

"Hice de todo, padre", susurró Sesmar. "¿Y ahora qué? ¿Es este el final del viaje, o has preparado algo más para mí? Espero que lo hayas hecho porque estoy sola y necesito ayuda".

Respiró hondo nuevamente y abrió los ojos, pensando y repasando todas las posibilidades, yendo lejos en sus pensamientos, repasando las notas de sus antepasados, susurrando las circunstancias que la pusieron en este último paso de su misión, buscando en el aire la respuesta.

Miró al panel de control de su nave y arrastró su cuerpo más cerca de él. Sesmar extendió su brazo, y después de presionar un botón, la voz del icónico general Prass resonó en la cabina vacía.

"Mis ojos brillaron cuando la vi por primera vez. En ese momento, mi hermano me dijo: La Piedra del Tiempo pertenece a los que tienen poder", dijo Prass en la grabación. "Pero estaba equivocado, mi querida hija. El tesoro pertenece a aquellos que quieren ser los gobernantes del universo. No importa si estás listo o no. El tiempo te empujará con él de todos modos, como la gravedad en el cosmos. Pero más allá de eso, el poder del conocimiento y las ambiciones incontrolables de control, poseerán tu delgado hilo que divide el juicio y la locura, de la racionalidad. Esta guerra es tuya ahora, ve y acaba con ella. Pree nos pertenece. Toma el reino y limpia el nombre de nuestra familia".

Sesmar tenía los ojos cubiertos de lágrimas. "Limpiaré el nombre de nuestra familia y pondré mis manos en la Piedra del Tiempo", dijo Sesmar. "Pondré orden en la miserable vida de este universo, y me convertiré en el ser más poderoso del cosmos. Me volveré más poderosa que la mismísima Primera Luz, crearé y destruiré a voluntad, porque ese es mi destino, y porque eso es lo que quiero hacer".

Sesmar respiró hondo de nuevo mientras la grabación con la voz de Prass se repetía en la parte de atrás en un bucle. Miró alrededor de la nave vacía y vio algunas bolsas de provisiones, armas y otras cosas. Había un cuchillo largo, elegante y afilado sobre una de las bolsas negras del equipo.

"Me pregunto si Jhul cumplió su promesa. Si eso es correcto, no habrá obstáculos en mi plan".

Giró su cuerpo con movimientos débiles y se arrastró un poco más, tratando de alcanzar otro botón en el panel de control y detener la grabación. Luego vio una luz naranja parpadeando más cerca del pequeño monitor.

"¿Qué?" murmuró Sesmar.

El sistema de radar mostró una ubicación en el monitor, lejos de ella, pero en la misma superficie del planeta.

"Este debe ser el rastreador de Jhul", dijo Sesmar.

Mientras tanto, dentro de la antigua estructura, el equipo caminaba en línea recta, todos sosteniendo el traje del más cercano a ellos y mirando a su alrededor, iluminando el túnel con la intensa luz proveniente de sus cascos. El sonido del viento empujando partículas dentro de la entrada era constante detrás de ellos, pero esa mezcla de arena, minerales y pequeñas rocas perdía distancia a medida que el túnel se hacía más y más largo.

"Creo que nos estamos acercando al final del túnel", dijo Harkhuf como jefe de la línea de expedición.

"¿Por qué? ¿Qué ves, Harkhuf?" preguntó Amy, caminando detrás de Mokhy.

"No lo sé, pero está oscuro", respondió Harkhuf. "Parece que estamos llegando a una galería o algo así como una gran sala".

El grupo continuó su lenta marcha tocando las paredes y mirando a su alrededor cuando de repente el eje comenzó a ser suave y diferente. Un hermoso piso hecho de bloques naranjas colocados en un patrón perfecto anunciaba que estaban ingresando a una sección que probablemente no había sido visitada en mucho tiempo.

"¡Chicos, miren el suelo!" dijo Makho al final de la línea.

"Este es un alto nivel de construcción, muchachos", dijo Zhoto, caminando frente a Makho.

"Es cierto, vi este tipo de acabado fino antes, pero solo en lugares elegantes. Esta piedra parece mármol o granito", dijo Amy, prestando especial atención al piso y las paredes.

"Estamos aquí, muchachos, es el final del pozo", dijo Harkhuf.

El grupo estaba emocionado de ver lo que había al final del pozo y si estaban cerca del tesoro. Harkhuf fue el primero en caminar con seguridad hacia un lugar prominente como una lujosa cámara cuadrada. Luego Mokhy y le siguió Amy. Finalmente, Zhoto, Makho y Frank.

"¿Qué es este lugar?" dijo Amy, asombrada por los finos acabados de las paredes y el piso.

Cuatro columnas sostenían el pesado techo de la misma piedra lisa y brillante que tenían las paredes del centro. No había inscripción, textos ni nada que pudiera contarles sobre el lugar. El grupo caminó un poco más, prestando especial atención a sus pasos en esa habitación, acercándose a las columnas.

"La civilización del antiguo Egipto era un verdadero misterio en mi planeta", dijo Amy, tocando una de las columnas.

"¿Crees que ellos construyeron este lugar?" preguntó Zhoto.

"Teníamos un grupo de personas que intentaban descubrir los secretos de las civilizaciones antiguas aquí; se llamaban arqueólogos", dijo Amy, caminando alrededor de la columna.

Harkhuf estaba cerca de Amy, mirando las columnas y observando más de cerca el exquisito acabado de la estructura. "Este lugar es increíble", dijo Harkhuf.

"Lo sé, pero parece que los arqueólogos nunca encontraron este lugar", dijo Amy. "Siento que somos los primeros en entrar aquí".

"¿Quieres decir después de que cerraran esta sala?" preguntó Makho.

"No, tengo la sensación de que nadie ha entrado en este lugar antes, nunca", dijo Amy, mirando a Harkhuf.

Entonces, ambos se congelaron después de encontrar la revelación más increíble.

"¿Qué pasa, Amy?" preguntó Makho, caminando hacia ella y mirando hacia arriba. Zhoto y Mokhy hicieron lo mismo. En el centro de las cuatro columnas, en el techo, el símbolo de los Strattos estaba tallado en la roca lisa y brillante.

"Esto es imposible", dijo Harkhuf.

"¿Qué significa esto?" dijo Makho, sorprendido por el símbolo.

"Esta es una sala sagrada. No puede ser simplemente otra habitación en un planeta lejos de Pree", dijo Zhoto.

"Tienes razón", dijo Amy, caminando hacia el centro de las columnas y girando su cuerpo, tratando de mirar cualquier cosa que pudiera darles una pista sobre qué hacer a continuación. "Este puede ser el preludio de la cámara del tesoro. Debe haber algo que nos guíe. Presten atención a cada detalle, en el piso, las paredes, en cada rincón de este lugar. Vayan y háganlo ahora muchachos."

El grupo se separó y comenzó la búsqueda. La habitación estaba perfectamente cuadrada y los únicos elementos en el lugar eran las cuatro columnas. Zhoto caminó, tocando cada rincón de las paredes, mientras Amy y Harkhuf analizaban las columnas, que rodeaban y conectaban con la estructura. Frank también lo estaba haciendo, grabando mientras rodaba por el lugar. Mokhy estaba repitiendo la misma técnica que realizó cuando descubrió la entrada, pero con resultados infructuosos.

"¡Aquí! ¡Creo que encontré algo!" dijo Zhoto.

Rápidamente, el resto del equipo caminó hacia él, tocando una línea de piedras desalineadas a propósito.

"Debe ser un acceso a otra sala", dijo Makho.

"Bien, intentemos abrir esta cosa", dijo Harkhuf. "Todos juntos".

En formación, casi uno encima del otro, pusieron los dedos sobre el borde de esta imperfección en la pared.

"Contamos tres, ¿de acuerdo?" dijo Amy. "¡Uno, dos, tres, tiren!"

Los cinco tiraron con toda la fuerza que tenían, rechinando los dientes y ajustando los dedos para tener más tracción.

"¡Es imposible! ¡No se mueve!" dijo Makho.

"¡Sigue tirando! ¡Debe ser una entrada!" dijo Amy, animando al equipo.

"¡Jalen!" gritó Harkhuf.

Luego, un crujido desde el otro lado de la pared indicó que el plan estaba funcionando.

"¡Sigue tirando!" gritó Amy mientras el polvo de la parte superior caía sobre sus cabezas. La enorme piedra comenzó a moverse y la sonrisa en los rostros del equipo marcó el comienzo de una nueva fase de la misión.

"¡Se está moviendo!" dijo Harkhuf.

Mokhy cambió de posición y se movió al frente, empujando la pesada puerta mientras los demás estaban a punto de quedarse sin energía. Luego, un extenso movimiento de aire salió del otro lado de la enorme piedra, empujando a Mokhy al suelo y soplando el polvo que el grupo trajo con ellos desde afuera. El aire se movió hacia el túnel e instantáneamente se escucharon crujidos de diferentes partes del techo.

"Siento que algo malo va a pasar", gritó Makho.

"¡Chicos, dejen de tirar y miren hacia arriba en caso de que algo se caiga sobre nuestras cabezas!" dijo Amy.

Un gran trozo de piedra lisa en el cielo interior se agrietó y cayó en una esquina de la cámara. Luego otro se rompió también, cayendo en la esquina opuesta.

"Deberíamos salir de aquí", dijo Harkhuf. "Saquemos a la reina, Zhoto, Mokhy ..."

"¡Espera! Espera ..." dijo Amy. "Escucha, el crujido se detiene. Espera".

Todos miraban en todas direcciones, tratando de obtener la vista más amplia de la cámara. El estruendo en la pared se detuvo y las sonrisas volvieron a los rostros del equipo.

Entonces, el resplandor dorado que vieron antes apareció abruptamente en el centro de las columnas. Los cinco permanecieron en silencio y siguieron el movimiento del resplandor, moviéndose lentamente hacia el pesado trozo de roca que acababan de sacar. La luz brillante atravesó la piedra y se desvaneció.

"Estamos en el lugar correcto", dijo Amy.

"¿Cómo llegó aquí el espíritu de Meryptah?" preguntó Makho, visiblemente emocionado.

"Ella es omnipresente; puede estar en cualquier lugar en cualquier momento", agregó Zhoto.

"Lo que es importante es que ella nos dio la pista que necesitábamos. Tenemos que mover esta piedra y continuar nuestro camino hacia la siguiente habitación", dijo Amy.

"Es cierto. Vamos, hagamos esto de nuevo", dijo Harkhuf.

Todos colocaron la mano sobre la piedra. Harkhuf y Mokhy empujaron, mientras que Amy, Zhoto y Makho tiraban.

"¡Uno, dos, tres, tiren!" gritó Amy.

Empujaron aún más fuerte que antes, pero la piedra estaba atascada y ya no se movía.

"¡Vamos, una vez más!" gritó Harkhuf.

Después de otro intento de mover la enorme pieza, el grupo se rindió, cansado y sin energía.

"Descansemos, y lo intentaremos más tarde", dijo Amy, sentándose en el suelo.

Zhoto y Makho hicieron lo mismo, mientras Harkhuf descansaba en la pared. Mokhy estaba tratando de encontrar el problema de por qué la puerta no se abría. Se quedaron en silencio por un momento.

"Creo que el colapso de esos trozos de piedra del techo se debió a que la cámara se descomprimió después de que abrimos la puerta", dijo Zhoto. "El crujido se debió a eso. Quizás la reina tenga razón, y nadie había entrado antes en este lugar".

"¿Qué es eso que Jhul mencionó sobre el Rey Ufusta y el General?" dijo Amy.

"No se preocupe por eso, mi señora; son solo historias", dijo Harkhuf.

"No estoy preocupada. Solo quiero saber", respondió Amy.

Zhoto miró a Harkhuf, haciéndole una señal para que siguiera adelante y le contara a Amy los detalles de esa historia. Harkhuf se apartó de la rígida puerta y se sentó en el suelo con el resto.

"Hay una historia que ha estado circulando durante miles de años de que la familia del rey se separó porque su sangre no era pura. No hay certeza de que el rey Ufusta y el general Prass fueran hermanos, Prass no tenía la marca del reino en ninguna parte de su cuerpo. Pero la historia dice que no era necesario tener la marca del reino para ser rey o tomar posesión de la Piedra del Tiempo. Que sólo necesitarás la sangre real corriendo por tus venas".

"Entonces, si esa historia es cierta, Sesmar debería tener la misma sangre, ¿verdad?" preguntó Amy.

"Podría, pero no se puede determinar nada en este momento", dijo Harkhuf. "Además, cuando llevaba el fragmento, fuiste tú quien hizo brillar la piedra y no ella. Te quedaste inconsciente durante unos segundos y te conectaste profundamente con el tesoro. Sesmar nunca llegó a ese punto, nunca".

Entonces sonó una alerta de Frank, anunciando que el momento de la verdad estaba a punto de llegar. "La nave Sesmar se está moviendo hacia nosotros", dijo Frank.

El grupo saltó del suelo y Harkhuf fue inmediatamente a la puerta. Mokhy y Makho ayudaron.

"¡Cuánto tiempo, Frank!" gritó Amy.

"Nada, ya casi está aquí", respondió Frank.

"Oh no, es demasiado tarde. ¡Estamos condenados!" dijo Makho.

Mokhy le dio una palmada en la cabeza. "¡Deja de ser tan pesimista!" señaló Mokhy.

"¡Rápido, ocultémonos detrás de esas piedras que cayeron allí!" gritó Amy.

Frank se movió hacia las columnas mientras el grupo corría detrás de los escombros. Sesmar aterrizó su nave en la ubicación del rastreador de Jhul. Tan pronto como salió de la rampa, vio la nave de Harkhuf frente a la pirámide escalonada.

"Estaba en el lugar equivocado", murmuró Sesmar. Cerró su casco e instantáneamente vio los pasos del grupo en la arena. Ella los siguió, llegando rápidamente a la entrada. Sesmar presionó el botón que voltea las escamas de su traje, sabiendo que el pettron no la dejaría caminar en la oscuridad. Caminó a través del túnel, con pasos sólidos rascando la pared con un cuchillo y su pistola en la otra mano. Ella llevaba el fragmento de la Piedra del Tiempo en un arnés en su espalda.

"Mira este lugar", dijo Sesmar. "¡Nunca supe que los humanos fueran tan inteligentes! Mira todo este lugar lujoso, increíble".

Amy y los demás estaban callados, esperando un milagro. Tan pronto como Sesmar llegó a la cámara cuadrada, el fragmento comenzó a brillar con su característico azul intenso. Sesmar no lo notó, pero Amy comenzó a sentirse diferente.

"¿Qué pasa, Amy?" susurró Harkhuf.

"No lo sé, me siento mareada", dijo Amy mientras su marca del reino en la parte posterior de su cuello comenzaba a brillar también.

Zhoto inmediatamente puso sus manos sobre el resplandor azul, tratando de ocultar al grupo en la oscuridad. Entonces Sesmar vio una luz roja en la parte trasera oscura de la cámara.

"¡Creo que te encontré!" dijo Sesmar burlescamente.

La luz roja que miraba Sesmar no era más que la luz del nivel de la batería que Frank reflejada sobre la superficie lisa y brillante de la puerta que el grupo movió.

"¿Dónde está Jhul?" preguntó Sesmar.

El grupo seguía en silencio.

"¡Dónde está Jhul! o te volaré en pedazos, ahora mismo ¿Dónde está Jhul?" gritó Sesmar y volvió a perder el control.

Luego levantó la mano, apuntando a la parte trasera con su potente arma.

"¿Sin respuesta? Eh, bueno, entonces es hora de morir", agregó Sesmar, presionando el gatillo y disparando tres bolas de energía directamente a la pesada puerta.

En segundos, la enorme roca estalló en pedazos y toda la cámara comenzó a colapsar, llena de polvo y escombros.

"¡La puerta! ¡Ya no está!" dijo Makho.

"¡Vámonos ahora!" dijo Amy, empujándolos hacia la brecha que Sesmar abrió accidentalmente.

"¡Ahí están!" gritó Sesmar.

Sesmar levantó su arma una vez más, y cuando estaba a punto de presionar el gatillo apuntando al grupo, un trozo de piedra cayó sobre su mano, haciéndola soltar el arma y dándole al grupo el tiempo que necesitaban para escapar.

"¡Frank! ¡Muévete rápido!" dijo Amy.

Los cinco y Frank corrieron por el pasadizo, sin saber qué les esperaba al otro lado, pero era el único escape de las malas intenciones de Sesmar.

"¡Enciende las luces!" dijo Harkhuf.

Sesmar los vio correr y empezó a seguirlos entre los pedazos de piedra que caían del techo.

"¿Dónde está mi arma?" gritó Sesmar.

"¡Apurarse!" dijo Makho, inspirando al equipo.

Pusieron a Amy al principio de la fila, protegiéndola en caso de que Sesmar disparara de nuevo a través del túnel, colocando sus cuerpos como escudo viviente.

"Ustedes vayan primero", dijo Harkhuf. "Yo caminaré detrás del grupo en caso de que ella logre entrar al pasadizo".

Un bloque enorme caía directamente a la entrada del pasillo, y Sesmar lo vio, pero también sabía que necesitaría esa pistola con ella.

"¿Dónde está mi arma?" gritó de nuevo, pero inmediatamente la vio debajo de una roca. "¡Allí!"

Sesmar agarró el arma que mostraba algunos rasguños y daños en la superficie, pero ésta seguía encendida. Sesmar vio el enorme trozo de piedra que se derrumbaba sobre el frente de la entrada y decidió jugar su última carta corriendo hacia el túnel.

"No vas a huir de mí", murmuró Sesmar.

Saltó hacia la abertura y el material pesado cayó detrás de ella. Sesmar rodó y escapó de ser aplastada por el gran bloque de piedra, pero el túnel ahora está sellado y no hay vuelta atrás.

CAPÍTULO 4 - ACTIVACIÓN

El escape de la cámara cuadrada fue fácil, y esta vez el pasillo era más grande que el primero. El túnel no era recto y tenía varias separaciones y columnas, construido con la misma piedra lisa y el elegante patrón de bloques. Amy corría delante del grupo, iluminando el camino y siguiendo sus instintos. El grupo se movió rápido y atento sobre cualquier peligro que pusiera en riesgo a su reina. El símbolo de Strattos estaba tallado en varias paredes, y el grupo vio varias siluetas de enormes estatuas a su alrededor. Aún así, era imposible detenerse y prestar atención a esos objetos, no por el momento.

"¡No paren! ¡Sigan moviéndose, muchachos!" dijo Amy, inspirando al equipo.

"Sesmar ya entró al pasillo y de seguro está detrás de nosotros", dijo Harkhuf.

"¿Qué?" dijo Makho.

"¿Y qué esperabas?" dijo Zhoto. "Ella hará todo lo que esté en sus manos para capturar a la reina. ¡Tenemos que encontrar algo que podamos usar como arma!"

"No, no hay nada que podamos usar contra su arma", dijo Harkhuf. "Tenemos que encontrar un lugar para escondernos. Es el único escape por el momento".

El grupo giró a la derecha al final del pasillo, ingresando a otra cámara grande y oscura.

"¡Cuidado!" gritó Makho, mirando un agujero en el suelo.

Desafortunadamente, era demasiado tarde para Amy. La advertencia de Makho llegó justo en el segundo cuando ella dio un paso en falso en caída libre.

"¡Oh no! ¡Ah! gritó Amy.

En cuestión de segundos, Mokhy estaba en el aire, extendiendo su cuerpo y agarrando las piernas de Amy. Detrás de él, Makho y Harkhuf saltaron y abrazaron las piernas de Mokhy.

"¡Mokhy!" gritó Amy.

Ambos chocaron contra la pared mientras el resto colgaban del borde del túnel vertical ovalado, como un pozo de extracción de agua.

"¡Zhoto!" gritó Harkhuf.

Zhoto saltó instantáneamente y agarró la pierna de Harkhuf con su mano izquierda y la pierna de Makho con su mano derecha. Luego cayó al suelo.

"¡Agárrense fuerte!" gritó Zhoto.

"¡No vamos a lograrlo!" gritó Makho.

"¡No puedo! ¡Ustedes son demasiado pesados!" dijo Zhoto, en una advertencia urgente, anunciando que las cosas probablemente no saldrían como todos esperaban.

Amy estaba colgando mientras Mokhy sostenía sus piernas con firmeza. Estaba mirando hacia abajo cuando vio un reflejo de la luz de su casco. Los cinco cuerpos se deslizaban lentamente sobre la superficie lisa de la piedra fina que se sentía como la superficie de un vidrio.

"Amigos míos, ¡me temo que nos estamos moviendo hacia abajo!" gritó Zhoto.

En ese momento, Sesmar agarró las piernas de Harkhuf. Ve y sujeta el otro y empujemos a las tres. ¡Hazlo ahora!" exclamó Sesmar a Zhoto.

Asustado, Zhoto se movió rápido y agarró las piernas de Makho, olvidándose de la herida que tenía después del ataque de Jhul.

"¡Ah! ¡Cuidado! ¡Mi pierna!" gritó Makho.

"¿Este cobarde es parte de tu nuevo ejército, Harkhuf?" dijo Sesmar.

"¿Sesmar?" susurró Amy.

"¿Estás listo?" gritó Sesmar. Zhoto asintió instantáneamente. "¡Vamos a tirar en uno, dos, tres!"

Con intenso trabajo en equipo, Sesmar y Zhoto los sacaron del pozo, arrastrándolos por el piso liso, pero al instante, los cinco miembros del equipo reaccionaron en modo defensivo, poniéndose de pie, inseguros de las intenciones de Sesmar.

"¡Quietos, no muevan un músculo traidores!" gritó Sesmar.

41

"Sesmar ... yo ..." dijo Harkhuf, sorprendido pero emocionalmente comprometido.

"¡Ni siquiera pienses en intentar pronunciar mi nombre, nunca jamás!" dijo Sesmar. "Después de todo lo que hicimos juntos ... Estábamos tan cerca de convertirnos en los seres más poderosos del universo".

Amy se sentía muy mareada y confundida, mientras que al mismo tiempo, el fragmento en la parte de atrás del uniforme de Sesmar comenzaba a brillar. Zhoto, el más cercano a Sesmar, se dió cuenta de ello, pero el resplandor azul comenzó a iluminar todo el lugar detrás de Sesmar. Harkhuf y los mellizos también vieron la luz azul, y Amy estaba callada, mirando hacia abajo con los ojos cerrados. Mokhy vio que algo malo le estaba pasando a Amy, e hizo un movimiento tratando de acercarse a ella.

"¡Ni siquiera lo pienses!" gritó Sesmar, apuntando con su arma a Mokhy.

"¡Espera, Sesmar! ¡Mírame!" dijo Harkhuf mientras el fragmento iluminaba intensamente las paredes de la cámara detrás de Sesmar. "¡Oye! estás enojada conmigo, no lo olvides, así que mírame!"

"No me vas a engañar con ..." Sesmar fue interrumpida por algo que la empujaba por la espalda. "¿Quien me está empujando?"

Sesmar comenzó a ser arrastrada hacia Amy, y no había nada que pudiera hacer para detener esta situación irreal.

"Es el fragmento, está formando un vínculo con la sangre real de Amy", dijo Zhoto.

Harkhuf y los demás intentaron acercarse a Sesmar y ayudarla a sacar el fragmento de su espalda, pero en lugar de aceptar la ayuda, levantó su arma contra ellos.

"¡Manténganse alejados de mí! ¡Retrocedan!" dijo Sesmar mientras seguía siendo arrastrada hacia Amy.

El grupo se detuvo con las manos en alto, tratando de desistir a las órdenes de Sesmar. Amy levantó los brazos hacia el fragmento, como si atrajera el trozo de roca hacia sus manos. Simultáneamente, Sesmar estaba moviendo sus piernas, tratando de caminar hacia atrás y empujar su cuerpo en la dirección opuesta, pero la energía que tiraba del fragmento era más fuerte que sus esfuerzos físicos.

"¿Qué sucede!" gritó Sesmar.

Entonces Amy inconscientemente hizo el último movimiento, tirando contra su cuerpo el fragmento con Sesmar en el medio. Sesmar fue arrastrada rápidamente hacia Amy, y el impacto entre ellas fue tan rápido e intenso que ambas fueron empujadas hacia atrás, cayendo al pozo. Con la colisión, Sesmar perdió su arma y gritó fuerte durante la caída. Amy estaba inconsciente desde que el fragmento inició una conexión con su cuerpo. Segundos después, golpearon el agua en el nivel inferior del templo, y Amy se despertó instantáneamente de su estado de trance mientras Sesmar se hundía rápidamente debido al peso de su traje y porque los Strattos no saben nadar. Sesmar y el fragmento bajaron rápidamente, Amy estaba perpleja y desconcertada, ignorando el porqué de los eventos que acababan de suceder.

"¡Amy! ¿Estás bien?" Harkhuf y el resto de la tripulación gritaron en el sistema de comunicación de su casco, imaginando lo peor después de esa dramática situación.

"¡Creo que sí! ¡Qué pasó! Estoy rodeada de agua," gritó Amy, en el fondo del pozo.

"¡Te caíste en este agujero con Sesmar! ¿Puedes verla?" respondió Zhoto.

"¿Qué? ¡No! ¡Sesmar no está aquí!" exclamó Amy.

"Amy, Sesmar tiene el fragmento con ella!" gritó Harkhuf.

"¡No sabemos nadar, Amy! ¡ Los Strattos no sabemos nadar!" añadió Makho.

"¿Qué? Eso significa ..." murmuró Amy, dándose cuenta de que Sesmar se estaba ahogando cerca de ella, en algún lugar.

Instintivamente, Amy empujó su casco por la superficie, buscando cualquier signo de Sesmar. Amy era una excelente nadadora y mejoró sus habilidades en ambientes líquidos durante esos nueve años sola en Hyperterra. Amy podía aguantar bastante tiempo bajo el agua, arrastrando trampas para atrapar moluscos y hacer reparaciones en su represa, cerca del refugio de verano. Si

43

Sesmar se estaba ahogando en ese pozo, Amy era la persona adecuada para el trabajo de rescate.

"¡Puedo verla! ¡Puedo ver las luces de su casco!" dijo Amy. "¡Me voy a sumergir!"

Amy se hundió con toda su energía, pero el aire atrapado en su casco hacía que sus esfuerzos por bucear fueran imposibles de realizar. Lo intentó varias veces, pero el resultado fue el mismo. El casco la devolvía a la superficie.

"¿Creen que es seguro para mí quitarme el casco, chicos?" preguntó Amy con los dedos alrededor del casco, lista para tirar de las pequeñas palancas que liberan el engranaje de ajuste.

"¡No lo sé, Amy! ¡No creo que esto sea algo inteligente!" dijo Harkhuf, ignorando la cantidad de elementos contaminantes y partículas suspendidas en el aire destruido de la Tierra.

"Bueno, es un riesgo que una reina debe abordar para salvar a un ciudadano", dijo Amy, quitándose el casco y buceando lo más rápido que pudo.

Con movimientos precisos, Amy se zambulló velozmente, siguiendo la luz que venía del casco de Sesmar. Sesmar estaba atrapada en el fondo del pozo, que era más grande de lo que parecía cuando se hundieron en él. Era como el fondo de un lago subterráneo, pero los signos de paredes hechas a mano, sugerían que toda la estructura era un sistema de agua y no una cavidad natural.

"¡No puedo moverme! ¡Ayúdame!" gritó Sesmar cuando vio a Amy acercándose a ella, pero Amy no pudo oírla.

Amy vio sus movimientos, tratando de alejarse del voluminoso traje. Una vez que llegó a la ubicación de Sesmar, fue directamente al mecanismo de activación que abre el traje militar, encontrando y presionando los botones en la sección de hombros y cadera. Recordó esos botones de cuando tuvo que quitarle el traje de Harkhuf antes de convertirlo en su prisionero.

"¡Qué estás haciendo!" gritó Sesmar, sin comprender las acciones de Amy.

Luego, tan pronto como se abrió el traje, el aire contenido dentro del casco de Sesmar empujó su cuerpo hacia la superficie. Sesmar no entendió lo que estaba sucediendo porque los Strattos nunca estuvieron expuestos a la física del agua. Amy nadó rápidamente detrás de Sesmar, casi quedando sin aire, pero con un control increíble de su mente. Sesmar tuvo un extraño presentimiento sobre lo que Amy acababa de hacer, rescatarla y traerla de regreso a la superficie. Ella no sabía qué hacer después de ese acto de bondad. Su locura y misión malvada desaparecieron por un momento de su mente.

"¡Ahhh!" Amy recuperó el aire que faltaba en sus pulmones, llegando a la superficie.

El pozo estaba oscuro y la única fuente de luz provenía del casco de Sesmar. Ella miraba a Amy, confundida y en silencio. Amy hizo lo mismo, manteniendo su cuerpo en la superficie y buscando algo que pudiera ayudarlos a volver con sus amigos. Después del rescate, se alejaron del pozo vertical, la luz y las voces de Harkhuf, Zhoto y los mellizos provenían desde una nueva posición desde donde habían caído.

Luego, el casco de Sesmar mostró luces rojas dentro, advirtiendo que los niveles de aire eran críticamente bajos. Amy rápidamente pensó, Sesmar no sabrá qué hacer para permanecer en la superficie del agua si es que se quita el casco, y se asfixiará si no se lo quita. Amy comenzó una búsqueda frenética de un escape o cualquier cosa que ayude a Sesmar a mantenerse a flote.

"Mantén la calma, Sesmar, déjame encontrar algo, solo dame un momento para pensar", dijo Amy, horrorizada por la situación.

Amy se movió alrededor de Sesmar y la sostuvo por los hombros, tratando de dirigir la luz en diferentes direcciones, procurando tener una visión más amplia de ese lugar oscuro.

Sesmar no tenía idea de qué hacer a continuación, se sentía aterrorizada de estar en el agua, de no poder pisar algo y caminar por ella misma. Además, debido a que su cuerpo estaba tenso muscularmente por la situación, Sesmar estaba extremadamente débil y cansada. El aire de su casco perdía presión y pronto estaría abriendo las escotillas superiores para aliviar el estrés. Su casco se inundará con el agua del pozo y es entonces cuando Sesmar se irá directamente hasta el fondo del tanque.

45

"¡No hay nada aquí!" gritó Amy, decepcionada y sin ideas. "Espera, espera un minuto, ¿qué es eso?"

Al final de una de las paredes, había una pequeña fuente de luz. Amy cubrió con las manos la luz que venía del casco de Sesmar, pensando que probablemente era un reflejo rebotando en la superficie del agua, pero no, era algo que les podría mostrar la salida.

"¡Vamos para allá!" dijo Amy, sin recibir nada de Sesmar. Ella estaba callada y asustada.

Amy empujó el cuerpo de Sesmar a través de la superficie, moviendo las piernas con fuerza, tratando de nadar hacia la extraña y misteriosa luz.

El último sonido de advertencia y las luces rojas indicaron el final del suministro de aire en el casco de Sesmar. Pronto no habrá esperanza para ella y sucumbirá al agua.

"¡Vamos a lograrlo! ¡Vamos a lograrlo! " gritaba Amy repetidamente, empujando con fuerza, casi llegando a la pequeña cosa brillante.

Casi alcanzándola, vieron una cadena densa, metálica y oxidada que de alguna manera estaba recibiendo luz del exterior. Amy acercó la cara a la cadena y miró hacia arriba, tratando de averiguar el misterio.

"¡Este escape llega al exterior!" gritó Amy. "Quizás si nosotros ..."

En ese momento, Sesmar agarró la cadena y tiró de su cuerpo hacia arriba, tratando de salir del agua. Las luces rojas dentro de su casco se apagaron y las pequeñas escotillas en el costado de éste se abrieron.

"¡Sesmar!" gritó Amy, subiéndose a la espalda de Sesmar, tratando de alcanzar el casco. Ella se asfixiará en cualquier momento.

Luego, el peso de ambos cuerpos tiró hacia abajo la gruesa cadena, activando un mecanismo seguido de varios sonidos metálicos alrededor de la cavidad oscura.

"¡Qué está sucediendo!" gritó Sesmar.

"Oh-oh", dijo Amy, sabiendo que algo se avecinaba.

Instantáneamente, el nivel de agua en la cámara comenzó a bajar muy rápido.

"¡Qué hiciste!" le gritó Sesmar a Amy.

"¿Yo? ¿Yo? ¿En serio? ¡Por supuesto! No eres nada más que un pedazo de..."

Entonces ambas fueron succionadas por una fuerte corriente que vació toda el agua del tanque subterráneo, llevándolas a través de un sistema de túneles de flujo muy rápido.

El movimiento giratorio sacó el casco de Sesmar cuando entraron en el sistema de túneles oscuros. Amy extendió los brazos, tratando de agarrarse a algo mientras se movía rápido, sintiendo los cambios de dirección en sus entrañas. Izquierda, derecha, luego izquierda de nuevo. Luego, comenzaron a subir. Sus cuerpos se invirtieron mientras viajaban en un flujo rápido y poderoso aguantando la respiración.

Afuera, en el exterior del templo, dos bloques masivos de roca sólida se movieron hacia abajo en el centro de la estructura, empujando el aire de una cámara secundaria, conduciendo el agua a través de un sistema diseñado para suministrar una intrincada serie de canales que alimentaban una piscina en la segunda sala del templo sagrado, exactamente donde estaban Harkhuf, Zhoto y los mellizos.

"¡Tenemos que bajar y rescatar a la reina!" gritó Zhoto.

"Debemos tener algo en la nave que pueda ayudarnos", dijo Harkhuf mientras Mokhy miraba hacia una sección oscura de la habitación.

"¿Mokhy?" preguntó Makho. "¿Qué pasa hermano?"

Entonces Mokhy comenzó a caminar hacia la sección oscura. Harkhuf lo siguió de inmediato. "¡Traigan aquí la luz de sus cascos!" dijo Harkhuf.

"¿Qué es este lugar?" dijo Makho, mirando un agujero rectangular, hondo y vacío hecho exactamente del mismo duro material brillante y liso.

Mokhy apoyó las rodillas en el suelo y tocó el granito. Luego movió el dedo, señalando una línea imaginaria desde el suelo hasta la pared.

"¿Qué pasa, hermano?" preguntó Makho.

Entonces Mokhy señaló un cuadrado oscuro en la parte superior de la pared.

"¿Es esa una ventana o algo así?" preguntó Harkhuf.

"Por las marcas en la pared, parece que algo salía de allí", dijo Zhoto, pero tan pronto como terminó de decir eso, un enorme flujo de agua brotó del interior, llenando el agujero que parece una piscina vacía.

"¡Agua! ¡Vamos a morir!" gritó Makho, pero inmediatamente Mokhy le dio una bofetada.

Luego, el cuerpo de Amy pasó por el agujero y cayó a la piscina.

"¡La reina!" gritó Zhoto, corriendo hacia el borde y extendiendo los brazos, tratando de alcanzar su cuerpo. Harkhuf, Makho y Mokhy se unieron al rescate.

"Sesmar… Ella todavía está dentro", dijo Amy, tosiendo agua de sus pulmones.

En esos momentos, el cuerpo de Sesmar pasó por el agujero y cayó a la piscina. El lugar tenía más agua esta vez, y el cuerpo de Sesmar llegó rápidamente al borde.

"¡Zhoto, Mokhy, ayúdenla, por favor!" dijo Amy, todavía tosiendo.

Luego, el sonido de algo atascado en el conducto resonó a través de la pared. El sonido del objeto rígido chocando contra las paredes del sistema aumentó, anunciando que saldría del agujero en cualquier segundo.

"El fragmento", dijo Amy, recuperando la respiración.

Sesmar escuchó las palabras de Amy. Cansada pero todavía con suficiente energía para luchar, Sesmar movió la cabeza para ver mejor el agujero.

"Ni siquiera lo pienses, humano", dijo Sesmar, tosiendo. "Ese fragmento me pertenece."

El resto del equipo se miró después de este breve intercambio de palabras. Zhoto dejó a Sesmar, apoyada en el borde de la piscina, y se alejó lentamente de ella. En ese momento, todo el mundo estaba mirando el agua que salía del agujero.

48

"Ahí viene", dijo Zhoto.

Finalmente, el fragmento del rey Kharpo salió por aquel túnel, protegido por su jaula dorada especial y conectado al arnés con el que Sesmar lo transportaba. La pieza cayó al agua, hundiéndose, pero visible para la gente en la habitación.

"Tengo que conseguirlo", dijo Amy.

"No es necesario", dijo Harkhuf.

"¡Pero!" gritó Makho, moviendo las manos.

"Déjalo allí, en el fondo del agua. Está a salvo allí, lejos de esta traidora del reino", dijo Harkhuf, mirando a Sesmar con decepción.

"¿Traidora?" dijo Sesmar, tratando de levantarse.

"¿Tienes otra palabra en mente?" dijo Harkhuf.

"¿Cómo te atreves", dijo Sesmar. "Te enseñé todo lo que sabes, y me prometiste lealtad por encima de todas las cosas".

Harkhuf recordó con su cabeza baja pero con los ojos fijos en el rostro de Sesmar.

"Es cierto", dijo Amy, poniéndose de pie. "Le enseñaste todo, y lo hiciste bien, pero omitiste una clase, y esa es precisamente la única lección que te romperá el corazón, aquí mismo y ahora".

El grupo estaba callado, pero sin perder el punto de que todos estaban en peligro y que Sesmar era impredecible.

"¿Y cuál es esa lección?" dijo Sesmar, curiosa.

"Omitiste enseñarle cómo olvidarte", dijo Amy. "Él todavía te ama y todas esas cosas crueles y despiadadas que le enseñaste y obligaste a hacer, lo hizo por ti. Pero no me malinterpretes, no hizo eso porque era tu sirviente. Lo hizo porque él te amaba. Harkhuf pensó que llevabas el corazón del reino contigo, y pensó que sería feliz y completo por el resto de su vida. Pero como puedes ver, él estaba equivocado, y así es como te convertiste en una traidora".

Sesmar no estaba preparada para algo así. Ella se sintió instantáneamente devastada porque todavía lo amaba con todo su corazón. Pero la sombra de su alma era más oscura que cualquier otra cosa. No tenía otra opción que elegir el lado de su legado familiar.

"¿Qué dijiste?" dijo Sesmar, visualmente conmovida por las palabras de Amy.

"Exactamente lo que escuchaste", dijo Amy. "Eras su Mer-Ek, Sesmar. Él te eligió, pero no tenías suficiente espacio en tu corazón para verle. Ahora tu tiempo se acabó, y el último Strattos que estaba listo para traer otra generación junto a ti desapareció con tus actos egoístas.

"Yo estaba ... yo ..." dijo Sesmar, mirando a Harkhuf con lágrimas en los ojos.

"Entonces, en resumen, no fuiste exactamente la maestra perfecta", dijo Amy, caminando lentamente hacia ella. Le fallaste, Sesmar, y mataste todo lo que amaba. Harkhuf no está de mi lado, ni del tuyo. Él decidió ponerse del lado del pueblo, por su gente, por los Strattos.

"Tú no sabes nada", dijo Sesmar, limpiándose las lágrimas. "Debí haberte matado tan pronto como tuve la oportunidad".

"Parece que el destino quiere algo diferente para mí, ¿no crees?" dijo Amy, acercándose más y más a Sesmar.

Mokhy se acercó a ellos, extremadamente preocupado por Amy. Mokhy sabe que Sesmar no lleva su arma con ella, pero puede ver la forma de un cuchillo debajo de su ropa.

"Déjanos ayudarte, Sesmar", dijo Amy en voz baja.

Sesmar miró a Amy a los ojos y, por un segundo, creyó. Luego miró a Harkhuf a los ojos y sintió pena por todo lo que sucedió. Sesmar estuvo a punto de decir algo que cambiaría el rumbo de su relación para siempre, pero en ese instante, vio que detrás de Amy, Makho estaba tratando de alcanzar el fragmento, entendiendo que todo era una trampa para distraerla.

"Humanos..." dijo Sesmar, con rabia y frustración.

Sesmar hizo un movimiento rápido, corriendo y saltando a la piscina.

"¡Sesmar, no!" gritó Amy, saltando al agua también.

Mokhy no lo pensó y saltó detrás de Amy, sabiendo que no podría nadar, pero su instinto de proteger a Amy era más fuerte que su propia vida. La piscina no era muy profunda y los tres se acercaron al fragmento casi al mismo tiempo. Amy utilizó sus habilidades de natación y movió sus piernas como nunca antes. Extendió su brazo, tratando de agarrar el fragmento delante de Sesmar, y tan pronto como Amy tocó la superficie del trozo de roca, sus ojos, la marca detrás de su cuello y el fragmento mismo brillaron intensamente. Una enorme esfera de luz blanca les rodeó, dejando a Amy, Sesmar y Mokhy dentro de la explosión de luz brillante.

CAPÍTULO 5 - LA PRIMERA LUZ

Estaba tranquilo y silencioso. Estaba tan silencioso que el sonido no se percibía. Amy sintió la misma sensación en su pecho de cuando saltaban entre galaxias, una extraña sensación de perder el sentido del oído, pero sin el dolor de la presión, sin luces, sin nada. Amy estaba flotando, sin gravedad. Se miró los dedos, las manos, los brazos, buscando el sentido del tacto. Se tocó la cara, dándose cuenta en ese momento de que no podía sentir nada. Amy descubrió que ni siquiera respiraba, y lo más impactante fue que no lo necesitaba. El movimiento de sus dedos era seguido por una luz suave detrás de ellos, como fantasmas en cámara lenta. Miles de preguntas le vinieron a su mente, pero estaba en una sensación de paz por primera vez en años. Amy cerró los ojos, pensando que probablemente murió ahogada cuando tocó el fragmento y estaba ansiosa por reunirse con sus padres.

Cuando volvió a abrir los ojos, Amy vio dos siluetas en la vista frente a ella. Trató de enfocar sus ojos y notó que esas figuras que flotaban en el aire tenían brazos y piernas. Ella no parpadeó, esforzándose mucho para ver bien. Amy movió la cabeza lentamente, buscando un mejor ángulo, y con ese movimiento, notó que su cabeza estaba haciendo sombra hacia las formas. Lentamente movió la cabeza hacia la izquierda, y una luz que venía detrás de ella encendió uno de esos cuerpos. Era Mokhy, congelado en el tiempo, con su cuerpo en posición de caer.

"¡Mokhy!" gritó Amy, pero no había voz, no había sonido.

Amy movió la cabeza hacia la derecha. El otro cuerpo era Sesmar, en la misma posición paralizada, congelada en el tiempo.

Amy estaba confundida pero curiosa. Giró su cuerpo para mirar a su alrededor. Era fácil moverse, pero ella solo giraba. No había arriba y abajo o izquierda y derecha. Cuando se volvió, una fuente de luz, blanca como la nieve con un centro amarillo brillante en forma de diamante, creó una hermosa luz que Amy nunca había visto.

"¿Otro más? ¿Y tú quién eres?" Una voz femenina suave y gentil habló en su cabeza.

"Yo ..." dijo Amy, dándose cuenta de que no movía los labios. "Soy Amy. ¿Estoy muerta?"

"¿Cómo podría saber eso?" dijo la voz. "¿Qué eres? ¿También vienes de Hulmor?"

"Yo... Yo soy un humano. Del planeta Tierra", dijo Amy.

"Eso es imposible", dijo la voz. "Acabo de crear este universo hace un segundo".

Amy estaba confundida y desorientada. "¿Quién eres tú?" preguntó Amy.

"Interesante", dijo la voz. "Yo soy la Primera Luz. Llegué aquí cuando todo estaba oscuro, frío y no había nada alrededor. Traje luz y vida. Resolví la réplica del Orb y creé el Thry. Soy el Matrox y esculpí el primer Strattos con mis propias manos. Concebí Los Fundamentales y creé la Estructura de los Pensamientos. Pero... Nunca te vi, y nunca creé algo como tú. Dime, Amy de la Tierra, ¿por qué estás conectada conmigo? ¿Qué te hace única? No pareces un Strattos, pero puedo sentirte como uno de ellos por alguna razón. ¿Sabes por qué estás aquí? ¿Viniste aquí para agradecerme o para pedir poder ilimitado? ¿Quieres poder ilimitado? Nada de esto tiene sentido para mí en este momento. ¿Son esos dos Strattos amigos tuyos? ¿Son tu enemigo? ¿Por qué estás tan triste? Puedo sentir que el tiempo se corromperá una vez más. Ojalá pudiera resolver el tiempo antes de crear eso, pero ya llegué tarde, ¿no crees?"

Amy se tomó un momento para pensar en todas esas preguntas. Era una tarea desafiante y necesitaba concentrarse, pero ya había olvidado la primera. Luego se dio cuenta de que había algo mucho más importante que hacer que responder preguntas.

"Yo ... Yo sólo sé que tengo que salvar a mis amigos. Están sufriendo. Tengo que volver. Me necesitan", dijo Amy.

"Puedo ver que tienes mi luz dentro de ti, pero no lo suficiente. ¿Cómo la obtuviste? Acabo de crear todo esto hace un minuto atrás", dijo la Primera Luz. "Pero también, por alguna razón, puedo sentir algo más que no he creado. ¿Me lo das? ¿Quién te dio eso?"

"¿Qué es eso que estás pidiendo?" preguntó Amy.

"Eso, el calor en tu pecho", dijo la Primera Luz, dirigiendo un punto de luz sobre el pecho de Amy. "¿Marshall es el nombre de ese sentimiento? No recuerdo que yo creé algo así. Es poderoso. Lo quiero".

Amy se puso increíblemente triste en el momento en que La Primera Luz mencionó el nombre de Marshall. Sintió una fuerte presión en el pecho y, por un segundo, quiso llorar y gritar, pero no recordaba cómo hacerlo.

"No sufras", dijo La Primera Luz en voz baja.

"He aprendido a sufrir, pero no creo que pueda soportar más dolor".

"Puedes dármelo", dijo La Primera Luz.

"¿Qué?"

"Podemos hacer un trato. Puedo ayudarte quitando tu sufrimiento, pero tienes que darme ese sentimiento llamado Marshall", dijo La Primera Luz.

"No, lo necesito, no puedo dártelo", dijo Amy, triste.

"¡Pero qué hay de tus amigos!"

"¿Qué hay de ellos?" dijo Amy, a la defensiva.

"Te necesitan, ¿verdad?" dijo la Primera Luz, brillando un poco más fuerte.

"Puedo darte lo que quieras, pero tienes que darte prisa. Te están esperando.

Lleva contigo algo de poder absoluto y sálvalos".

"¿Cómo sabes que están en peligro? ¿Qué sabes de ellos?" preguntó Amy.

"Yo los creé a ellos y a otros. Lo sé todo", dijo La Primera Luz.

"¿Y si te lo doy y después lo quiero de vuelta?" preguntó Amy, pensando en la propuesta.

"Si me das el calor en tu pecho, puedo darte algo que podría salvar a tus amigos, pero no puedo devolverte el calor. Entonces será mío. Lo necesitaré".

Amy pensó en Marshall y en lo mucho que lo extrañaba. Por un momento deseó que él pudiera estar allí con ella.

"No tuve la oportunidad de despedirme de mis seres queridos y amigos", dijo Amy. "He estado sola durante mucho tiempo, y no hay nada que pueda traerlos de regreso. Me duele, pero lo necesito".

Pero, ¿qué pasa con el trato? " dijo La Primera Luz.

"No hicimos ningún trato todavía", respondió Amy. "Necesito volver. Tengo amigos y toda una ciudad que necesito proteger".

"No sabía que estaba creando algo que sufriría o existiría en la miseria. Pensé que estaba haciendo algo bueno, algo significativo", dijo la Primera Luz, arrepentida.

"No creo que sea tu culpa", dijo Amy. "Creo que nos hicimos este sufrimiento a nosotros mismos. Por alguna razón, puedo sentir tus buenas y significativas intenciones. Al parecer elegimos estar equivocados y cometimos errores. Todo eso depende de nosotros, pero el dolor debe terminar, debe terminar. Irse."

"Entonces, dámelo a mí", dijo La Primera Luz, bajando su brillo suavemente. "Y lamento la miseria por la cual tu especie ha debido pasar."

Amy sintió tristeza en las palabras de la luz creadora. "Te perdono", dijo Amy, levantando las manos, lista para sostener la luz.

"Tienes algo que yo no creé. Tu especie es buena y tiene buenas intenciones. En recompensa, te daré la luz que necesitas para salvar a tus amigos", dijo, reduciendo su tamaño y aterrizando suavemente sobre las manos de Amy como una pieza de cristal precioso.

"¿Nos vamos a ver de nuevo?" dijo Amy.

"Los Constituyentes equilibrarán todo, así que refugiate en el Thry. Todas las respuestas estarán ahí", dijo la Primera Luz. Luego transfirió a Amy el resto de la luz que le faltaba. Amy sintió que la energía del universo corría por su cuerpo. El poder era tan masivo que sintió la gravedad en su pecho y la muerte. Entonces lo vio todo. Amy sintió el dolor de todas las especies en todos los planetas, la vida y la pérdida; vio el infierno en sus ojos, devastación y desesperanza. Vio felicidad y sonrisas, animales corriendo y especies viviendo en armonía. Vio colores y luces; sintió aromas y texturas.

Vio el bien puro, pero también la codicia y la oscuridad. Amy gritó en silencio y vio a su padre caer al agua fría. Vio a Malik sonriendo con los brazos abiertos de par en par, montando una roca flotante con ella, y lo vio llorando después de la muerte de su padre. Vio a Harkhuf arrodillado con una flor violeta proponiendo a Sesmar ser su Mer-Ek. Entonces, todo fue fuego y metal derritiéndose. Vio a Meryptah sacrificándose por su gente, sufriendo el dolor de sus heridas ardientes en la parte superior del palacio, pero con determinación en sus ojos. Vio a Jhul con un cuchillo a punto de matar a Harkhuf en el desierto, pero en ese momento Jhul la miró a los ojos, sorprendido. Vio al general Pross haciendo desaparecer mundos por completo. Vacío y desolación. Después, Amy vio a Marshall y su corazón se aceleró: "¡Nunca vi a una mujer pelirroja en mi vida!" dijo Marshall en su visión.

"Alakamath, Amy del planeta Tierra", dijo la Primera Luz.

Luego, una explosión masiva de luz y agua expulsó a Sesmar, Mokhy y Amy de la piscina. El agua se fue por todas partes en la sala, empujando a Harkhuf, Zhoto y Makho. Sesmar aterrizó más cerca de Zhoto mientras el fragmento aterrizó justo en las piernas de Harkhuf. Amy estaba más cerca de Mokhy, quien rápidamente tomó su mano antes de que el agua la llevara de regreso a la piscina.

"¡Está fría! ¡El agua está fría!" dijo Makho, corriendo y saltando ridículamente, tratando de evitar el contacto con el agua que salpicaba en todas direcciones.

Amy estaba débil, tenía frío y casi no respiraba. Mokhy se sentó en el suelo y tomó el cuerpo inconsciente de Amy en sus brazos, abrazándola y tratando de abrigarla.

"¿Dónde está el fragmento?" gritó Sesmar.

"Lo tengo y tú perdiste, Sesmar", dijo Harkhuf.

"¡Dámelo!" gritó Sesmar, sacando su cuchillo.

"¿Qué vas a hacer con eso, eh?" dijo Makho.

"Vamos, Sesmar es una pelea de tres contra uno", dijo Harkhuf. "Deja de jugar este papel malvado, no hagas las cosas más difíciles".

"¿Haciendo las cosas difíciles?" le gritó Sesmar. "¡Cómo te atreves a poner el honor de toda mi familia!"

Sesmar caminó hacia Harkhuf, pero instantáneamente, Zhoto y Makho se pusieron de pie uno al lado del otro. "¿Esto es lo que eres ahora? ¿Un cobarde? ¿No eres suficiente Strattos para pelear conmigo?" dijo Sesmar, ridiculizándolo frente a los demás.

"Ya no soy uno, Sesmar. Ahora soy un equipo, y todos somos uno", dijo Harkhuf.

"En cambio tu, no eres nada sin un arma", dijo Makho.

"Qué vergüenza, Sesmar", añadió Zhoto.

"Todos ustedes van a pagar por esto", dijo Sesmar, sosteniendo su cuchillo y mirando a Amy inconsciente en el piso con Mokhy.

Luego, Sesmar retrocedió lentamente y sonriendo. "Sé lo que tengo que hacer", dijo. "Dile a tu reina que la estaré esperando en su planeta. Tendré una maravillosa compañía con esos embriones humanos."

Sesmar caminó hacia atrás hasta la entrada de la gran sala, la cual tenía un pequeño espacio por donde pasar.

"Volaré en pedazos toda la cueva con esos embriones si ella no aparece pronto con todas las piezas de la Piedra del Tiempo", dijo Sesmar, desapareciendo en la brecha oscura, riendo. "Estaré esperando ..." agregó con su voz haciendo eco en la habitación contigua.

El grupo permaneció silencioso, sin saber qué hacer. Por el momento, Amy estaba a salvo, y todos los esfuerzos para luchar contra Sesmar dieron sus frutos. Harkhuf caminó hacia Amy, tocándole la cara, tratando de despertarla.

"Amy, vamos, despierta", dijo Harkhuf.

Zhoto y Makho también se acercaron a ella, pensando en llevarla a la nave.

"Si no se despierta, tenemos que llevarla de regreso al edificio de salud. Ellos sabrán qué hacer," dijo Zhoto.

"Marshall ..." dijo Amy, tosiendo y despertando lentamente.

"Oye, ¿estás bien?" dijo Harkhuf suavemente, sonriendo. "No puedes dejarnos solos en esta misión. Despeja tu mente y sacúdete del dolor. Primero tenemos que encontrar los fragmentos, y luego podrás dormir todo lo que quieras en esa cama fresca y suave en el palacio. Por el momento , tienes que ponerte de pie."

"¿Dónde está Sesmar?" preguntó Amy.

El grupo se miró, sin saber qué decir.

"La asustamos. Regresó a su nave, pero seguro que regresará, y estaremos lejos de aquí cuando eso suceda." dijo Harkhuf con optimismo.

"Vi algo, cuando toqué el fragmento. Creo que se activó, o algo así. ¿Lo viste tú también Mokhy?" preguntó Amy, mirando a los ojos de Mokhy.

Mokhy estaba confundido con la pregunta. "¿Cuándo, dónde?" Mokhy dijo con las manos. "Hubo una explosión y todos fuimos expulsados de la piscina", agregó.

"No, no, pasó algo ahí," dijo Amy, sorprendida. "Cuando toqué el fragmento, quedamos atrapados en una especie de burbuja en el tiempo. Estaba frente a algo que hablaba directamente en mi mente. La luz me dio algo, pero no sé qué es".

Zhoto dio un paso adelante. "¿Dijiste, la luz?"

Amy se tomó un momento, tratando de recordar, uniendo sus pensamientos. "Ella me dijo que era la Primera Luz."

"¿Qué?" dijo Harkhuf.

"¿Hablaste con la Primera Luz?" Dijo Makho, casi sonriendo y llorando de emoción.

"Sé que no fue un sueño", dijo Amy, tratando de ponerse de pie. La ayudaron a ella y a Mokhy. "Quiero decir, sé lo que vi. Estaba todo oscuro, y pude ver a Sesmar y Mokhy allí, congelados en el tiempo. La Luz vio a través de mí, y me recompensó con algo. Me dio algo que dijo que yo ya tenía, pero ella llenó el resto de lo que me faltaba."

Amy se detuvo, trayendo de vuelta a sus ojos lo que vio en su viaje. "Lo vi todo. Fue increíble, pero vi mucho sufrimiento y miseria. Es como si todo lo que nos rodea estuviese, está o estará sufriendo. Vi todo, incluso a Jhul tratando de atacarte, Harkhuf, en la arena. Pero sentí que me veía, directamente a mis ojos."

"¿Estás tratando de decirnos que Jhul te vio en tu visión?" dijo Zhoto, tocando las manos de Amy.

"¿Qué más viste? Quiero decir, viste a Jhul mirándote, pero ¿dónde estaba yo? dijo Harkhuf.

"Estabas allí, en la arena, de pie frente a él, esperando que Jhul te atacara", dijo Amy.

Zhoto sintió que sus rodillas estaban a punto de doblarse. Makho lo tomó del brazo y lo ayudó a sentarse en el suelo.

"¿Estás bien, Zhoto? ¿Qué significa esto?" dijo Amy, confundida.

"No lo sé. Todo es muy confuso", dijo Zhoto.

"Tienes que volver y preguntarle a la Primera Luz dónde encontrar los fragmentos", dijo Harkhuf.

"Ella no lo sabe. Y estoy segura de eso", dijo Amy. "Ella ni siquiera sabía qué era la especie humana. Dijo que creó el universo hace un segundo antes de que lo viera allí frente a ella".

"Fuiste al principio de todo, Amy", dijo Zhoto. "Visitaste el momento preciso en que la Primera Luz creó el cosmos. Apuesto a que estaba sorprendida por tu visita. No debe haber estado esperando una visita tan rápido".

"Ella también dijo que yo no era la primera. Quiero decir, ella no dijo eso, pero parece que llegué allí después de otro visitante", dijo Amy.

El grupo estaba emocionado y sorprendido por la visita de Amy a la Primera Luz, pero también estaban ocultando la verdad sobre las intenciones de Sesmar, y su lealtad no dejará pasar un momento más sin decírselo.

"Déjame intentar ir de nuevo. Quizás la Primera Luz podría ayudarnos a localizar las otras piezas", dijo Amy, pidiendo con las manos el fragmento.

"Hay algo que queríamos decirte, Amy", dijo Harkhuf.

"Espera, déjame hacer esto primero", agregó Amy.

Harkhuf tocó el fragmento, pero la roca ya no brillaba como antes. Incluso Amy estaba consciente frente a la pieza. Su marca real en la parte posterior de su cuello no brillaba en absoluto.

"¿Que pasa?" dijo Amy, preocupada.

"Parece que ya no funciona," dijo Zhoto.

"¡Oh, no! ¡Rompimos el fragmento!" gritó Makho, pero instantáneamente su hermano lo abofeteó.

"No se puede romper", dijo Amy, muy preocupada.

Entonces, Amy tocó la piedra directamente, como cuando estaba en la piscina, y no pasó nada. Su puente con la activación del tesoro y su vínculo con la Primera Luz estaba al parecer roto.

CAPÍTULO 6 - DESPEGUE

Jhul estaba trabajando muy duro para zafarse de sus esposas. Era imposible y lo sabía porque las diseñó él mismo. Pero también, conocía los puntos débiles del dispositivo. Las esposas eléctricas tenían una función de castigo. Cada vez que el prisionero intentaba quitárselos, el dispositivo producía una pequeña descarga eléctrica en las muñecas del sujeto. Jhul sabía de esto y estaba tratando de evitar esa dolorosa angustia. El dispositivo también respondía a descargas externas, como la energía proveniente de una Taser, apagando la máquina, haciendo imposible quitarlas. Jhul sabe todo esto, pero también sabe que una pequeña descarga de energía en el cable azul abrirá las esposas. Jhul ya arrojó su cuerpo al piso de la nave, tratando de llegar al panel frontal y sacar algunos cables.

Sesmar salió del templo caminando entre los escombros y enormes piezas de bloque de piedra caliza, lo que provocó el colapso de la primera cámara. Una vez que estuvo en la entrada, se dio cuenta de que necesitaría su traje y casco, que perdió en el pozo. La visibilidad era espantosa y el aire lleno de polvo, pequeñas partículas de minerales, cenizas y arena era una amenaza para su cuerpo. El aire tóxico olía a azufre, e incluso le resultaba difícil respirar sin salir por completo del templo. Sesmar estaba tratando de visualizar su nave. Era imposible tener una mejor vista sin caminar, pero le preocupaba estar intoxicada o perderse en el ambiente hostil. La arena se aclaró por un segundo, y pudo ver su nave, al lado de la nave de Harkhuf.

"Ahí estás", murmuró Sesmar.

Mientras tanto, dentro del templo, Amy intentaba entender por qué el fragmento no funcionaba. Repetidamente tocó la roca sin resultado. La conexión que experimentó antes ya no estaba, y la esperanza de encontrar ayuda en la Primera Luz se desvanecía.

"¡No lo entiendo! ¡Qué pasó!" exclamó Amy, frustrada.

61

"Quizás el agua corrompió la composición del tesoro", dijo Zhoto.

"¡Qué vamos a hacer!" dijo Makho, perdiendo la esperanza y sintiéndose un poco enfermo y mareado.

"Quizás deberíamos seguir buscando aquí", dijo Harkhuf con optimismo. "La piscina aquí debe tener un propósito dentro de la estructura. Probablemente haya otro acceso a otra habitación. No podemos renunciar".

"Imaginemos que no tuvimos acceso al fragmento desde un comienzo. Vinimos aquí después del cálculo y después de rastrear un objetivo. Sigamos haciendo eso", dijo Zhoto.

"Tienes razón, Zhoto, encontraremos las respuestas más tarde", dijo Amy. "Gracias por traernos de regreso a nuestro objetivo. Revisemos las paredes. Tal vez haya otra puerta oculta".

"Espera, Amy", dijo Harkhuf. "Hay una cosa más."

"¿Qué pasa, Harkhuf?"

"Es Sesmar", dijo Zhoto.

"Ella nos amenazó, mi señora", dijo Makho, bajando la cabeza.

"¿Qué hizo?" dijo Amy, preocupada.

"Ella dijo que irá a tu planeta, Hyperterra, y si no le traemos los fragmentos, destruirá la cueva con los humanos no nacidos".

Amy sintió que la ira crecía en su pecho. Al instante caminó hacia la primera sala.

"Amy, espera, no te distraigas. ¡Aún podemos encontrar los fragmentos!" dijo Harkhuf, tratando de detenerla.

Amy estaba inquieta y tenía en mente otro plan impulsado por un sentimiento profundo de proteger al último grupo de la especie humana.

"¡Vamos! ¡Tenemos que llegar antes que ella!" gritó Amy la orden al grupo, moviendo su cuerpo a través del hueco hacia la otra sección del templo.

Dentro de la nave de Harkhuf, Jhul finalmente se levantó del piso y estaba tratando con mucho cuidado de tocar el cable azul con uno de los circuitos de la fuente de energía en el panel frontal.

"Ya casi... Un poco más", susurró Jhul.

Luego vio a Sesmar a través de las ventanas. Sesmar salió del templo hacia la nave, conteniendo la respiración sin detenerse. El viento la empujaba muy fuerte y casi estaba cambiando su trayectoria. La arena se le metió en los oídos y caminaba básicamente con los ojos cerrados.

"¡General, General!" gritó Jhul. "¡General Sesmar! ¡Estoy aquí!"

Las partículas en el aire y el ruido de la tormenta de arena harían que Sesmar escuchara los gritos desesperados de Jhul. Jhul volvió a su procedimiento eléctrico, tratando de deshacer el sistema de esposas.

"Espérame, espérame general", susurró Jhul, tratando de acelerar las conexiones.

Jhul falló varios intentos, pensando en que sería abandonado por Sesmar en ese lugar. Le temblaban las manos y estaba sudando. Pero entonces, el estruendo de la nave de Sesmar anunció su partida. Amy y el grupo llegaban a la salida del templo.

"¡Es ella, ya se vá! ¡Vamos a nuestra nave!" dijo Amy.

Entonces, Jhul tocó el cable correcto y las esposas se abrieron.

"¡General!" gritó Jhul, pero ya era demasiado tarde. El estruendo de su nave desapareció, dejándolo a merced de la nueva reina y su grupo.

"¡Espera!", gritó Jhul. "Esto no puede ser tan difícil de operar".

Jhul cerró el acceso a las rampas y se preparaba para operar la nave y alejarse del destruido planeta Tierra. El panel de control estaba encendido y Jhul encontró la manera de encender las turbinas. Amy y el grupo sintieron el estruendo de la segunda nave.

"Jhul", dijo Harkhuf.

"Espera, ¿Jhul va a llevarse nuestra nave?" dijo Makho, desmayándose.

Mokhy inmediatamente tomó el cuerpo de su hermano del suelo y regresó al interior del templo arrastrándolo. Amy estaba confundida y desesperada, sin saber qué hacer después de eso. La tormenta de arena era fuerte y la silueta de la nave era fácil de ver, despegando y lista para abandonarlos en ese planeta para siempre.

Amy y el grupo se quedaron sin palabras, viendo como su transporte se alejaba. En ese momento, el fuerte viento lleno de partículas empujó el barco con fuerza hacia un lado. Jhul no sabía nada de aeronáutica ni de cómo maniobrar el transporte, por lo que tiró de algunas palancas y apretó algunos botones. Las luces de advertencia y las alarmas fuertes y persistentes se dispararon alrededor del panel frontal. El movimiento tambaleante de la nave lo alejó de los controles, pero persistió, tratando de tomar el control de la situación.

"¡Espérame, general! ¡Voy contigo!" dijo Jhul en un momento desesperado de su escape.

"La nave se va a estrellar antes de que escape", dijo Harkhuf.

La nave empezó a girar fuera de control. Amy y Harkhuf vieron que la nave espacial volaba hacia ellos en dirección a los altos muros exteriores del templo. Jhul vio que su fin estaba cerca.

"¡Está a punto de estrellarse!" gritó Amy. "¡Todos adentro!"

La nave de Harkhuf se acercó a ellos a gran velocidad, rompiendo la enorme pared de piedra caliza, destruyendo el transporte y matando a Jhul. Una masiva explosión azul iluminó la entrada y provocó una fuerte vibración dentro de la estructura. El ruido de los escombros cayendo alrededor de la puerta y el final de la luz azul de la explosión desapareció, descartando cualquier alternativa para cumplir con su misión. Al menos no a tiempo.

"Creo que eso es todo, ¿verdad?" dijo Zhoto, triste por el destino de su amigo al final de su vida. "Lo conocí de educación técnica. Era brillante, y siempre tuvimos una competencia incansable por la excelencia".

Zhoto caminó tambaleándose hacia uno de los grandes bloques que cayeron del techo anteriormente y se sentó. Amy

Harkhuf y Mokhy lo siguieron con la mirada. Makho estaba débil en los brazos de su hermano.

"Un día, cuando éramos jóvenes, me dijo que el Ejército le había ofrecido un puesto en un proyecto", dijo Zhoto. "Se trataba de poner en servicio un dispositivo de energía fundado hace miles de años en los restos de la nave del Rey Kharpo. Le dijeron que usarían la tecnología con fines de exploración espacial, pero nos reímos de ello. Solo conocíamos la tecnología suficiente para mantener la ciudad en movimiento. Todas esas historias sobre avances tecnológicos no eran más que bromas alrededor del Kemet. Pero desde que comenzó en ese nuevo proyecto, Jhul cambió. Me evitaba cada vez que me acercaba a él. Su indiferencia me dolía, e hizo lo mismo con otros amigos y técnicos de Kemet. Tomó distancia incluso con su propia familia. Un día, anunciaron que Jhul era el nuevo Jefe de Energía y se hizo cargo del laboratorio con los avances desarrollados bajo el legado tecnológico de Meryptah. Nunca regresó de eso, y sentía todos los días que perdía a mi amigo para siempre."

Zhoto hizo una pausa mirando a la entrada, donde las llamas todavía quemaban partes del fuselaje de la nave. "Ahora entiendo que estaba trabajando en esta tecnología que el Ejército mantuvo en secreto. Él tomó una decisión en ese entonces y encontró su destino bajo la promesa que le hizo al Ejército y su liderazgo".

"Alakamath, Jhul", dijo Harkhuf.

"Alakamath, Jhul", dijeron también Zhoto y Amy.

Mokhy estaba enojado con las opciones de vida que Jhul había tomado, y ahora su hermano estaba sufriendo heridas físicas debido a la pérdida de sangre después de que Jhul le apuñaló la pierna.

"Harkhuf, tenemos que darle a Makho un poco de atención médica. ¿Crees que puedes ir a buscar algún medicamento en los restos de la explosión?" preguntó Amy.

"Sí, mi señora", respondió Harkhuf, cerrando su casco y preparando su traje para el clima severo.

"Voy contigo", dijo Zhoto.

Mokhy se puso de pie y tocó el hombro de Zhoto. "Quédate con mi hermano. Yo iré con Harkhuf", señaló Mokhy.

Más tarde, el grupo regresó a la segunda cámara, lejos del polvo y el aire contaminado. Las rocas, los bloques de piedra caliza y los escombros entre las dos habitaciones formaron una barrera de aire natural, manteniéndolos alejados de la atmósfera llena de micropartículas. Makho descansaba sobre una superficie acolchada que hicieron con bolsos que rescataron y partes de uniformes. El grupo estaba en silencio, sentado en círculo, cerca de Makho en el borde de la piscina. Zhoto se ocupaba de un trozo de roca que Frank tenía atascado en su sistema de rastreo mientras Amy sumergía los dedos de los pies en el agua.

"No entiendo", dijo Amy, mirando al vacío.

"Quizás el fragmento ya se rompió después de golpear la tubería antes de que llegara aquí y se hundiera en la piscina", dijo Zhoto.

"Quizás, el fragmento necesitaba un proceso de activación, y eso fue lo que Amy acaba de hacer", dijo Harkhuf. "Probablemente después de eso, no hay otra forma de volver a ese momento".

"¿Y si las otras piezas del fragmento se comportan de la misma manera que esta?" dijo Amy.

"¿Qué quieres decir?" preguntó Harkhuf, sosteniendo el fragmento en sus manos.

"Quiero decir, ¿qué pasa si los fragmentos brillan conmigo, como este antes de que los toque?" dijo Amy, con algo de positivismo en su rostro. "Nunca vi los otros fragmentos. Entiendo que todos son iguales, ¿verdad?"

"Sí, la historia dice que el tesoro fué dividido en tres partes iguales", dijo Harkhuf.

"¿Y si fuese así, en qué cambiaría nuestro plan aquí?" dijo Makho con voz débil.

"¡Que si camino cerca de los fragmentos, nos mostrarán su ubicación con el resplandor azul!" dijo Amy en un momento ! eureka¡.

"¡Eso es cierto!" dijo Zhoto.

"Eso podría funcionar", dijo Harkhuf, mirando a Mokhy.

"¿Y cuándo el robot podrá hacer algo significativo?" dijo Frank. "Quiero decir, soy la prueba definitiva de la civilización humana y los avances tecnológicos. Estoy seguro de que puedo agregar algo beneficioso a esta misión, ¿verdad?"

"¡Por supuesto que lo eres, Frank!" dijo Amy. "¿Cómo está tu batería?"

"Estoy en el 73%, lo suficiente para contar historias espeluznantes durante 27 horas sin parar".

El grupo sonrió en un momento de relajación.

"Tengo una misión para ti, prueba de la grandeza tecnológica de los humanos", dijo Amy. "Necesito que compares en tu base de datos la estructura de dónde estamos ahora. Necesito saber si tenemos alguna pista sobre este lugar y tal vez dibujos hechos por arqueólogos".

"Perfecto. Estoy en eso, Amy", dijo Frank. Su luz roja de disco de alto rendimiento comenzó a parpadear.

"¿Cual es tu plan?" dijo Zhoto.

"Esta área del planeta fue el centro de los descubrimientos de los arqueólogos durante muchos años", dijo Amy. "La gente excavó la arena y descubrió tesoros increíbles e información invaluable sobre la civilización humana primitiva. Frank tiene un enorme disco con información educativa que usamos como parte de nuestro conocimiento como humanos. Estoy segura de que Frank relacionará imágenes de mapas antiguos con las medidas de estas dos cámaras."

"¿Tiene otras fuentes de conocimiento del mundo humano?" preguntó Harkhuf.

"No, tengo la suerte de tener conmigo el último recurso de conocimiento de la civilización que alguna vez vivió en la Tierra", dijo Amy, tocando el brazo de madera de Frank. "Tiene en su memoria todo lo que pasó desde que fue el robot de servicio de mi padre y todo mi viaje en Hyperterra. Pero también tiene mi corazón".

Frank movió su cámara hacia el rostro de Amy y la lente se enfocó en los ojos de ella. Su luz roja aún parpadeaba mientras procesaba los datos solicitados. Amy lo miró. "Vamos a salir de esta, querida Amy. Siempre lo hacemos", dijo Frank, con voz suave.

A través de su lente, Amy vio todos esos nueve años sola con él, sobreviviendo en un planeta inhóspito. Ella vio en ese resplandor sus propios recuerdos de todo lo que sucedió en su vida. No quiere olvidar, incluso si es lo último que tiene que hacer.

"¿Cómo te sientes, Makho?" preguntó Harkhuf.

"Estoy bien", respondió, con los ojos cerrados pero con un tono de voz mucho mejor. "Creo que mi herida me quitó mucha energía".

"Él necesita descansar", dijo Mokhy con las manos. "Estoy preocupado por él. ¿Va a estar bien?"

Zhoto movió la cabeza suavemente, indicando que todo estaría bien. Harkhuf le tocó el hombro, mostrándole apoyo. Amy le sonrió, tratando de calmar su angustia por la salud de su hermano.

"¿De qué están hablando?" preguntó Makho con un tono divertido. "No estás pensando en hacer un viaje sin mí, ¿verdad? Solo dame un momento para recuperar mi poder absoluto Strattos. Ya verán".

"Comparación de imágenes terminada, 93% de precisión", dijo Frank.

Al instante, el equipo puso su atención en el aviso de Frank. Makho abrió un ojo desde su cama improvisada.

"¡Lo sabía! ¡Lo sabía!" dijo Amy, saltando por encima de Frank y besando su cabeza. "Ahora, carga esas imágenes en el comunicador y déjame ver qué encontraste".

Entonces, Harkhuf movió su cuerpo hacia adelante lo suficiente para tener un mejor ángulo de la pantalla del pequeño comunicador cuando el fragmento protegido en su cáscara protectora metálica rodó desde sus piernas hacia la piscina.

"¡El fragmento! ¡Cuidado!" exclamó Zhoto.

"¿Qué?" dijo Amy, moviendo su vista hacia el objeto en movimiento, casi cayendo al agua.

"¡Amy, agárralo!" gritó Harkhuf.

En un acto reflejo instantáneo, Amy extendió su brazo hacia el fragmento que casi tocaba el agua. Perdió el equilibrio y su cuerpo cayó a la piscina, sumergiendo su cabeza y la mitad de su cuerpo. En esos segundos, Amy estiró los dedos, tratando de alcanzar el fragmento. En un movimiento sincronizado mientras Amy caía al agua, Mokhy y Harkhuf saltaron para agarrar sus piernas, sabiendo por alguna razón que ella llegaría a tiempo para atrapar el fragmento. Tan pronto como Amy tocó la roca, el poderoso elemento hizo una conexión con ella nuevamente, guiándola a una corta entrada y salida a través del tiempo.

"¡General Sesmar! ¡Espérame!" Jhul estaba gritando mientras la nave giraba fuera de control. Las advertencias de los sonidos de proximidad del choque y las luces rojas brillantes que aconsejaban al piloto que expulsara a los pasajeros llenaron la dramática escena. Amy fue transportada unos minutos al pasado. Ella estaba casi al lado de Jhul, mirándolo, sorprendida y confundida. Luego Jhul vio un intenso brillo dorado cerca de él.

"¿Meryptah? ¿Vienes por mí?" dijo Jhul con lágrimas en los ojos. "Lo siento, por favor perdóname. Estaba ciego por este salvaje sentimiento de ambición y poder. Nunca tuve la intención de destruir tu legado. ¡Por favor, perdóname! ¡Perdóname, Meryptah!"

Una gran explosión cargada de llamas azules llenó la cabina de la nave, estrellándose contra las enormes paredes del templo. Amy vio el cuerpo de Jhul desaparecer entre los escombros y las devastadoras detonaciones de la explosión. Amy sintió que sus pies pesaban, tirándola de la nave horizontalmente. La vista era borrosa y la sensación de agua fresca corriendo por sus ojos le recordó que debía respirar.

"¡Tira, Mokhy! ¡Tira!" gritó Harkhuf cuando Amy salía del agua con el fragmento en sus manos.

Harkhuf y Mokhy sacaron rápidamente a Amy de la piscina con un movimiento decisivo mientras tocaba el agua con la cara. Después de la extracción, Amy estaba sentada en el borde de la piscina con el fragmento en su regazo, con los ojos bien abiertos.

"Pasó de nuevo", dijo Amy.

"¿Qué?" dijo Harkhuf.

"¿Qué quieres decir?" Preguntó Zhoto.

"El fragmento", dijo Amy, choqueada por lo que vió. "El fragmento funcionó de nuevo".

"¿Está segura?" Mokhy señaló con sus manos.

"Sí, fui al momento en que murió Jhul. Pensó que yo era Meryptah. En su último momento de verdad, pidió perdón. Lo vi morir".

El grupo estaba en silencio y perplejos.

"Quizás las propiedades del fragmento de piedra requieran una solución líquida que te permita estar aislado, y el agua te otorga suficiente aislamiento para establecer una conexión contigo, Amy", dijo Frank.

"Agua", dijo Zhoto, mirando hacia la piscina. "¡Eso es! ¡El fragmento no está roto!"

"Necesitas estar en contacto con agua para establecer el vínculo con el poder del fragmento", dijo Harkhuf, con un tono positivo en su voz.

"¡Estamos salvados!" gritó Makho con sus brazos extendidos.

70

CAPÍTULO 7 - PROVIDENCIA

"Esta podría ser nuestra última oportunidad de conectarnos con la primera luz", dijo Zhoto.

"No lo creo, Zhoto", dijo Amy, mirando el tesoro en sus manos. "Estuvimos de acuerdo en que el fragmento de la piedra es una forma de conectarse, pero la Primera Luz no tiene las respuestas para lo que estamos buscando".

"¿Cómo estás tan segura?" preguntó Harkhuf.

"Puedo sentirlo de esa manera. Algo dentro de mí está hablando a través de mis sentimientos y no sé cómo explicarlo."

"No tienes que hacerlo", dijo Mokhy con las manos. "Confiamos en ti."

"Yo también confío en ustedes, en todos ustedes", dijo Amy.

"¿Pero qué hay de la magia dentro del fragmento?" dijo Makho. "¿Podemos usar esa magia para encontrar las otras piezas?"

"No, eso podría ser una pérdida de tiempo y energía", dijo Harkhuf. "¿Qué pasa si solo tenemos una vez más para conectarnos con el tesoro del tiempo? La reina tiene un plan basado en la ubicación geográfica de esta estructura. De alguna manera parece el plan más lógico. Vayamos con eso primero, y mantengamos tu idea mágica para el final."

"Vamos, Harkhuf, estás quitándole toda la diversión", respondió Makho.

"Frank, date prisa, termina de cargar las imágenes al comunicador. Necesitamos ese mapa ahora ", dijo Amy.

"Esta estructura es grande y vamos a necesitar todas nuestras habilidades juntas para encontrar esas piezas", dijo Zhoto. "No creo que estemos aquí juntos por casualidad. Estábamos destinados a estar aquí, y juntos recuperaremos el equilibrio. Puedo sentirlo."

"Yo también puedo sentirlo", dijo Amy. "Pero también puedo sentir que los necesitaré a todos en mi búsqueda para comprender el poder de estas piezas. Probablemente esa sea la razón principal por la que no estoy sola en este momento. Quizás la piedra sea demasiado poderosa para un solo ser humano como yo. La luz se sorprendió cuando me vio como si nunca me hubiera creado. Como nunca antes había visto a un humano. Seguro que esta piedra que controla el tiempo está conectada con otra especie creada quizás por la Primera Luz, como se hace llamar a sí misma."

La tripulación guardó silencio. Zhoto estaba mirando el agua, pensando en esta increíble oportunidad que está experimentando y en lo cerca que están de terminar con el sufrimiento de la gente de Pree. Makho sostenía la mano de Mokhy. Ambos saben que, por supuesto, hay algo más por delante en sus vidas. Ellos también lo sintieron; pensaron que la aventura los estaba esperando. Tenían la energía de los jóvenes Strattos, listos para ayudar, arreglar las cosas y traer de vuelta lo que le fuera quitado a la gente. Al otro lado del grupo, Harkhuf estaba esperando los resultados de la búsqueda de Frank. Su conocimiento militar y las enseñanzas de su padre siempre estuvieron por encima de cualquier situación. Estaba concentrado en retomar el control de su vida, dejando atrás todo el dolor, la frustración y la decepción rápidamente gracias a Amy y su determinación. Todos sintieron la misma conexión sobre el futuro en su camino. Todos saben que algo más, algo extraordinario les espera.

"Tan pronto como recolectemos todas las piezas, tenemos que crear el plan siguiente", dijo Amy. "Después de ver a Jhul morir en el accidente, entendí que esta cosa es más que una máquina del tiempo. Es más que usar pequeñas piezas para viajar por el espacio o, quién sabe, mover un planeta entero a través del espacio-tiempo ".

Amy se puso de pie y caminó alrededor del grupo, tratando de pensar y leer las experiencias después de tocar el tesoro. "Tal vez me equivoque, pero creo que esta piedra le da la capacidad a quien la posea de viajar, ver, aprender y explorar a través de momentos en el tiempo, y probablemente no solo en un mundo. Quizás pueda ir más allá de los límites del universo, buscar nuevos mundos, nuevas formas de vida, etc."

"¿Crees que puedas arreglar las cosas?" dijo Zhoto en voz baja.

"No lo creo", respondió Amy. "No creo que pueda hacer eso. No creo que ese sea el propósito de este tesoro". "Pero debe haber algo más que puedas hacer con él, ¿verdad? Algo significativo para todos nosotros", dijo Makho. "Sí", dijo Amy. "Devolverle la vida a Pree".

"Carga y renderización completa", dijo Frank con un sonido de campanilla.

La tripulación saltó cerca de Frank para ver cuál era el siguiente movimiento. Amy y Harkhuf compartieron el comunicador prestando atención a las imágenes que Frank logró ubicar desde su memoria.

"Estos son mapas antiguos dibujados por los exploradores de tesoros del antiguo Egipto", dijo Frank. "Todo lo que pude hacer fue superponer los escaneos de las habitaciones donde hemos estado hoy y tratar de hacer coincidir las estructuras".

"¿Tuviste algún éxito?" preguntó Amy.

"Sí", respondió Frank. "Aquí tengo tres imágenes, todas muestran el mismo lugar en las manos de tres exploradores diferentes. Los mapas están incompletos, pero todos tienen en común la habitación donde nos encontramos ahora mismo. Los exploradores escanearon todas estas imágenes con una herramienta de ultrasonido con una década de diferencia entre ellos. Nadie nunca pudo entrar antes en estas salas, pero los ultrasonidos son increíblemente precisos y similares. Todos tienen la sección de la piscina en el centro de la cámara y las habitaciones por donde entramos. Nunca nadie descubrió la entrada principal, solo Mokhy."

El grupo lo miró, y Mokhy se sintió increíblemente valioso.

"Gracias, amigo mío", dijo Amy.

Harkhuf tomó el hombro de Mokhy con aprecio.

"Yo le enseñé todo eso. De nada, hermano," dijo Makho.

La tripulación se rió.

"¡Qué! Soy su hermano mayor. Mi misión era enseñarle todos los secretos de la supervivencia", dijo Makho en broma.

"Mayor por sólo seis segundos", señaló Mokhy.

"Parece que estamos al comienzo de un sistema de salas, y desde este punto, tenemos cuatro habitaciones más adelante, y luego, otra cámara grande que está conectada a uno de los complejos de las 4 pirámides", dijo Zhoto.

"Debe haber una forma de atravesar este muro. Mokhy es tu turno. Encuentra ese acceso", dijo Amy, inspirando a Mokhy con sus palabras.

Mokhy asintió. Miró las imágenes que Frank trajo a la pantalla y las comparó con lo que puede ver desde ahí. Mokhy miró en todas direcciones e inmediatamente caminó hacia una pared.

"Parece que este es un pasillo en el camino para llegar a la cámara principal. Quizás esta es la forma de proteger la última pieza de piedra", dijo Zhoto.

"Estoy de acuerdo", dijo Harkhuf. "Siento que estamos en el camino correcto".

Mokhy llegó a la pared. Tocó el granito liso, tocando suavemente con las manos la superficie.

"Tienes razón, Mokhy. La entrada debe estar ahí ", dijo Amy, mirando la pantalla.

Mokhy se tomó un momento para sentir la pared. Golpeó con su puño varias veces, tratando de encontrar un hueco o algo detrás del granito. Amy se acercó a él, tocando la pared. En ese momento, la pared se agrietó.

"¿Sentiste eso?" preguntó Amy.

Mokhy asintió. Luego, otro pequeño crujido.

"¿Qué hiciste?" señaló Mokhy.

"¿Yo? ¡Nada! No tengo idea de lo que le estoy haciendo a la pared", dijo Amy.

Mokhy estaba intrigado. Luego otro y otro crujido. Mokhy miró el rostro de Amy tratando de pensar. Ahí, él vió gotas de agua que caían del cabello de Amy y caían al suelo sobre una serie de largos surcos tallados en la piedra. Luego cayó otra gota sobre uno de esos surcos y la pared volvió a resquebrajarse. Mokhy abrió los ojos.

"¿Qué, Mokhy? ¡Qué!" preguntó Amy.

Mokhy caminó rápidamente hacia la piscina y recogió un poco de agua con sus manos. Luego la vertió sobre la base de la pared, donde vio esas ranuras.

"¿Qué pasa, Mokhy?" dijo Amy cuando un fuerte crujido retumbó en el suelo.

Mokhy se volvió hacia sus amigos y asintió. El grupo corrió hacia el agua y acarrearon el elemento líquido a la pared, siguiendo las instrucciones de Mokhy. Cada vez que vertían un puñado de agua en los surcos del suelo, una parte de la pared se movía hacia la izquierda, dejando un espacio que indicaba que estaban en el lugar correcto.

"¡Esto va a llevar una eternidad!" gritó Makho.

"Es cierto", dijo Zhoto. "A este ritmo y solo con nuestras manos, no vamos a lograr una brecha lo suficientemente grande como para pasar nuestros cuerpos".

"¿Qué más podemos hacer?" señaló Mokhy.

"Debe haber algo aquí que pueda ayudarnos", dijo Harkhuf.

"Eso es cierto; déjame pensar ", dijo Amy, quedándose sin aire, cansada de esos viajes desde la piscina hacia la pared. "Sabemos que esta estructura es un pasillo de habitaciones individuales. Todas las cámaras tienen algo único que las distingue unas de otras. Esta cámara no tiene agua por accidente o simplemente se construyó así para que sea elegante. Sabemos que esta agua es la clave para mover la compuerta, pero la necesitamos en un volumen más significativo".

La tripulación miró en todas direcciones dentro de la sala, tratando de encontrar las pistas para resolver el problema, pero la habitación era plana, solo paredes lisas hechas de granito o piedra caliza fina y elegante. Justo en frente de la supuesta entrada, el piso tenía un delicado tallado.

"Espera, nadie se mueva", señaló Mokhy.

Tocó el suelo y sintió la suave ranura en la superficie que no era más gruesa que el dedo de Amy. Luego, Mokhy se arrastró, siguiendo las líneas que comenzaban del borde de la puerta y apuntaban directamente a la piscina después de un giro de 90 grados.

"¿Estas líneas van a la piscina?" preguntó Zhoto.

"No estoy segura, pero estas líneas deben ser parte de la solución", dijo Amy.

Al final de esas ranuras, casi al borde de la piscina, un plato cóncavo tallado en la piedra y un anillo de granito en posición vertical ubicado en el centro sobresalía del suelo.

"¡Miren, chicos, esto es! Esta cosa debe ser la forma de llevar agua a la puerta ", dijo Amy, sonriendo.

"Estoy de acuerdo, este pequeño camino en el suelo luce suficiente para llevar el agua a ese otro punto en la base de la puerta", dijo Zhoto, mirando meticulosamente los surcos en el piso.

"Parece que tenemos que pasar algo a través del anillo, y ese elemento llenará el plato con agua", dijo Harkhuf.

"¿Qué?" dijo Amy, inspirada. "¿Qué dijiste? ¿Cómo llegaste a esa conclusión? ¡Eres un genio!"

Amy corrió hacia Harkhuf y lo abrazó. El resto de la tripulación sonrió. El abrazo de Amy lo tomó por sorpresa, y Harkhuf, con su postura siempre seria, estaba con los brazos abiertos sosteniendo el peso de Amy.

"Podríamos hacer una cuerda con nuestra ropa, mojarla y pasarla a través del anillo", dijo Makho.

"No, no será suficiente", señaló Mokhy.

"Debe haber algo más aquí" dijo Amy, caminando hacia el borde de la piscina, descubriendo que el nivel del agua estaba bajando y que la distancia desde la superficie no será suficiente para realizar ese plan.

"Tienes razón, toda nuestra ropa no será suficiente para hacer una cuerda, y además, el agua se está yendo hacia alguna parte", dijo Amy.

"¡Debe haber algo aquí que podamos usar! ¡Pero dónde!" dijo Zhoto, frustrado.

"Espera, ¿qué es eso?", señaló Mokhy, apuntando al fondo del agua.

"¿Donde, Mokhy? ¿Dónde?" preguntó Amy. Luego sumergió su rostro en el agua y descubrió el elemento que los ayudaría. Sacó la cara del agua con una sonrisa muy alegre. ¡Es una cuerda!"

"¿Qué?" dijo Harkhuf, sorprendido.

Amy no esperó ni un segundo y saltó al agua, nadando rápido con toda su energía. La cuerda estaba dispuesta en zig-zag en el fondo de la piscina, cubriendo la mayor parte del suelo. Estaba en perfecto estado porque estaba en la cámara sin aire o humedad, con una sala cerrada herméticamente lejos de cualquier otro elemento que destruya su composición durante miles de años. Una vez que el agua llenó la piscina, la cuerda rígida se volvió flexible y absorbió el agua dentro de sus fibras. Amy agarró un extremo de la cuerda y regresó a la superficie. Nadar con la cuerda fue una tarea difícil, pero nada la detendría esta vez. La tripulación estaba esperándola en el exterior, y Harkhuf estaba listo para pasar la cuerda a través del anillo.

"¡Casi llegas, mi señora!" dijo Zhoto, sonriendo y animándola.

"¡Vamos, vamos!" decía Makho.

Amy se acercó con el brazo extendido y Harkhuf sujetó la cuerda al instante.

"¡Hazlo!" gritó Amy.

Harkhuf pasó la cuerda blanca, gruesa y húmeda a través del anillo y tiró. La fricción entre la cuerda y el anillo estrujó el agua, llenando el plato cóncavo.

"¡Funcionó!" gritó Zhoto.

"¡Funciona!" dijo Amy.

"¡Viva, no moriremos!" celebró Makho.

"¡Todos, ayúdenme a tirar esta cuerda! ¡Es muy pesada!" dijo Harkhuf.

El grupo se movió rápido y agarró la pesada cuerda con Harkhuf a la cabeza.

"¡Rápido, todos tiren!" gritó Harkhuf.

"¡Jalen!" dijo Zhoto.

El equipo comenzó a caminar hacia atrás mientras sacaban paulatinamente la cuerda del agua. El anillo exprimió el líquido, llenando el plato, y desbordándolo. El agua empezó a llenar y seguir los surcos del suelo.

"¡Está funcionando! ¡Está funcionando!" celebró Makho.

"¡Sigan tirando!" gritó Harkhuf.

El nivel del agua estaba bajando rápidamente y Amy no pudo alcanzar el borde de la piscina para salir.

"¡Chicos! ¡Saquenme! ¡Me voy a agarrar de la cuerda!" gritó ella.

"¡Mi señora! ¡Agárrese fuerte a la cuerda!" gritó Zhoto.

Mientras el grupo tiraba de la cuerda llenando el sistema de apertura con agua, Amy ascendía hacia el borde. Harkhuf animó al equipo, tirando de la cuerda y trayendo a su reina a la superficie. Entonces, un fuerte estruendo sacudió la habitación.

"¡Es la puerta! ¡Se está abriendo!" gritó Makho.

Amy agarró el borde de la piscina con sus manos mientras la puerta que conectaba la siguiente sala se abría detrás del resto de la tripulación.

"¡Lo logramos!" gritó Amy de felicidad.

Mokhy soltó la cuerda y fue a ayudar a Amy a levantarse.

La puerta hizo un último ruido de cierre que indicaba que el paso estaba abierto por completo.

"No puedo creer esto", dijo Harkhuf, cansado y cayendo de rodillas.

"Créalo, amigo mío", dijo Zhoto, sentándose en el suelo.

"Ahora sabemos que tenemos que resolver un problema en cada puerta", dijo Amy. "Hay una fórmula esperándonos en cada pasaje".

El grupo estaba exhausto, pero todos sonreían.

"Esto es puro trabajo en equipo digno del Tercer Nivel", dijo Amy. "Esto es lo que hace el equipo de ingeniería todos los días, Harkhuf. Resuelven problemas. No hay una pared lo suficientemente alta que no puedan trepar o una tuerca oxidada que no puedan girar. La gente de la superficie vivió una vida perfecta solo por estas personas. Incluso el reino tenía todo funcionando a la perfección gracias al Tercer Nivel".

"Tienes razón", dijo Harkhuf. "Pero esos tiempos tristes de ser ignorados se han ido. Amy tiene razón. Veo la providencia aquí con todos nosotros en este momento exacto, en esta sala. Veo un propósito incluso para Frank. Siento que al parecer, por alguna razón, todos teníamos que estar aquí hoy, acompañando al último ser con sangre real. Es nuestro destino. Es lo que escribieron las estrellas."

CAPÍTULO 8 - LOS ARCHIVOS SORVATS

"Tratemos de mantener encendida la luz de un solo casco en caso de que nos quedemos sin energía", dijo Harkhuf mientras el equipo caminaba hacia la siguiente sala. "Estas habitaciones están oscuras y no sabemos cuánto tiempo estaremos aquí", dijo Harkhuf.

"De acuerdo", dijo Amy.

"No olvides que tengo un foco poderoso. Yo también podría ayudar", dijo Frank.

"No, Frank, tú eres la luz de respaldo. Además, no hay forma de que puedas cargar tu batería aquí en este planeta. No con todo ese polvo bloqueando la luz solar de tu panel", dijo Amy.

"Perfecto", dijo Frank.

"Creo que tenemos que mantener a Frank lejos de la idea de desperdiciar energía", dijo Makho. "Él es vital para nosotros con información que no tenemos sobre esta estructura, incluso con información sobre este planeta. No sabemos cómo vamos a salir de este planeta sin una nave. Quizás Frank tenga más información en algún lugar de su memoria que podamos usar."

"Sí, ¿qué hay de sus archivos secretos?" señaló Mokhy.

El grupo se detuvo justo en la entrada de la siguiente cámara vacía.

"¡Ya lo había olvidado!" dijo Makho.

"Es cierto. Frank podría acceder a esos archivos y probablemente encontraremos algo sobre este complejo de habitaciones y pirámides," dijo Harkhuf.

"Sí, pero no tenemos idea de cómo acceder a esos archivos", dijo Amy, deteniéndose frente a Frank. "¿Verdad Frank?"

"No tengo ni idea de lo que están hablando", dijo Frank, girando su cámara hacia el equipo.

"No recuerdo qué pasó ni cómo activamos esos archivos", dijo Amy.

"Estábamos en la cámara del rey, leyendo los mapas del rey Kharpo", dijo Harkhuf.

"Sí. Sí, eso es correcto," dijo Zhoto. "Encontramos ese otro mapa con líneas, círculos y triángulos. También encontramos el texto SO-RVAT-S en la parte inferior. Sorvats, los servidores del reino."

"¿Sorvats? Nunca había escuchado esa palabra antes", dijo Frank.

"¡Cómo es esto posible! ¡Nos dijiste lo que significa Sorvats!" dijo Makho, sorprendido.

"No tengo la menor idea", respondió Frank.

"Esa fue la palabra que activó los archivos", dijo Zhoto, apresurándose para acercarse a Frank. "Oye, Frank, escucha esto: 'Sorvats' ..."

Frank no se movía, mirando el rostro de Zhoto.

"Bueno, eso salió muy bien", bromeó Makho.

"Recuerdo que después de que dijiste la palabra Sorvats en esa habitación, lo único que dijo Frank fue una breve descripción", explicó Zhoto. "Entonces las luces azules alrededor de su estructura se apagaron y Frank regresó. Debe haber algo más que podamos hacer para mantener abiertos los archivos."

"Probablemente funcionará si Amy lo dice", dijo Harkhuf.

"Sí, ven aquí Amy, pruébalo", dijo Zhoto.

"Oh, ¿ahora todos van a hacer una fila para mirarme fijamente y decir palabras raras?" dijo Frank.

"Está bien, está bien, vamos a intentarlo, ¿de acuerdo, Frank? Vamos a ver si esto funciona."

"Claro, Amy, estoy listo ... supongo ...", dijo Frank, bromeando.

"Sorvats ..." dijo Amy.

Una vez más, exactamente como sucedió en el palacio, Frank hizo un ruido de datos largo desde su altavoz externo. Sus luces se volvieron azul brillante y el sonido comenzó a interrumpirse en una secuencia de ruta.

"Archivos Sorvats, desbloqueados", dijo Frank con la voz de Elizabeth.

"¡Funciona!" dijo Makho.

"¡Shhh, silencio!" dijo Harkhuf.

81

"Aquí vamos", dijo Amy.

"Has activado la sección Sorvats de los archivos de esta unidad. Palabra clave, Sorvats: Antigua congregación que protege en la tierra a las generaciones descendientes del faraón. Los primeros Sorvats se reunieron en Hwt-Ka-Ptah o mansión del Espíritu de Ptah, en el antiguo Egipto. Los Sorvats rescataron y escondieron a la primera generación de sangre real y ocultaron el tesoro del tiempo en sus muros. Fin de la descripción."

"¡Soy Amy Lincoln! ¡Quiero tener acceso a los archivos de Sorvats!" gritó Amy antes de que las luces azules se apagaran. Luego silencio. Las luces azules de Frank seguían encendidas.

"¿Y ahora qué?" susurró Makho.

"¡Shhh!" dijo Harkhuf.

"Amy Lincoln. Reconocimiento de voz: exitoso. Archivos Sorvats en modo de búsqueda. Ingrese la palabra clave… ". Dijo la voz de Elizabeth.

"¡Funcionó!" susurró Zhoto.

"Ok, ok, pensemos. ¿Qué debo preguntar que nos traiga información sobre este edificio?"

"¿Dónde están los fragmentos de la Piedra del Tiempo?" dijo Makho, emocionado, casi sonriendo.

"¡Eso es ridículo! ¡No creo que los archivos tengan esa información!" dijo Zhoto susurrando.

"Bueno, intentemos," dijo Amy. Ella giró la cara frente a la lente de Frank. "¿Dónde están los fragmentos de la Piedra del Tiempo?" dijo Amy suavemente.

"Piedra del Tiempo. El tesoro del cosmos", dijo la voz. "Dividido durante la dinastía Ufusta y puesto bajo la protección del Thry. Dos de los tres fragmentos se fundieron para formar un nuevo elemento para ser protegido por los Sorvats. Introduzca las palabras clave."

"¡Te dije!" dijo Makho, sintiéndose parte de la búsqueda de archivos.

"¿Qué significa todo eso?" dijo Amy.

"Vayamos uno por uno", dijo Harkhuf. "¿Qué es el Thry?"

"Escuché que los Thry eran tres grandes maestros o algo así. No estoy seguro," dijo Zhoto, confundido. "Es como una leyenda sobre el comienzo del cosmos. Dice que después de que la primera luz derrotó a la oscuridad, creó tres grandes maestros que protegerían el equilibrio."

"Preguntemos a los archivos", dijo Amy.

"Pensé en eso primero", dijo Makho.

Amy se inclinó de nuevo hacia Frank y preguntó con voz suave. "¿Qué es el Thry?"

"Thry: The Thry o Los Constituyentes; Kostra, Viktre y Pree son los guardianes del equilibrio. Lógica, Fuego y Tiempo se unen a Los Fundamentales, creando las siete cámaras secretas. Ingrese palabra clave", dijo la voz.

"Hay tanta información que cada vez que intentamos responder una pregunta nos aparecen un montón más", dijo Amy, abrumada.

"Creo que tengo algo allí", dijo Harkhuf. "El archivo decía Kostra, Viktre y Pree. Luego, decía Lógica, Fuego y Tiempo".

"Sé lo que estás tratando de decir, Harkhuf", dijo Amy. "Si Pree es Tiempo, Kostra será Lógica y Viktre será Fuego. ¿No es así chicos?"

"No puedes conseguirlo mejor que eso, mi señora", dijo Harkhuf.

"Ahora, ¿qué son Los Fundamentales? También dijo algo sobre las siete cámaras secretas", dijo Zhoto.

"Sabemos que estamos en una estructura de siete cámaras, ¿verdad?" Mokhy hizo una señal.

"Sí. Sé que no encontraremos la respuesta sobre dónde están los fragmentos porque el único propósito de los Sorvats era mantenerlos escondidos y seguros, pero también, los archivos nos darán las pistas que necesitamos para encontrarlos. Necesitamos hacer las preguntas correctas", dijo Amy, inclinándose de nuevo hacia Frank. "¿Qué son Los Fundamentales?"

"Fundamentales", dijo la voz. "Luz, Aqua, Metal y Zetroh. Los Fundamentales son el vínculo entre Thry y lo tangible. Ingrese la palabra clave."

"Lo tengo, dijo Makho.

"¡Qué! ¡Qué!" preguntó Amy

"El Thry son tres y Los Fundamentales son cuatro. El total es siete", dijo Makho con mucho orgullo.

"Eso no significa nada", dijo Zhoto.

"Por supuesto que sí", dijo Amy. Tomó el comunicador y abrió una función de nota digital. Luego escribió muy rápidamente todo lo que acababan de descubrir.

"Chicos, estamos en un edificio con siete cámaras. Cada una de estas cámaras representa un elemento", dijo.

"Acabamos de abrir Aqua", dijo Makho.

"¡Así es! Exactamente, lo hicimos", respondió Amy.

"¿Qué pasa con la primera sala?" preguntó Mokhy.

"Si estamos en lo cierto con esta suposición, la primera puerta se abrirá con luz pero fué destruida", dijo Zhoto.

"Sólo hay una forma de averiguarlo", dijo Amy, agarrando un casco y caminando de regreso a la primera cámara.

"Pero, mi reina, ¿qué estás haciendo?" preguntó Zhoto.

"Si estamos en lo cierto, habrá una puerta en esa cámara que se abrirá con el primer elemento de la lista", dijo Amy, caminando rápido.

"Pero la pared fue destruida por la bola de energía que disparó Sesmar", dijo Makho.

"¡Sí, lo sé! Pero tenemos que asegurarnos de que hay un paso y un orden, y que se supone debemos aprobar".

"Debemos desbloquear todas las salas, ¿verdad mi reina?" dijo Harkhuf.

"Correcto", respondió Amy, encendiendo las luces del casco y caminando alrededor del agujero en el suelo, donde cayó con Sesmar.

Después de pasar por el pasillo oscuro, la tripulación atravesó la parte destruida de la pared. Amy apuntaba a todas partes, tratando de activar algo, cualquier cosa que probara su teoría.

"Debe estar por aquí", dijo Amy.

"No está funcionando", dijo Makho.

La tripulación guardó silencio, pensando en qué más podría activar la primera puerta. Estaban todos mirando la pared frente a ellos.

"Espera un minuto", dijo Amy.

"¿Qué pasa, Amy?" dijo Harkhuf.

"Los archivos decían que Los Fundamentales eran los tangibles, un enlace a el Thry. Entonces, el Thry son elementos intangibles; Lógica, fuego y tiempo".

"Sí, y Los Fundamentales son tangibles, Aqua, Metal y Zetroh ..."

"Y luz", completó Amy. "Pero la luz es un elemento intangible. No puedes tocar la luz".

En ese momento, Mokhy abrió los ojos y sintió propósito en cada paso de este viaje. Metió la mano dentro de su ropa y sacó su collar con el escudo de su familia, pero también la pequeña roca de luz blanca que usaba con Amy en los túneles de la ciudad.

"¡Pero si puedes tocar esta luz!" señaló Mokhy, sorprendido.

"¿Qué?" dijo Amy, caminando hacia Mokhy.

Le entregó la luz brillante a Amy. Ella estaba asombrada de cómo todos estos elementos estaban en el lugar correcto en el momento adecuado. Luego caminó hacia la pared y usó la luz proveniente de la roca para ver la parte dañada de la pared. Dio la vuelta a la fractura cuando un ruido sísmico llenó la cámara.

"¡Oh, está sucediendo!" dijo Makho, muy emocionado.

"¡Aquí!" dijo Harkhuf, señalando un pedazo de la pared, moviéndose hacia la izquierda. Otra parte incompleta del muro destruido se movió hacia la derecha.

Las masivas secciones del muro de piedra empujaron varios pedazos de escombros del techo que cayeron en la cámara antes del movimiento, y el sonido se detuvo de repente.

"Teníamos razón", dijo Amy en voz baja.

Luego, un sonido subterráneo de agua corriendo vino de la cámara contigua.

"¡Vamos!" dijo Harkhuf.

El grupo corrió hacia la siguiente cámara, y tan pronto como llegaron, Amy apuntó la luz del casco al tubo en la pared. El mismo tubo por donde salió a la piscina con Sesmar.

"Entonces, cuando abrimos una puerta, el edificio prepara la siguiente prueba", dijo Amy. "Muy inteligente. En ese lugar lleno de agua allá abajo, estaba tratando de ayudar a que Sesmar no se hundiera y agarré una cadena. Al parecer inicié un sistema que mueve esta agua. Después de eso, fuimos succionados por esta enorme cantidad de agua. Entiendo que después de que abrimos la puerta en la primera cámara, el sistema empujó esa agua a esta piscina constantemente. Así es como se supone que debe ser. Llenamos esta piscina con agua totalmente por accidente, y ese agujero en el piso es una trampa para cualquiera que intente entrar aquí".

"¿Eso significa que encontraremos una trampa en cada cámara?" Preguntó Makho.

"Probablemente. Tenemos que estar al tanto de todo lo que nos rodea", dijo Harkhuf.

"¿Y quién construyó esto?" preguntó Zhoto.

"Este lugar de seguro fue construido por los antiguos egipcios que vivían en esta área de la Tierra", dijo Amy.

"¡Eran unos genios!" dijo Makho.

"¡Si que lo eran!" dijo Amy, sonriendo.

"¿De qué están hablando?" preguntó Frank, moviéndose hacia el grupo. Las luces azules alrededor de su estructura estaban apagadas.

"¡Oh no! ¡Los archivos!" exclamó Makho.

"No se preocupen, ahora sabemos cómo acceder a los archivos", dijo Amy, poniendo el comunicador dentro de uno de los compartimentos. "Frank, carga el comunicador, accede a mis notas y agrega a tu sistema las definiciones de lo que acabo de escribir allí".

"Claro, Amy", dijo Frank.

"Chicos, ¿cuál fue el siguiente elemento?" preguntó Amy.

"Metal", dijo Harkhuf.

"Mi elemento", dijo Zhoto, sonriendo.

"El mío también", señaló Mokhy.

"Muy bien, abramos la siguiente puerta", dijo Amy con optimismo.

"Como maestro del cerebro de esta operación", dijo Makho, "sé que la fórmula es darle el elemento al elemento. De esa manera, lo lograremos. Como por ejemplo luz a la luz, agua al agua ..."

"Entonces, sugieres que deberíamos darle metal al metal, ¿verdad?" dijo Amy, sonriendo.

"Así es, mi venerada reina", respondió Makho haciendo una reverencia.

"Maestro del cerebro, ¿eh?" dijo Zhoto mientras el grupo llegaba a la pared de la siguiente cámara.

Toda la habitación era un cuadrado perfecto, hecho de la misma roca lisa y elegante que las otras cámaras, pero esta no tenía nada en las paredes. La puerta de la otra cámara estaba perfectamente cortada en una de las esquinas de la habitación. Harkhuf iluminó los alrededores, pero no había señales, elementos o pistas de qué hacer. Mokhy comenzó a tocar las superficies en busca de algo útil mientras el resto del grupo caminaba por la habitación.

"¿Qué piensas, cerebro maestro?" dijo Zhoto en broma.

"Shhh, cerebro maestro pensando", respondió Makho. "¡Hay cuatro paredes, Zhoto, elige una! Estoy examinando esta."

"Tengan en cuenta que aquí también debería haber algo parecido a una trampa. Manténganse alerta", dijo Harkhuf.

Amy caminaba lentamente en medio de la habitación, tratando de entender el problema que ocultaba la cámara. De repente, un círculo perfecto a su alrededor se hundió un par de centímetros en el suelo.

"¡Ah! ¡Mokhy!" gritó Amy.

"¡No te muevas! ¡Es una trampa!" gritó Harkhuf.

Los cinco se quedaron quietos casi sin respirar.

"¡Espera, espera, yo no me muevo y el piso tampoco se mueve! ¡Quédense donde están, chicos! Creo que puede ser parte de la apertura de la puerta."

"¡No podemos jugar a este juego, es muy arriesgado, Amy!" gritó Harkhuf.

"Espera, solo espera. ¡Estoy pensando!" dijo Amy, muy quieta sobre la sección hundida del piso.

"¡Solo prepárate para saltar si pasa algo, mi señora!" gritó Zhoto.

"Sí, yo también pensé en eso", respondió Amy. Ahora, todos están frente a una pared de esta habitación. Echen un vistazo a su superficie que cada uno tiene y comprueben si algo cambió después de que se movió esta sección del piso bajo de mis pies.

"No veo nada diferente", respondió Makho al instante.

"¡Makho!" gritó Amy. "¡Hazlo con detalle, por favor!"

Makho quedó sorprendido con la llamada de atención de Amy. Le recordó a cuando su madre le llamaba la atención cuando él era un niño. "Sí mi reina."

Entonces Mokhy dió dos palmadas desde su lado de la habitación.

"¿Qué pasa, Mokhy?" dijo Amy, con el brazo bien abierto por si acaso pasaba algo más con el suelo.

Mokhy movió su cuerpo ligeramente hacia la derecha, revelando al grupo un pequeño agujero en la pared.

"¿Estuvo todo el tiempo allí?" preguntó Amy.

"No", señaló Mokhy con la cabeza.

"Hay otro aquí", dijo Zhoto desde su pared.

"Sí, yo también tengo uno aquí", dijo Harkhuf.

"Esperen un minuto, ¿por qué todos tienen un agujero en la pared y no yo?" dijo Makho, decepcionado. "Por qué siempre tengo que tener la parte más complicada ... Oh, esperen, sí, aquí también hay uno".

"Ok, eso fue fácil", dijo Amy. "Voy a intentar salir de este círculo. Ustedes, muchachos, acerquen la mano al agujero en la pared para no perderlo de vista y veamos qué pasa."

"Ten cuidado, Amy", dijo Harkhuf.

"¡Muévase despacio, mi señora!" gritó Zhoto.

"En eso estoy, chicos," dijo Amy, moviendo lentamente un pie fuera del pequeño círculo. Aún así, con los brazos bien abiertos,

Amy logró mantener el equilibrio en un pie mientras se acercaba a la superficie. "Ya casi," murmuró con algunas gotas de sudor corriendo por su frente.

Tan pronto como Amy puso un pie fuera del círculo, la porción saltó de nuevo, plana en el suelo. Un sonido de clic vino de todas partes.

"¡Revisen los agujeros!" dijo Amy.

Harkhuf, Zhoto y los gemelos volvieron la cara hacia sus partes de la pared descubriendo que las aberturas desaparecieron.

"¡Ya no están aquí, mi dama!" gritó Zhoto.

"¡Aquí igual!" "¡Aquí también!" "¡Desapareció!" dijo la tripulación.

Entonces, totalmente confiada, Amy regresó de nuevo en la sección circular del suelo. Al bajar una vez más, los agujeros en la pared se volvieron a abrir, confirmando un sistema mecánico activado por la presión sobre esa plataforma.

"Está bien, nos estamos acercando", dijo Amy, sonriendo. "Mokhy, ¿puedes ver algo dentro? ¡Usa la pequeña piedra de cristal!" Amy le arrojó el collar de regreso a Mokhy. Rápidamente le echó una mirada a la pequeña y profunda abertura de la pared.

"¿Qué pasa, hermano?" preguntó Makho.

"Dale un poco de espacio. Que se mantenga concentrado", dijo Harkhuf.

Mokhy giró y señaló que el agujero se parecía mucho a un ojo de cerradura.

"¿Un ojo de cerradura?" dijo Zhoto.

"¿De verdad?" dijo Amy, sorprendida.

"Oh, genial. Ahora estamos atrapados", dijo Makho con pesimismo.

"Espera, probablemente ese pequeño agujero no sea para una llave. Recuerda que estamos en la cámara de metal. ¿Qué pasa si ponemos un trozo de metal allí?" dijo Amy, poniéndose de pie sobre la sección circular.

"Pero, ¿qué tipo de pieza de metal cabe allí? No tenemos nada como eso", dijo Harkhuf.

"No creo que estés en lo correcto, mi querido Harkhuf", dijo Zhoto.

"¿Qué? ¿Qué quieres decir?" dijo Harkhuf.

"Los del Tercer Nivel siempre tenemos algo de metal con nosotros", dijo Makho, sacando su noter.

"Ustedes se pasan a veces ..." dijo Amy, casi gritando de alegría.

Mokhy y Zhoto hicieron lo mismo. La legendaria herramienta que tenían los ingenieros era precisamente del tamaño exacto del pequeño agujero en la pared.

"¿Qué es eso? ¡Además solo tenemos tres!" Dijo Harkhuf.

"Eso, mi amigo, es un noter", dijo Amy con orgullo, sacando el suyo de su bolso de cintura. "Todos en el tercer piso tenemos uno, si te lo ganas".

Los gemelos y Zhoto sonrieron con rostros llenos de orgullo. Amy le arrojó su noter a Harkhuf.

"Usa este. Y, cuidado, es nuevo".

Harkhuf giró su cuerpo hacia el ojo de la cerradura, todavía sorprendido por todas las increíbles coincidencias de este viaje.

"Cuatro llaves y cinco lugares en la misma habitación", dijo Harkhuf con voz suave. "Se siente ... providencial".

"¡Hagámoslo!" dijo Amy.

Harkhuf, Zhoto, Makho y Mokhy introdujeron sus noter dentro de las cerraduras, e instantáneamente, un fuerte ruido sordo vino de todas partes. En cosa de segundos, la habitación comenzó a girar lentamente, haciéndolos perder el equilibrio por un momento. Todos vieron cómo la puerta que conectaba la habitación de la piscina se cerraba lentamente con una pared rugosa de bloques cuadrados de roca. Amy estaba en la misma posición porque el círculo donde ella estaba parada no giraba con la habitación. Una sensación claustrofóbica recorrió la mente de todos mientras la habitación continuaba girando, seguida por el estruendo bajo sus pies. El grupo se quedó en silencio, pensando que todo era parte de los obstáculos de la sala y que todo terminará en los próximos segundos.

"La habitación está realizando un giro estructural alrededor del punto de presión donde Amy está de pie", dijo Frank con su voz siempre tranquila.

"¡Qué significa eso!" gritó Makho.

"¡Estamos girando hacia la siguiente puerta!" gritó Amy.

"¿Cómo estás tan segura?" gritó Makho en medio del ruido.

"¡Puedo verlo desde aquí, desde mi perspectiva!"

"Eso es correcto", dijo Frank. "Si mis cálculos son sólidos, realizaremos un giro de 180 grados hacia la entrada de la siguiente cámara".

"¡Ustedes permanezcan en sus posiciones! ¡Estamos casi allí!" gritó Amy con un tono inspirador a su equipo.

La cámara estaba girando contrarreloj, y Amy trazó mentalmente una línea recta desde el punto donde estaba la entrada de la habitación de la piscina.

"Si todas las cámaras de este edificio están en fila y en línea recta, como vimos en el mapa que nos mostró Frank, la puerta a la siguiente cámara estará allí en 3, 2, 1 ..."

Luego, la pared de bloques cuadrados terminaba de girar, revelando una oscura abertura a la cuarta cámara.

"¡Lo sabía!" dijo Makho.

"Por supuesto que sí", dijo Amy, sonriendo.

Tan pronto como la habitación se detuvo, la puerta se abrió. Los noter cayeron de cada ojo de la cerradura, y el círculo donde Amy estaba parada, regresó lentamente a la superficie con ella aún parada sobre el.

"Creo que somos bastante buenos resolviendo mapas", dijo Amy.

CAPÍTULO 9 - TRES ESFERAS

Cuando la habitación se detuvo por completo y la puerta del siguiente obstáculo estaba frente a ellos, Harkhuf se puso de pie en la entrada y miró la cara de sus amigos.

"Todos acaban de ver lo que ha sucedido aquí hoy", dijo Harkhuf. "Cuatro cerraduras que debían ejecutarse al mismo tiempo y un botón en el medio. Todos estamos aquí en este edificio y no es por error. Eso se los aseguro. No creo en las coincidencias y esto es algo que ninguno de nosotros puede explicar. Pero por alguna razón, se suponía que debía ser así. Los cinco estábamos destinados a estar hoy aquí, en este preciso edificio y bajo la misma misión, la cual es recuperar el equilibrio del cosmos. Como pueden ver, tenemos que estar juntos hasta que termine esta misión. Todos ustedes, tengan cuidado con cada paso que den. Presten especial atención a cualquier riesgo inminente a su alrededor. No podemos morir antes de que Amy ponga sus manos en los fragmentos faltantes. Se que pronto descubriremos cómo escaparemos de este planeta, pero por ahora, debemos concentrarnos en la misión. Amy nos necesita más que nunca y tenemos que estar preparados para sobrevivir hasta que los fragmentos se reúnan. ¿Me he explicado bien?"

Después de ese discurso, todo el grupo miró a Harkhuf como el mejor líder inspirador del universo. Todos sabían que su destino era estar allí. Pero todos necesitaban escucharlo de una vez por todas.

"Sí", "Sí, Harkhuf", "Sí", respondió el grupo. Mokhy se acercó a él y tocó el hombro de Harkhuf. Mokhy asintió con la cabeza.

El grupo se trasladó lentamente a la siguiente cámara. Como las demás, la sala estaba en oscuridad absoluta, por esa razón, Harkhuf y Zhoto sostuvieron las luces de sus cascos a izquierda y derecha, tratando de cubrir la mayor superficie posible con luz. Makho caminaba detrás de ellos, luego la reina y Frank en el medio y detrás de ellos, Mokhy, asegurándose de ser lo suficientemente rápido y fuerte para protegerla si algo llegara a pasarle a Amy.

"La sala es redonda, exactamente como la anterior", dijo Zhoto.

"Excepto por esa línea en la pared", dijo Harkhuf.

"¡Miren! ¡Hay una puerta al otro lado!" dijo Makho.

"Ok, todos, cálmense e inspeccionemos la habitación primero", dijo Amy. "Hagámoslo como la última vez. Movámonos a diferentes lugares para que podamos cubrir más espacio".

El grupo se movió lenta y cuidadosamente. Amy volvió a caminar hacia el centro de la nueva sala con la idea de tener una mejor vista. Tan pronto como llegó vio que no había un círculo en el centro. Ella esperaba algo similar para que pudieran tener un avance en el problema. También vio marcas talladas en el hermoso y liso piso.

"Hey chicos, creo que encontré algo aquí", dijo Amy.

"¿Qué pasa, Amy?" preguntó Harkhuf.

Amy movió la cabeza como si siguiera un círculo escrito en el suelo. "No sé, pareciera ser una escritura egipcia antigua".

"Déjame echar un vistazo", dijo Zhoto, caminando hacia ella.

"Mira, esta línea en la pared es como un camino por el que pasa algo redondo. Me pregunto si será una canaleta para que pase agua por ella", dijo Makho.

"Es verdad, tiene suficiente curva como para dejar que el agua corra alrededor de la sala", dijo Harkhuf.

"Mira, Zhoto. Estos son varios símbolos que eran característicos de la escritura del antiguo Egipto. Nos enseñaban esto en las clases de historia en la escuela", dijo Amy.

"Recuerdo que nos dijiste algo así en el palacio", dijo Zhoto. "Esta es nuestra vieja escritura, mi señora. No tengo idea de cómo la gente de la Tierra desarrolló este escrito, pero lo usaba el antiguo reino de nuestro planeta. Nos enseñaban a leer este lenguaje para que pudiéramos entender los principios de la corona real. Esta escritura se perdió después que Meryptah y su padre murieron".

"Vaya, tengo tantas preguntas en este momento", dijo Amy. "¿Puedes leerlo?"

"Por supuesto, mi señora,", respondió Zhoto. "Aquí dice Zethroh."

"¿Zethroh? Me suena a que ya he escuchado eso antes" dijo Amy.

"Nuestros uniformes están hechos de Zethroh", dijo Harkhuf.

"Oh, espera, sé esto. Este es el material que reacciona con la luz. Yo lo llamo Pettron. Pettron blanco y negro," dijo Amy.

"Ese es el siguiente elemento en la lista de Los Fundamentales", dijo Harkhuf.

"¡Tienes razón! ¡Ese es el elemento de esta sala!" dijo Amy, emocionada. Pettron fue la principal herramienta de su supervivencia. Ella sabía todo al respecto y cree que sabrá qué hacer.

"Amy, puedo ver que la pista tallada en la pared está en perfecto nivel cero. Toda la línea es perfecta, sin desniveles. Eso significa que si es agua lo que pasará por ahí, no irá a ningún lado," dijo Frank, proyectando en la pared una línea roja con un fino láser, lo suficientemente clara como para ver que el surco en la pared estaba perfectamente a nivel.

"Puedo verlo ahora. Esto es muy interesante. ¡Buen trabajo, Frank!" dijo Amy, caminando hacia la pared.

Entonces Mokhy aplaudió dos veces.

"¿Qué pasa, Mokhy?" preguntó Makho.

Mokhy señaló una esfera negra que encontró del tamaño de su puño.

"Espera un minuto", dijo Harkhuf.

"Qué. ¿Tienes alguna idea de cómo funcionará esto?" dijo Amy. "Te pregunto porque cuando vi esta canaleta en la pared, inmediatamente se me vino a la mente de que algo redondo podría rodar por ella".

"Sí, estaba a punto de sugerir eso", dijo Harkhuf.

"¿Pero qué hay de esa parte de la pared, a la que le falta una sección? Ahí, donde está la puerta que nos lleva a la habitación anterior," preguntó Makho.

"Sí, me di cuenta de ese espacio", dijo Amy, mirando meticulosamente la canaleta tallada en la pared. "Al muro le faltan dos secciones. Primero, la puerta de donde venimos, y segundo, la puerta cerrada a la siguiente sala. Pero, ahora miren dónde está Mokhy de pie, cerca de la bola negra. Eso parece el comienzo de la canaleta. Creo que la bola negra debe correr hasta el otro lado de la pared y llegar al otro lado de la puerta, pero la pregunta es cómo va a saltar por el espacio que falta".

Mokhy intentó levantar la esfera del canal, pero era pesada. Además, el canal no era lo suficientemente grande como para extraer dicha esfera de allí.

"Parece que la única forma de mover esta esfera desde ese punto es con velocidad", dijo Zhoto. "Con suficiente impulso, la esfera cruzará el espacio faltante en la pared y aterrizará en la siguiente canaleta, siguiendo la ranura hasta que toque el otro lado de la siguiente puerta".

"Suena complicado y un poco imposible", dijo Makho, levantando las cejas. Makho y Zhoto tenían una ridícula y chistosa competencia tratando de demostrar sabiduría el uno al otro.

"Espera, creo que tienes razón. ¡Inspeccionemos la próxima puerta, chicos!" dijo Amy.

Movieron la luz alrededor de la puerta, tratando de encontrar una cerradura o algo que debiera moverse para abrirla. Una vez que la luz de uno de los cascos tocó la esfera, ésta levitó dentro de la canaleta.

"¡Oye, oye!" gritó Makho, señalando el elemento.

"Por supuesto", dijo Amy. "La esfera está hecha completamente de Pettron o Zethroh en el idioma antiguo".

"Y mira aquí", dijo Zhoto. "Este otro lado de la canaleta tiene un cilindro, como un botón. Parece que si golpeamos esta pieza, se abrirá la cerradura de la puerta. Desafortunadamente, no tenemos herramientas lo suficientemente sólidas para hacer frente a esto."

"Déjame pensar, déjame pensar", dijo Amy, caminando con las manos en la cintura. "Tengo la sensación de que este problema será solucionado con física pura. No creo que haya magia aquí. Es sólo física ..."

"Probablemente la velocidad que necesita la esfera para cruzar el espacio vacío es justamente la fuerza de impacto que necesita la cerradura para liberar la puerta", dijo Frank.

"¿Qué?" dijo Makho. "Me perdiste ahí Frank".

"Las leyes de la física determinan que la fuerza del impacto aumenta con el aumento de la velocidad", murmuró Amy.

"Ok, ¿de qué estamos hablando aquí?" dijo Makho.

"Tú eres el cerebro maestro, ¿No Makho?" dijo Zhoto bromeando.

"Si ponemos Pettron blanco al principio de la cuneta, y ponemos algo de luz sobre el Pettron negro, se creará una reacción considerable porque se repelerán entre sí. La esfera saldrá disparada y recorrerá el camino, saltando como un proyectil evitando el espacio vacío".

"¡Intentémoslo, Amy!" dijo Frank, moviéndose hacia la esfera negra.

"Pero, ¿y si fallamos? ¿Qué pasa si la esfera no genera suficiente velocidad y fuerza de impacto? " preguntó Amy.

"Lo duplicaremos", respondió Frank.

"Sí, tienes razón, porque las leyes de la física determinan que la energía, que es la fuerza que necesitamos para que la esfera choque con la cerradura y se abra la puerta, es igual a la mitad de la masa del objeto multiplicada por el cuadrado de su velocidad", dijo Amy, caminando.

"Ok, ustedes tienen que explicar todo esto porque no tengo idea de lo que están hablando", dijo Makho, frustrado.

"No te preocupes, querido Makho, solo mira esto", dijo Amy, tocando su barbilla suavemente.

Amy sacó una piedra Pettron blanca de su bolsa de cintura. Las mismas piedras que usó en los generadores. Se colocó justo al principio de la canaleta, a la izquierda de la puerta que daba a la siguiente sala y estaba lista para poner un poco de luz sobre la esfera.

"¡Ok, chicos, espero que esto funcione!" dijo Amy, caminando hacia atrás y dejando que Frank se encargara de activar la esfera con su intensa luz.

La tripulación se trasladó al centro de la cámara cilíndrica deseando que esto funcionara.

"¡Ve, Frank!" gritó Amy.

Frank dirigió su potente luz sobre la esfera negra de Pettron e instantáneamente se movió como una bala, a gran velocidad, a través de la canaleta, silbando a medida que avanzaba. Luego saltó de una pared a otra, cayendo perfectamente dentro de la siguiente canaleta. La esfera continuó su viaje salvaje a través del canal hasta que se estrelló contra un botón cilíndrico en el lado derecho de la puerta con un fuerte sonido de choque. Pero la puerta no se abrió.

"Pero, esperen. ¿Qué acaba de suceder?" dijo Makho.

"¡Eso fue increíble!" Mokhy hizo una señal, levantando los brazos dos veces.

"Echemos un vistazo", dijo Harkhuf.

Amy y Harkhuf analizaron el botón y confirmaron que efectivamente se movió.

"Solo necesita un golpe un poco más fuerte", dijo Amy.

"Tenemos que repetir el evento, pero esta vez, tenemos que aumentar la velocidad", dijo Frank.

"Sí, pero desde aquí", dijo Amy. Tomó el Pettron blanco del otro lado de la canaleta y lo ubicó entre el botón cilíndrico y la esfera negra.

"¡Ok, Frank, todo tuyo!" dijo Amy, sonriendo y retrocediendo.

Entonces Frank volvió su rayo una vez más, y la esfera instantáneamente hizo su viaje de regreso al comienzo de la canaleta con un sonido de tubo rápido y fuerte. La esfera se estrelló al inicio del canal.

"Ahora, voy a poner dos piedras de Pettron blancas", dijo Amy.

"Sí, de esa manera, aumentaremos la fuerza del impacto en cuatro", confirmó Frank.

"Tengo que decir que esto se está poniendo muy interesante", dijo Makho.

Mokhy ayudó a Amy a encajar las rocas blancas en la pista.

"Esto va a funcionar", señaló Mokhy.

"Intentémoslo una vez más", dijo Amy, mirándolo con esperanza.

El grupo volvió a caminar hacia el centro de la sala con la idea de mantenerse a salvo. La bola podría escapar de la cuneta, transformándose en un peligroso elemento balístico.

"Está bien, Frank, haz lo tuyo", dijo Harkhuf.

"¡Fuego en el hoyo!" dijo Frank con una grabación de una película que tenía en la memoria.

El potente rayo iluminó las rocas blancas y la esfera negra inició el viaje a gran velocidad por la pista, saltando de una pared a otra y golpeando con fuerza la cerradura cilíndrica del otro lado del marco de la puerta.

"¡Vamos a ver!" dijo Amy, corriendo hacia la línea de meta.

Desafortunadamente, la fuerza del impacto no fue suficiente y la pieza que sujeta la puerta no se movió en absoluto.

"Pero, cómo ..." dijo Amy.

"No se preocupe, tenemos que pensar en esto", dijo Harkhuf, elevando el espíritu del grupo.

"Sabes, a veces tienes que golpear algunas piezas repetidamente para ablandarlas", les indicó Mokhy.

"¡Sí, es verdad! ¿Qué pasa si hacemos esto varias veces?" dijo Zhoto.

"No tenemos tiempo para hacer esto muchas veces. Necesitamos pensar más. Tenemos que encontrar una solución rápida a este problema ", dijo Amy.

"Oye, mantengamos el ánimo. Intentémoslo de nuevo", dijo Harkhuf.

Una vez más, Amy puso las piedras blancas en el lado opuesto para devolver la bola. Frank proyectó su foco de luz y la pelota recorrió toda la habitación hasta el punto inicial.

Amy se sentía un poco desanimada, pero Mokhy y Harkhuf la ayudaron con energía positiva.

"No disponemos de una herramienta pesada para abrir esta puerta. Esta es la mejor opción que tenemos, gracias a ti y tus piedras mágicas", le señaló Mokhy.

"Eres un buen amigo, Mokhy", dijo Amy, abrazándolo.

"Ahora, intentémoslo de nuevo, pero duplicando la velocidad. Ya lo probamos con dos. Al duplicar esa velocidad, aumentaremos la fuerza de impacto en 16.

"Entendido", dijo Amy. Fue a su riñonera y tomó las otras dos piedras de Pettron blancas cuando instantáneamente se dio cuenta de algo. "¿Y si ponemos dos piedras blancas a cada lado y una fuente de luz en cada extremo?"

"La esfera comenzará su viaje como vimos antes, pero derogará las otras dos rocas en el otro extremo", dijo Frank.

"Y retrocederá y avanzará repetidamente con la velocidad suficiente para presionar el botón", agregó Zhoto.

"¡Estamos a salvo!" gritó Makho con los brazos en alto.

"¡Vamos a hacerlo!" dijo Amy, casi riendo. "¡Este es un gran plan!"

El grupo ubicó dos rocas a cada lado del marco de la puerta. En el otro extremo, la esfera entrará en contacto con otra fuente de luz proveniente de todas las luces del casco. Esa reacción creará suficiente fuerza de repetición para empujar las dos rocas Pettron blancas que tocan la cerradura de la puerta. Si el plan funciona, la bola viajará nuevamente al principio, iniciando el viaje de regreso a la cerradura de la puerta. Esto creará una secuencia que golpeará el cilindro tantas veces, rompiendo el sistema y liberando la puerta a la siguiente cámara.

"Después de todo, esta es la habitación de Pettron, ¿verdad?" dijo Amy, sonriendo. El grupo asintió con felicidad.

"¡Todo listo!" Mokhy hizo una señal.

Zhoto y Harkhuf sostenían los cascos, cada uno proyectando luz al final de la cuneta, donde las dos rocas blancas tocan la pieza del cilindro. Frank estaba listo para encender su rayo, iniciando el bucle frenético. Makho y Mokhy rodearon a Amy, protegiéndola en caso de que todo el plan fallara, y los escombros pudieran proyectarse en todas direcciones.

"¡Manténganse alerta, amigos! ¡Frank, hazlo!" gritó Amy.

Tan pronto como Frank dirigió su potente rayo hacia la esfera negra, comenzó el viaje por la canaleta, y rápidamente la bola llegó al otro extremo cuando la luz proveniente de los cascos alimentaba al Pettron, haciendo que la bola rechazara el contacto con el Pettron blanco. Al instante, la pelota retrocedió, comenzando su viaje de regreso al principio. En ese momento, se escuchó un crujido procedente de la cerradura de la puerta.

"¡Está funcionando!" dijo Makho.

"¡Yo lo vi! ¡La cerradura de la puerta se movió!" gritó Harkhuf.

El sonido de la bola silbando a través de la cuneta llenó el aire de la sala circular cuando el segundo viaje comenzó de inmediato. Luego, la esfera tocó el extremo nuevamente, repitiendo el sonido del crujido. De nuevo, volviendo aún más potente. Otro crujido, y otro, y otro.

Entonces, todo el cilindro explotó, arrojando polvo y pequeños pedazos por todas partes. La esfera destruyó la cerradura, cruzó el espacio de la puerta y llegó al punto inicial, donde el rayo de Frank iluminaba las dos rocas blancas de Pettron. La esfera inició el viaje de regreso, pero Harkhuf y Zhoto ya se movieron del evento destructivo, quitando la luz de ese punto. La bola retrocedió, regresando por la cuneta, pero sin suficiente velocidad. Al llegar a la parte de la pista donde se suponía que debía saltar a la siguiente pared, la pelota cayó lentamente al suelo, rompiendo el piso liso con su pesadez.

Entonces, un fuerte sonido rocoso vino de la puerta. Toda la puerta comenzó a deslizarse hacia abajo lentamente, dejando un camino abierto a la siguiente cámara.

"¡Lo hicimos!" gritó Amy.

"Vaya, ¿Viste lo pesada que es la esfera?" dijo Makho, caminando hacia el objeto en el suelo.

"¡Esto fue muy emocionante!" dijo Zhoto. "¡Nunca he tenido un momento como este en toda mi vida!"

"Eso fue increíble", dijo Harkhuf con su voz seria.

Amy abrazó a cada uno de ellos, celebrando este increíble logro. Hicieron un círculo y Amy los invitó a sentirse fabulosos, a sentirse dignos. Frank estaba en el medio del círculo grabando este momento grupal.

"Ustedes son un grupo imparable", dijo Frank.

"¡Eso es! Los imparables y el cerebro maestro", dijo Makho. Todos rieron.

"Vamos. Todavía tenemos tres cámaras más para abrir; no hay tiempo que perder", dijo Amy, alentadoramente.

"¡Esperen! ¡Tengo que llevarme esa esfera como recuerdo!" dijo Makho.

Corrió hacia la esfera de Pettron negro en el suelo mientras Mokhy ayudaba a Amy a recoger sus piedras de Pettron blanco.

"¡Todo esto es una locura! A veces es extraño, pero tiene sentido, todo. ¿Sientes lo mismo?" le preguntó Amy a Mokhy.

"Si. Se siente como un sueño. Uno bueno," señaló Mokhy.

"¡No puedo! ¡Es demasiado pesada!" gritó Makho.

"¡Déjalo! ¡Vamos!" gritó Zhoto.

"Pero, pero ..." dijo Makho.

"¡No tienes que levantar la esfera Makho!" dijo Amy, casi riendo. "¿No aprendiste nada de este experimento, ah?"

"¡Sí, por supuesto!" dijo Makho, sin una mínima idea de qué hacer. "Dime, Amy, ¿cómo lo levantarías tu? Quiero decir, yo sé cómo, pero quiero saber si tienes otra forma de hacerlo. Tu sabes..."

"Usa tu casco, Makho", dijo Frank.

"¿Para cargarlo?" respondió Makho.

"Parece que, después de todo, no hay vida inteligente en el espacio", agregó Frank, proyectando su rayo sobre la esfera. El Pettron negro instantáneamente flotó sobre el suelo. "Usa tu casco, Makho. Enciende la luz."

El grupo se rió mientras Makho intentaba mover la esfera para llevársela. Después de un par de intentos, renunció.

"¿Sabes que? Este elemento del cosmos pertenece aquí. Lo voy a dejar aquí mejor."

El grupo asintió con sonrisas en sus rostros.

"Vamos", dijo Amy.

"Oye, escucha eso", dijo Harkhuf.

"¿Es eso el sonido de agua corriendo?" preguntó Zhoto.

Los cinco miembros cruzaron la puerta lentamente, mirando a todas partes usando la luz de los cascos. Frank estaba en el frente con un escáner analizando la habitación cuando de repente se detuvo y comenzó a rodar hacia atrás.

"Detecto un campo electromagnético adelante, en el medio de esta habitación. Este campo dañará mi sistema de forma permanente e irreversible. Tengo que apagar todos mis sistemas ahora mismo. Ya me está afectando".

"¡Pero Frank!" dijo Amy, tocando su estructura.

"No te preocupes. Vuelve a encenderme cuando estés fuera de esta habitación". Entonces todas sus luces, mecanismos y sistemas se apagaron. El grupo sintió que toda la misión estaba en peligro sin Frank.

"Es demasiado pesado; ¿cómo lo vamos a mover?" preguntó Makho.

"Cuando sus sistemas están apagados, o su batería está agotada, su sistema oruga libera sus engranajes. Básicamente sus orugas quedan en neutral; simplemente lo empujaremos", dijo Amy. "Lo bueno es que este suelo es perfectamente plano y liso. Esta situación no se parece en nada a empujar el pesado cuerpo de Frank a través de la jungla. Créanme."

"Yo lo empujaré. Ustedes caminen", señaló Mokhy.

"Gracias, Mokhy, "dijo Amy, tocándose la barbilla.

La habitación era circular con una cúpula alta, todo hecho de piedra lisa y elegante. Las paredes estaban llenas de historias, símbolos y textos, todos en idioma egipcio antiguo o en el idioma antiguo del reino Strattos. Las paredes tenían colores y otros grabados realizados con oro y plata. Grandes jarras hechas de cobre se alineaban con la pared circular en una secuencia perfecta, y un fino rayo de sol atravesaba la sala a través de un pequeño orificio en el costado de la alta cúpula. En el centro de la habitación habían tres esferas gigantes ubicadas sobre gruesos pilares. Las esferas estaban a una altura suficiente como para que el alto Harkhuf no las alcanzara con sus brazos. Los pilares estaban erguidos en cada esquina de un triángulo tallado en el duro suelo. En el centro había una silla hecha de la misma piedra, mirando directamente a uno de esos pilares.

"¿De qué se trata esta habitación?" preguntó Zhoto.

"Se supone que esto sería Lógica si es que seguimos el orden de lo que dicen los archivos, pero estoy confundido porque parece una cámara principal final", dijo Harkhuf.

"¿Qué pasa si esta habitación es todo Thry", dijo Zhoto.

"Lógica, fuego y tiempo, ¿verdad? ¿Por qué dices eso?" preguntó Amy.

"Porque puedo ver esas palabras grabadas en cada una de estas grandes esferas", respondió Zhoto, moviendo la luz de su casco hacia los elementos esféricos.

"¿En verdad? Déjame ver," dijo Amy, caminando hacia Zhoto.

"Aquí, está es Lógica, y tiene la palabra Kostra tallada en la piedra por todas partes, repetidamente", dijo Zhoto.

"Mira el pilar de Lógica, esos símbolos no están en los demás pilares", advirtió Harkhuf. "Además, creo que esos anillos con símbolos giran alrededor del pilar".

"Eso tiene sentido", dijo Amy. "Es lógica. Después de todo, esperaba un problema matemático o de solucionar un problema lógico. Es obvio."

"Mira el siguiente, dice Viktre en la esfera", dijo Makho.

"Eso es fuego", dijo Zhoto.

"Y huele fatal", dijo Mokhy, señalando un líquido aceitoso negro alrededor de la base del pilar.

"El último es diferente", dijo Zhoto, caminando alrededor del asiento en medio de las estructuras. "La base de esta silla de piedra tiene un espacio cuadrado sacado en el piso y conecta con este último pilar a través de esta canaleta".

"Pree," dijo suavemente Harkhuf.

"¿Es este nuestro planeta?" dijo Makho.

"Sí, y simboliza el tiempo", dijo Amy.

"Mira", señaló Mokhy, señalando un tallado alrededor del pilar y una jarra de cobre que estaba más cerca. El jarrón tiene un grabado que dice Pree alrededor de la forma repetidamente. "Vamos a ver. Parece que esta cámara no tiene puerta. ¿Pueden asegurarse de eso chicos?"

"Sí, mi señora", dijo Makho, caminando de inmediato. Mokhy asintió también.

"Harkhuf, Zhoto, intentemos descifrar el primer pilar", dijo Amy.

Efectivamente, los anillos con símbolos en el primer pilar giran alrededor de la estructura tubular. Todos ellos tienen personajes fáciles de reconocer para Amy.

"Ok, este anillo tiene caballos, el siguiente abajo tiene pájaros, el siguiente tiene jarras y el último tiene gatos. Excelente. No tengo idea qué significa esto", dijo Amy, cruzando los brazos, tratando de pensar.

"Mira esos de abajo. Esos tienen puntos, como para contar", dijo Harkhuf.

"Uno, dos, tres ..." Zhoto comenzó a contar.

"Ok, mira allí, arriba de los anillos con animales", dijo Amy. "Parece un código para cada animal. Es como si cada forma de esos anillos representara un número".

"Déjame ver", dijo Harkhuf, apuntando la luz de su casco. "Tienes razón. Esos son puntos que podrían representar un número. Vamos a ver. Parece que tres caballos es igual a 30".

"Dale, tres caballos, 30, lo tengo", dijo Amy.

"Entonces, un caballo y dos pájaros equivalen a 18", continuó Harkhuf.

"¿OK, qué? Oh, ya veo, básicamente, un pájaro es igual a 4, ¿verdad?" Dijo Amy.

"Exactamente", dijo Harkhuf, mirándola. Luego volvió a los símbolos. "Un pájaro y dos jarras es igual a 2. Espera, eso no tiene sentido ..."

"Un pájaro y dos jarras equivalen a 2 ...", dijo Amy, repitiendo en voz alta.

Los tres se quedaron en silencio por un momento.

"Además, estos dos anillos van del 1 al 50", agregó Zhoto.
"Y hay una línea tallada hasta arriba, que cruza todos estos anillos giratorios.

"Esto se está complicando", dijo Amy.

"Además, esta sala no tiene puerta", dijo Makho.

"Esta es la última sala", agregó Mokhy.

"Lo tengo", dijo Harkhuf.

"¿Qué encontraste? Dinos," dijo Amy, emocionada.

Este pilar representa la lógica. Por supuesto, este es un problema que tenemos que responder usando el pensamiento primario", dijo Harkhuf apuntando su luz hacia arriba. "Mira esta línea que cruza verticalmente todo el pilar. Si hago girar el primer anillo con caballos, verán que hay caballos en todo el rededor del anillo, pero entre uno de ellos, el caballo está reemplazado por un círculo."

"Te entiendo", dijo Amy. "Entonces, pájaros, jarras y gatos". Amy hizo girar el resto de los anillos hasta que todos quedaron alineados con los círculos de cada uno de ellos. "Ahora, Harkhuf, dime los números desde el principio".

"Ok, aquí vamos", dijo Harkhuf. "Tres caballos equivalen a 30".

Luego, Amy movió lentamente hacia la derecha el anillo con caballos. "Uno, dos y tres".

Enseguida, un clic rocoso sonó dentro del pilar.

"Creo que estás en la operación correcta, mi señora", dijo Zhoto.

"Perfecto, siguiente", agregó Amy.

"Un caballo y dos pájaros equivalen a 18", dijo Harkhuf.

"Eso sería ..." dijo Amy, poniendo sus manos en el anillo con pájaros. "Uno, dos, tres y cuatro".

Luego vino otro clic desde el interior.

"Los pájaros son iguales a 4", dijo Amy sonriendo. "¿Próximo?"

"Aquí vamos. Un pájaro y dos jarras es igual a 2", dijo Harkhuf.

El grupo guardó silencio por un momento.

"¡Es una resta!" dijo Amy. "El pájaro tiene 4 y la jarra es 2. ¡4 menos dos es 2!"

"¡Buen trabajo, mi señora!" dijo Zhoto.

"No tengo idea lo que están haciendo", agregó Makho.

Amy hizo girar el anillo con jarras dos veces, y otro clic vino del pilar.

"¡Bello! ¿Qué sigue?" preguntó Amy.

"Bueno, la siguiente parece ser la pregunta principal", dijo Harkhuf. "El problema es una jarra, un caballo y un pájaro".

"Y los siguientes anillos son los dos con números del 1 al 50", agregó Zhoto.

"¿Y qué pasa con los gatos?" preguntó Makho.

"No lo sé, probablemente son parte de una estrategia para hacernos fallar en la lógica", agregó Amy, poniendo sus dedos sobre el primer anillo. "Una jarra, un caballo y un pájaro ... Una jarra, un caballo y un pájaro. Serán 15, ¿verdad?"

"Eso creo", dijo Harkhuf.

"Veamos", dijo Amy.

Hizo girar el primer anillo a la derecha, contando hasta diez. Luego giró el segundo anillo, contando lentamente hasta 5. Enseguida, un crujido y algo de polvo salió de la esfera gigante sobre ellos, en el tope del pilar. Mokhy rápidamente sacó a Amy de allí, y todos retrocedieron inmediatamente. Harkhuf iluminó el globo con su casco y descubrieron que el masivo elemento comenzaba a girar suavemente a una velocidad constante.

"Bueno, parece que solucionamos el primer problema", dijo Amy.

"Viktre es el siguiente en la secuencia", dijo Zhoto.

"Hagámoslo", dijo Harkhuf.

El pilar olía horrible y un líquido viscoso corría lentamente desde la parte superior a través de ranuras en el costado del poste.

"Cuidado con los gases que vienen de ese líquido, no los respiren", dijo Harkhuf.

"¿Ese líquido es inflamable?" preguntó Zhoto. "Porque esta es la columna de fuego. Probablemente necesitemos encenderlo."

"Tienes toda la razón, excelente atención a los detalles, Zhoto", dijo Amy. "Ojalá Frank pudiera estar despierto y analizar este líquido".

"¿Pero cómo vamos a hacer fuego? No tenemos nada alrededor", dijo Makho.

Amy buscó dentro de su bolso de mano mientras el resto del grupo hurgaba en sus ropas y uniformes en búsqueda de un agente iniciador de calor o chispa.

"Nada", dijo Amy.

"Lo mismo", "Nada", "Nada."

Mokhy estaba buscando alrededor del pilar. Luego aplaudió dos veces.

"¿Qué pasa, hermano?" preguntó Makho.

Entonces Mokhy señaló un elemento en el pilar. El grupo corrió a su alrededor para ver la cosa.

"¿Qué es?" dijo Harkhuf.

"Está hecho de algo transparente", dijo Zhoto.

"Creo que sé lo que es esta cosa", dijo Amy, tocando el elemento. "Es un espejo".

Amy usó sus delgados dedos para tirar del objeto redondo. Todo el grupo analizó el pequeño espejo, hecho de un vidrio rústico con una fina capa de plata en una de las caras. Amy miró a todas partes, buscando una respuesta.

"¿Chicos?" dijo Amy, mirando hacia arriba.

"¿Qué pasa mi señora?" "¡Que, que!" "¿Qué?"

Miren, hay un agujero en la parte superior. ¡Eso es la luz del sol!" dijo Amy.

"¡Y qué! ¿Vamos a morir? dijo Makho.

Mokhy se dio una palmada en la oreja.

"¡Ay!" dijo Mokhy.

"No ..." dijo Amy, riendo. "¡Si puedo reflejar la luz del sol hacia el líquido negro, generará algo de calor que podría hacer que la solución inflamable se queme!"

"¿Quemar? ¿Vas a hacer fuego aquí? ¡Vamos a morir sofocados!" dijo Makho.

Mokhy se golpeó la oreja una vez más.

"Ouch, está bien, está bien", dijo Makho.

Amy corrió hacia el otro lado de la habitación donde el rayo de sol tocaba la pared. Puso el espejo en el lugar perfecto y dirigió el rayo de luz hacia el líquido negro.

"¡Lo lograremos! ¡Lo lograremos!" exclamó Amy, feliz.

Entonces la luz del sol desapareció.

"¡Espera, qué pasó!" dijo Harkhuf.

"¡Pero cómo!" dijo Zhoto.

"Todos vamos a ..." Entonces Mokhy le dio una palmada en la oreja a Makho.

De repente, la luz del sol atraviesa el agujero una vez más, reflejandose en el espejo y tocando el líquido negro del pilar. Pero luego, desapareció de nuevo.

"¡Paciencia!" dijo Amy. "La atmósfera en la Tierra no es la misma que en la época en que construyeron esta estructura. Tenemos que esperar a que se mueva el polvo y las nubes. De esa manera, el sol será lo suficientemente fuerte como para iniciar un incendio".

El grupo esperó unos minutos, deseando un buen lugar entre las nubes. Luego, una luz intensa entró en la habitación a través del orificio de la cúpula. El sol reflejó y tocó el líquido una vez más.

"¡Vamos, vamos, enciende!" murmuró Amy. "¡Vamos! ¡Quémate!"

De repente, una llama azul vino por el contacto de la luz, y toda la esfera hizo un crujido. Finalmente, rodeada de llamas azules, la esfera de Viktre comenzó a girar.

"Por favor, dígame que Pree va a ser fácil", dijo Amy.

CAPÍTULO 10 - EL MURO DE LOS SORVATS

Después de que Viktre se encendió en llamas azules, toda la sala se iluminó. Harkhuf le dijo a la tripulación que ahorraran energía de sus cascos y el grupo apagó las luces. Frank todavía está protegiendo sus partes electrónicas de un campo magnético inusual en la sala, que probablemente sea la clave para preservar el resto de los fragmentos de la Piedra del Tiempo.

"Ahora, un problema más, y nos estamos acercando a cumplir nuestro destino", señaló Mokhy.

"Eso es correcto amigo mío", dijo Zhoto.

"Solo tengo una pregunta", dijo Makho, mirando hacia la esfera de Viktre rodeada de llamas. "Puedo adivinar que la silla en el centro está destinada a alguien con sangre real. Lo sé, lo sé, soy un genio."

El grupo sonrió.

"¿Y cuál es tu pregunta?" Añadió Zhoto.

"Mi pregunta es que, si Amy, nuestra reina, se sienta allí y es teletransportada fuera de este edificio, ¿cómo, nosotros, los Strattos de sangre no real, vamos a salir de aquí? ¿Uhh?"

Después de compartir esos pensamientos, todos se miraron entre sí, cuestionando el siguiente paso por delante.

"En primer lugar, mi querido Makho", dijo Amy, "creo firmemente que este no es un dispositivo de teletransporte. Pero, si tienes razón, y esto me sacará de aquí, serás el primero en mi lista de rescate."

Makho miró a Mokhy. "No lo digas", señaló Mokhy.

"Todos vamos a morir", susurró Makho.

"Genial, ese es el espíritu", dijo Amy con las manos en la cintura.

"Yo también tengo una pregunta", dijo Harkhuf.

"¿Qué, quieres ser el segundo en la fila?" añadió Makho.

"No", respondió Harkhuf. "Me pregunto si habrá vida en esos otros dos planetas, Kostra y Viktre. Me pregunto si tenían la misma historia sobre su gente, tratando de robar los tesoros del cosmos, para los que se establecieron con intención de proteger."

"Es verdad. No lo sé, pero me pregunto si los veremos alguna vez, si es que existen", agregó Amy.

"¿Te refieres a los tesoros?" dijo Zhoto.

"No, la gente de Kostra y Viktre. ¿Crees que son humanos o Strattos? Tengo tantas cosas en mi mente ahora mismo. También creo que después de desbloquear el último elemento del Thry, los tres componentes revelarán una puerta a la siguiente cámara. Debe haber una puerta por aquí en esta sala abovedada.

"El tiempo es el último elemento del Thry", dijo Harkhuf.

"Echemos un vistazo al pilar", dijo Amy.

Los cinco analizaron la columna, pero no había nada tallado en ella. Caminaron y no encontraron nada. Zhoto vio las palabras "Pree" grabadas en la enorme esfera en la parte superior del pilar, pero no había ninguna pista de cómo desbloquearla.

"No entiendo. Se supone que este es el más fácil, ¿verdad?" dijo Makho.

"Debería serlo", agregó Zhoto.

"Solo cálmate y pensemos juntos", señaló Mokhy.

Amy caminó alrededor de la silla de piedra que está conectada por un canal poco profundo al pilar. La silla parecía un trono, pero era lisa y perfectamente cuadrada, sin grabados, señales o cualquier otra pista que pudiera ayudarlos.

"¿Qué pasa si me siento aquí", dijo Amy.

"Espera, puede ser muy peligroso", dijo Harkhuf. "Déjame inspeccionarla primero. Déjame buscar cualquier cosa que pueda ponerte en riesgo".

"No hay nada aquí, Harkhuf", dijo Amy. "Es solo una silla de piedra".

"¿Y si ...?", añadió Harkhuf.

"No va a pasar nada, créeme", dijo Amy, tocándole la mano.

Luego, Amy se sentó lentamente en la silla, puso la espalda y la cabeza en el respaldo y las manos a ambos lados del trono.

"Nada. Qué decepción", dijo Amy.

Debe haber algo que tengamos que hacer. Algo que hace que el tiempo sea importante aquí", dijo Zhoto.

"Pensemos por un momento en las experiencias a las que Amy ha estado expuesta después de tocar el fragmento", dijo Harkhuf. "Ella ha estado viajando en el tiempo, ¿verdad?" "Ella no fue a ninguna parte, Harkhuf. De qué estás hablando ..."dijo Makho. "Sí, fui a lugares. No controlé nada. Simplemente me llevó a lugares y momentos", dijo Amy. "Quizás si tocas el fragmento ..." agregó Zhoto. "Sí, pero necesito agua", dijo Amy. "Déjame darte el fragmento para que lo tengas en tus manos". "No, Harkhuf, espera. No creo que el fragmento sea parte de este problema," dijo Amy. "Creo que los Sorvats construyeron este lugar para mantener a salvo los fragmentos. Si los fragmentos debían reunirse, un Strattos con sangre real los uniría. Entiendo esa parte muy claramente. Pero también creo que los Sorvats estuvieron aqui varias veces para adorar el legado de lo que encendió su religión y para construir este lugar. Tengo que hacer contacto con estas tres columnas. Debe haber una forma de hacerlo, pero primero tenemos que desbloquear Pree. Tenemos que desbloquear el tiempo."

Entonces, Mokhy caminando alrededor del pilar tropezó con una jarra de cobre. La pieza de metal estaba parada cerca de la columna como un adorno pero tenía agua dentro. Mokhy pensó que el agua podría ser la solución al problema. Aplaudió dos veces.

"Creo que lo tengo", señaló Mokhy.

"¿Qué, Mokhy?" dijo Amy.

"Es agua. No hay agua alrededor de esta habitación", agregó Mokhy.

"El agua es el elemento que te mantiene en contacto con el tesoro", dijo Harkhuf. "Echemos esta agua sobre este canal que recorre alrededor del pilar."

"Intentalo. Esa agua está ahí por una razón", agregó Amy.

Los gemelos sujetaron la jarra por las asas y vertieron el agua lentamente en el canal circular. Al instante, el ruido del suelo vino del interior del pilar y el polvo de la esfera gigante comenzó a caer suavemente, lo que indicaba que estaban en el camino correcto.

"¡Está funcionando!" dijo Amy.

"Lo lograremos", agregó Harkhuf.

"Entonces, la esfera giró, y finalmente, las simulaciones de los tres planetas se movieron, completando los elementos del Thry.

"Ahora que. Hay algo que nos falta", dijo Amy. "¿Por qué no se abre la puerta? Si es que hay alguna en algún lugar de esta habitación."

"Chicos, verifiquen el contenido de la jarra. Probablemente haya algo adentro", dijo Harkhuf.

"No, solo hay agua. La mitad de la jarra todavía tiene agua", dijo Makho.

"Espera", dijo Zhoto. "Mira este canal".

"¿Dónde, Zhoto?" preguntó Harkhuf.

"Aquí, justo donde termina el círculo alrededor del pilar. Parece que el agua necesita llenar esto y de ahí seguiría por este pequeño ducto para continuar hacia esta otra canaleta, y esa agua se va hacia …"

"A mis pies", agregó Amy, sentada en la silla de piedra.

"Espera, tienes razón. Esta agua se conecta a la silla. Quítate las sandalias, Amy," dijo Harkhuf. "Chicos, viertan toda el agua en el canal".

Inmediatamente, Makho y Mokhy volvieron a sujetar el pesado jarrón y vertieron el agua en el canal alrededor de la columna. El agua rápidamente comenzó a llenar el canal y se desbordó por el borde, llenando la canaleta poco profunda que va directamente a los pies de Amy, alrededor de la silla.

"¡Sigan virtiendo! Siento que va a pasar algo", dijo Amy, muy optimista. "Oh, Dios, hace frío, creo que …"

En ese instante, tan pronto como el agua hizo contacto con sus pies, Amy vio un destello brillante de luz intensa. Sus oídos perdieron la audición y quedó suspendida en el aire. Amy no podía ver su propio cuerpo, pero se vio sentada en la silla de piedra, Harkhuf más cerca de ella, los gemelos vertiendo agua y Zhoto caminando detrás de Harkhuf. Pero los cinco estaban congelados en el tiempo.

"¿Que pasó? ¿Acabo de morir?" pensó Amy.

Luego, desde su perspectiva, suspendida en el aire, vio cómo todos sus amigos caminaban hacia atrás. Todo lo acontecido en la sala de Thry avanzaba en reversa y se aceleraba. Amy vio cómo llegaban a la sala pero en reversa. Entonces la habitación quedó vacía y oscura. El rayo de luz proveniente de la parte superior de la cúpula recreaba los días retrocediendo en el tiempo, trazando una línea de luz de un lado a otro de la habitación, siguiendo el movimiento del sol en el exterior. Entonces el tiempo pasó rápido. Muy rápido. Repentinamente, la cúpula estaba en construcción. Había gente con túnicas y sandalias por todas partes. Plantas y palmeras altas estaban alrededor del sitio de construcción. Amy vio cómo construyeron la sala y también vio otra junto a ellos. Una habitación rectangular con una pared en el centro con gente pintando arte en ella. Amy vio cómo los trabajadores cubrían un acceso justo detrás de la silla de piedra. Luego cubrieron la entrada con otro tipo de roca, algo diferente y menos pesada que el resto de las rocas masivas que rodeaban todo el edificio de la séptima cámara. Entonces todo desapareció. La hierba y los árboles llenaron el espacio y los alrededores, y Amy se despertó.

"¡Viertan toda el agua de la jarra, muchachos!"

Amy estaba paralizada, sorprendida por lo que acababa de ver.

"¿Qué pasa, Amy?" ¿Estás bien?" Preguntó Harkhuf. "¿Amy?"

"Yo ..." dijo Amy en voz baja.

Entonces las tres esferas se detuvieron. El movimiento giratorio y el fuego azul sobre Viktre se desvanecieron dejando la cámara a oscuras de nuevo.

"¡Mokhy! ¡Ayuda!" dijo Harkhuf, caminando sobre el agua y agarrando a Amy de la silla. Amy se quedó sin habla. Harkhuf pasó a Amy a los brazos de Mokhy, y él caminó con su cuerpo, alejándose del triángulo.

"¡Zhoto, enciende un casco!" gritó Harkhuf.

"Amy, ¿estás bien? Sabía que era una mala idea poner a Amy en esa silla…" dijo Mokhy, molesto.

"Shhh ..." dijo Amy, poniendo un dedo delante de sus labios.

"¿Qué, qué pasa, Amy?" dijo Harkhuf.

"Era ... era ... un dispositivo de transporte", dijo Amy.

"¿Ven? Lo sabía", dijo Makho. "Te dije. Es un dispositivo de transporte ... Espera, ¿es un dispositivo de transporte? ¿Y por qué seguimos aquí?"

"Regresé en el tiempo. Vi cómo construyeron este lugar. Yo ... lo vi todo. Vi a los egipcios con sus túnicas, y vi árboles y vegetación afuera, lo vi todo ... "

"¿En realidad? ¿Has visto esta estructura? ¿Cómo lo construyeron?" preguntó Zhoto.

"Sí ... Sí, lo vi. Hay una sala rectangular más, con una pared en el centro llena de pinturas artísticas. Estaba ... justo ... allí".

Amy señaló una sección de la pared, pero no había nada allí, solo una pared lisa.

"¿Qué quieres decir con que hay una sala allí? ¿Dónde está la puerta? dijo Makho.

"¿Qué viste, Amy? Cuéntanos", dijo Harkhuf.

Amy les explicó en detalle lo que vio y cómo las tres columnas son parte de la respuesta de la sala. La activación de los tres pilares y la sangre real en contacto con esos elementos mostraría en otra dimensión un time-lapse inverso de la construcción, revelando la pared falsa que comunica la sala con la última etapa del viaje.

"Esta sala, la Thry, está preparada para que la sangre real descubra la entrada secreta a la última habitación del edificio", dijo Amy.

"¿Viste los fragmentos allí adentro?" preguntó Zhoto.

"No, no vi nada de eso. Me temo que la habitación de al lado nos tiene otro problema, el último. Espero que estemos preparados para eso".

"¿Qué quieres hacer ahora, mi señora?", dijo Harkhuf.

114

"La pared. Derrumbenla", dijo Amy, seria y mirando la parte de la pared que vio que estaba construida de manera diferente al resto del edificio. "Mokhy, Makho, empujemos este muro", dijo Harkhuf.

Los tres miembros más fuertes del equipo pusieron sus manos en la superficie de la pared. Al principio, empujaron y la pared no se movió.

"¿Estás segura de que está aquí?" preguntó Makho.

"¡Mantén el espíritu, Makho!" gritó Harkhuf.

Mokhy aplaudió dos veces. "Hagámoslo sincronizados al mismo tiempo", señaló.

"Buena idea. ¡Atención, tres, dos, uno!" gritó Harkhuf.

Al instante, la pared se agrietó. A su alrededor caía polvo y pequeños pedazos de roca.

"¡Vamos! ¡Hagámoslo de nuevo! ¡Tres, dos, uno!" gritó Harkhuf, animando a los mellizos.

La pared se agrietó en varios lugares y la cubierta falsa cayó por completo. Todos vieron la forma cuadrada de la pared falsa, hecha con rocas de diferentes tamaños y formas.

"¡Una vez más!" gritó Harkhuf.

En un último empujón coordinado, todo el bloque cayó a la vez frente a ellos, revelando una habitación oscura, lo suficientemente larga como para no dejarles ver muy lejos con las luces de sus cascos. Después del estruendo de la roca cayendo al suelo, un solemne silencio llenó la escena. Probablemente este sería el último paso para equilibrar el cosmos. Todos sabían en ese momento que no sería un paso final fácil y estaban listos, asustados y ansiosos por saber qué estaba escrito para ellos.

"Aquí vamos", dijo Amy, liderando el grupo.

La cámara era exactamente como Amy la describió para ellos. Habitación rectangular profunda, con una pared en el medio, pintada con arte. Algunos de los dibujos eran similares a las pinturas que colgaban en el Salón del Reino, donde Sesmar asesinó al rey Kaemsekhem. Para Amy, el muro fue otro descubrimiento gigantesco del legado egipcio. Otro lugar donde el Antiguo Egipto escribió sus historias y la manera en que ceremoniosamente daban sepultura a un faraón. Para Zhoto y Harkhuf, esta fue la historia de los tres hermanos, hijos de un reino condenado después de perder el tesoro del tiempo. Zhoto cayó de rodillas y casi se desmayó. El grupo corrió a ayudarlo. Amy estaba preocupada por él. En ese momento, el viejo Zhoto ya había tenido suficientes emociones para su delicado corazón.

"Zhoto, háblame. ¿Qué sientes? ¿Estás bien? ¡Dígame!" dijo Amy.

"Era verdad ... todo", dijo Zhoto, llorando.

"¿Qué es verdad, Zhoto?" preguntó Amy.

"La historia de los tres hermanos se narra aquí, en este muro", dijo Harkhuf. Él conocía el antiguo lenguaje real, no a la perfección, pero lo suficiente como para comprender que estaban frente a una de las historias más increíbles de los Strattos. La historia de los trillizos Kharlo, Kharpo y Kharmo.

"No sé qué va a pasar aquí, y no quiero decepcionar a nadie", dijo Zhoto, "pero creo que este es el final de nuestro viaje. Esta es solo una cámara sagrada con la historia de los trillizos y cómo el rey Ufusta separó la piedra. No creo que vayamos a encontrar el tesoro en esta habitación vacía. Probablemente esta historia era el más precioso legado para ellos. Su propio tesoro."

Amy se quedó sin habla y cayó de rodillas junto a Zhoto. Todos estaban en silencio. Zhoto tenía razón. Todo el edificio fue un viaje de adoración a través de diferentes cámaras para mantener alejado el secreto más importante de todos los tiempos: la antigua conexión entre los Strattos y los humanos.

"No puede ser solo esto", dijo Amy. "Además, no lo entiendo, y necesito saber lo que dice este muro. Debe haber algo, una pista o algo que nos lleve a los fragmentos."

"Puedo traducir para ti, mi señora", dijo Zhoto.

Amy le dio un poco de agua en una pequeña bola transparente que Harkhuf y Mokhy recuperaron en una de las bolsas de la nave estrellada. Mokhy lo ayudó a sentarse, apoyando su espalda en la pared. Harkhuf y Makho empujaron a Frank desde la otra habitación y Amy intentó reiniciar sus sistemas.

"Le tomará un tiempo iniciar todo su sistema", dijo Amy. "Ahora, Zhoto, dime lo que nos dice la pared."

Amy y Mokhy usaron las luces de los cascos para iluminar la cara de la pared y Zhoto comenzó a leer. "Los seres humanos vivían en armonía, y su sociedad era sólida y con futuro. Un día, un ángel descendió a sus tierras y les prometió conocimiento y prosperidad. Pasaron generaciones a través de su presencia, y él amaba a los humanos más que a nada en el universo. Se sentía responsable de su felicidad y de su destino".

Zhoto se detuvo a beber un poco de agua. Amy le acarició la cabeza y sostuvo la de Mokhy.

"¿Puedes ver esa forma cerca de los humanos?" le preguntó Zhoto a Amy.

"Sí, de hecho, creo que sé quién es", dijo Amy. "Eso se parece a Anubis, uno de los dioses egipcios.

"¿Un Dios?" dijo Harkhuf.

"Probablemente era un Dios para los humanos", dijo Zhoto. "Esa forma la cual tu llamas Anubis es el Rey Kharpo, pero en ese momento, era joven. Era solo un príncipe enviado lejos de su familia y su mundo, con la misión de proteger uno de los fragmentos."

"Aprendíamos sobre Anubis en la escuela, en la clase de historia, pensando que todo eso fue una invención de los faraones que intentaban mantener el control de la sociedad", dijo Amy en voz baja. "No puedo creer que sabíamos que había vida en el universo todo el tiempo. Siempre pensamos que estábamos solos. Un grupo de personas se sintió superior a cualquier cosa porque eran la única vida inteligente conocida, mientras que otro grupo prosperó tratando de conquistar otros lugares en busca de respuestas."

"Ahora eres la reina de esa vida, lejos de tu planeta", señaló Mokhy.

"Y no podemos ser más afortunados, y estamos agradecidos por lo que el cosmos nos regaló", dijo Harkhuf.

Zhoto levantó los ojos y continuó leyendo la pared. "Un día, uno de los hermanos fue consumido por la codicia y robó uno de los tres fragmentos que estaban en posesión del príncipe Kharlo. El planeta en el que Kharlo vivía con la especie local fue destruido completamente. Nurbia fue el último hogar de Kharlo y las especies que vivieron allí."

"Esto es horrible. Fue lo que le pasó a este planeta, mi primer hogar", dijo Amy con lágrimas en los ojos. Zhoto continuó.

"El príncipe Kharmo puso sus manos en dos de los tres fragmentos y apuntó a este planeta como el siguiente paso de su misión para controlar el tesoro del tiempo. Engañó a Kharpo con una ilusión, pero Kharpo era lo suficientemente inteligente como para ver la verdad sobre su hermano, consumido por profundas ambiciones de poder. Los humanos lucharon con él, pero él los amenazó con matar a su faraón. El faraón decidió quitarse la vida para que el ejército pudiera derrotar a Kharmo y sus peligrosas ilusiones mentales. Al final de la batalla murió el faraón y el príncipe Kharmo también. Los horribles espíritus que poseían su alma escaparon, y el resultado fue la escena más triste en la vida de esta maravillosa cohesión entre Strattos y los humanos. Este es el fin. No dice nada sobre la Piedra del Tiempo o lo que pasó con el Rey Kharpo."

"No puede ser", dijo Amy. "No puede ser todo. ¡Debe haber algo más!"

"Probemos al otro lado de la pared, Zhoto", dijo Harkhuf.

El grupo se trasladó al otro lado, con la esperanza de encontrar una pista o algo más en la sala vacía.

"Veamos", dijo Zhoto, moviendo la luz del casco. "No, solo dice algo sobre la vida después de la muerte".

"No me sorprende", dijo Amy. "Ese era un tema recurrente que encontraban a menudo en la mayoría de los textos egipcios antiguos en las paredes".

"Pero mira, Zhoto", dijo Harkhuf. "Parece que el rey Kharpo también murió, y el humano vivió".

"Déjame ver", dijo Zhoto, acercándose a la pared. Entonces su rostro cambió. "Esto es imposible."

"¿Qué, Zhoto, qué dice?" preguntó Amy.

"Escuché que los Strattos de sangre real tenían propiedades curativas en la sangre, pero nunca ..."

"¿Pero nunca qué, qué está pasando, Zhoto? ¡Cuéntanos, por favor!" dijo Amy, sosteniendo su mano.

"Dice que el rey Kharpo le dio al faraón la mitad de su luz. Que la sangre de los Strattos resucitaron al humano de entre los muertos."

El grupo guardó silencio.

"Mira, mira esto", dijo Zhoto, señalando la figura del faraón sosteniendo el símbolo de Strattos en sus manos. "El faraón fue salvado por una transfusión de sangre del rey Kharpo, y el símbolo del reino apareció en su pecho ..."

Amy retrocedió un par de pasos y se le llenaron los ojos de lágrimas. Harkhuf, Zhoto y los mellizos la miraron.

"Eso significa que ... ¿Soy la última en la línea del faraón? Por eso la Primera Luz me dijo que me faltaba algo y me dio el resto de la luz que necesitaba."

Amy se sentó en el suelo, confundida. Mokhy fue a abrazarla por si acaso se desmayaba.

"Lee, Zhoto, qué más dice", añadió Harkhuf.

"Veamos ... Aquí. El rey Kharpo abandonó el planeta en la nave de su hermano y llevó su cadáver a Pree. El faraón creó este edificio con el conocimiento que le enseñó Kharpo. Construyó réplicas de las pirámides que encontraron en esta tierra antes de crear una sociedad humana. ¡Aquí! El faraón creó un grupo secreto de guerreros y amigos cercanos para protegerlo a él, a su esposa y a sus dos hijas de los enemigos que intentaron matarlos. Derritió dos de los tres fragmentos con las habilidades metalúrgicas que le enseñó Kharpo. Ese proceso resultó en un cuchillo o daga que enterraron en algún lugar donde nadie podrá encontrarlo nunca. Ahí, miren, esta es la daga."

Zhoto señaló un dibujo en la pared del tamaño de su brazo. Al final de la historia, se trataba de una daga pintada en colores dorados que mostraba el aspecto final de los dos fragmentos.

"¿Qué? ¿Esos son los fragmentos?" dijo Makho.

"Sí, esto es lo que tenemos que buscar", dijo Zhoto.

"Esa es una gran daga, pero ¿dónde vamos a encontrar esta cosa?" dijo Amy, caminando alrededor de la sala.

"Si esta es la última habitación, la daga debería estar aquí, ¿no creen?" dijo Makho.

"No hay nada aquí, solo paredes", señaló Mokhy.

Amy caminó por el otro lado de la pared, mirando todos los dibujos pensando que probablemente encontraría una pista sobre la ubicación de la daga.

"Tenemos que pensar," dijo Harkhuf, parándose frente a la daga dibujada en la pared. Entonces, el dibujo comenzó a brillar en azul. Intensamente.

"Zhoto, creo que si volvemos a leer esto ..." dijo Amy, pero hizo una pausa. "Chicos ... no me siento bien. Creo que necesito descansar un poco. Supongo ... no lo sé, de repente he sentido un mareo."

Al otro lado, Harkhuf, Zhoto y los mellizos sonreían frente a la pared brillante.

"Amy, creo que encontraste la daga", dijo Harkhuf, sonriendo.

Amy no respondió. Rápidamente, el grupo corrió hacia el otro lado de la pared, y encontraron a Amy tocando la superficie con ambas manos. Sus ojos brillaban de color azul, como la daga dibujada en la pared. El símbolo del reino en su cuello también brillaba.

"Vamos a tomarla con mucho cuidado y transportarla al otro lado de la pared", dijo Makho.

"No, podríamos ponerla en riesgo. No sabemos nada sobre este comportamiento. Lo vimos antes, pero creo que ella correrá un alto riesgo que no le debemos dar", dijo Harkhuf, tratando de averiguar qué hacer.

"¿Qué pasa si rompemos la superficie del otro lado de la pared, donde la daga está incrustada y tomamos la daga desde adentro", señaló Mokhy.

"De esa manera, podemos sacarla de la pared, caminar lejos de Amy y ella podrá regresar pacíficamente de su trance sin ningún riesgo", agregó Zhoto.

"Suena bien", dijo Harkhuf. "Mokhy, quédate aquí con ella. Aplaude si nos necesitas. Intentaremos extraer la daga de la pared."

Zhoto y Makho usaron sus noters para romper la superficie brillante de la pared. Fue una operación delicada, pero estaba en manos de dos de los ingenieros más influyentes del Tercer Nivel. No tomó mucho tiempo revelar la verdadera daga dentro de la pared. "Este es el mejor escondite para un tesoro como este. Nadie podría encontrarlo si no fuera de sangre real", dijo Makho. "Estoy impresionado."

Harkhuf caminó hacia la daga y lentamente puso sus manos sobre el elemento. La daga estaba fría y era pesada. Con cuidado, lo quitó de la pared y se alejó caminando hacia la pared de la parte de atrás. El brillo de la daga se desvaneció cuando Harkhuf se alejó de Amy. Mokhy sostenía a Amy en caso de que se sintiera débil y cayera.

"Yo ... yo estaba ... ¿Qué estaba haciendo? Estoy un poco desorientada," dijo Amy mientras el brillo de sus ojos se desvanecía.

"Sígueme", dijo Moky, caminando con Amy, sosteniendo su mano.

"Cuando caminaste hacia el otro lado de la pared, tu sangre real hizo contacto con la daga. La vimos brillar intensamente y te vimos en un trance total. ¿Hiciste un viaje en el tiempo?" preguntó Zhoto.

"No, solo recuerdo haber dicho algo sobre leer ese lado de la pared, y luego me sentí muy mareada", explicó Amy. "¿Dónde está la daga?"

"Allí, Harkhuf la sostiene, así que puedes mantenerte alejada hasta que estés lista para tocarla", dijo Makho.

"Inteligente", dijo Amy. "Entonces, ¿estaba dentro de la pared? Ese es el mejor escondite para un tesoro como este."

"Si. Yo ya les dije eso al grupo cuando estabas en trance", agregó Makho.

"¿Quién crees que construyó este muro? Los Strattos? ¿El rey Kharpo?" le preguntó Amy a Zhoto.

"Aquí, en la parte inferior de la pared. Esta es una inscripción que decía cosas diferentes sobre un código o la guía para un grupo religioso. Está firmado 'Los Sorvats'."

"Los Sorvats ... Increíble". dijo Amy. "¿Qué piensas, Harkhuf? ¿Intentamos juntar las piezas?"

"No hay nada más que hacer, mi reina. El siguiente paso es todo tuyo. ¿Estás lista?"

"Yo siempre lo estoy."

CAPÍTULO 11 - VIAJE EN EL TIEMPO

Después de todo el viaje en búsqueda de reunir todas las piezas de la Piedra del Tiempo, ahora no había forma de hacer coincidir los elementos en una forma física. Uno era el fragmento que estaba escondido en las cuevas mineras de Pree. Sesmar obtuvo ese fragmento después de encontrar un registro secreto, perdido, que el mismo rey Kharpo escribió. Luego, las otras dos piezas se derritieron y tomaron la forma de una daga. Ambos elementos no son físicamente compatibles y el grupo no sabe qué hacer a continuación.

Amy pensó que sería bueno tocar la daga primero antes de unir los dos elementos de alguna manera. El grupo estuvo de acuerdo.

"Creo que será exactamente como la primera vez que toqué el primer fragmento. Probablemente volveré a ver la Primera Luz", dijo Amy.

"Quizás tu experiencia con estos otros dos fragmentos unidos será más intensa", dijo Harkhuf.

"Esta pieza ha estado escondida en este planeta y nadie la ha tocado nunca. Estaremos aquí para usted si su cuerpo necesita ayuda mientras está fuera en su viaje, mi señora", dijo Zhoto.

"Ten cuidado", señaló Mokhy, preocupado.

"Desearía que Frank estuviera despierto para esto, pero no podemos esperar", dijo Amy, mirando a Frank, que aún no arrancaba todos sus sistemas.

"¿Quieres esperar?" preguntó Makho.

"No, no hay tiempo que perder", respondió Amy.

El grupo volvió a la cámara de Thry, y Amy puso todo su cuerpo en el agua poco profunda con la idea de facilitar la conexión con la daga.

"Voy a estar aquí", señaló Mokhy mientras Amy terminaba de acostarse y metía la cabeza en el agua.

"¿Estás lista?" preguntó Harkhuf.

"Sí, hagámoslo."

El grupo se sentó en el suelo a su alrededor y Harkhuf se acercó a ella con la daga en las manos. La daga comenzó a brillar, y Amy suspiró cuando sus ojos se volvieron azules también. Los brazos de Amy se levantaron para recibir los fragmentos remodelados, mientras ella ya se encontraba en trance.

"¿Es afilada?" preguntó Zhoto.

"No, todos los bordes están redondeados", respondió Harkhuf mientras la daga tiraba hacia las manos de Amy.

"Ten cuidado ahí fuera, mi señora", dijo Zhoto, acariciando su cabeza.

Entonces, la daga y Amy se pusieron en contacto.

"Amy ... Amy, ¿estás bien?" preguntó Russell.

Amy estaba tratando de hablar, pero balbuceó y sintió su boca rara, como si no tuviera sus dientes.

"Ella está bien. Ella solo está tosiendo. Tienes que regular la cantidad de leche que le das a la bebe, Russell. Ella también necesita respirar," dijo Elizabeth, acercándose al rostro de Amy.

"Ella es tan hermosa", dijo Rusell.

Amy intentó hablar, pero fue imposible. Su lengua estaba adormecida y su visión era limitada. Lo que si era posible entender era que finalmente, después de tantos años sola, Amy estaba con sus padres que extrañaba tanto. En su frustración, comenzó a llorar, pero incluso eso fue difícil para ella.

"¡Qué hice! ¡Qué hice!" dijo Russell, sintiéndose terrible.

"No te preocupes, nena. Mi mamá me dijo que los bebés lloran por todo durante el primer año", dijo Elizabeth.

Luego levantó a Amy y la puso en los brazos de Russell.

"Ok, ahora, lentamente hazla sentir amada. Puedes mover los brazos un poco como meciéndola. Pero lento y gentil", explicó Elizabeth.

Amy se dio cuenta lentamente de que era una recién nacida, probablemente el mismo día que regresaron a casa desde el hospital. Amy vió los ojos de Russell lo suficientemente cerca como para ver una pequeña luz azul en su interior.

"¡Russell! ¡Russell! ¡Trae a tu hermano adentro; ¡La cena está lista!" El padre de Russell gritó, enojado y borracho.

Russell y su hermano pequeño jugaban en el patio trasero con un pequeño camión de juguete en el barro después de la lluvia. Russell intentaba abrir un cohete de juguete con un destornillador mientras su hermano pequeño perseguía a los malos con su coche de policía.

"¡Dije adentro! ¡Ahora!" dijo el padre de Russell.

En la mesa, frustrado y ebrio, su padre insistía en reprimir a los niños. Les sirvió una lata de frijoles con pan. De repente, alguien llamó a la puerta.

"¡Quién es!" gritó el padre de Russell.

"Señor Lincoln, somos de los Servicios de Protección Infantil. ¡Abra la puerta!" Un oficial gritó desde afuera.

"¡Fuera de mi propiedad!" gritó el padre mientras caminaba hacia la puerta.

Russell abrazó a su hermano pequeño en medio del intercambio.

"¡Abra la puerta!" otro oficial gritó.

El padre de Russell abrió la puerta y vio a otras personas afuera de la casa entre vecinos y policías.

"¡Sonny, deja que te ayuden!" Una vecina gritó desde la vereda.

"¡Cállate, Marta, mete esa nariz en tus propios problemas!"

"Sonny, tenemos que asegurarnos de que tus hijos estén bien. ¿Puedo verlos?" preguntó el oficial.

"¡Están bien!" respondió Sonny. "Están comiendo. ¡Déjenos solos de una vez!"

"¿Puedo verlos?" insistió el oficial.

Sonny pateó la puerta y ésta se abrió de par en par.

"Allí. ¿Ven? Están bien", dijo Sonny.

El oficial asomó la cabeza por la puerta y miró a esos dos pequeños niños asustados abrazándose en la mesa.

"Hola chiquillos. ¿Están bien, chicos?" preguntó el oficial en voz baja.

Sonny volvió la cabeza hacia los niños amenazándolos con la vista.

Entonces Amy vio una pequeña luz azul dentro de los ojos de su abuelo.

"¿De qué se trata ese tatuaje triangular en tu hombro, Sonny?" Uno de los adolescentes de la pandilla preguntó a un joven Sonny, muchos años antes de ser padre. "No es nada. Es una cosa de familia", respondió Sonny.

Entonces Amy viajó a través de los ojos de diferentes personas. Personas que nunca había conocido antes, todas compartían la marca real en otros lugares de sus cuerpos. Amy entendió que estaba retrocediendo en su linaje familiar.

"¿Kharpo? ¿Eres tú? ¿Qué pasó?" preguntó Asim, tendido en el suelo de la cámara del faraón.

"¡El faraón está vivo! ¡El faraón está vivo!" uno de los guardias gritó con lágrimas en los ojos.

"¡El faraón está vivo! ¡Regresó de entre los muertos!" otro guardia gritó.

"Ven, déjame ayudarte", dijo Kharpo en voz baja, ayudando al faraón Asim a ponerse de pie.

"Estoy confundido. Pensé que estábamos en una batalla con un demonio", dijo Asim.

"Sí, y la ganamos", respondió Kharpo.

"Espera, yo me enterré un cuchillo aquí, en mi costado", dijo Asim, tocándose las costillas, exactamente en el lugar donde se había apuñalado hacía unos minutos. Pero su piel no mostraba ningún signo de lesión.

"Sí, lo hiciste, mi querido amigo, y te traje de vuelta", dijo Kharpo.

El ejército a su alrededor gritó por el milagro, y Amy tuvo una vista privilegiada de este evento histórico, mirando a todos con asombro. Entonces, un triángulo azul brillante al revés apareció en el pecho del faraón. Amy vio un diminuto resplandor azul dentro de los ojos del príncipe Kharpo. Ahí, ella fué absorbida por la luz azul. Vio la piedra del tiempo y otros tesoros. Vio a Viktre, Kostra y Pree. Tres mundos todos juntos en el centro del cosmos. Amy vio crecer sistemas solares a su alrededor y luego mundos absorbidos por sus propios soles. Sintió sufrimiento, dolor y muerte. Vio tres orbes enormes, uno al lado del otro, todos idénticos entre sí, en medio de un cosmos oscuro.

Amy tenía arena en sus manos, pero por alguna razón, el grano atravesó su piel. Amy estaba de pie en medio de un desierto. Sintió el calor en el aire. Entonces oyó llorar a los Strattos. Ella miró por todas partes. De repente, estaba parada cerca de cuatro Strattos alrededor de unos escombros quemados y metales chamuscados.

"Mi reina, ¿qué vamos a hacer ahora?" dijo una mujer Strattos.

"Rápido, usemos esta superficie para levantar su cuerpo", dijo otro Strattos.

Amy estaba de visita en el momento exacto en que un grupo de Strattos recuperaba los restos quemados de la reina Meryptah. Amy quería llorar, sin saber por qué estaba allí en ese preciso momento, pero su corazón latía fuerte y rápido. Amy sintió enojo y decepción. Sintió que su cuerpo ardía en luz. La gente lloraba por la reina y rezaba para que volviera. Entonces Amy cayó al suelo de rodillas, pero esta vez algo fue diferente. Los cuatro Strattos la vieron.

"¿Pueden oírme?" preguntó Amy suavemente.

Los Strattos asintieron con la cabeza, con los ojos bien abiertos, congelados. Solo podían ver un brillo dorado del tamaño de un pequeño Strattos. Amy exclamó, levantándose de nuevo.

"Volveré. Espérame." dijo Amy.

Entonces, una fuerza fuerte la empujó desde atrás contra las paredes de la rampa. Sintió el impacto en su pecho y su cuerpo. Los Strattos la vieron desaparecer brillando en las paredes metálicas de la rampa. La voz y el brillo de Amy circularon por esas paredes para siempre como una fisura del tiempo.

"¡Qué atrevida eres!" Un Stratto le gritó dentro de una habitación oscura hecha de bloques de rocas con un pozo de fuego en el medio.

Amy abrió los ojos. No podía moverse y estaba aterrorizada.

"¡No podemos modificar la línea de tiempo! ¡Como te atreves!" El Strattos volvió a gritar.

"Yo ... yo ..."

"¡Silencio!" gritó enojado.

Caminó por la habitación. El strattos tenía el aspecto físico de Zhoto, un viejo Strattos, pero su cabello era castaño, hermoso, como la piel de un oso. Llevaba un pequeño bolso en una mano y tenía una pequeña mochila en el centro de su pecho. Las correas sostenían otro equipo en su espalda, ambos hechos de una tela vegetal. Tenía anillos de oro en las orejas y la nariz. Estaba vestido con una falda negra con bordes dorados y sandalias como cualquier otro Strattos. Amy le vió la marca real azul brillante en la frente. Amy también vio que él tenía los mismos brazaletes que tenía Amy durante su coronación.

"¿Eres un rey?" preguntó Amy. "¿El rey de Pree?"

El Strattos movió la cabeza hacia Amy.

"¿Quien te creó?" preguntó el Strattos.

"Creo que todos fuimos creados por la Primera Luz, ¿no crees?" dijo Amy.

El Strattos estuvo a punto de reír, pero su rostro cambió cuando se dio cuenta de la frase que dijo Amy.

"Soy el único aquí, creado por la Primera Luz para crear vida en el Orb".

"Bueno, la Primera Luz se sorprendió cuando me vio. Dijo que acababa de crear el universo", dijo Amy.

"Eso es imposible. Yo soy el único."

"Haber, primero, no te conozco. Me presento, soy Amy Lincoln, nacida en la Tierra, el tercer planeta del sistema solar. Soy ciudadana de Hyperterra, Reina de Pree, y estoy buscando una forma de recuperar el equilibrio en el cosmos, reuniendo las piezas del Tesoro del Tiempo".

El Strattos abrió los ojos. El estaba confundido.

"Pree es solo un lugar vacío donde la Primera Luz puso el Tesoro junto con Kostra y Viktre. Pree, no tiene reino," dijo el Strattos.

"Bueno, le cuento de que Pree ha tenido reinos durante miles de años. Además, ¿cuál es tu nombre?" preguntó Amy.

"Soy Strattos Karshaham, la Primera Luz me creó para traer vida a los planetas que reúnen las condiciones especiales para la vida" dijo el Strattos. "¿Eres uno de esos viajeros en el tiempo?"

"No lo sé, pero parece que algo me está llevando a lugares con la idea de mostrarme algo, y sí, podríamos decir que soy un viajero en el tiempo. De hecho, suena bastante bien", dijo Amy, confiada.

"¿De qué tan lejos en el futuro vienes?" preguntó Karshaham.

"No tengo idea, pero sé que la Piedra del Tiempo está dividida y necesito ayuda con su ensamblaje final", dijo Amy.

Karshaham caminó por la habitación durante un momento en silencio. Estaba mirando unos dibujos en la pared. Amy todavía estaba tratando de moverse, pero su conexión con el mundo material estaba roto.

"La Primera Luz me habló de esto", dijo Karshaham.

"¿Acerca de?"

"La Primera Luz me dijo que el poder más allá de la comprensión intentaría poseer el Tiempo, que el tesoro cambiaría su aspecto físico cada vez que se comprometiera. Puedo ver que ahora es una piedra, como mencionaste antes".

"Bueno ... Es una especie de piedra, pero una gran parte se fundió y se convirtió en una pieza de metal. Una daga", dijo Amy, tratando de ser amistosa.

"¿Qué es una daga?" dijo Karshaham. "Espera, no me digas. No quiero predestinar mi mente con las situaciones que aún no suceden."

"No tengo idea de qué estás hablando, pero ahora mismo siento que estoy perdiendo un tiempo precioso. Necesito juntar las piezas del tesoro, y necesito ayuda. ¿Puedes ayudarme, Karshaham? ¿Puedes?"

"Dime, antes te referías a mí como Rey. ¿Me conoces como un rey?" dijo Karshaham.

"Espera, acabas de decir que no quieres que te echen a perder el futuro", dijo Amy.

"Tienes razón. Guárdese esa información para usted."

"¡Por favor, deja de ser tan impreciso! ¡Estoy perdiendo la cabeza y no puedo moverme! ¡Ahora, me vas a ayudar o no!" gritó Amy.

"Como te atreves a gritarme. Me debes la gracia de haber creado tu especie."

"¿Cómo estás tan seguro de que me creaste?" dijo Amy.

"Soy el único que crea vida en el Orb. Preparo planetas para la vida. Entonces, la vida corre por su cuenta. Tú y tu mundo son el producto de mi trabajo."

Amy se quedó callada después de ese detalle.

"Te traje aquí porque rompiste la simetría de Thry. Nadie dentro del Thry debería interactuar con las cosas o situaciones fuera de la línea de tiempo. Eso podría ser devastador para el resto del tiempo y destruir mundos enteros", dijo Karshaham.

"Pero me trajiste aquí, ¿verdad? ¿No estás tú rompiendo tu propia regla?"

"Yo no hice las reglas en el Orb, y no estoy interactuando contigo en la línea de tiempo. Por alguna razón, estás en el medio. Solo la Primera Luz puede hacer eso. Y este es mi mundo. Aquí es donde vengo a renovar mis energías después de traer vida a un planeta", dijo Karshaham.

Amy estaba confundida pero lo suficientemente alerta como para recopilar toda esta información.

"Sigo los tres propósitos de la Primera Luz: Dar vida a la oscuridad, nunca sucumbir a la tentación, y matar está prohibido".

"Matar está prohibido ..." murmuró Amy.

"¿Qué dijiste?" preguntó Karshaham.

"Hice una promesa, hace años, de no matar en el camino de la supervivencia. Adopté esa regla después de sentirme avergonzada por matar a un animal inocente. Desde entonces he tenido mi propia regla. Matar está prohibido."

"Después de matar, no hay forma de deshacer la muerte. No hay forma de volver."

"Pero puedes controlar el tiempo, ¿verdad? ¿Puedes enseñarme?"

"Sí, controlo el tiempo, pero aquí. Puedo ver que vienes de otro Orb. No puedo controlar lo que sucede en otros orbes. Esos tienen su propio Karshaham. Tienes que hablar con ellos", dijo Karshaham.

"¿Qué? ¿De qué estás hablando? ¿Qué es un orb y por qué sabes de dónde vengo? Esto es confuso y sé que lo entenderé de alguna manera más adelante. Ahora mismo necesito ayuda. ¿Me puedes ayudar? ¿Por favor?" insistió Amy.

"La Primera Luz me contó sobre esto, y sí, puedo ayudarte", dijo Karshaham, sentado en el suelo. Poco a poco, Amy recuperó la movilidad. Movió las manos y se tocó la cara y el cabello. Vio sus dedos de los pies y los movió también. "Gracias", dijo Amy.

"Hay una cosa importante que debes saber", dijo Karshaham. "Este es el primer Orb, y cada vez que el tesoro del Tiempo queda en un estatus corrupto, se crea un nuevo Orb y todo se reiniciará, incluido el Tiempo, el Fuego y la Lógica."

"¿Qué quieres decir con reiniciar?" preguntó Amy.

"Una vez que entiendes el tesoro y tomas el control de él, no hay vuelta atrás. Es algo que ni tú, ni yo, ni la Primera Luz podemos deshacer. El tiempo está conectado a mi y lo que viene de mi. Mis recuerdos y el de los que vengan después de mi, serán borrados."

"Espera, antes me dijiste que eras el único. ¿Ahora estás involucrando a otros Strattos?"

Karshaham miró el fuego en el centro de la habitación. "La Primera Luz me dijo que algún día tendré mi propio mundo. La Primera Luz vio otros Strattos en mi futuro y me advirtió sobre el equilibrio del tiempo, la lógica y el fuego. Ahora puedo ver que todo eso no fue solo una visión. Eso era real. Soy el guardián del Tiempo, y otros Strattos serán una imagen mía. Ellos también serán los guardianes del Tiempo. Si se restablece el tiempo, también sufriremos las consecuencias de ese reinicio."

"Entonces, ¿van a desaparecer? ¿borrados?"

"No, sólo su pasado", dijo Karshaham, con tristeza.

"Espera un minuto ... ¿se borrarán los recuerdos de mis amigos?"

"No, será un nuevo comienzo para ellos. Un nuevo comienzo sin pasado. No se borrará en absoluto, será un comienzo desde cero desde ese punto", dijo Karshaham.

"No, no puedo hacer eso. Los necesito. ¡No puedo hacer eso, los amo!"

Amy estaba aterrorizada al escuchar este horrible giro de los acontecimientos. Su corazón latía con fuerza y pensó en sus amigos, Mokhy, Harkhuf, Makho y Zhoto. Su amabilidad la hizo sentir triste por sus amigas de escuela que nunca tuvo la oportunidad de decir adiós, o de Malik y su familia. Entonces le vino a la mente el rostro del amor de su vida.

"Marshall ..."

"Juntar las piezas del tesoro creará un nuevo Orb, un nuevo comienzo. Regresa conmigo cuando estés lista, pero necesitará a alguien de mi especie para tener éxito", dijo Karshaham.

"Marshall ..." repitió Amy, buscando a alguien con quien abrazar y llorar.

La energía de Amy era intensa y una conmoción la empujó fuera del mundo de Karshaham, con miedo, lanzándola a otra dimensión. Entonces Amy se despertó en la cámara de Thry sosteniendo la Daga, rodeada de sus amigos. "Marshall," Amy susurró antes de desmayarse.

CAPÍTULO 12 - MATAR ESTÁ PROHIBIDO

En primavera, la vegetación es hermosa en Hyperterra. Los árboles morados son increíblemente masivos y sus hojas pueden producir una copa entera de jugo lechoso que sabe a piña. Aún así, Amy descubrió que beber en exceso este jugo podría ser diurético para los humanos. Otras plantas y árboles muestran sus increíbles colores durante la temporada, alimentando el aire y albergando todo tipo de especies. Amy siempre comenzaba su lucha contra Katos, por el territorio, temprano en la mañana. Los Katos nunca cazaban por la mañana y dormían mucho mientras la luna azul estaba afuera. Amy y Frank estudiaron el comportamiento Katos durante años, tratando de encontrar una manera de crear logaritmos en las herramientas predictivas de Frank para que Amy pudiera construir cercas con más seguridad. Frank había incorporado en su lente principal, un sensor de detección de movimiento y era crucial durante las horas de trabajo en madera. Tenía un archivo de audio que sonaba como la sirena de un camión de bomberos, y era su manera de alertar a Amy de cualquier proximidad. Con el tiempo, los beardogs aprendieron este sonido y asimilaban una situación peligrosa con solamente escuchar el sonido desde los parlantes de Frank. Los beardogs ladraban en un tono ensordecedor como sistema de defensa natural contra Katos, mientras que Amy saltaba sobre su transporte de Pettron y se elevaba rápidamente hacia el cielo. Los Katos no sabían cómo saltar alto, por lo que Amy estaba a salvo en el aire.

Todas las mañanas se dirigían al territorio de Katos con la idea de aprender de ellos. Los Katos son el principal depredador en Hyperterra. Les encantaba la sombra de los árboles y la usaban como camuflaje estratégico. Otros pequeños lagartos presente en la fauna del planeta eran carnívoros, pero nunca cazaban. Esos siempre se comían el cuerpo que dejaban los Katos. Amy los clasificó como "especies no peligrosas".

"¿Puedes verlos?" le preguntó Frank a Amy a través del comunicador. Si Frank estaba lo suficientemente cerca del dispositivo de Amy, él podía crear una señal privada con la frecuencia del comunicador.

"Sí, de acá los veo", respondió Amy, una joven Amy de 14 años, instalada en la parte superior de su transporte, escondiéndose detrás de un enorme árbol púrpura.

"¿Están cazando?" preguntó Frank.

"Sí, un Necko, y está solo. Hay ocho Katos", dijo Amy.

"Perfecto. Aprovechemos este momento para poder levantar una valla más y asegurar el Sector Rojo. ¿Está claro? Nada más que eso. Cíñete al plan y no te pongas en riesgo", dijo Frank.

"No hay problema, Frank. Lo tengo", dijo Amy desde el aire.

Los Beardogs rodearon a Frank, quién sostenía una cuerda atada a una red gigante que yacía en el suelo, cerca de un charco profundo.

"Ok, Amy, repasemos lo que hemos aprendido sobre los Katos.

"Veamos ... Cazadores de manada. Beneficios: Pueden cazar animales más grandes, como estos Neckos. Se protegen entre sí mientras cazan o comen. Todo el grupo tiene comida garantizada por el trabajo durante la caza".

"Excelente, Amy. Estoy muy orgulloso de ti", dijo Frank a través del comunicador. "Dime las claves de los hábitos de caza en manada del Kato".

"Esta es fácil", dijo Amy, mostrándole a Frank sus habilidades de memoria. "Número uno, comparten la comida con los miembros de la manada que participaron en la cacería. Rechazan a otros. Número dos, se comunican con los demás a través de movimientos, sin sonidos. Número tres, tienen diferentes roles durante la caza".

"¿Y esos son?" preguntó Frank.

"Fácil. El líder, el corredor y los bailarines".

"Excelente, Amy. Dime más."

"Ok, estaba en el número tres. Número cuatro, los grupos de caza están hechos de tres Katos como mínimo a ocho Katos como máximo. Nunca menos que eso ni más. Número cinco, el grupo apunta a la misma presa después de que el líder les muestra cuál será. Número seis, cazan individualmente sólo si encuentran una presa débil. Y número siete, los machos cazan y las hembras se quedan con los bebés, pero la hembra caza antes de su primer nacimiento de bebés".

"Eres una rockstar, mi querida Amy".

"¡Gracias, Frank!"

"Ahora, ¿qué están haciendo?" preguntó Frank.

"Están comenzando su estrategia. Están a punto de apuntar al Necko".

"Perfecto. ¿Qué sabemos sobre esto?" continuó Frank con su examen de conocimientos.

"El líder da órdenes al resto de la manada e identifica a la presa y la apunta. El resto del grupo corre, realizando movimientos aleatorios, haciendo mucho ruido con las patas, moviendo la tierra o las hojas, según el entorno. Esos son los bailarines. Es como si estuvieran escuchando su canción favorita. El Kato más rápido corre hacia el objetivo pero lo ignora, corriendo justo en frente a la presa. Después de eso, la presa sigue al "corredor" por una cosa de instinto animal, entendiendo que también está huyendo de la caza. Luego, el corredor cambia la dirección de la huida mientras la presa le sigue, dirigiéndose a un lugar donde árboles o rocas rodearán a la presa. Entonces el líder se encarga de matar mientras el grupo observa".

"Vaya, Amy, estoy asombrado", dijo Frank, animándola.

"No me tires tantas flores, Frank".

"Amy, dime qué pasa si los Katos están apuntando a presas diferentes".

"Buena pregunta, alumno. Si la manada está cazando varios objetivos, el líder muestra cómo atacar corriendo hacia la presa, agarrándola hacia la vegetación y desapareciendo. Luego, el grupo espera su momento y hace lo mismo. Un paquete de ocho Katos podría cazar ocho objetivos en 5 o 6 segundos, usando la confusión y el estrés del ataque. Pero también, si están descansando y se les presenta la oportunidad de atacar a una presa débil, atacan inmediatamente, tengan o no hambre. La mayoría de las veces dejan los cadáveres y regresan más tarde o un día después para comérselos.

"Excelente, Amy. Solo recuerda, actúan por instinto. No tienen sentimientos", dijo Frank.

Amy estaba buscando un grupo específico de Katos. Ella los ha seguido porque elaboró colores de pintura a base de plantas y tierra. Sacó los cadáveres y los ubicó debajo de grandes hojas moradas llenas de la pigmentación que creó. Los Katos sacaron ese cebo y la pintura les cayó encima, cubriendo partes de sus anatomías. Después de eso, necesitaba estudiar sus movimientos antes de que una lluvia lavara el tinte de sus cuerpos.

Han pasado casi dos semanas sin lluvia, e identificó a los miembros de la manada en particular. Amy vio un sujeto que era más pequeño que los demás, pero no un bebé. El grupo de Katos seguía sus acciones como si fuera un líder en formación.

"¡Está bien, Frank, ya vienen!" dijo Amy.

"Mantente preparada y sigue el plan", dijo Frank.

Amy avanzó hacia la manada y aterrizó. "Esto va a funcionar. Esto va a funcionar."

Para hacerles entender a los Katos de que Amy tenía una sección del río y que le pertenecía, tenía que mostrarles sus intenciones y su personalidad físicamente. Los Katos son una especie inteligente y tienen una rica percepción de control y límites.

"¡Estoy lista!" Gritó directamente a los animales. Entonces el líder la apuntó, dejando al Necko solo.

"¡Corre!" dijo Frank a través del comunicador.

Siguiendo el plan, Amy comenzó a correr hacia la trampa y la cerca que se levantará frente a la manada. El líder rápidamente llegó muy cerca de ella. Amy inmediatamente pensó en la última vez que probaron este plan, y el Kato saltó sobre ella y le rasgó la piel con sus afiladas garras. En esa ocasión, Amy tenía un cuchillo hecho de piedra afilada y, en un movimiento rápido, apuñaló al Kato, matándolo. Esta vez tenía que ser diferente porque, en esa oportunidad, nada cambió. Los Katos no entendieron el mensaje como una apropiación de territorio y continuaron su vida aterrorizando los pasos de Amy dentro del campamento.

"¡Esto va a funcionar!" gritó Amy.

"¡Salta, Amy!" dijo Frank.

Entonces Amy extendió su cuerpo, preparándose para sumergirse en el charco profundo.

"¡Lanzalo Frank!"

Frank soltó una cuerda que sostenía un contrapeso, dejando que la piedra grande empujara otra cuerda que levantaba la cerca. La barrera estaba hecha de madera puntiaguda impregnada con berries anaranjados. El plan funcionó, pero de repente el joven líder de la manada saltó a medida que la cerca se levantaba velozmente y quedó ensartado en la madera afilada y envenenada. El Kato murió instantáneamente.

Amy chapoteó en el agua y rápidamente regresó a la superficie solo para ver el resultado desastroso del plan.

"Oh no ..." dijo Amy.

Después de salir del agua, Amy caminó hacia el cuerpo sangrante en el tope de la cerca mientras los otros Katos estaban al otro lado mirándola a través de los espacios que dejaba la madera. Lloraron haciendo ruidos muy tristes. Luego se fueron, cediendo el territorio. Uno de esos Katos pintados con tinte amarillo esperó, mirando a Amy fijamente, luego bajó la vista y se fue lentamente. Amy cayó de rodillas, lloró y dijo "lo siento" repetidamente.

Después de un par de minutos, Frank llegó con los beardogs y vio el problema en la parte superior de la cerca.

"Lo siento mucho, querida Amy. Sé que este no era el plan", dijo Frank.

"El Kato saltó justo cuando la cerca se estaba levantando", murmuró Amy.

"Pero ten en cuenta de que el Kato estaba a punto de comerte viva, Amy".

"Si, lo sé. Es solo que ... Este Kato era joven, y creo que estaba a punto de ser el próximo líder de la manada".

"Ya veo. Amy, piensa en esto, el Sector Rojo es seguro ahora. Esta fue la última sección de la barrera alrededor del campamento que teníamos que levantar. Lo hicimos y ya no tenemos que hacer esto otra vez.

Amy echó un vistazo al otro lado a través de la valla. Luego usó su transporte y subió a la cima, sacando al Kato muerto de las puntiagudas terminaciones. Después de eso, descendió y dejó el cuerpo sobre la hierba del otro lado.

Amy esperó hasta tarde ese día, y cuando ya casi era de noche, el mismo Kato con tinte amarillo visitó el área y se llevó el cuerpo de regreso a la manada. Amy lloró, sintiéndose patética por romper su promesa de no matar.

"Sé que esto fue un accidente, pero ya no quiero ver la muerte a mi alrededor", dijo Amy. "Frank, tenemos que establecer una nueva regla. Tenemos que generar un nuevo trato con este planeta.

"¿Qué tienes en mente, querida?" respondió Frank.

"Matar está prohibido".

Cuando Amy tenía 12 años, Frank escribió una nueva página con órdenes de código y comandos, creando una secuencia sobre prohibiciones. "Matar está prohibido", fue el comando central solamente posible de eliminar con una clave de autorización. Pero algunas de las reglas que creó Amy fueron quedando obsoletas y las borró o las sobrescribió.

"Comando creado", dijo Frank.

Cuando se alejó, Frank preguntó: "¿Cómo vamos a sobrescribir este comando en el futuro?"

"No creo que tengamos que sobrescribir este comando nunca," respondió Amy.

"¿Pero qué pasa si estás en peligro y la única forma de sobrevivir es matar a tu enemigo?" preguntó Frank.

Amy se detuvo, giró y pensó en ello. "Usemos una contraseña de voz".

"¡Eso suena bien, Amy! ¿Qué palabra contraseña quieres utilizar?" preguntó Frank.

"Déjalo solamente como 'sobreescribir.' Así es más fácil."

Entonces Amy se despertó en el refugio de verano. Todo estaba envuelto en llamas. Las incubadoras con los bebés y los módulos criogénicos estaban destruidos. Todo estaba perdido. Tenía

138

la cara y las manos cubiertas de sangre. Amy corrió gritando: "¡Marshall! Marshall! ¡Esperame!"

Se acercó a la cueva donde había tenido prisionero a Harkhuf. En la puerta, Marshall estaba de pie con un cuchillo clavado en el pecho. "Lo siento, Amy", susurró Marshall.

"¡Marshall!" gritó Amy, despertando en la cámara del Thry.

CAPÍTULO 13 - HISTORIAL DE CAMBIOS

Le resultó difícil volver a la movilidad de su cuerpo. Por alguna razón, este viaje al tiempo la afectó de manera diferente. Quizás esta vez, hizo contacto con una cantidad más sustancial de Piedra del Tiempo, después de sostener dos de los tres fragmentos. Todo esto podría significar que no sobreviviría a todo el tesoro, y ese sentimiento invadió todo su cuerpo. Amy tocó su rostro y cabello. Se miró los dedos de los pies y los movió. Luego pidió que la sacaran del agua.

"Mokhy, ayúdame aquí. Makho, Zhoto, sostengan sus piernas", dijo Harkhuf.

Mokhy estaba extremadamente preocupado por su amiga. Amy estaba asustada y todos vieron eso en sus ojos.

"¿Qué viste, Amy? ¿Encontraste algo que nos ayude?" preguntó Makho mientras el grupo la ponía en el suelo.

Ella no respondió. Además, estaba tratando de despertarse y sus labios no respondían.

"Démosle algo de espacio", dijo Harkhuf.

Mokhy le acarició el pelo y le puso un rollo de ropa debajo de la cabeza.

"Estoy bien. Los amo, chicos", dijo Amy en voz baja.

Amy estaba preocupada por las noticias que llevaba después de este contacto, y decidió que no diría nada sobre el hecho de que el tesoro borraría sus recuerdos una vez que esté completo.

"Yo fui ..." dijo Amy en voz baja.

"Qué, Amy. Díganos, pero no se apresure. Trate de recuperarse", dijo Harkhuf.

"Fui de vuelta a mi linaje. Vi a mi padre, a mi abuelo y la línea hasta que el faraón se despertó de entre los muertos. Sentí la marca real aparecer en su pecho, y vi a Kharpo frente a mis ojos …"

El grupo se quedó en silencio. En este punto del viaje, ya nada los impresionaría, pero su conexión con el legado de los Strattos y el cambio de su destino después de la muerte del Rey Kharpo y Meryptah los arrastró hasta el fondo de sus corazones.

"¿Kharpo? ... ¿Viste al rey Kharpo?" preguntó Zhoto entre lágrimas.

Amy asintió suavemente.

Todos se miraron con lágrimas de felicidad y determinación. Mokhy le ofreció a Amy una taza de líquido desde las provisiones que rescataron de la nave accidentada. La fórmula le regresaría algunos elementos que su cuerpo podría perder después de sus desafíos físicos y mentales.

"Este viaje duró mucho", continuó Amy. "Por alguna razón, mi corazón me llevó al momento en que se recuperó el cuerpo de Meryptah. Los vi a todos. Vi su sufrimiento y lo perdidos que se sentían después de la tragedia. Lloré y mi corazón casi explotó. Caí de rodillas y ellos me vieron. Algo profundo sobre mis sentimientos me puso ahí físicamente. No era un visitante del tiempo que miraba todo desde fuera. No, esta vez estuve allí. Me escucharon. Les dije que volvería para ayudarlos, porque es eso lo que exactamente estamos haciendo ahora. Entonces, algo muy fuerte me empujó desde la espalda y me estrellé en las paredes de la rampa sagrada. Sentí que el metal atravesaba mi cuerpo. Fue doloroso, pero después de eso, estaba frente a Karshaham".

Zhoto no se resistió y se echó a llorar. Lloró, sabiendo que su familia, sus antepasados que recuperaron el cuerpo de Meryptah, la vieron y basaron en el mensaje de Amy la esperanza de un futuro mejor. Cada historia que Zhoto escuchó desde que era joven eran ciertas, y que estaba vivo para descubrir que todos sus sacrificios como especie eran significativos y que el fin del sufrimiento estaba cerca, más cerca que nunca. Amy se acercó a él y apoyó la cabeza en su hombro. Llamó al resto del grupo y los abrazó.

"Karshaham me dijo que crucé la línea después de interactuar con ellos. Estaba enojado, pero estaba en paz. Lo sentí como si lo conociera de antes. Era alto y su cabello era castaño. Era increíblemente sabio y sus palabras tenían sentido cada segundo que hablaba. Lo sentía como un amigo ... como un padre. Sentí que era como si estuviera frente a Mokhy. Sus ojos me mostraron amistad y unidad", dijo Amy, limpiándose las lágrimas.

141

Luego, el grupo se mantuvo más cerca el uno del otro mientras Amy continuaba.

"Karshaham estaba solo. Me dijo que él era el encargado de darle vida al Orb. Visitó todos los planetas que reunían las condiciones para la vida y ayudó con el código que le dio la Primera Luz. Pero también dijo que la Primera Luz le prometió su propio mundo, su reino. Pero le dijo también que otros romperían el tesoro del tiempo varias veces. Me dijo que esto sucedió antes que nosotros existiéramos, y no sabía nada al respecto porque estaba en otro Orb, en otra dimensión. Que no podía ayudarnos".

"No había forma de que él viera hacia adelante", dijo Zhoto.

"Eso es lo que dijo", agregó Amy.

"Pero debe haber una manera de entender todo esto", dijo Harkhuf. "Si no puede ver hacia adelante significa que nada de esto, cada segundo que tenemos frente a nosotros, no está escrito. Eso nos da el avance. ¡Así es como ganamos!"

"Lo siento, pero no entiendo por qué estás tan feliz, Harkhuf", dijo Makho, cruzando los brazos.

"Es verdad. Tenemos el conocimiento y queremos poner fin a esto. Eso es exactamente lo que necesitamos", agregó Amy. "No necesitamos saber cómo termina esto, porque somos nosotros los que vamos a escribirlo".

"Juntos", señaló Mokhy, sonriendo.

"Eso es correcto", dijo Zhoto.

"La próxima vez, elegiré a mi propio equipo", dijo Makho bromeando.

"No hay nada que podamos cambiar en nuestro futuro porque está por delante. No hay nada que hagamos incorrectamente", dijo Harkhuf.

"Hice un cambio en el pasado y eso afectó el futuro", dijo Amy.

"Exactamente, pero no cambió lo que sucedió durante el festival, o no fue parte de la razón por la que Sesmar te llevó a Pree. Sentiste que podías hacer algo para ayudar y eso fué precisamente lo que hiciste", dijo Zhoto.

"Y ayudamos a llegar hasta este punto porque estaba escrito de esa manera. Ahora tenemos que encontrar la manera de escribir la siguiente sección de la historia ", dijo Harkhuf.

"Ojalá pudiera cambiar algo en el pasado", dijo Amy.

"¿Qué cambiarías?" Mokhy hizo una señal.

"Cambiaría las cosas al comienzo de esta guerra, facilitando la comunicación entre humanos y Strattos, pero me gustaría traer de vuelta a mis padres. He estado evitando este sentimiento todos los días y me hizo fuerte. Ahora, si estuvieran aquí, me volvería débil y vulnerable. Es un deseo complicado de comprender."

"Elegiría tener piernas en lugar de este sistema de orugas", dijo Frank, en la puerta de la habitación.

"¡Frank!" gritó Amy.

Todo el grupo se acercó a Frank para darle la bienvenida luego de su reinicio. Luego se trasladaron a la última cámara, lejos del campo electromagnético que rodeaba al Thry.

"¿Y ustedes qué cambiarían?" les preguntó Frank.

"Hablar", señaló Mokhy.

Amy tomó su mano mientras Mokhy la miraba a los ojos.

"Estoy agradecido por lo que tuve. Mi tiempo fue significativo," dijo Zhoto.

"Cambiaría muchas cosas de mi pasado. La mayoría de ellos podrían facilitar el final de esta misión, pero si pudiera cambiar una sola cosa, sería mirar profundamente en mi corazón la próxima vez", dijo Harkuf.

"Otro equipo. Solo eso. Pero te mantendré en mi nueva tripulación, Frank ", dijo Makho bromeando.

"¡Gracias, Makho!" respondió Frank.

"Amy, dijiste algo sobre Karshaham", dijo Harkhuf. "Algo acerca de que él le dio vida al Orb y algo acerca de seguir el código de la Primera Luz".

"Sí. Creo que a lo que se refirió Karshaham cuando dijo Orb es el universo entero. Parece que todo el Cosmos está contenido en una esfera gigantesca. Ese podría ser el Orb del que hablan él y la Primera Luz. Además, dijo que hay tres Orbs y que no podía hacer nada dentro de los otros dos. Que dentro de esas copias del Orb había otro Karshaham.

"Replicación, ¿verdad?" preguntó Zhoto.

"¡Sí! Espera, ¿cómo sabes eso? " dijo Amy. "Olvídalo. Sabes más que nadie en esta sala. Por favor cuéntanos."

"Muchos viejos Strattos decían que una de las razones por la cual habían trillizos era porque el universo se había reiniciado tres veces. Esa vida llegó al final de la existencia, y la Piedra del Tiempo comenzó todo desde el prïncipio una vez más".

"Y que esta vida es la tercera, ¿verdad?" preguntó Harkhuf.

Zhoto asintió.

Amy sabía sobre esto, pero no exactamente cómo lo explicó Zhoto. Ella eligió no compartir esa información, pensando que el equipo podría perder el propósito después de enterarse de que el tesoro borraría sus recuerdos para siempre. Ella está tratando de encontrar la manera y el momento adecuado para hablar de esto.

"¿Qué pasa con el código?" Mokhy hizo una señal.

"Sí, el código. Karshaham dijo algo que con Frank mencionamos antes", dijo Amy.

"¿Qué podría ser eso?" agregó Frank.

"Matar está prohibido", dijo Amy.

"Supongo que no somos los únicos que piensan que matar no debería ser una opción", dijo Frank. "Por si acaso, he estado con humanos desde que fuí construido y me considero un ser vivo también. A mi manera, pero un ser vivo después de todo. Al final, las máquinas están construidas para hacer, no para vivir," agregó, mirando a todos. El grupo le sonrió. "¿Y qué le dijiste sobre eso, Amy?" preguntó Frank.

"Nada, pero después de que él habló de eso, sentí en mi corazón la necesidad de estar con mis amigos, de protegerlos. Esa energía me expulsó de ahí y creo que me desmayé. Entonces tuve un sueño desde el momento en que completamos la valla del campamento, en el Sector rojo".

"¿Viste el momento?" preguntó Frank.

"Sí, lo vi todo", dijo Amy.

"Lo siento, pero ¿de qué están hablando?" preguntó Makho.

"Impuse una ley en mi mundo, en Hyperterra. 'Matar está prohibido' y el momento exacto en que creé esa regla fue mi sueño durante mi último viaje".

"No hay vuelta atrás después de la muerte", dijo Zhoto.

"Karshaham también me habló de eso. Fue entonces cuando mencionó el código de la Primera Luz. Dijo que seguía tres propósitos: dar vida a la oscuridad, nunca sucumbir a la tentación y matar está prohibido".

"Y así es como empezó todo, ¿verdad?" dijo Zhoto.

"A mí me suenan a las viejas reglas de los Strattos", dijo Harkhuf.

"¿Escuchaste esto antes?" preguntó Amy.

"No, pero se siente bien. Se siente como Strattos", agregó Harkhuf.

"No cambiaría nada si tuviera la oportunidad de regresar", dijo Zhoto.

El grupo guardó silencio después de eso. Todos estaban pensando en los cambios que harían si tuvieran la oportunidad. Después de un momento, Amy miró a Frank. Él giró su lente hacia ella.

"¿Y tú, Frank? ¿Cambiarías algo?" preguntó Amy.

Entonces, las luces del sistema de Frank comenzaron a parpadear rápidamente, procesando las opciones para esa respuesta.

"Primero, es matemáticamente imposible cambiar la historia", dijo Frank. "Estoy muy agradecido por los humanos y el desarrollo de su tecnología. No estaría aquí si no fuera por ellos. Soy el resultado de su grandeza y la sofisticación de su especie. Pero no me malinterpretes con esto. Los humanos cometieron errores, no porque estuviera escrito, sino porque quisieron. Si pudiera cambiar algo o contribuir a una mejor línea de tiempo, construiría un mundo sin odio pero con amabilidad. Creo que los humanos tuvieron su oportunidad y la desaprovecharon. Además, usaría mi conocimiento para colaborar en el nuevo mundo. Creo en el futuro y lo sé … soy una máquina. Gracias, eso ya lo sé. Pero también creo que los humanos tienen una nueva oportunidad, y el regreso de Amy a Hyperterra entregará ese futuro a la especie. Amo a los humanos. Amo a mi humano…" dijo Frank, mirando a Amy. "Los humanos crearon robots que durarían para siempre. No tenemos la capacidad de generar odio por nosotros mismos, y por eso creo en el futuro y en mi contribución a esa empresa."

CAPÍTULO 14 - HORA DE CONECTARSE

"Karsham me dijo que debería traer un Strattos conmigo, pero no sé de qué está hablando", dijo Amy.

"El rey Karsham seguramente no sabe que tienes sangre Strattos en ti. Probablemente nos esté dando una clave para comprender lo que tenemos que hacer", dijo Harkhuf.

"Sí, también creo eso. Ahora la pregunta es ¿quién? ¿Cómo se supone que voy a saber cuál de ustedes debería llevarme en este viaje?" dijo Amy.

"Bueno, déjame decirte algo", dijo Zhoto. "Sabía que mi vida tenía algo esperando por mí después de todos estos años. Sabía que no era solo trabajo en el tercer nivel. También sé que soy un viejo Strattos, y probablemente este viaje no tendrá éxito con mi deteriorado cuerpo. Pero no me malinterpreten en esto, yo también puedo hacer grandes cosas, y todos ustedes lo saben.

"Sí, todos lo sabemos, mi querido Zhoto", dijo Amy.

"Yo debería", dijo Makho, muy confiado.

"Ella me necesita", señaló Mokhy.

"La reina necesita protección", dijo Harkhuf.

"Todos ustedes tienen que ir. La reina nos necesita, y a todos. Yo estaré aquí, asegurándome de que su conexión con el tesoro sea segura y que sus cuerpos estén a salvo mientras están en su viaje", dijo Zhoto.

"Intentémoslo", dijo Amy. "En este punto es todo o nada".

El grupo regresó a la cámara de Thry, dejando a Frank atrás, lejos del campo electromagnético. Harkhuf y los mellizos se sentaron en el borde del rectángulo poco profundo que estaba aún lleno de agua. Todos metieron los pies en el agua mientras Zhoto sostenía la daga lejos de Amy. Harkhuf dejó el fragmento restante con Frank como última carta en caso de que sucediera algo en este viaje. Amy estaba sentada en la silla de piedra sosteniendo la mano de Harkhuf a la derecha. Muy cerca de Harkhuf estaban Mokhy y Makho, todos tomados de la mano como una cadena de conexión.

"Espero que esto funcione. ¿Están listos?", dijo Amy.

Harkhuf, Makho y Mokhy le asintieron con la cabeza. Zhoto le entregó la daga lentamente a Amy y se la puso sobre las piernas. Los ojos de Amy comenzaron a brillar entrando en trance y su mano izquierda se movió lentamente para tocar la daga. "No olviden traer a la reina de regreso", dijo Zhoto.

En un lugar blanco, lejos de sonidos, texturas, sabores u olores, los cuatro estaban suspendidos en un espacio de transición. Amy se movió lentamente para echar un vistazo y fue cuando vió a Harkhuf y a los mellizos flotando con los ojos cerrados. Sus cuerpos eran incoloros y casi transparentes. Después de estar en contacto con el tesoro, el viaje los paralizó metafísicamente a cada uno de ellos, Amy podía mover los brazos, la cabeza y las piernas, pero sin ir a ningún lado. En ese momento fue cuando escuchó a alguien hablando más cerca a su derecha. La persona que murmuraba hizo que Amy se girara observando una celda de prisión. Un Strattos estaba al otro lado de las barras, era un joven Strattos, estaba sentado en un banco, como de visita.

"Ufusta y todo este reino pagarán por la humillación que arrojó sobre nuestra familia, y su linaje pronto desaparecerá para siempre", dijo el Strattos tras las rejas.

"Pero, padre, está mal tener esos malos pensamientos en la mente", dijo el joven Strattos. "Este no es el camino de los Strattos, y deberías estar arrepentido, padre".

"Te diré algo que te hará pensar diferente sobre tu reino, hijo mío. Abriré tus ojos y te haré saber lo que está sucediendo. Si pudiera tener la oportunidad de poner mis manos sobre la Piedra del Tiempo y cambiar el pasado, créeme que nuestra familia podría ser legendaria. ¡La dinastía Prass podría ser recordada como la mayor dinastía en todo el cosmos!"

Amy se dio cuenta de que el Strattos tras las rejas era el infame General Prass y que probablemente el joven, era su hijo. Amy vio rojo en los ojos de su hijo, y también vio sufrimiento y miseria. Vio la ciudad moviéndose sobre la polvorienta y seca superficie del planeta Pree y la vida desesperada de sus ciudadanos. Pero también, Amy vio el sufrimiento y la vida dolorosa de los descendientes del faraón después de ser perseguidos por oscuros enemigos. Amy vió la Tierra y reconoció varios lugares en su visión. Vio a los descendientes del faraón con la marca real, pero vio sangre en todos ellos. Otros huyeron de gente oscura, pero sucumbieron al final de sus vidas. Amy también vio a otros escondiéndose y logrando la felicidad en la vida. Vio a otros humanos ayudando a los portadores de la marca real, protegiéndolos, defendiéndolos y ayudándolos a alcanzar el bienestar. Sabían que eran objetos de valor para el equilibrio del universo y decidieron esconderlos, esperando el momento de gloria y paz.

Desde el momento en que el faraón recibió la noticia de que un grupo de forasteros lo buscaba a él y a su familia, supo que se trataba de una cacería sangrienta. El faraón y Amy sintieron la misma sensación en su pecho, el de una energía oscura, similar a esos espíritus que poseían el cuerpo del hermano de Kharpo. En ese momento, el faraón supo que tenían que escapar.

El jefe del ejército recibió una solicitud especial de Kharpo justo antes de dejar la Tierra en rumbo a Pree. "En tus manos dejo la vida de mi querido amigo, el faraón Asim. Protégelo con tu vida, y la generación después de ti, y la después de ellos. Prométeme que harás todo lo posible para protegerlo a él y a su familia", dijo Kharpo.

"Sí mi señor. Dedicaré mi vida y mi linaje para proteger al faraón Asim", dijo el jefe Khontra.

En un momento significativo y sencillo, el príncipe Kharpo nombró a Khontra, los Sorvats de la Tierra, y le leyó el Código del Orb, el que fué entregado por la Primera Luz al comienzo de todo.

El faraón, su esposa, sus dos hijas y un puñado de soldados leales dirigidos por el jefe Khontra huyeron de Egipto. Amy sintió el dolor que ellos sintieron al dejar su tierra, su gente, el dolor de perder sus identidades y su futuro. Sintió la conexión con el comienzo de su familia y estaba profundamente triste.

El grupo de soldados que protegían a la familia de Asim y su linaje se llamaban Los Sorvats, y llevaron con ellos tesoros preciosos, oro y otros metales ricos. Manejaron esa fortuna para hacer posible la vida de los Sorvats y facilitar la vida cotidiana del linaje del faraón. Los Sorvats también decidieron explorar el universo en busca de Pree y regresar a ese planeta el secreto que se esconde en la Tierra: La Daga y el linaje del faraón. No fue una tarea fácil. Un grupo influyente y oscuro decidió atacar y eliminar los restos del éxito de los Strattos en la Tierra, durante miles de años esa fue su misión. Muchos humanos con la Marca Real perecieron, y también muchos Sorvats.

Los Sorvats fueron llamados por muchos nombres diferentes durante el curso de la historia, y también la Daga de los Mundos. Los Sorvats apoyaron a artistas que mostraron motivación por las estrellas y financiaron organizaciones que observaban el cosmos a diario. Impulsaron investigaciones para alcanzar nuevos límites en el espacio con el único objetivo de encontrar a Pree. Los Sorvats fueron clave en la revolución industrial humana y en la creación de muchas empresas en todo el mundo, pero también dedicaron su vida, generación tras generación, a proteger en secreto el linaje del faraón. Con el tiempo, los Sorvats fueron fantasmas y las futuras generaciones del faraón no supieron nunca sobre la organización secreta que los cuidaba.

Entonces Amy vio a Alex McGuillan. Lo vio recibir instrucciones sobre cómo asegurarse de que Russell, Elizabeth y Amy llegaran a salvo dentro del transporte criogénico. Amy lloró cuando vio a McGuillan.

"Eras un Sorvats… Por supuesto, como no lo vi antes. Gracias", murmuró Amy.

Entonces ella vio al director de la escuela y algunos maestros ayudando a Russell a subir a un autobús, donde obtendría una beca para acceder a un futuro mejor. Amy vio a Larry, el vecino médico. Vio cómo McGuillan le presentó a Larry a Russell cuando se mudaron a la ciudad de Greybull.

En un esfuerzo por asegurarse de que Russell y su familia fueran monitoreados las 24 horas, los Sorvats raptaron a Frank cuando Elizabeth estaba en un supermercado. Lo modificaron e insertaron el software que lo hizo más inteligente, eficiente, incluyendo modos de ataque para salvar sus vidas. Russell recibió años antes a Frank como un regalo por su excelente actuación después de obtener su beca, pero también, Frank fue el último portador de los archivos de Sorvats. Tenía una carpeta en su memoria que se activaba con la contraseña de voz "Sorvats". Tenía un brazalete único que Russell le puso a Amy. Russell y Frank se convirtieron en los mejores amigos a partir de ese momento, pero Frank también estaba programado para defender a los últimos descendientes del faraón.

Amy sintió eso en su corazón y recordó el amor por su padre y su madre. Estaba agradecida por los sacrificios de los Sorvats y de muchas otras personas que hicieron que su vida fuera digna.

Makho, Mokhy y Harkhuf quedaron atrapados en el destello de tiempo, una burbuja que permitía que la sangre real entrara en la línea de tiempo del cosmos, como lo hace Amy. Pero, debido a que no han sido de sangre real, simplemente se quedan entre el momento actual de sus vidas y el destello temporal. Sus mentes están conectadas al mismo creador, la Primera Luz. El resto de los seres vivos del universo están conectados a los recuerdos de billones de ellos, algunos ya están muertos, e incluso con los que vendrán en el futuro, los no nacidos. La red de recuerdos es uno de los mayores secretos del universo. Un increíble sistema de conocimiento basado en pensamientos y recuerdos. En este estado de pausa en el tiempo, Harkhuf y los gemelos viajan hacia ese lugar inconscientemente.

Harkhuf estaba caminando por el hermoso jardín de flores azules ubicado en la parte superior del palacio del reino. Cuando la ciudad estaba despertando, la montaña de la Piedra del Tiempo aparecería al fondo mientras se movían. Un árbol rojo en el centro del jardín del rey creaba una sombra fresca, perfecta para una pausa o para un momento de lectura. Harkhuf camina por uno de los senderos y las flores azules eran lo suficientemente altas como para cubrir su joven cuerpo hasta el codo. Debajo del árbol rojo estaba la joven Sesmar leyendo uno de los pergaminos de estrategia de batalla de la biblioteca del ejército.

"¡Mira! ¡Te traje una flor!" dijo el joven Harkhuf.

"El jardín está cubierto de flores, Harkhuf. Yo puedo ir y tomar una por mi cuenta", respondió la joven Sesmar sin perder las líneas de su lectura.

"Umm ... Sí, lo sé, ¡pero elegí esta solo para ti!".

"¿Y?"

"Y... Bueno... Esta flor es especial porque es una flor con amor. No vas a encontrar una así en todo el jardín".

La joven Sesmar sonrió sin mirar a Harkhuf, mientras él lentamente extendía el brazo hacia ella con la flor. Sesmar miró de reojo para recibirla y tocó suavemente los dedos de Harkhuf.

Harkhuf también sonrió.

Makho fue directamente al momento en que estaba a punto de preguntarle a su Mer-Ek si le gustaría pasar el resto de su vida con él. Usó un delicioso extracto de plantas para poder oler increíblemente bien ese día. El padre de los mellizos sufría de una rara enfermedad en la espalda, producto de haber trabajado toda su vida bajo el sistema de tuberías de agua de la ciudad. Estaba sano, pero en su cama todo el tiempo.

"¿Que acaso sacaste todo el jardín de armónicas? Esa planta te hace oler perfecto con una sola gota. ¡Parece que usaste todo el jardín!" Dijo el padre de Makho.

"No se preocupe, padre. Hoy es el día perfecto para usar armónica adicional", dijo Makho.

Corrió por la calle hacia su cita minutos antes de que la ciudad acelerara, entrando en la noche. Planeaba proponer matrimonio justo cuando el cielo se volviera violeta. Cuando llegó, su Mer-Ek estaba de cara al sol, justo en la cubierta de observación pública, donde Makho le pidió específicamente que se encontraran. Entonces los cuernos anunciaron que la ciudad se estaba preparando para adentrarse en la noche.

"¿Shara?" preguntó Makho.

Ella se giró, casi en cámara lenta. El corazón de Makho estaba lleno de hermosos pensamientos de vida eterna, familia y prosperidad.

"¡Hola, Makho!" dijo Shara, corriendo hacia sus brazos. "¿Compraste todo el campo de armónicas? Hueles bien hoy, ¿eh?" Makho sonrió. "¿Qué pasa, amor? ¿Por qué me dijiste que te esperara aquí?"

Los cuernos y campanas de la ciudad realizando los cambios en la velocidad fueron el telón de fondo perfecto para este importante momento.

"Sé que nos espera algo increíble, y también sé que quieres compartir eso conmigo, ¿verdad? Porque, ya sabes, soy irresistible", dijo Makho.

Shara rió. "Por supuesto, eres i-rre-sis-ti-ble", dijo ella, besándolo suavemente.

"Me gustaría compartir mi futuro contigo también. ¿Crees que vas a tener suficiente energía para manejar mi personalidad especial?" preguntó Makho.

"¿Qué estás tratando de decir, Makho?"

"Yo ... es que ... yo ..." Makho estaba nervioso.

"Sí Sí. ¡Sí Sí!" gritó Shara.

"¿Sí?" preguntó Makho, sorprendido.

"¡Sí! ¡Sí! Quiero ser tu Mer-Ek para siempre."

La pareja se abrazó y giró en la cubierta mientras otros Strattos aplaudían a su alrededor, celebrando a la pareja. Makho estaba tan increíblemente feliz que deseaban mantener ese momento para siempre. Makho abrió los ojos y vio entre los Strattos a su hermano, caminando tristemente por la calle.

"Mokhy ..." murmuró Makho entre los aplausos.

Mokhy, por alguna razón, no fue a un recuerdo de su vida. En cambio, fue a un sueño que tuvo. Mokhy entró al recuerdo cuando vio a Amy por primera vez. Fue ese sueño el que lo inspiró a crear el soldado dorado para las festividades de Meryptah. En el sueño, él estaba en el Kemet, martillando una pieza de metal. La ardua labor lo tenía muy cansado. Trabajaba sin parar, como un esclavo, y tenía miedo de parar. Casi lloraba y estaba llegando al límite de su exigente trabajo. Entonces una mano humana tocó su muñeca derecha. Sorprendido, Mokhy miró al humano. Era Amy.

"¿Por qué estás tan asustado?" dijo Amy con una voz dulce. Amy le dió una copa de agua. Mokhy bebió rápido porque tenía mucha sed.

"Ven, deja ese martillo ahí. Camina conmigo," dijo Amy en el sueño, vistiendo la armadura dorada de la joven Meryptah.

"¿A dónde vamos?" dijo Mokhy con una bellísima voz, su propia voz. Los latidos de su corazón se aceleraron rápidamente y estaba emocionado y sorprendido. Nunca antes había escuchado su voz.

"Voy a mostrarte el camino hacia tu libertad", dijo Amy, caminando hacia el fondo del Kemet.

"¿Puedo traer a mi hermano y mis amigos?" preguntó Mokhy, con lágrimas en los ojos.

"Sí, tráelos a todos. Es tiempo de celebrar. Es hora de ser libre", dijo Amy, desapareciendo, fundiéndose en un resplandor cegador.

El destello atrapó al grupo en un fragmento de tiempo que duró menos de un segundo. Para ellos, no había tiempo dentro de esa burbuja, explorando y revisando sus recuerdos más preciados, pero Amy era la única que no estaba atrapada en sus recuerdos.

"¿A dónde quieres llevarme, tesoro del tiempo?" murmuró Amy. "Muéstrame ... déjame ver"

Entonces Amy sintió un olor a maquinaria y un fuerte chasquido, como una fábrica. Amy miró a la derecha y vio un Strattos con una corona. Estaba en una habitación circular hecha de metal, pero el cielo era visible a través de los paneles hexagonales de la cúpula metálica. El centro de la habitación estaba cubierto por una pequeña cantidad de agua rodeada por el símbolo de Strattos. Por un momento, Amy estaba de pie frente a él. En sus manos, sostenía la Piedra del Tiempo. Al parecer en ese momento, la piedra del tiempo estaba completa. Amy reconoció uno de los lados de la piedra. Era precisamente como el fragmento que Kharpo escondió en las cavernas mineras del Pree.

"No podemos arriesgarnos a que Prass ponga sus manos sobre el tesoro. Descubrirá cómo escapar y ejecutará el fin del cosmos como lo conocemos. Tengo que usar el Thry, y el tiempo se encargará de reunir las piezas nuevamente", dijo el Strattos.

"¡Ufusta! ¿Qué estás haciendo?", gritó una dama Strattos desde atrás.

"¿Por qué tardaste tanto?", dijo el rey Ufusta, de pie sobre las aguas poco profundas. "El tesoro corre un riesgo colosal, Tella. No hay tiempo que perder."

"¿Qué tienes en mente?" dijo Tella. Después de eso, miró a su alrededor y vio la máquina con las tres garras. "No ... No, debe haber otra manera!" gritó Tella.

El dispositivo fue diseñado y construido mucho antes de que ellos nacieran. En cada garra había una marca de cada componente del Thry sobre el sistema metálico. La misión de este elemento era dividir la Piedra del Tiempo en tres fragmentos idénticos.

"Si no quieres hacer esto, supongo que ya tienes la solución, ¿no es así? ¿Qué tienes en mente, Tella, matar a Prass?" dijo Ufusta, mirando la piedra con tristeza.

"Matar está prohibido", dijo Tella con su voz pasiva y suave.

"Prass se ha vuelto incontrolable e inestable. Está cegado y obsesionado con el tesoro, y lo tomará a toda costa. Tu sabes que estás en gran riesgo. Te capturará o matará con el único propósito de acceder a tu sangre y activar el tesoro."

Tella sintió la amenaza. Ufusta tenía razón. No había nada que pudiera detener a Prass y ayudarlo a razonar. Prass ya tenía un grupo de soldados que lo seguían religiosamente. Los Strattos de Pree estaban en peligro, pero nada era más importante que el tesoro del tiempo. Tella se sentó en el suelo de la sala.

"Entonces… Es nuestro destino ser la generación que verá la muerte de nuestro planeta", dijo Tella, llorando.

"Sabes que Prass te matará. ¿Lo entiendes?" gritó Ufusta. "No puedo dejar que eso suceda. ¡Eres el amor de mi vida, la madre de nuestros trillizos! ¡Nadie te va a tocar! No hay otra manera. Tenemos que ejecutar el Thry. Era nuestra responsabilidad mantener el tesoro a salvo, esa era la intención genuina de la Primera Luz, y lamentablemente hemos fallado".

Después de un momento, Tella se puso de pie y caminó sobre las aguas poco profundas hacia la piedra. El tesoro comenzó a brillar al instante. Los ojos de la reina y la marca real en su hombro derecho también lo hicieron.

"Ve, mi amor. Dile que necesitamos su ayuda", le susurró Ufusta a Tella mientras tocaba la piedra brillante.

Luego, un destello blanco llevó a Amy a un lugar que parecía un túnel gigante. Era de un blanco cegador y tenía bellos filamentos por todas partes, como plantas y flores sumergidas en una fina y nítida niebla blanca. Por el momento, Amy decidió no moverse y miró de derecha a izquierda, de arriba a abajo. Todo era igual. A lo lejos, el túnel se curvaba. Idéntico al camino detrás de ella.

"¿Qué es este lugar?" susurró Amy. Curiosa, decidió caminar, Amy caminó hacia la pared del túnel que sube, solo para ver si podía ir allí contra la gravedad. Después de caminar un poco notó que el túnel era el que se movía y no ella. De ahí Amy miró hacia arriba, a la parte superior del techo del túnel, y vió un punto marrón claro. Mientras caminaba hacia esa cosa, notó que nunca su propio cuerpo estuvo boca abajo.

"Este lugar no tiene física", dijo Amy.

"Estás en lo correcto y equivocada a la vez", dijo una voz en su cabeza.

Amy se detuvo. "¿Hola, hay alguien?"

"Hola. Recuerdo que dijiste eso, pero no te recuerdo a ti propiamente tal", dijo la voz mientras Amy se acercaba a la cosa marrón claro.

"Umm, ¿estás hablando telepáticamente como la Primera Luz? ¿Estoy buscando algo aquí? ¿Supongo? ¿Puedes decirme por qué estoy aquí?", dijo Amy, interesada.

"¿Es una pregunta? ¿O estás tratando de recordar algo? Todo el mundo está buscando algo en sus recuerdos. A veces se olvidan de las cosas para siempre, pero solo porque no buscan más profundamente. ¿Y la Primera Luz? Sí, recuerdo la Primera. Luz ", decía la voz en su cabeza.

Entonces Amy llegó justo enfrente del objeto. Ella miró hacia arriba y hacia atrás. Su camino a través de este lugar estaba marcado pero se desvanecía lentamente. Luego se volvió de nuevo para observar a la figura excitante que le hablaba a ella en la cabeza. Parecía un zorro pequeño y elegante, sin brazos ni piernas. Estaba suspendido en el aire y tenía una hermosa cola, largas orejas de zorro y una mancha blanca en el pecho. El color de su pelaje era un suave marrón claro. Tenía los ojos rojos, y al principio le daban miedo a Amy, pero era tan pequeño que ella lo vio como uno de los muñecos de peluche que tenía en la Tierra.

"Umm, hola, ¿puedes oírme? Mi nombre es Amy".

"Hola. Sí, puedo oírte. Mi nombre es Bhongo. No te recuerdo", dijo Bhongo con un tono amistoso y la voz de un anciano.

Amy sonrió tan fuerte que quiso abrazarlo. "¡Eres tan lindo!"

Ambos estaban de pie en medio de este jardín lleno de algo muy parecido a flores delgadas y delicadas. Sus tallos eran sólidos y transparentes como si estuvieran hechos de un hermoso cristal. En la parte superior, la flor tenía diferentes colores reflejándose en este tipo de material vítreo, pero los colores se movían y cambiaban constantemente.

"¿Qué es este lugar? ¿Qué estás haciendo en un lugar como este? ¿Qué estoy haciendo aquí? ¿Qué clase de animal eres? ¿Por qué no tienes brazos o piernas?

¡Tengo tantas preguntas! ¡Y eres tan lindo!" dijo Amy, casi saltando de emoción juntando las manos con fuerza.

"Bueno, veamos", dijo Bhongo. "Estoy aquí para cuidar los recuerdos de todos y cada uno de los seres vivientes del Orb. Soy el guardián del jardín de los recuerdos. Este túnel es la estructura de los pensamientos y recorre todo lo que sabemos. Los pensamientos y los sentimientos conectan el Orb, más allá de la vida, más allá del tiempo. Así funciona todo. Ahora, no sé qué estás haciendo aquí, pero recuerdo este momento. Aquí es cuando te digo que no sé qué

157

tipo de especie soy, y además, no recuerdo haber tenido brazos o piernas. De hecho, ni siquiera recuerdo cuándo llegué a este lugar, pero recuerdo lo que está a punto de suceder ahora".

"Dios mío, ¿qué, qué va a pasar?" dijo Amy, asustada.

"Esto", dijo Bhongo, moviéndose y flotando sobre una flor que brillaba en diferentes colores. "Ven, toca esta flor. Yo recuerdo esto."

"¿Que la toque? Quiero decir, en tu memoria, ¿Que la toqué?" dijo Amy, indecisa.

"Sí, por supuesto. Tócala", dijo Bhongo.

"Ay no sé, no sé, está bien, hagámoslo", dijo Amy, acercándose a la flor y tocando uno de los pétalos. Instantáneamente vio a Elizabeth, su madre. Ella estaba frente a una mesa cuadrada en una habitación oscura, con una lámpara colgando desde el techo.

"Por favor, Elizabeth, toma asiento", dijo Tayeb Abucalil, una de las principales autoridades de la Congregación Sorvats.

"Entiendo que he fallado en mi misión, y lo lamento mucho. Me pongo en las manos del tribunal Sorvats y reconozco el entendimiento de nuestras reglas. Además debo agregar que soy totalmente responsable de ... "

"No tienes nada que lamentar, Elizabeth. Además, no estás en problemas", dijo Tayeb.

"Pero pensé…"

"No. Nada nos hace más felices que ver a un Sorvats enamorado de un sangre real y que ese sentimiento sea recíproco", dijo Tayeb. "Y no me malinterpretes, esto ya ha sucedido antes. Hemos estado protegiendo a la sangre real desde la época del antiguo Egipto, y está demás agregar que no podemos tener un romance con nuestros activos. Estoy aquí hoy para decirte que nada protegerá más a un sangre real que estar casado con un Sorvats. Sí, Elizabeth. Puedes casarte con él. Ve y dile que sí a Russell y ten una maravillosa y próspera vida. Tú y él se lo merecen. Y por favor, tráenos una hermosa próxima generación de sangre real. Continúa el linaje."

Elizabeth rompió a llorar. Amy estaba llorando también, notando los sacrificios que hizo su madre manteniendo en secreto su identidad y afiliación con la milenaria congregación. Incluso cuando estaba a punto de morir en Hyperterra, Elizabeth nunca les dijo que era una Sorvats. Cumplió su misión a cabalidad. Un verdadero ejemplo a seguir.

"Gracias, gracias, señor. No sabía qué hacer. Cuando Russell me preguntó, yo solo ... simplemente salí corriendo. Tenía miedo de haber fallado con mi misión en la vida, pero mi corazón me decía que dijera que sí. Lo amo y sé que él también me ama."

"Lo sabemos", dijo Tayeb. "Escucha, hay varias cosas que vamos a arreglar para estar más cerca de ti y Russell. Además, es uno de los tres últimos sangre real, y no podemos cometer errores aquí. Sorvats nunca se acercó tanto a este peligroso número, lo cual demuestra que los Caballeros de Hulmor han sido eficaces en su búsqueda. Estamos rodeados y tenemos que dar cada paso con mucha cautela y seriedad. Están por todas partes y no se detendrán hasta que el último sangre real esté muerto."

"Sí señor. No voy a fallar," dijo Elizabeth, limpiándose las lágrimas.

"Lo sabemos, querida Elizabeth. Estás a punto de crear tu propia familia ahora. Sabemos que ambos se protegerán mutuamente", dijo Tayeb.

Luego sacó varios papeles de su maleta. Todos esos documentos estaban dentro de bolsas de plástico individuales selladas al vacío. Tayeb había clasificado altamente esos documentos. La organización impregnaba todos sus documentos en una solución que iniciaba el irreversible deterioro del papel hasta cenizas tan pronto como la bolsa se abría y el contenido entraba en contacto con el aire. Solo tienes unos minutos para leerlos.

"Vamos a trasladar a tus padres a una granja que adquirimos, en Greybull, en el estado de Wyoming. Ya fueron informados de este movimiento hace unos minutos atrás. Después de eso, Russell conseguirá su nuevo trabajo. Ese será el lugar perfecto para vivir con tu familia y criar a sus hijos. La granja de sus padres será nuestra sede territorial, y vamos a poner un equipo médico cerca de su casa, en caso de que suceda algo. Sorvats enviará a Larry y su esposa a Greybull en un par de meses. Vamos a comprar dos casas, una frente a la otra. Larry será reubicado en el Hospital de la ciudad. Esperamos que ustedes se muden allí en un año o menos".

"Señor Abucalil, ¿Dijo usted algo sobre un nuevo trabajo para Russell?, preguntó Elizabeth.

"Sí, Elizabeth. Russell será contratado por la ISA. Lo estamos ubicando en uno de los proyectos que tenemos dentro de esa organización. Trabajará en el mismo equipo donde está mi amigo Alex McGuillan. El Proyecto Oval".

"¿Ese proyecto es el mismo acerca del portal al mundo de los Strattos?" preguntó Elizabeth.

"Sí, pero todavía no tenemos ningún contacto con ese planeta. Esperamos que algún día podamos enviar a los sangre real con ellos, pero por el momento, estamos trabajando en un planeta similar a la Tierra que podría mantener a los sangre real alejados de los Caballeros de Hulmor. Todos nuestros recursos están enfocados en esa empresa," dijo Tayeb.

Mientras tanto, en su viaje, Harkhuf estaba sentado junto a Sesmar. Él le colocó una flor en la oreja.

"¿Qué estás leyendo, Sesmar?"

"Es un manual viejo y aburrido sobre cómo operar la nave del rey", dijo Sesmar.

"Pero, si es aburrido, ¿por qué lo estás leyendo?" dijo el joven Harkhuf.

"Es solo porque me parece muy interesante que la nave del rey funcione con una sola gota de su sangre. Me pregunto qué tan poderosa era la sangre real", dijo Sesmar.

"Pero, ¿qué pasa con el rey Ufusta? No era de la realeza, ¿verdad?" preguntó Harkhuf.

"Eso es correcto. Ufusta siempre llevaba un frasquito con la sangre de la reina Tella. En este pergamino, puedes ver cómo lo usaba", dijo Sesmar, mostrándole los dibujos estampados en el pergamino.

"Entonces, ¿Tenían que pincharse el dedo contra esta aguja? Eso es perturbador", dijo Harkhuf.

"Sí, pero recuerda que se cicatrizaba instantáneamente", agregó Sesmar.

Makho y Mokhy por alguna razón dejaron sus recuerdos y llegaron al lugar de transición, aún en el destello de tiempo. Cuando Amy fue al jardín de los recuerdos, probablemente se rompió el trance que mantenía a los gemelos soñando. Ambos caminaron en esta área blanca, pura y vacía hasta que se encontraron.

"¡Oye, Mokhy! ¿Qué es este lugar?" preguntó Makho, mirando a su alrededor.

"No tengo ni idea," respondió Mokhy con su propia voz. Makho no se dio cuenta de lo que acababa de pasar. Luego abrió los ojos y volvió la vista hacia Mokhy. Los ojos de Makho se llenaron rápidamente de lágrimas.

"¿... tú ... hablaste?"

"Supongo", respondió Mokhy.

"¡Mokhy, Mokhy!" gritó Makho, saltando y abrazándolo.

"¡No sé qué está pasando, pero parece que aquí puedo hablar!" dijo Mokhy. Su voz era maravillosa y masculina.

"Hermano, tu voz es ... ¡tan hermosa!" dijo Makho.

Luego, la figura de un Strattos se acercaba a ellos.

"¿Quién es ese?" dijo Mokhy.

"¿Quién es quién?" respondió Makho, volviendo la cabeza y mirando al Strattos que se acercaba a ellos.

"Debe ser Harkhuf", dijo Mokhy.

"No. Esta es una Strattos femenina", respondió Makho.

Mientras tanto, Amy estaba de vuelta en el jardín y Bhongo la miraba con sus penetrantes ojos rojos.

Dime, Amy. ¿Por qué crees que estás aquí? ¿Cuál es el propósito de tu visita al jardín? ¿Qué llave usaste?" preguntó Bhongo.

"No estoy segura de cuál es la razón por la que estoy aquí, pero recuerdo que antes de visitar un momento de la historia, una dama Strattos sostenía la Piedra del Tiempo. Un Strattos cercano a ella le dijo algo sobre pedir ayuda a alguien", dijo Amy.

"Oh, si, si… Lo recuerdo", dijo Bhongo. "Esa era la reina Tella y probablemente estaba acompañada del rey Ufusta, ¿No?. Y sí, vinieron a mí pidiendo ayuda. ¿Es esa la razón por la que estás aquí? ¿Necesitas ayuda?"

"Sí, necesito ayuda, pero no sé cómo llegué aquí", respondió Amy.

"Probablemente la reina Tella quería que me visitaras. Ella era muy sabia y asertiva. Si… la recuerdo", dijo Bhongo, moviéndose hacia otra flor.

"Estoy atrapada con mis amigos en un templo, en el planeta Tierra. No sabemos qué hacer ni cómo alejarnos de ese planeta. Nuestro transporte fue destruido y tenemos que encontrar una forma de viajar. ¿Puedes ayudarnos?"

"Por supuesto que puedo ayudarte", dijo Bhongo, flotando sobre otra flor. "Ten en cuenta que la historia se ha escrito en una línea hacia adelante, pero puedes encontrar respuestas si es que retrocedes. Si buscas en la historia, puedes encontrar la manera de salir de ese templo. Mmm, creo que recuerdo algo sobre eso." Bhongo comenzó a moverse rápidamente alejándose de Amy.

"¡Espera, a dónde vas!" dijo Amy, corriendo detrás de él.

"Aquí. Toca esta flor", dijo Bhongo. "Pero primero, deja que tu corazón decida adónde ir".

"Pero, ¿cómo puedo hacer eso? No puedo controlar mi corazón", dijo Amy.

"¡Muy bien, eso es perfecto!" dijo Bhongo.

Tan pronto como Amy tocó la flor, vio a Amanda y su grupo religioso a punto de interrumpir el lanzamiento de la "Misión 100". Alguien le preguntaba si es que reconocía algunos símbolos impresos en un papel. Amanda sostenía el papel con cuatro imágenes. Uno de ellos era un triángulo negro al revés, la marca real de los Strattos. Amanda se sorprendió al ver ese símbolo.

"¿Reconoces esto?" le gritó el tipo cerca de ella.

162

"No. No, nunca vi esos símbolos antes", dijo Amanda.

"¡Vamos! ¡Vamos! ¡Piensa, piensa! ¡Tenemos gente con esa marca subiendo a esa nave en unos minutos!" Otro tipo gritó mientras el grupo corría hacia el escenario.

"¡Amanda! No presiones el detonador de la carga explosiva. ¡Solamente vamos a matar a los que tengan la marca en el cuerpo!"

Amy estaba en estado de shock. Su corazón la había llevado atrás en el tiempo. De repente, Amanda estaba hablando con Elizabeth en el baño. Amy tenía unos cuatro años.

"¿Por qué cubres esa marca de nacimiento con suéteres de cuello alto?" preguntó Amanda. "¡A veces hace mucho calor! Pobrecita."

"Tenemos que ocultar esto. Algunas personas no entienden las cosas y probablemente dirán que tiene un virus peligroso o algo así", dijo Elizabeth.

"Yo creo que es hermoso", dijo Amanda.

El corazón de Amy latía fuertemente y la llevó incluso más atrás en el tiempo. Ahora, ella estaba de pie en la playa. Había gente jugando voleibol y un chico estaba comiendo helado con unos amigos. Más cerca de ella estaban Elizabeth y Russell sobre una toalla en la arena. Amy vio que la marca de su padre Russell estaba en el empeine de su pie izquierdo. Elizabeth estaba cubriendo ese pié con arena.

"Obviamente fue mucho más fácil para tu padre tener esta marca de nacimiento de tu familia en la cadera, ¿verdad?" dijo Elizabeth.

"Espera… ¿Y tu como sabes eso?" le preguntó Russell, sorprendido.

"Tú ... Tú me lo dijiste un día. ¿No te acuerdas?" dijo Elizabeth, sonriendo nerviosamente.

El corazón de Amy seguía llevándola aún más atrás en la línea de tiempo.

En el espacio transitorio, dentro del destello de tiempo, Makho y Mokhy trataban de averiguar quién era el Strattos que caminaba hacia ellos.

"¿Hey quién eres tú?" preguntó Makho.

"¿Yo?" respondió la Strattos femenina con una voz dulce y suave. Ella era tan alta como ellos.

"¡Sí! ¡Usted!" dijo Mokhy mientras la dama Strattos se paraba frente a ellos.

"¡Soy yo, Mheka! ¡Tu hermana!"

Amy llegó en el preciso momento en que Kharmo visitó a su hermano en la Tierra. Todo el ejército del faraón estaba atento a la llegada de la gran nave, mientras Kharpo y el faraón Asim estaban parados frente a la construcción de un nuevo templo de oración, a un costado de la pirámide escalonada. Una vez que se abrió la puerta, Kharpo vio a su padre, el rey Ufusta.

Amy, Harkhuf y los mellizos se despertaron instantáneamente.

CAPÍTULO 15 - SIN SALIDA

Para ellos, el viaje a través del destello de tiempo tomó horas, pero para Zhoto no fue más de un segundo. Tan pronto como Harkhuf y los mellizos se tocaron las manos y Amy sostuvo la daga, su viaje comenzó, pero para Zhoto no fué más que Amy y la daga brillando intensamente a nada. Fue un salto repentino de ellos y el brillo se desvaneció instantáneamente.

"Parece que no funcionó. Lo siento, mi reina. Intentemos de otra manera", dijo Zhoto, tomando la daga de sus manos.

"De qué estás hablando. ¡Tengo tantas cosas que compartir con ustedes!" dijo Amy, todavía sentada en la silla de piedra.

Makho y Mokhy se miraban el uno al otro, como buscando respuestas, mientras Harkhuf se recostaba suavemente hacia atrás, descansando.

"Tuve uno de los viajes más hermosos dentro de mis recuerdos. Cosas que había olvidado por completo. Cosas que lamentablemente nunca volverán a ser las mismas", dijo suavemente Harkhuf.

"¿Qué hay de ustedes chicos?" preguntó Amy a los mellizos.

Makho se puso de pie y se alejó, molesto. Amy, Harkhuf y Zhoto estaban confundidos.

"Makho, ¿a dónde vas?" preguntó Amy.

Entonces Mokhy hizo algunos ruidos con la garganta, como si tratara de hablar. Entonces se dio cuenta de que estaba mudo de nuevo.

"Vimos algo que nos confundió. ¡Además, estaba hablando con mi propia voz!" dijo Mokhy, emocionado.

"¿Qué? ¿Hablaste? ¿En serio?" gritó Amy. "¡No puedo creer esto! ¿Estás seguro?"

"Sí, habló. Y su voz era hermosa", dijo Makho suavemente desde la puerta.

"¿Así que ustedes fueron a algún lado? No entiendo ... ¡Fue como un segundo!" dijo Zhoto.

"¿En realidad? Pensé que estuvimos fuera un día entero", dijo Amy.

"Vimos a alguien que se hacía llamar nuestra hermana", dijo Makho.

El grupo se quedó en silencio. Amy miró a Mokhy, sorprendida.

"¿Qué?" exclamó Harkhuf, sentándose de nuevo. "¿Tenían una hermana? ¿Era mayor o menor?"

"No, solo somos Mokhy y yo", dijo Makho.

"¿Y la viste? ¿La vieron jugar con ustedes cuando eran niños?" preguntó Amy.

"No, hablamos con ella", señaló Mokhy.

"¡No, no, no, no! ¿Se supone que no debemos intervenir en la línea de tiempo?" gritó Amy.

"No, no estábamos precisamente en un momento del tiempo. Esto fue diferente. Mokhy y yo caminábamos por un lugar blanco sin fin. Luego vimos un Strattos caminando hacia nosotros."

"Pensamos que podría ser Harkhuf", señaló Mokhy.

Todos estaban interesados en la situación pero pensando en qué decir.

"¿Sabían que tenían una hermana?" preguntó Amy.

"Siempre hemos sido solo Makho y yo", señaló Mokhy.

"Es posible que ustedes la hayan imaginado. Además, si ustedes no estaban en un lugar de la línea de tiempo, la conexión entre ustedes, siendo mellizos, produjo algo que probablemente siempre quisieron tener", dijo Harkhuf.

"Siempre quise una hermana", dijo Makho con tristeza.

"Yo también", señaló Mokhy.

"Tu madre ... Murió horas después de que ustedes nacieran", dijo Zhoto con suavidad. "La conocí a ella y a su padre. Siempre nos apoyamos mutuamente, porque ya sabes, somos Strattos de tercer nivel. Alguien dijo que ella antes de morir, estaba diciendo cosas raras. Dijeron que se había vuelto loca después de dar a luz. Los Strattos del edificio de salud nos dijeron que vieron situaciones así antes. Para algunos Strattos experimentados del edificio de salud, esta situación era normal después de embarazos

166

difíciles. Después de todo, era un nacimiento de Strattos mellizos. La última vez que supimos de algo así fue cuando la reina Tella y el rey Ufusta trajeron al mundo trillizos, cinco mil años antes. Yo fui a ver a los bebés y a ver cómo estaban ella y tu padre. Ella estaba ida. Hablaba cosas que probablemente no tenían ningún sentido, pero ahora me di cuenta de que ella no estaba loca".

"¿Qué es, Zhoto?" preguntó Makho.

Mokhy tomó la mano de Zhoto, pidiendo respuestas.

"Ella estaba hablando en el antiguo idioma Strattos", dijo Zhoto, mirando a los ojos de Mokhy. "Decía que los Strattos concebirían trillizos cada cinco mil años como un recordatorio del fracaso de perder el tesoro. Ella repitió eso hasta el momento de su muerte."

"Una repetición será el registro de cuántas veces se ha robado el tesoro", dijo Amy. "Karshaham me dijo que cada vez que el tesoro era corrupto y se reiniciaba, se establecía un nuevo comienzo en la línea de tiempo. Otro universo se crearía exactamente como este pero no conectado entre ellos. Somos la tercera copia del Orb o el universo original. La tercera versión de todo el universo desde que la Primera Luz creó la historia".

"Tu madre tenía razón. En su precaria situación, tu madre dijo que el tercer bebé murió durante el parto. Entonces perdió la cabeza y, en un momento de lucidez, nos dijo los nombres que ella quería para los bebés", dijo Zhoto.

"Mheka," dijo Makho.

Zhoto levantó la mirada confundido. "¿Cómo sabes eso?"

"Ella nos lo dijo", dijo Mokhy.

"¿Entonces es verdad? Éramos trillizos, como los trillizos del reino," dijo Makho, sentándose en el suelo.

"Como Kharlo, Kharmo y Kharpo", agregó Harkhuf.

El grupo se puso de pie y caminaron juntos hacia la pared pintada con arte antiguo. Fueron al segmento cuando nacieron los trillizos. Makho y Mokhy se abrazaron, Amy también los abrazó.

Frank estaba esperando a que salieran de la cámara del Thry. "El trágico final," esa es la escritura que pude traducir del texto desde la parte inferior de esta pared", dijo Frank.

"El trágico final que estos hermanos encontraron debe ser la inspiración para que continuemos en nuestro viaje de encontrar el equilibrio y terminar con el sufrimiento", dijo Amy. "Nada más que persistir será la clave para las próximas horas, amigos míos. Tenemos que perseverar, por nosotros".

"Quiero volver a verla", señaló Mokhy.

"Yo ... yo ..." dijo Makho antes de desmayarse. Rápidamente lo pusieron en una posición cómoda. Makho perdió demasiada sangre por el corte en la pierna y está frágil.

"Tenemos que encontrar una forma de comunicarnos con Pree. Podrían ayudarnos a salir de este planeta", dijo Zhoto.

"La comunicación entre planetas es algo imposible", dijo Harkhuf. "Les llevará cientos de millones de años escuchar nuestras voces a través de una transmisión de ondas de radio convencional".

"Por alguna razón, siento que todas las respuestas están aquí. No estamos atrapados. Solo tenemos que encontrar la salida", dijo Amy, mirando el arte que mostraban las murallas.

"Parece que Kharpo le enseñó a los humanos todo lo que sabían", agregó Frank. "Usé este tiempo para escanear la pared, y llegué a la conclusión de que muchas habilidades que los humanos desarrollaron durante la antigüedad fueron transferidas de la educación real que recibió Kharpo".

"Cuéntanos, Frank. ¿Qué descubriste?", dijo Amy.

"Aquí, por ejemplo, en esta sección del mural, los humanos llegaron a la invención de las matemáticas, geometría, agrimensura, metalurgia, astronomía, contabilidad, escritura, papel, medicina, la rampa, la palanca, el arado y los molinos para moler el grano. Ahora, todos y cada uno de estos dibujos que muestran los logros humanos tienen una línea en la parte inferior".

El grupo siguió esas líneas y, sorprendentemente, todas llegaron a la figura de un Strattos.

"Este es Kharpo. Nos enseñó todo", dijo Amy, sonriendo.

"Además, aquí en la parte superior del mural, Kharpo les está enseñando a embalsamar," agregó Frank.

"Recuerdo que nos enseñaron en la escuela que Anubis era un embalsamador y que ayudaba a las almas a llegar a las estrellas", dijo Amy tocando las pinturas. "Sí, Amy, tienes razón", dijo Frank. "Esta figura es la misma que la de los Strattos. Al parecer hubo una asociación de Kharpo con la muerte, al llevarse el cuerpo muerto de su hermano en la nave, de regreso a Pree".

"Espera un minuto", dijo Amy. "¿Cuántos años estuvo Kharpo en la Tierra?"

"No lo sabemos con exactitud", dijo Harkhuf.

"No hay información sobre eso, ni siquiera en su pergamino que vimos en la cámara del rey", dijo Zhoto.

"Esperen. Recuerdo algo que vi en nuestro último viaje", continuó Amy. Caminó hasta el otro lado de la pared y el grupo la siguió. Makho los miró desde el suelo después de recuperar el conocimiento.

"¿Qué pasa, Amy? Déjame ayudarte", dijo Frank.

"Sí, Frank. Pon algo de luz aquí," instruyó Amy. "Aquí en esta parte de la pintura tenemos a Kharpo devolviéndole la vida al faraón derramando su sangre sobre él, ¿Cierto? Luego aquí, tenemos otra imagen de un Strattos arrastrando una plataforma con uno de su misma especie sobre ella".

"Ese podría ser su hermano, Kharmo", dijo Zhoto.

"Exacto. Los registros aquí muestran que Kharmo murió durante la confrontación final", agregó Frank.

"Justamente. Ahora, Kharpo fué el primer Strattos en llegar a la Tierra, y lo hizo en su propia nave, ¿verdad?" preguntó Amy.

"Correcto", dijo Frank.

"Años después, Kharmo descendió a la Tierra en la nave del Rey. Él robó esa nave cuando regresó a Pree preguntando por la ubicación de los otros fragmentos", dijo Amy.

"Sí. Además liberó al general Prass, para que pudiera usar el arma de asteroides que desarrolló ", dijo Harkhuf.

"Fascinante", dijo Frank mientras su sistema procesaba todos estos datos.

"Ahora, aquí, si regresamos a esta parte de la pintura, pareciera que los humanos llegaron a este lugar de la Tierra, pero las pirámides ya estaban allí. Ellos no las construyeron", dijo Amy.

"Este es un giro interesante de los acontecimientos", agregó Frank.

"¿Y esta pirámide con un color diferente?" preguntó Harkhuf.

"Exactamente para allá voy. Parece que esta pirámide, cerca de este edificio largo, fue construida por humanos, y creo que sé por qué", dijo Amy con una sonrisa en su rostro.

"Kharpo regresó a Pree en su propia nave. La misma que usó para llegar una vez aquí", dijo Frank, moviendo su foco a la siguiente sección del mural. "Eso significa que la nave del rey todavía está en la Tierra, en algún lugar".

"Esto es muy posible, pero ¿y si los humanos usaron esa nave para hacer otras cosas, como estudiar sus piezas o la tecnología?" preguntó Harkhuf a Frank.

"La tecnología Strattos de la nave del rey nunca pasó por la civilización humana. No que yo sepa según la base de conocimiento que tengo en mi memoria. La historia de la humanidad hubiese sido muy diferente si ese hubiese sido el caso", dijo Frank.

"Eso significa que la nave fue destruida o enterrada", dijo Zhoto.

En ese momento, Mokhy tocó la pirámide de otro color.

"Eso es correcto, muchachos. Ese es nuestro boleto para salir de este planeta", dijo Amy con optimismo. "Esas formas aquí, cerca de la pirámide, son una estructura, como un templo de oración y este es el lugar en donde estamos ahora. Los rectángulos, cuadrados y círculos, todos ellos están alineados con tres triángulos adentro."

"El Thry", añadió Harkhuf.

"Exactamente. Este es un mapa hacia la daga, pero también revela la ubicación de la nave del rey. Esta pirámide de otro color es ese lugar, y este rectángulo delgado es el edificio en donde estamos ahora."

"¡Pero esta es una cámara sin salida, mi señora!" dijo Zhoto. "Al parecer no es tan así. Ellos nos enseñaron sobre la colocación de una pared falsa, la que nos dió acceso a esta sala. Busquemos nuestro escape, muchachos", dijo Amy.

"Podemos usar nuestros noter para golpear las paredes y encontrar una superficie que no sea sólida", dijo Makho desde el piso. "Harkhuf, toma el mío".

El grupo comenzó a golpetear todas las superficies de las paredes, tratando de encontrar una fachada vacía que los llevara a la pirámide. Mokhy usó su particular sensibilidad para tocar la pared con sus propias manos. Zhoto, Amy y Harkhuf recorrieron todos los rincones de la cámara hasta que Zhoto sintió un sonido diferente".

"Espera. Hazlo de nuevo, Zhoto," dijo Amy. Entonces Zhoto golpeó una vez más la superficie.

"¡Eso es! ¡Esta es la pared falsa! ¡Empujémosla!" gritó Harkhuf.

Zhoto, Harkhuf y Mokhy, en un movimiento sincronizado, comenzaron a empujar la pared hacia adelante en una secuencia que estaba comandada por Harkhuf. Instantáneamente se desprendieron trozos de la pared, se abrieron grietas y polvo cayó desde todas partes, lo que inspiró al equipo a seguir adelante con la tarea.

"¡Vamos! ¡Fuerza!" dirigió Harkhuf.

Después de varios empujones, toda la pared, del tamaño de un cuadrado perfecto y lo suficientemente alto como para caminar un poco encorvado, se desprendió, cayendo al suelo. El interior estaba oscuro, polvoriento y viejo. No había mármol de lujo ni acabado de piedra caliza suave en esas paredes, y el suelo era simplemente piedra tallada, áspera y sucia.

"Frank, dirige tu foco al túnel", dijo Amy.

La luz de Frank era lo suficientemente fuerte como para ver que el túnel no tenía una puerta ni ningún otro obstáculo por delante, pero estaba oscuro y claustrofóbico.

"Este es el camino a la pirámide adyacente", dijo Amy.

"Este camino tiene una ligera pendiente y deberíamos llegar por debajo de la base de la pirámide. En los dibujos aparece un camino hacia el centro de la pirámide. Podría ser solo una representación, pero si existe un acceso que haya que escalar hacia arriba, ninguno de ustedes podrá cargarme", dijo Frank.

"No te preocupes, lo resolveremos", dijo Amy.

"Bueno, ¿qué estamos esperando?" dijo Harkhuf.

Mokhy ayudó a su hermano Makho a ponerse de pie. Pusieron a Makho entre Harkhuf y Mokhy y comenzaron a caminar hacia el túnel.

"Vamos", dijo Amy, liderando el grupo.

"Esperen", añadió Frank. "Hay una cosa más. Estoy muy cerca de encontrar la ubicación de la nave de Sesmar. Si entro en este túnel, mi sistema de comunicación podría bloquearse por la cantidad de material sólido a mi alrededor."

"¿Enserio?" preguntó Amy.

"Así es. He estado apuntando al dispositivo en su nave repetidas veces y al final hice contacto. He hecho el 99% del seguimiento. Tardará un par de minutos más en finalizar la búsqueda."

"Creo que es importante saber. Esperaremos", dijo ella.

El grupo no esperó mucho para conocer la ubicación de Sesmar. Frank cargó una imagen con coordenadas en el comunicador. Entonces Amy echó un vistazo a la pequeña pantalla.

"Oye Harkhuf, tengo una pregunta ¿Cómo llegó Sesmar a Hyperterra?" preguntó Amy.

"Pasó con su equipo a través de un portal que encontró en un planeta cercano a la Tierra", respondió Harkhuf.

"Entonces, Sesmar no conoce la ubicación exacta de Hyperterra, ¿verdad?" preguntó Amy.

"Eso es correcto, mi señora", dijo Harkhuf, bajando la mirada después de recordar cómo él también pasó por ese mismo portal.

"Ella lo intentará de nuevo, pero el portal solo se abre cada nueve años", dijo Amy, recordando lo que Marshall le había enseñado. "Sesmar está en un planeta llamado Marte, porque sabe que las máquinas del laboratorio tienen una ubicación exacta de Hyperterra. Ahora, la decodificación de esas máquinas en Marte le tomará un tiempo descifrarlas."

"¿Deberíamos hacer lo mismo? ¿Ir allí para que podamos obtener esa información?" preguntó Zhoto.

"No hay razón para hacer eso", dijo Amy. "Podríamos esperar hasta que Sesmar logre obtener esas coordenadas y seguirla hasta que llegue allí".

"Eso es correcto," dijo Frank. "Entonces de ahí puedo encontrar su ubicación a través del dispositivo de rastreo. Es un plan perfecto."

CAPÍTULO 16 - POLVORIENTO

El grupo entró en el túnel con la esperanza de encontrar la Nave que Kharmo usó para llegar a la Tierra hace cinco mil años. Esta podría ser la única opción para que escapen del planeta y sigan buscando respuestas. Mientras el grupo camina, Amy tuvo un momento para pensar en sus próximos movimientos, sabiendo que en caso de juntar el fragmento y la daga, el tesoro del tiempo se completará y las mentes de los Strattos desaparecerán. Este podría ser un evento trágico, pensar en perder la capacidad de hacer cosas, como las habilidades de piloto de Harkhuf. Amy todavía está pensando en por qué el primer Strattos le dijo que llevara un Strattos con ella en ese último viaje al destello de tiempo. Después de ese viaje nadie regresó con información importante sobre cómo reinstalar el tesoro del tiempo o armarlo. El hecho de que Makho y Mokhy fueran trillizos solo confirma la teoría de que el tesoro ya ha sido comprometido en tres ocasiones pero no tiene nada que ver con la misión que están tratando de lograr. Quizás Amy necesite volver a los archivos de Sorvats y buscar más respuestas a medida que se acaba el tiempo para rescatar a sus bebés en la cueva.

Frank va al frente, iluminando el camino. Detrás de él están Amy, Zhoto, Harkhuf y Mokhy que cargan a Makho.

"Tengo sed", susurró Makho.

"Detengámonos aquí. Frank, ahorra algo de energía y apaga tu foco de luz", dijo Amy, encendiendo la luz de su casco.

"Bebe esto, amigo mío", dijo Harkhuf, llevándole a los labios una pequeña botella con agua.

"Necesito ayuda para pensar qué hacer a continuación", dijo Amy.

El grupo la miró, un poco preocupado. La ven como la líder de la misión, pero también tienen algunas ideas que les gustaría compartir.

"Mi reina, si me lo permite, creo que deberíamos descansar tan pronto como averigüemos qué hay al final de este túnel", dijo Zhoto. Sé que nos estamos quedando sin tiempo, pero además, tenemos de nuestro lado el dispositivo rastreador que nos conducirá a Sesmar. Mientras tanto, deberíamos recuperar nuestras energías para lo que viene".

"Estoy de acuerdo", dijo Harkhuf. "También creo que en la espera de la ubicación de Sesmar, deberías buscar en Frank cualquier información que pueda guiarnos acerca de cómo juntar el tesoro".

"Mi reina", dijo Makho, "la Piedra del Tiempo siempre estuvo en la montaña de nuestro planeta. Creo que deberíamos mantener las piezas del tesoro separadas hasta que lleguemos a Pree".

"Estoy de acuerdo con él", señaló Mokhy.

"Todos ustedes confirman mi pensamiento. Vamos a hacer exactamente lo que ustedes sugirieron", confirmó Amy. "También necesitamos energía para mantenernos despiertos y tomar la mejor decisión para el grupo y para todos quienes cuentan con nosotros". Todos asintieron. Makho hizo una señal indicando que estaba listo para continuar.

"Vamos", dijo Amy. "¿Frank?"

El mejor amigo de Amy encendió su foco y la caminata por el túnel continuó. Todo el camino estaba carvado en la roca. Las marcas de cinceles, chuzos y herramientas de metal estaban por todas partes, lo que indica un trabajo laborioso para lograr esta excavación. Finalmente, solo un par de pasos más les indicarían que la ruta terminaba frente a ellos.

"¿Qué? ¿Eso es todo? ¡El túnel no estaba terminado!" dijo Zhoto, mirando la pared que venía frente a sus ojos.

"Espera. Recuerda lo que dijo Frank sobre un eje vertical. ¡Mantén tu esperanza alta, Zhoto!" dijo Harkhuf.

Entonces Frank llegó al final del túnel. Su foco de luz se movió suavemente hacia arriba, lo que indica que su parte en este viaje llegó a su fin.

"No te preocupes, Frank. Lo resolveremos", dijo Amy, mirando hacia arriba.

"¿Qué pasa si creamos un arnés que podamos levantar juntos?" dijo Harkhuf.

"No estoy preocupado. Amy siempre encuentra una manera para arreglárselas, ¿verdad, querida?" dijo Frank, apuntando su luz al túnel vertical.

"Así es, amigo mío", dijo Amy, inclinándose hacia Frank. "Necesitamos ahorrar la mayor cantidad de batería posible, por lo que ahora mismo, ponerte en modo de espera será lo correcto".

"De acuerdo", dijo Frank.

"Después de que encontremos lo que hay al final de este acceso, volveré contigo y te daré noticias. Te lo garantizo".

"Buenas noticias serán, te lo aseguro", dijo Frank. "Por mientras, me aseguraré de que este túnel no se vaya a ninguna parte". Amy y el resto del grupo sonrieron.

"Entrando en modo de espera", dijo Frank. Sus luces se apagaron una por una.

"Gracias, Frank", señaló Mokhy a la lente de Frank mientras se dormía.

"Ahora, ¿qué sigue?", dijo Amy con optimismo.

"Aquí, mi reina. El pozo tiene este tallado en la roca que podría ayudarnos a escalar", dijo Harkhuf.

"¿Qué tan largo es?" preguntó Makho.

"La salida no está demasiado lejos", dijo Harkhuf, iluminando con su casco. "Tú puedes hacerlo."

"Deberías ir primero Harkhuf. Luego yo, Zhoto, Makho y Mokhy.

"De acuerdo, pero deberás esperar hasta que yo llegue al final", dijo Harkhuf. "Los escalones de este acceso están cubiertos de tierra y polvo, y eso podría caer en tus ojos si vienes justo debajo de mí".

El grupo estuvo de acuerdo y Harkhuf fue el primero en subir. El pozo era ancho como el túnel, pero solo un lado de sus paredes internas tenía escalones tallados en la roca donde era posible poner pies y manos. Harkhuf subió fácil y rápido.

"¡Estoy casi allí!" gritó Harkhuf.

"¿Ya? Vaya, eso fué rápido" dijo Amy.

"¡No es demasiado largo!" respondió Harkhuf.

176

Amy vio que Zhoto se encontraba un poco preocupado. Además, estaba cansado de toda la emoción de estar lejos de su única vida.

"Zhoto, sé que puedes hacer esto", dijo Amy, tocándole la mano. "Te conocí colgando entre esas ruedas gigantes debajo de la ciudad. Además, estás aquí por una razón. Una razón que no podemos explicar y tú lo sabes."

"¡Listo, llegué! ¡Les va a encantar esto!" gritó Harkhuf.

Amy acarició las orejas blancas, peludas y largas de Zhoto. "Te veré allí". Entonces Amy subió rápidamente.

Mientras ascendía, se le vinieron a su memoria momentos preciosos del equipo de escalada de la escuela. Uno de esos momentos que estará con ella para siempre. Sintió la adrenalina, el reloj contando los segundos, y a su lado, el contendiente de la otra escuela. La miró varias veces antes de llegar a la cima. La multitud en el gimnasio era salvaje, y todos esos amigos, maestros, compañeros de clase la empujaron a ser aún más rápida que las otras chicas. Sintió la emoción de ganar en su pecho.

"¡Y los Vaqueros ganan el campeonato!" gritó el locutor a través del sistema de megafonía del gimnasio. La escuela saltó desde las gradas y se abalanzaron hacia la cancha y todos llegaron a la base del muro de escalada. Amy estaba llorando y le costaba creer que el equipo de su escuela había ganado ese año.

"¿Estás bien, Amy?" preguntó Harkhuf, ayudándola a ponerse de pie. "¿Por qué estás llorando?"

"Estoy bien. Es solo que ... Mi vida ha sido un viaje largo, solitario y difícil. Aprendo cada día a separar mis sentimientos de mi cabeza para mantener la concentración y la agudeza para reaccionar ante cualquier cosa, pero a veces recuerdo que estoy sola, triste y que extraño a todos. A veces desearía que pudieran ver lo que he estado haciendo con mi vida y cómo me gané el derecho a estar viva".

Harkhuf tomó las manos de Amy y la miró a los ojos. "Todo el mundo está orgulloso de ti. Yo estoy orgulloso de ti, pero más que eso, estoy agradecido por tu existencia. Nada borrará lo que te hice ... nada. Pero puedo empezar de cero y mostrarte que ahora soy otro ser. Tú me diste propósito y significado. Tu familia y amigos deben estar increíblemente orgullosos de ti en este momento mirándote desde las estrellas."

"¿Tu crees?" preguntó Amy, limpiándose las lágrimas.

"Por supuesto que lo están."

"¡Estoy listo, es mi turno!" dijo Zhoto desde la parte inferior del pozo.

"¡Puedo verte! Mantente enfocado, Zhoto. ¡El tramo es muy corto! ¡Un paso a la vez!" gritó Harkhuf. "Mi señora, toma mi casco y mira detrás de ti".

Amy recibió el casco de Harkhuf y dirigió la luz a su alrededor. El cuarto oscuro y polvoriento estaba hecho de un bloque idéntico a la roca rugosa, muy similar a la piedra caliza pero imperfecta, sin finas terminaciones. Caminó un poco para ver el lugar que era como una pirámide pero desde adentro. Cuatro pilares macizos iban desde el suelo hasta la cima, todos convergiendo en el vértice superior de la estructura. Entonces Amy bajó la luz y la vio.

"Es esa la nave del rey", susurró Amy.

"Sí, mi señora, la encontraste. Tenías razón, como siempre", dijo Harkhuf con una sonrisa.

"Esto es más grande que la nave que teníamos, ¿verdad?" preguntó Amy. "Es como si pudieras llevar a todo un grupo de personas allí".

"Sí, es enorme. Escuché que el propio rey Karshaham construyó esta nave, pero siempre fue un mito."

"¡Estoy casi allí!" gritó Zhoto.

"¡Puedes hacerlo, Zhoto!" gritó Amy mientras tenía los ojos fijos en la enorme nave espacial.

"Estaré detrás de ti", señaló Mokhy a su débil hermano quién se aprontaba a subir detrás de Zhoto.

"Lo sé, hermano", dijo Makho, mirándolo a los ojos.

"¡Dame tu mano, Zhoto!" gritó Harkhuf.

"Sí, ayúdame", dijo Zhoto, arrastrándose hacia la superficie. "¡Tenías razón, se hace muy corto!"

"Ven, Zhoto, hazme compañía", dijo Amy, invitándolo a contemplar el increíble descubrimiento que salvará sus vidas.

"¿Qué, mi reina, acaso necesitas un poco de ..." dijo Zhoto, deteniéndose después de ver la enorme nave. "Es ... es esto ..."

"Sí, Zhoto. Lo hicimos. Nos vamos a casa", dijo Amy.

"La nave del rey ... Esta es una leyenda para nuestro pueblo. Tantas generaciones han hablado de estas cosas. A veces, esas historias cambiaron después de que las personas agregaron más detalles u omitieron algunos otros. Y a veces muchas historias quedaron atrapadas como historias urbanas y se convirtieron en leyendas."

"Estoy segura de que esta es muy real", dijo Amy, tocando la mano de Zhoto.

"Amy, Zhoto, denme una mano para recibir a Makho", dijo Harkhuf.

Los tres extendieron sus manos, esperando al miembro más vulnerable del equipo. El ataque de Jhul en su pierna y su posterior pérdida de sangre lo tenían muy delicado. Él es la fuente de bromas en el grupo y todos están preocupados por él.

"Makho, siéntate aquí", Amy y Harkhuf lo tomaron y lo sentaron en la base de un pilar.

"¡Lo hiciste!" dijo Amy.

"O sea, si el viejo Zhoto subió sin problemas, yo tenía una tarea personal que lograr aquí. Además, parece largo, pero tan pronto como subes se hace muy corto", dijo Makho.

Mokhy salió del pozo sin problemas y al instante se asombró con la nave, iluminada por la luz del casco de Zhoto desde el suelo.

"Oh, vaya, esto es increíble. ¿Es esta la nave que estamos buscando? preguntó Makho.

"Sí, y la encontramos juntos", dijo Amy, feliz. "No puedo creer que esta pieza de tecnología haya estado todo el tiempo en la Tierra. Ya sabes, nosotros, como humanos, siempre tuvimos la eterna pregunta de si había vida en otros planetas. Teníamos la prueba aquí mismo, pero nunca llegamos a este punto. De hecho, todas esas cámaras y salas del templo estuvieron ocultas de caer en las manos equivocadas. Y aquí estamos; un humano que vive en un planeta muy lejos de aquí, cuatro miembros de la especie más antigua del universo. Todos nosotros frente a la nave espacial más antigua y legendaria de todo el cosmos."

El grupo guardó silencio.

"Esperé unos segundos para ver si es que decías "y un robot muy inteligente," dijo Frank a través del comunicador de Amy.

Todos rieron.

"Ahora, ¿cómo la encendemos?" dijo Makho.

"Buena pregunta", dijo Amy.

"Voy a explorar alrededor de la nave, busquemos una entrada", dijo Harkhuf.

"Déjame ir contigo", dijo Zhoto.

La nave del rey era enorme. Descansaba sobre tres pequeñas pirámides de piedra caliza. No había nada alrededor, solo tierra y escombros de la construcción del lugar secreto. Los cuatro pilares rodeaban el transporte y el color oscuro de la superficie de la nave hacía que pareciera un elemento muy misterioso. La base era muy plana y tenía la forma de un triángulo gigantesco. La nave era como una pirámide pero con solo tres lados y una base plana.

"No lo entiendo", dijo Harkhuf. "Presiento que vamos a tener dificultades para averiguar dónde está la entrada".

"¿Por qué, qué pasó?" preguntó Amy.

"Primero, no tiene el diseño típico de una nave. No puedo entender la lógica aeronáutica en esto.

"Además, parece tremendamente pesada", agregó Zhoto.

"¿Crees que la entrada pueda estar por debajo de la nave?" preguntó Amy.

"Lo pensé, pero esta es una nave espacial que pertenecía a la realeza", explicó Harkhuf. "La realeza nunca se arrastrará por el suelo. Debe tener una entrada muy formal en uno de esos lados."

"Es como una pequeña pirámide", dijo Makho.

"No, un tetraedro", dijo Amy.

"¿Un tetra qué?" respondió Makho.

"Es la forma", continuó Amy. "Un tetraedro tiene tres lados visuales formados por tres triángulos de dimensiones idénticas. Además, la base de un tetraedro también es un triángulo."

"Eso es correcto", dijo Frank a través del comunicador.

"Pensé que estaba durmiendo", dijo Zhoto.

"Sí, lo está, pero su memoria lógica todavía está conectada a elementos periféricos, como este comunicador. Me gusta así. Siento que nunca estoy sola", dijo Amy, tocando el dispositivo.

"Lo siento, mi reina, pero ¿la cosa te-tra-te-ta vuela?" preguntó Makho.

"Esperamos que así sea, Makho", dijo Amy, caminando hacia la superficie.

El grupo caminó con Amy mientras tocaban la superficie, la que se sentía como un material áspero y sólido, como piedra.

"Espera un minuto", dijo Makho.

Entonces, Mokhy aplaudió, llamando la atención del grupo.

"¿Qué pasa, Mokhy?" preguntó Harkhuf.

"Esto no es nada más que un gran trozo de roca", señaló Mokhy.

"¿Qué? No, no lo creo," dijo Amy. "Debe ser la nave que estábamos buscando.

"¡Pero está hecho piedra!" dijo Makho.

"¡Pero eso no significa que no sea una nave espacial!" dijo Amy, un poco molesta. "Así como las cosas se pusieron raras en mi vida, perdí completamente el sentido de la realidad. Tengo perros con colas en la cabeza y mis amigos se parecen a Anubis del antiguo Egipto. ¡Por supuesto que esta pieza de piedra vuela!"

Amy golpeó con rabia la superficie de la nave con la mano y una línea de luz brillante comenzó desde su mano. La línea avanzó rodeando la nave y una rampa rectangular descendió lentamente, arrojando algo de vapor y luz blanca desde el interior. El grupo sorprendido, retrocedió. La mano de Amy se dibujó en la superficie rugosa de piedra con un resplandor azul brillante. Con un fuerte golpe, la rampa tocó el suelo. Los cinco caminaron hacia la entrada pero sin poner un pie sobre la rampa.

"Evalúen todos los riesgos antes de dar un paso adelante", dijo Frank a través del comunicador de Amy.

"Está bien ... Está bien, Frank. Es seguro," dijo Amy en voz baja, mirando todos los hermosos detalles en la superficie de la rampa. Había líneas talladas y elegantes curvas por todo el lugar. Triángulos como el sello del reino Strattos y las figuras que vieron en la cámara de Thry también estaban allí. El techo del interior de la nave se aclaró con un montón de pequeñas estrellitas que iluminaban el interior de blanco. La línea azul de luz brillante rodeó la embarcación brillando fuertemente en los vértices.

"¿Qué demonios es esto?" dijo Amy con una sonrisa difícil de borrar de su rostro.

"Fascinante", dijo Harkhuf.

Zhoto se arrodilló y disfrutó el momento mientras Makho y Mokhy estaban abrazados.

"Déjame ir primero", dijo Amy mientras la marca real en su nuca comenzó a brillar intensamente.

Mientras caminaba por la rampa, sus pasos resplandecían luz para después desvanecerse lentamente.

"Tengo la extraña sensación de que conozco este interior", dijo Amy.

"Por supuesto", dijo Harkhuf. "Esta nave espacial ha estado en tu familia desde el principio de los tiempos".

Amy se giró para ver las caras de sus amigos mientras sus ojos brillaban fuertemente como su marca en el cuello. "¿Crees que podemos volar esto?"

El resto del grupo se sorprendió por la reacción física que la nave estaba provocando en Amy. Ella estaba despierta. Por lo general se desmayaba o no respondía a nada tras caer en trance cuando la marca real y sus ojos brillaban.

"¿Cómo se siente, mi señora?" preguntó Zhoto.

"Me siento ... ¡muy optimista!" respondió Amy.

El grupo entró lentamente, mirando todo el interior. No había controles ni nada que pudiera mostrar cómo operarlo. En una de las esquinas interiores, un rollo de cadena al parecer hecha de plata estaba enrollada y tenía un gancho en un extremo.

"Tengo una idea", señaló Mokhy.

El grupo usó esa cadena para levantar el pesado cuerpo de Frank. Mokhy bajó y ató la cadena a su alrededor, usando el gancho para sujetarlo. En la superficie, el grupo realizó una fantástica tarea en equipo. Todos, nerviosos, lo agarraron por una esquina e hicieron el último esfuerzo para levantarlo. Frank salió del pozo sin problemas.

"Iniciando sistemas," dijo Frank con su voz automática.

Juntos volvieron a entrar en la nave, esperando que Harkhuf y Amy descubrieran qué hacer y salieran del planeta. Colocaron a Makho en el suelo contra una de las paredes para que descansara. Amy estaba limpiando el cuerpo de Frank mientras sus ojos y la marca real brillaban de nuevo.

"¿Cómo te sientes, querida?" dijo Frank, consciente de su condición física dentro de la nave.

"¡Bastante bien, Frank! De hecho, me siento un poco rara, como si quisiera reírme un poco", dijo, sonriendo y mostrando todos sus hermosos dientes.

"Interesante. Los latidos de tu corazón son muy altos, como cuando estás corriendo", dijo Frank.

"Sí, yo también estoy consciente de eso, ¡pero me siento genial! ¡Contenta!"

"Esta nave probablemente te está traspasando algo que no puedo detectar, pero parece inofensivo", agregó Frank.

Mokhy tocó una de las pequeñas luces blancas del techo del barco. Todos tenían una punta muy afilada, como una aguja. Toda la parte superior parecía el cielo en una noche despejada. Cada punto de luz simulaba una estrella en el firmamento. Entonces, Mokhy sacó su piedra blanca brillante de su pecho. Era del mismo material luminoso.

"Esperen. Puedo detectar que Sesmar está en movimiento," dijo Frank, cargando una imagen en el comunicador de Amy.

La imagen mostraba un mapa simple con coordenadas de varios puntos, haciendo una línea recta de uno de esos puntos a otro.

"Parece que Sesmar encontró tu planeta, Amy", dijo Harkhuf.

"¿Qué vamos a hacer, mi señora?" dijo Zhoto.

"El segundo punto es Hyperterra. El punto en la parte inferior de la pantalla es Marte", indicó Frank.

"Siento que me está faltando algo", dijo Amy.

"Bueno, sí, cómo poner en marcha la nave", dijo Makho.

"Espera un minuto, creo que sé que hacer en esta parte", dijo Harkhuf, trayendo a su memoria lo que le dijo Sesmar cuando era niño. "Sesmar estaba leyendo un pergamino militar. Algo sobre la nave del rey."

"¿Qué? ¿De qué estás hablando, Harkhuf? preguntó Zhoto.

"¡Nuestro último viaje! Pasé a un momento de mi infancia. Sesmar estaba leyendo especificaciones sobre la nave del rey. Dijo algo sobre su sangre. Sí, eso, solo una gota de su sangre impulsaba toda la embarcación."

"¡Oh sí! ¡Ahora lo recuerdo!" dijo Amy. "Por alguna razón que desconozco, creo que se que hacer. ¡Además, creo que también sé dónde está mi planeta!"

Amy caminó hacia el otro lado del interior mientras de repente la rampa comenzó a cerrarse.

"¡Qué está sucediendo!" dijo Makho.

"Nada, estamos a punto de movernos un poco", dijo Amy con mucha confianza. Era como si supiera lo que estaba por suceder.

"Amy, ¿qué está pasando?" dijo Harkhuf, preocupado.

"Veamos", dijo ella, mirando un grupo específico de pequeñas luces en el techo. "Estamos aquí. ¡Aquí mismo!" señaló Amy. "Y Sesmar esta ... Sesmar, Sesmar ..." dijo Amy mientras caminaba hacia el lado opuesto del interior de la cabina perfectamente triangular. "Aquí. ¡Oh! ¡Este es mi planeta, chicos! ¡Esta pequeña luz es Hyperterra!"

El grupo estaba sumamente confundido, asustados y asombrados.

"Esto va a tomar un momento", dijo Amy mientras su dedo se acercaba a la pequeña luz en el techo. Estiró todo su brazo, y tan pronto como tocó la punta afilada, una gota de sangre salió de su dedo. La pequeña luz comenzó a brillar intensamente azul. El barco se estremeció y el resto del grupo se movió hacia las paredes. Amy estaba separada del suelo, levitando. Desde afuera, la nave del rey comenzó a elevarse, empujando los cuatro pilares que la rodeaban. La presión sobre los pilares movió los cuatro lados de la pirámide, haciendo que toda la estructura piramidal colapsara. El barco se elevó hacia el cielo rápidamente, dejando atrás una pirámide abierta y el resto del templo de Ptah. Harkhuf, Zhoto y los mellizos sintieron la gravedad y el vértigo en sus cuerpos, pero rápidamente flotaron en el interior. Makho sonrió e hizo una voltereta en el ambiente ingrávido.

"¡Está bien, aquí vamos!" dijo Amy, sonriendo.

De repente, el barco se volvió transparente y solo se veían las líneas azules de la luz brillante y las manchas blancas en el techo. Y luego vieron todo moviéndose a su alrededor, como si estuvieran en salto de planeta en planeta, pero este fue conciso, solo un par de segundos y sin efectos físicos en sus cuerpos. Rápidamente aterrizaron cerca del refugio de verano en Hyperterra.

Makho estaba aterrorizado, mientras que Harkhuf y Zhoto estaban congelados, mirando a su alrededor. Todos sintieron rápidamente los efectos de la gravedad en el planeta. Amy, sin parpadear, estaba mirando esa pequeña luz que estaba en el techo. Suavemente, la nave del rey aterrizó en la superficie de Hyperterra y el efecto transparente de las paredes desapareció. En el último momento de transparencia, Harkhuf vio la nave de Sesmar aterrizada cerca de ellos, precisamente en el mismo lugar donde habían armado la nave, días atrás.

Mokhy estaba sonriendo como nunca antes. Tan pronto como Amy puso los pies en el suelo, miró a Mokhy. Bombeó sus brazos dos veces. Mokhy hizo lo mismo.

"Ok, ¿podemos hablar sobre lo que acaba de pasar?" dijo Makho.

Amy, con sus ojos brillantes los miró sonriendo. "¡Bienvenidos a Hyperterra, mis queridos amigos!"

185

Al instante, la rampa se abrió y una sensación de vacío rodeó a la tripulación. Amy comenzaba a caminar rampa abajo.

"Tengo un jugo que les ayudará a resistir el efecto de ..."

Entonces Amy fue interrumpida por un contundente golpe que Sesmar le dio con una rama. Amy cayó al suelo, inconsciente.

CAPÍTULO 17 - SOBREESCRIBIR

A esa hora del día, en Hyperterra, la marea alta, bloqueaba la entrada del refugio de verano. En el interior, el primer lote de 100 humanos todavía se estaba incubando, mientras que los beardogs podían percibir que Amy estaba en problemas. Estaban ladrando dentro de la cueva. El calor afuera era suave pero lo suficientemente caliente como para cansarlos y sofocarlos a todos. Además, no había ningún jugo amarillo para ellos.

"¡Despierta! ¡Despierta!" gritó Sesmar, pateando el cuerpo de Amy.

"¡Para, detente!" Harkhuf, Zhoto y Mokhy gritaban desesperadamente con una mordaza en la boca. Todos estaban atados con las manos en la espalda, sentados en el suelo debajo de la nave de Sesmar. Ella ató sus piernas a uno de los sistemas del tren de aterrizaje. Se movían intensamente, tratando de soltar sus manos y luego escapar para ayudar a su reina. Mokhy estaba llorando de frustración y Makho se desmayó varias veces de la impotencia. Zhoto también estaba llorando, pero rezó mucho, esperando que un milagro pudiera salvar la única esperanza del universo entero.

"¡Oye! ¡Ya es hora! ¡Abre los ojos!" continuó Sesmar.

Frank estaba escondido en la nave del rey. Sesmar no lo vio y estaba tratando de planear una forma de salvar a Amy. Frank fue lo suficientemente inteligente como para comprender que él era el único que podía salvar a su amada humana en esa situación precisa. La posición de su cuerpo era perfecta y oscura, con una visión amplia de la nave de Sesmar y de Amy en el suelo.

"Ayuda ..." murmuró Amy, tosiendo y tratando de gatear, agarrando la tierra a su alrededor.

"¿De verdad? ¿Es eso lo que quieres decir?" dijo Sesmar, caminando alrededor de Amy.

Amy trató de mirarla, pero el sol brillaba y el suelo estaba muy caliente. Sesmar puso su cuerpo frente al rostro de Amy, bloqueando la luz del sol.

"Se acabó, humano. Gané. ¡Además, gracias por traerme el fragmento y esa hermosa pieza de metal!" gritó Sesmar, riendo.

"¡Una daga! ¡Quién diría que los humanos eran tan inteligentes! Bueno, no tan inteligentes después de todo, ¿ah? Pero adivina qué, te perdono, humano. Te perdono por tomar algo que se suponía no debía estar en tus manos."

Amy giró lentamente su cuerpo, mirando hacia arriba. Su nariz sangraba y tenía un corte abierto en la frente.

"¿Dónde están los fragmentos?" susurró Amy.

"No creerás que soy tan tonta, ¿eh? Por supuesto, intentarás conectarte con el tesoro", gritó Sesmar.

Caminó hacia su nave, donde estaba la mochila de Harkhuf, llevando dentro el fragmento y la daga.

"Mira estas cosas. No parecen dignas en absoluto, pero el poder que tienen dentro me lo dará todo. Y, por supuesto, cambiaré todo lo que podría traer a la raza humana a un comienzo. Iré al pasado y pondré el tesoro en manos del General Prass. A partir de ese momento, él sabrá qué hacer, ¡y juntos seremos el ser más poderoso del cosmos!"

"Por favor ... No hagas eso", dijo Amy, tosiendo y tratando de moverse.

"¿Qué?" gritó Sesmar, riendo. Se quitó el traje y lo dejó cerca de la mochila. Luego tomó la daga y el fragmento y los miró.

"¡Eso es! ¡Está sucediendo!" dijo Sesmar. Se giró para mirar a Harkhuf. Instantáneamente comenzaron a forzar contra las cuerdas que Sesmar usó para atraparlos.

"Cuán diferente hubiese sido este momento contigo de mi lado. Pero supongo que al final preferiste unirte a los malos, ¿no es así, Harkhuf?" dijo Sesmar.

Harkhuf se empujó firmemente contra las cuerdas, sin éxito. Entonces Sesmar caminó hacia Amy, lo suficientemente lejos como para evitar que el tesoro se conectara con su cuerpo.

"Apuesto a que han estado tratando de armar esto", dijo Sesmar. "Voy a contarte la parte clave que te falta en tu misión suicida, humano repugnante. Si naces en un palacio rodeado de gloria y logros, sabrás que eres de la realeza. Sabrás que tu destino es algo genial, que acabas de despertar por la mañana y sabes que tendrás un día agradable y perfecto. Yo estaba destinada a ser de la realeza. Me preparé para este momento. Leí todo sobre el rey Kharpo y todo lo que me permitirá poseer el mayor tesoro de la historia del universo. Pero tengo algo que nadie más tiene ... El legado de Prass. Él nos enseñó cómo estar preparados para esto. Pasó el resto de su vida escribiendo el camino hacia este momento. Finalmente, nos entregó su legado y el plan maestro uno por uno para cada una de sus líneas de sangre hasta mí. Esa es la gigantesca diferencia entre tú y yo, reina falsa. Después de juntar las piezas, estableceré un nuevo tiempo. ¡El tiempo de Sesmar! Y nadie me detendrá desde ese momento."

"Por favor, Sesmar, esto no va a salir como crees. Esto está más allá de tu comprensión o la mía", dijo Amy, tosiendo.

Sesmar se rió. "¿Qué sabes, humano ... No sabes nada. Y te perdono. Ahora, al grano, porque hace bastante calor aquí y tengo mucho por hacer. No hay material como este en el universo. El tesoro del tiempo fue creado al final, y luego no había nada. Oscuridad. Una vez que la luz llegó a esta inmensidad vacía, todos los fragmentos de tiempo convergieron en esta pieza."

Sesmar caminó alrededor, mirando la vegetación que les rodeaba.

"Como ya sabrás, el tesoro se separó. De esa manera, nadie podría poseer su poder, pero adivinen qué, nada es sustancial como el tesoro en sí. ¿Lo entiendes?" dijo Sesmar, sosteniendo la daga con las dos manos."

"Espera ..." dijo Amy, tosiendo. "¡No lo hagas! ¡Por favor!"

"Ja, ja, ja, así que ahora lo entendiste, ¿ah? No eres tan estúpida después de todo, humano," dijo Sesmar, dejando el fragmento justo debajo de ella. Apuntó con la daga hacia la pieza. "¡El tesoro es el único material que podría cortarse así mismo!"

Sesmar, en un movimiento sólido y rápido, apuñaló la roca con la daga. Una luz amarilla brotó del choque, y una nube azul hecha de energía pura rodeó el tesoro.

"No, no... ¡detente!" dijo Amy, tratando de gatear de nuevo hacia Sesmar.

Zhoto no dejó de rezar y Harkhuf no se detuvo ni un segundo tratando de romper las cuerdas que lo retenían. Mokhy tiraba tan fuerte como podía para romper las cuerdas atadas a sus piernas. Makho estaba despierto, con lágrimas en los ojos y fué el único que hasta ese momento tuvo éxito en quitarse las cuerdas de las manos. Sesmar fue expulsada tras la fusión de los elementos, pero ella se puso de pie inmediatamente. Luego sacudió la tierra y caminó hacia Amy.

"¡Harkhuf!" susurró Makho.

Entonces, Harkhuf vio que Makho tenía las manos libres.

"¡Zhoto, recuéstate!" susurró Harkhuf, rodando sobre el cuerpo de Zhoto y Mokhy hasta que finalmente llegó a Makho.

"Por favor, Sesmar", dijo Amy, casi llorando.

"¡Cállate!" gritó Sesmar. Luego, sacó un cuchillo corto desde su bolsillo y agarró la mano de Amy. "Tomemos un poco de esta sangre real y terminemos con esto".

Entonces Sesmar movió las orejas hacia atrás y sintió que el aire cortaba rápidamente detrás de ella. Rápidamente se agachó y giró tácticamente para atacar. Era Harkhuf con un largo trozo de árbol. La barra de madera pasó sobre la cabeza de Sesmar, Harkhuf se dio cuenta que ella evitó su ataque, Sesmar giró sobre su cuerpo, golpeando las piernas de Harkhuf. Él cayó de espaldas, pero siguió rodando hacia atrás, alejándose de Sesmar.

"¡Debí haberte matado ese día, después de que no hiciste nada para detener el deseo de tu tonto padre de acabar con el ejército!" gritó Sesmar. "¡Pero ahora, defiendes a este humano! ¡Eres una vergüenza para nuestra especie! ¡Y por eso, debes morir!"

Sesmar sacó de su cinturón un arma. Harkhuf arrojó inmediatamente la madera al suelo, levantando sus manos.

"Oye, escucha ..." dijo Harkhuf.

"Adiós, Harkhuf", dijo Sesmar, presionando el gatillo. Un destello de luz roja, golpeó a Harkhuf en su pecho.

"¡No!" Amy gritó.

Mientras caía al suelo, Harkhuf vio el rostro de Amy llorando y gritando. "Lo siento mi reina."

Sesmar miró al grupo debajo de su nave y vio a Makho con sus manos libres. Corrió hacia él, apuntándole con su arma.

"¡No, no, no, por favor!" No me dispares," dijo Makho con las manos en el aire. "Solo para que sepas, yo puedo enseñarte a hacer mejores nudos."

Entonces Sesmar le dió un puntapié en la cabeza. Mokhy gimió de rabia con la mordaza en la boca. Zhoto bajó la cabeza y apretó los ojos, listo para cualquier cosa.

"¡Un movimiento más y los mataré a todos!" dijo Sesmar.

"¡Harkhuf!" gritó Amy, tratando de levantarse.

"¡Quédate ahí, humano podrido!" gritó Sesmar, caminando hacia ella de nuevo. "¡Esto es ridículo! Todo por solo una gota de tu repugnante sangre. ¿Estás feliz ahora? ¿Eso es lo que quieres? ¿Ver a todos muertos?"

Amy estaba asombrada. Sesmar tenía razón. Todos los que la rodeaban estaban destinados a morir. Amy sabía que tan pronto como se activara el tesoro, cualquiera que pudiera tocarlo podría usarlo. Ese era precisamente el plan del general Prass. Tomar la sangre de la reina Tella y abrir la línea de tiempo del tesoro. Pero ya era demasiado tarde.

"¡Dame tu mano!" gritó Sesmar.

Casi llegando a ella, Frank saltó a toda velocidad desde la nave del Rey. Sesmar no lo vio venir, y también estaba confundida con el origen de este nuevo ataque. El pesado cuerpo de Frank corrió por el suelo a máxima velocidad y golpeó a Sesmar en sus piernas, fracturando una de sus rodillas. Sesmar cayó con fuerza al suelo.

"¡Estúpida máquina! ¡Ah!" gritó Sesmar.

Con el impacto y la velocidad, Frank perdió el control y cayó de costado, cerca de Amy.

"¡Frank!" gritó Amy, arrastrándose hacia él.

"¡Eso ya es suficiente!" gritó Sesmar, poniéndose de pie sobre una pierna, moviéndose hacia Amy. "¡Dame esa mano!"

Amy se giró hacia Sesmar y, con un movimiento rápido, Sesmar cortó la mano, tomando una cantidad de su sangre en la hoja.

"Está hecho", dijo Sesmar, golpeando a Amy de una patada.

Amy cayó de costado, mirando a Frank. En la parte de atrás, Harkhuf estaba en el suelo, tratando de respirar, sangrando y casi inconsciente. Ahí fué cuando Amy imaginó a Marshall y lo besó en los labios.

"Te amo", dijo Amy.

"Y yo también te amo", dijo Marshall. "Además, Amy, está prohibido matar."

Entonces Amy lo miró a la cara. "¿Qué dijiste?"

"Matar está prohibido", repitió.

Amy ajustó sus ojos y parpadeó, tratando de entrar en conciencia. Entonces vio a Frank tirado en el suelo.

"Matar está prohibido", dijo Frank.

"¿Qué?" dijo Amy, confundida.

"Matar está prohibido", repitió Frank.

Amy, lentamente, miró a Sesmar que caminaba hacia el tesoro resplandeciente.

"Sesmar …" susurró Amy, levantando la mano, tratando de detenerla.

"Matar está prohibido", dijo Frank de nuevo.

Sesmar sostuvo el cuchillo con la sangre de Amy sobre el tesoro y miró a Amy con placer. "¡Todos ustedes van a morir, humano!"

Amy se dio cuenta de lo que Frank estaba tratando de decirle.

"Sí, Sesmar, tienes razón. Todos vamos a morir, pero vamos a decidir cuándo".

"Matar está prohibido", repitió Frank.

Amy lo miró. "Sobrescribir."

"Hecho", dijo Frank al instante. "Se requiere contraseña de voz".

Amy miró a Sesmar una vez más.

"Se requiere contraseña de voz", repitió Frank.

Amy se volvió hacia Frank de nuevo.

"Se requiere contraseña de voz" él insistía.

Amy lo miró con lágrimas en los ojos. "Marshall".

Instantáneamente, Frank abrió el gabinete cerrado con contraseña de voz, liberando el arma que Harkhuf portaba cuando llegó a Hyperterra.

Sesmar sonreía cuando estaba a punto de verter una gota de la sangre de Amy sobre el tesoro. Entonces Sesmar miró a Amy por última vez, mostrándole que el legado de Prass había finalmente ganado. Fue entonces cuando Sesmar vio a Amy apuntándole con la legendaria arma. En un destello de luz amarilla, el cuerpo de Sesmar se desintegró en el aire, dejando una nube de polvo blanco, naranja y amarillo brillante. El pequeño cuchillo que contenía la sangre de Amy cayó sobre la tierra sin tocar el tesoro. Entonces todo quedó en silencio y Amy se desmayó.

CAPÍTULO 18 - INVICTA

Mokhy estaba llorando sobre el pecho de Makho. Todavía estaba amordazado, atado de manos y piernas. Makho estaba inconsciente y respiraba con dificultad. Zhoto sollozaba, mirando el sufrimiento de los hermanos sin una forma de ayudarlos. Al otro lado, Harkhuf sangraba mucho en el suelo y una tos con sangre le salía de la boca.

"Amy, Amy", dijo Frank repetidamente, tratando de despertarla. Amy, tus amigos te necesitan. Amy …"

Frank envió varias secuencias de vibraciones a su brazalete, esperando que eso ayudara. Harkhuf se volvió de costado, tratando de encontrar una mejor posición para respirar. En el centro, el tesoro estaba rodeado por un campo de energía brillante, a salvo. Nada presagiaba que el encuentro final con Sesmar pudiera ser tan malo como lo fue. Sesmar persiguió su motivación sin importar obstáculo alguno y estuvo siempre en busca del momento de debilidad de Amy y su grupo.

Por otra parte, Amy había establecido una conexión única y extraña con la nave del rey y, por primera vez, estaba disfrutando de algo que conectaba su línea de sangre con el comienzo de todo a nivel físico. El tremendamente rápido viaje interestelar a través del universo fue la herramienta principal de Karshaham para encontrar los planetas, y esa nave fue el mapa de navegación de la vida en el Orb. Después de este descubrimiento, la cueva llena de humanos no nacidos y el legado de Amy Lincoln finalmente estaban a salvo. El destino de Pree y el equilibrio del tiempo estaba ahora únicamente en manos de Amy. Ella sabe, que tiene que decidir cuándo y cómo llevar a cabo el nuevo inicio del tiempo y concluir la inevitable verdad sobre el final de los recuerdos de sus amados amigos.

"Amy, Amy", repitió Frank.

Ella abrió los ojos, confundida, pero reaccionó tan pronto como vio el cuerpo de Harkhuf en el suelo. Rápidamente se puso de pie y caminó algunos pasos hasta que cayó de rodillas, mareada. El golpe en la cabeza que le dio Sesmar después de que aterrizaron en Hyperterra todavía perturbaba gravemente su equilibrio. Una conmoción cerebral sería probablemente el veredicto más cercano sobre su estado de salud.

"¡Harkhuf! ¡Harkhuf!" susurró Amy, esforzándose por ponerse de pie. Luego vio al resto de sus amigos debajo de la nave de Sesmar. "¡Oh no, no, no!"

"¡Amy, ayúdame a levantarme!" dijo Frank.

Amy se giró lentamente y gateó. Empujó el pesado cuerpo de Frank hacia una posición vertical.

"¡Ve Frank, ve y ayúdalos!" dijo Amy.

Gateó lentamente hacia Harkhuf. Cada paso era una invitación a caer de cara al suelo ya que su vista del horizonte estaba desequilibrada. Podía escuchar el denodado esfuerzo de Harkhuf tratando de respirar, y la distancia entre ella y Harkhuf parece ser la más lejana.

"Amigos, ¿cómo puedo ayudar?" preguntó Frank.

Zhoto movió su cuerpo, mostrándole que estaban atados. Zhoto hizo algunos sonidos con la boca, tratando de juntar palabras a través de la mordaza.

"Perfecto. Ya sé que hacer. Denme un segundo", dijo Frank.

Mientras se movía alrededor de Zhoto y los mellizos, analizó la respiración de Makho.

"Zhoto, Mokhy, por favor intenten sentarse. Si pueden moverse en esa posición yo podría usar la herramienta afilada que tengo en mi codo para cortar las cuerdas.

Zhoto, cansado y desesperado, movió la cabeza, indicando que podía moverse. Mokhy también estaba cansado, pero estaba desesperado por ayudar a su hermano. Giró su cuerpo, poniendo su vientre en el suelo. A partir de ahí, movió las caderas contra sus pies. Luego hizo todo lo que pudo para sentarse, dejando que Frank viera las cuerdas en su espalda.

"Eso es perfecto, Mokhy. No te muevas", dijo Frank.

Frank giró su cuerpo y comenzó a retroceder hacia Mokhy. Su cabeza se puede mover de forma independiente centrada en la precisión de sus acciones milimétricas. Simma Inc. desarrolló la herramienta afilada en su codo para ayudar con tareas en la cocina, como abrir latas. Amy usaba estas herramientas a diario cuando estaba construyendo su campamento cortando hilos delgados de vegetación. Con esos filamentos creó alfombras, pequeñas cuerdas, bolsos e incluso su ropa.

"No te muevas, Mokhy", dijo Frank, realizando el corte. "Puedo ver que tu hermano tuvo una conmoción cerebral. En terminología deportiva, está en un estado de nocaut. ¿Recibió un golpe en la cabeza?"

Mokhy movió la cabeza positivamente.

"Ya veo", dijo Frank. "No te preocupes. Lo vamos a tener bajo observación. Me aseguraré de seguir sus signos vitales. Por el momento, déjame explicarte lo que está sucediendo con él. Después de un gran golpe en la cabeza, el cerebro apaga todas las operaciones para protegerse del daño. No hay forma de proteger el cerebro después de un golpe fuerte. El cerebro es una estructura muy frágil y las fuerzas de impacto pueden penetrar profundamente en los tejidos internos. Por el momento, tenemos que proteger su respiración y su posición plana. Tenemos que agregar que su cuerpo ya está frágil. Tenemos que meterlo dentro de la nave para mantenerlo alejado del calor, y evitar así una rápida deshidratación".

Frank terminó de cortar las cuerdas de Mokhy. Al instante movió sus brazos hacia Zhoto y soltó la mordaza en su boca.

"Gracias, Mokhy. No te preocupes por mí. Primero cuida a tu hermano", dijo Zhoto.

"Estaré contigo en un momento", señaló Mokhy.

Mokhy se concentró en las cuerdas que ataban sus piernas mientras Frank se movía alrededor de Makho, siguiendo sus signos vitales.

"Harkhuf, ¿puedes oírme?" preguntó Amy.

Harkhuf estaba gravemente herido. El disparo que le propinó Sesmar perforó uno de sus pulmones, cortando tejido y rompiendo algunas costillas. Estaba perdiendo sangre rápidamente.

"Yo ... pensé que ... podría cambiarla", susurró Harkhuf.

"Lo sé, te vi. Pero ella no quería escuchar nada," dijo Amy.

"Vi … lo que hiciste …"

Amy bajó la cara.

"No … No te arrepientas. Fue … Fue muy valiente", dijo Harkhuf.

"Espero que las generaciones futuras me perdonen por haber roto mi propia regla de no matar. No soy nadie para quitarle la vida a otro ser vivo", dijo Amy, cansada y llorando.

"La… La generación futura ya está orgullosa de ti. Sesmar estaba dispuesta a destruir todo lo que conocemos. Incluso ellos, el futuro".

Amy colocó su cabeza en el pecho de Harkhuf. Se tomó un momento para llorar por su amigo.

"Todo va a estar bien, no te preocupes, mi reina …", dijo Harkhuf, desmayándose lentamente.

"Harkhuf, espera. No, no, mantente despierto. Te llevaremos a Pree. ellos sabrán qué hacer!" dijo Amy. Se recompuso valientemente, y aún mareada, caminó hacia algunos elementos que tenía cerca de ella. Amy improvisó una superficie plana y colocó a Harkhuf, inmobilizandolo. Luego trató de arrastrar su cuerpo, pero era demasiado pesado. En ese momento, su pulsera vibró. Giró buscando a Frank y vio a sus amigos debajo de la nave de Sesmar. Se olvidó por completo del resto de la tripulación después de los dramáticos eventos. Caminando rápido, se trasladó allí, con la esperanza de que la ayudaran a transportar a Harkhuf a la nave.

"¡Oh no! ¡Makho!" dijo Amy. "¡No, no, no puedo aguantar más de esto!"

"Mi reina", dijo Zhoto mientras acariciaba la cabeza de Makho. "No se está despertando, mi señora".

"Mokhy, lo siento, amigo mío", dijo Amy, cayendo de rodillas y abrazando a Mokhy. "Tenemos que trasladar a todos a la nave del rey. Vayamos a Pree. Ellos los salvarán".

"¿Harkhuf está vivo?" preguntó Zhoto. "Vimos cuando…"

"No tiene mucho tiempo. Se está muriendo", dijo Amy.

"Makho sufrió una conmoción cerebral, pero los niveles de su sangre son tan bajos que está en un coma profundo. Estoy monitoreando su respiración."

Después de trasladar a Makho y Harkhuf en superficies de transporte independientes dentro de la nave del rey, Zhoto y Amy regresaron por el tesoro.

"No puedo tocarlo ni estar muy cerca de eso, Zhoto. Al menos no todavía. Aún no es el momento de activar la Piedra del Tiempo", dijo Amy.

"Entiendo, mi señora", dijo Zhoto, caminando hacia el tesoro y sosteniéndolo con sus manos. "Además, mi señora, creo que conozco el lugar perfecto para que esto suceda".

"La montaña de la Piedra del Tiempo", dijo Amy.

Zhoto asintió.

Con la marea todavía bloqueando la entrada del refugio de verano, la nave con el debilitado equipo de la reina Amy a bordo y el tesoro del tiempo, se elevó rápidamente en el aire y desapareció, después de que comenzara el cambio transparente en su estructura. En un pestañeo de ojos, llegaron a Pree. Amy, con el símbolo del reino en su cuerpo brillando al igual que sus ojos, de la nada, operó la embarcación a través del conocimiento de sus generaciones anteriores. No se daba cuenta de cómo o por qué era ella capaz de dirigir la nave del rey. Lo que entiende es que lo hace todo de memoria.

"Esto es como andar en bicicleta", susurró Amy mientras maniobraba la milenaria estructura de transporte.

Rápidamente, los Strattos se acercaron a la zona de aterrizaje, frente al palacio, confundidos con la impresionante estructura que llegaba. Luego, estallaron en gritos de alegría y celebraron la llegada del equipo de la reina Amy después de que la rampa se abriera y vieran el cabello rojo de su reina.

La celebración se detuvo repentinamente cuando los instantes siguientes revelaron que no todas eran buenas noticias después de todo. Varios Strattos organizaron grupos y retiraron las camillas improvisadas que transportaban a Makho y Harkhuf. Líneas de Strattos pasaron a los heridos muy rápidamente al edificio de salud. Amy, Mokhy, Zhoto y Frank se pararon en la rampa, desesperados.

"Deberíamos estar celebrando ahora mismo, pero tengo un profundo sentimiento de fracaso", dijo Amy.

"Ganamos. Y estás trayendo paz", le señaló Mokhy.

"Nos apuntamos a ti en este viaje pensando que nunca volveríamos. Pero aquí estamos, mi reina. Makho y Harkhuf van a estar bien. Están en buenas manos", dijo Zhoto.

Más tarde, después de que Khenra los recibiera en el palacio, Amy se tomó un momento a solas en la cámara del rey. Lloró y pensó en Makho y Harkhuf. La Piedra del Tiempo finalmente estaba en Pree, después de cinco mil años. Ahora estaba a salvo, dentro de la impenetrable nave del rey, estacionada en la zona de aterrizaje, cerrada.

"Este es el momento perfecto para que tu cuerpo recupere energía y se prepare para lo que se avecina", dijo Frank mientras las bocinas sonaban, anunciando las maniobras para poner la ciudad en la noche.

"Esta será la última noche de esta ciudad", dijo Amy en voz baja. "Mañana, devolveremos la vida que esta especie merece y el orden al equilibrio del tiempo".

"Va a ser maravilloso, querida", dijo Frank, parándose del lado de Amy mientras estaban frente a la ventana.

Strattos llenos de flores rodeaban el barco del rey. Otros estaban de rodillas sobre mantas orando por el fin del sufrimiento. La imagen gigante del soldado dorado que construyó Mokhy estaba llena de cuerdas arregladas con flores. En la base, ofrendas llenaban la plataforma, mostrando gratitud y esperanza. Otros Strattos se acercaban a la imagen para orar o simplemente para mostrar su agradecimiento por la increíble oportunidad que estaban viviendo, al ser la generación, que vería a Pree volver a la vida.

"¿Qué pasa si no funciona como pensamos", dijo Amy.

"¿Qué quieres decir?" respondió Frank.

"¿Qué pasa si activo el tesoro y no pasa nada? o ¿qué pasaría si no activamos esa cosa y nos llevamos a los Strattos con nosotros para que continuen viviendo sus vidas en Hyperterra?"

Frank, a través de su brazalete, sintió los latidos del corazón de Amy diferentes, como cuando sentía miedo de los Katos. "¿Cariño mío? ¿Necesitas hablar de algo?"

"No es nada", dijo Amy.

"Amy, te recuerdo que hemos pasado por varias cosas antes. Además, soy una máquina inteligente y puedo detectar tus diferentes estados de ánimo."

Amy se alejó de la ventana hacia un banco suave hecho de los materiales más delicados. Se sentó, cansada, y las puertas de la cámara se abrieron. Un grupo de Strattos vestidos con túnicas blancas entraron con varias bandejas. Algunos trajeron comida y esas gompas que a ella le encantan. Otro grupo entró con un balde metálico largo, como una bañera. La forma metálica tenía cuatro anillos a través de los cuales pasan dos tubos largos. Cuatro estratos cargaban la bañera real en sus hombros y se detuvieron justo en el centro de la recámara.

"Mi reina, ¿dónde le gustaría poner su palangana de baño?" preguntó uno de los viejos Strattos.

"Un baño ... Eso es exactamente lo que necesito", dijo Amy. "Oh, por favor, pueden dejarlo allí mismo donde están".

"Como desee, mi señora."

Los grupos ubicaron todas las cosas reales necesarias para que Amy se relajara y disfrutara el regresar a casa después de una misión exitosa.

"Nuestro chef quería que supiera que él hizo estas gompas especialmente para usted en la celebración de su regreso. Les envió a todos en la ciudad bandejas con este delicioso gompa", dijo el Strattos. "También dijo que envió unidades adicionales a Mokhy, para que no tenga que asaltar su tienda en medio de la noche".

Amy sonrió. "Gracias."

Después de que prepararon todo, marcharon en una línea perfecta, con pasos suaves que eran imposibles de escuchar. Al final, el viejo Strattos detuvo su marcha. "¿Hay algo más que le gustaría tener?"

Amy lo miró. "Mis amigos, en el edificio de salud, ¿cómo están?"

"Mi señora, la herida de Harkhuf está muy complicada de tratar. Están haciendo todo lo posible para estabilizarlo."

"Quiero verlo."

"Me lo puedo imaginar, mi reina. Por el momento, le recomiendo amablemente dejar que los especialistas encuentren la cura a esas heridas. Le puedo asegurar que le mantendré informada de todo", dijo ceremoniosamente el viejo Strattos.

"¿Qué hay de Makho?"

"Mi señora, Makho está profundamente dormido. Los especialistas están monitoreando sus signos vitales. Dijeron que lo único que pueden ver en su condición es que está profundamente dormido. También detectaron que sus niveles en sangre eran deficientes. Perdió mucha sangre por un corte en la pierna. Él está estable y están llevando esos niveles bajos a un estado normal."

Amy miró hacia el suelo. "¿Qué hay de mis otros amigos?"

"Mokhy y Zhoto están en el palacio en habitaciones independientes. Están recuperando energía con la comida y un baño. Nos aseguramos de que sean tratados como héroes de la ciudad. Sus familias pronto estarán con ellos. Todos ellos están en otra cámara del palacio esperando ese momento, como Khenra nos instruyó."

"Sí, se merecen eso y más. Traer de vuelta la Piedra del Tiempo no hubiese sido posible sin su sacrificio," dijo Amy. "Gracias, y por favor muestre mi agradecimiento al resto de los Strattos que me trajeron todo esto y a los que están atendiendo y asistiendo a mis amigos y sus familias".

"Nuestra misión en la vida es servir a la realeza. Por favor, toque esta campana si necesita algo", dijo, acercándose a una pequeña almohada blanca con una elegante campana triangular dorada con un hermoso trozo de tela roja en la parte superior.

"Mi señora", dijo el viejo Strattos, haciendo una reverencia y alejándose suavemente.

Luego, cuatro guardias reales cerraron las puertas suavemente al salir.

"Wow", dijo Amy, con una suave sonrisa en su rostro.

"No esperes que te prepare un baño así cuando estemos de regreso en Hyperterra", dijo Frank, moviéndose hacia la tina metálica.

"Oye, un baño así es lo mínimo que puedes hacer para atenderme. Ahora soy una reina, robotillo", dijo Amy, bromeando.

Caminó hacia la bañera y se quitó la ropa. Se sumergió lentamente en el agua tibia, sintiendo que la relajación llegaba rápidamente a su cuerpo. Los Strattos dejaron todo lo que estaba más cerca de la bañera a un lado, por lo que alcanzó una gompa rápidamente y le mandó un mordisco significativo.

"Descansa, querida", dijo Frank, moviéndose hacia la ventana para captar algo de luz natural y cargar su batería. El cielo púrpura de la noche generó suficiente luz infrarroja para cargar su batería, pero no lo suficiente para llenarla.

Amy miró al cielo de la habitación, pensando en todo lo que sucedió durante las últimas horas en su vida. Ella estaba agradecida, pensando en su familia y amigos. Amy cerró los ojos, masticando el último trozo de gompa.

"Me pregunto si somos lo suficientemente inteligentes para entender todo", dijo Amy.

"¿Qué quieres decir?" respondió Frank.

"No sé. ¿Qué pasa si tengo más información para investigar y no estoy preparada para ello?"

"Podemos hacer una revisión de los eventos que se presentaron en tu vida durante las últimas semanas", dijo Frank. "Veamos; un tipo vistiendo un overol blanco se presentó como un marciano y te dijo que estabas viviendo en un planeta, que no era la Tierra, durante los últimos nueve años de tu vida. Puedo saltar directamente al final, diciendo que la primera especie del universo te coronó como su reina y que ahora eres un viajero a través de la línea de tiempo. Creo que tu cerebro, es lo suficientemente inteligente, como para comprender lo que venga después de todo eso."

Amy sonrió. "Eres bueno conmigo, Frank."

"Lo sé, querida", dijo, cargando su batería.

Amy tomó otra gompa y bebió un poco del delicioso jugo que ofrecían en una de las bandejas. "Frank, ¿De verdad que no recuerdas absolutamente nada de los detalles de la sociedad secreta que se ocupaba del faraón y su línea de sangre?"

"Recuerdo mencionarlo, pero no tengo nada en mi registro".

"Interesante. Aparentemente, tienes un segundo banco de memoria con mucha información."

"Podría ser un disco duro dividido con un elemento oculto de mi sistema operativo", dijo Frank. "¿Cuál es la información a la que has llegado hasta este momento?"

"Bueno, la sociedad secreta se formó en el momento en que el faraón comenzó a ser perseguido. Desapareció con su esposa, dos hijas y un puñado de sus soldados más leales", dijo Amy, sumergiendo la cabeza en el agua durante un par de segundos. "Escuché la voz de mi mamá en esos archivos de audio. Además, la vi en mis viajes a través del tiempo. Ella también era parte de esta sociedad secreta."

"¿Nuestra Elizabeth?" dijo Frank.

"Lo sé, impactante. Ella fue enviada para proteger a mi papá y, ya sabes lo que pasó después."

"Se enamoraron, ¿verdad?" dijo Frank.

"Correcto", dijo Amy, sumergiéndose de nuevo durante un par de segundos. "Ahora, ¿cómo todos esos archivos están dentro de ti? Eso es lo siguiente que hay que investigar."

"¿Investigar? ¿Cómo vas a hacer eso?"

"Ya sabes, tengo que decir la palabra secreta", dijo Amy.

"Ya veo ... hay una palabra secreta, ¿eh?"

"Sí, pero por supuesto, no puedo decirla. Quiero decir, si lo digo, entrarás en modo de archivo."

"¿Puede usted deletrearla?"

"S-o-r-v-a-t-s",

"¿Sorvats?"

"Sí", dijo Amy, sumergiéndose rápidamente una vez más y volviendo a la superficie.

"Creo que escuché esa palabra antes".

"Imposible, Frank. Es algo secreto. Ya sabes."

"Estoy cien por ciento seguro de haber escuchado esa palabra antes".

"No. Imposible. Lo siento," dijo Amy.

La luz del sistema de memoria de Frank parpadeaba constantemente. Frank buscaba coincidencias en sus archivos sobre la palabra en cuestión.

"Lo encontré", dijo Frank.

"Encontraste qué", dijo Amy, mirándolo sorprendida.

"El técnico que ensambló mis piezas después de que un grupo de personas me robaran del auto de Elizabeth. Él hablaba por teléfono y mencionó la palabra Sorvats."

"¿Que?"

"Si. Dijo Sorvats por teléfono, pero no estaba hablando con nadie".

"¿Y qué pasó entonces?" dijo Amy, sentándose en la bañera.

"Nada. No obtengo nada después de eso", dijo Frank.

"Eso significa…"

"¿Qué significa eso, Amy?"

"Espera. Te lo diré en un minuto."

"Pero..."

"Sorvats", dijo Amy, haciendo que Frank entrara instantáneamente en modo de archivo.

"Archivos Sorvats, desbloqueados. Has activado la sección Sorvats en los archivos de esta unidad", dijo la voz de Elizabeth. "Introduzca una palabra de búsqueda".

"Frank", dijo Amy.

"Frank. HHR de tercera generación equipada con IA y reensamblada por técnicos Sorvats. Hay una carpeta secundaria adjunta a esta descripción. ¿Le gustaría abrirla?"

"Sí."

"Accediendo a la carpeta secundaria".

Amy tomó una gompa y la sumergió en el jugo. Ahora tiene la boca llena.

"Mensaje de video del líder Sorvats, Tayeb Abucalil," dijo la voz.

Al instante, el comunicador de Amy inició un video. De un salto, Amy sacó los brazos de la bañera, tratando de alcanzar el dispositivo dentro de su ropa en el piso.

"Hola. Si estás viendo este mensaje, espero que seas digno y lleves la sangre real de los Strattos ", decía Tayeb.

"¡Sí, sí, soy digna y tengo la sangre de los Strattos!" murmuró Amy, arrastrando la ropa más cerca de ella.

"De lo contrario, este mensaje puede ser utilizado por nuestros técnicos como prueba para el correcto funcionamiento de los archivos en la unidad HHR..."

"¡Espera, espera, ya casi lo tengo!" dijo Amy, poniendo sus manos sobre su comunicador.

"... Una vez que esta unidad HHR termine de ser reconstruida, será devuelta a Russell, uno de los nueve últimos descendientes del faraón Asim. En esta unidad HHR, llamado Frank, instalamos varios nuevos instrumentos, herramientas y un sistema operativo cuántico expandido ..."

"Espera, ¿tienes un sistema cuántico instalado? ¿Qué?" dijo Amy, masticando su gompa cargada de jugo.

"... y un sistema de defensa básico en el caso de tener que defender a los miembros de la familia hasta que una unidad Sorvats llegue al lugar. También equipamos al robot con un lanzador de cuchillos, que usa los utensilios que normalmente lleva la unidad y los coloca en un sistema compresor de aire que se recarga muy rápidamente. Desarrollamos este sistema con la ayuda del equipo de Sorvats de Australia, que actualmente protege a un miembro de la realeza. Equipamos este lanzador con éxito en tres HHR."

"Bueno, gracias a eso, estoy viva hoy", dijo Amy, mirando a Frank con amor.

"Con el mismo objetivo, creamos la misión 'Invicta', que protege a cinco de los nueve descendientes. Russell, su esposa y su hija Amy, se encuentran en un lugar no revelado, con un cuartel general Sorvats cerca de ellos también no revelado. Los tres están en Estados Unidos. Se puede acceder a la carpeta "Invicta" en esta unidad HHR mediante la palabra clave "Invicta" si el miembro real necesitara acceso o con fines internos para la actualización de los sistemas. Este es el final de esta grabación. Soy Tayeb Abucalil, líder de Sorvats. Levántense con honor y orgullo."

"Este es el final del video del mensaje. Por favor, introduzca una palabra de búsqueda," dijo la voz de Elizabeth.

Amy estaba ansiosa por obtener más información. "Invicta", dijo.

"Accediendo a los archivos de Invicta. Descendiente Lincoln, HHR tercera generación," dijo la voz.

Entonces apareció una imagen de video en la pantalla del comunicador. En el video se veía la pizarra de una sala de clases. Luego, una señora se sentó en una silla frente a la cámara.

"¿Está grabando? ¿Si? Ah ya, muy bien. Muchas gracias. ¿Podrías dejarme sola por un minuto?" dijo la señora hablando con la gente que la acompañaba en el aula, detrás de la cámara.

"Claro, señora Conrad. Tómese su tiempo", dijo una voz masculina de fondo.

La señora Conrad esperó a que el grupo de personas saliera de la habitación. Luego miró hacia abajo y respiró profundamente.

"Parece que esta es la profesora de secundaria de mi padre" dijo Amy, trayendo a sus recuerdos muchas fotos que Russell imprimió y puso en un álbum. Tenía varios álbumes de fotos. Le encantaba tener cosas que no implicaran interacción electrónica. Siempre sacaba esos álbumes cuando había un apagón de electricidad en el barrio.

"Veamos", dijo la Sra. Conrad. "Me dijeron que fuera rápida porque estás por llegar aquí a la escuela. Sabes, te han concedido una beca, y déjame ser clara al respecto, ninguno de nosotros puso nuestras manos en esta beca. Este es el resultado de tu brillante y maravillosa persona, mi querido Russell." La Sra. Conrad comenzó a llorar y Amy también.

"Papá ..." susurró Amy.

"Lo siento", dijo la Sra. Conrad. "Sabes, cuando recibí mi asignación para cuidarte, supe que finalmente, después de años de entrenamiento, mi vida estaba completa. Los Sorvats entrenamos día tras día hasta que somos asignados a un descendiente. Vi tu foto en las carpetas y algo me dijo que podrías ser mi propósito en la vida. Y aquí estamos. Los técnicos acaban de terminar de armar este bellísimo robot para ti. Este es nuestro regalo en recompensa por tu excepcional talento. Eres una persona inteligente y excelente. Nosotros siempre soñamos con poder contarle a nuestros protegidos todo esto, pero esta es la única opción. La organización nos dice que grabar videos encriptados para la realeza nos hace sentir mejor y déjame decirte que está funcionando. Russell, te deseo lo mejor. Eres tan increíble e inteligente como tu hermano. Te protegeremos hasta que no podamos respirar más, y espero que encuentres una mujer que te aprecie y te ame. Te deseo lo mejor en la universidad y espero que algún día podamos volver a vernos."

"Señora. Conrad, tenemos que movernos rápido," dijo una voz femenina de fondo.

"Muy bien. Te amo, sé feliz, diviértete, no te drogues, ¡ok! y que tengas una vida maravillosa, mi querido Russell. Disfruta de este robot. Te lo mereces. Levántate con honor y orgullo."

"Fin del mensaje de video uno. ¿Le gustaría reproducir el mensaje de video número dos?" dijo la voz de Elizabeth.

Amy estaba sollozando. "Sí…" dijo ella, llorando.

"Cargando mensaje de video dos".

"¡Hola, Russell! Sí, este es Larry … "

"¡Oh, Dios mío, voy a llorar toda la noche!" dijo Amy, secándose las lágrimas con una toalla.

"Bueno, tengo que decirte que la carne que hiciste el fin de semana pasado fue increíble. Eres algo especial frente a la parrilla, ¿ah?, bueno, gracias por invitarnos a tu parrillada. Escucha, tu robot está bien, estamos haciendo algunos ajustes en su estructura y algunas armas para defenderte, pero todo estará bien. Lamentamos tener que hacer algo como esto, como robar tu robot. Es por tu seguridad y la de tu familia. Tú eres un chico sano, Elizabeth y Amy también son fuertes y sanas. Escucha, si alguna vez, ves este video, quiero que sepas que te amamos y te deseamos lo mejor en tu vida después de todo esto. Los próximos meses serán difíciles, y tú y tu familia son los últimos miembros de la realeza, y por eso, todos nuestros recursos a nivel mundial están destinados a protegerte a ti y a la pequeña Amy. Estamos muy cerca y, por supuesto, nuestra ubicación y la ubicación de muchos otros Sorvats se han visto comprometidas. Han sido días oscuros para nosotros y lamentablemente hemos perdido muchos miembros importantes …"

Larry rompió a llorar, pero se recuperó rápidamente. Amy tenía los ojos cubiertos de lágrimas.

"… Mantente vivo, Russell, y no te olvides de mantenerte saludable. Levántate con honor y orgullo."

"Fin del mensaje de video dos. ¿Le gustaría abrir el mensaje de video tres?"

"Sí", dijo Amy.

"Abriendo el mensaje de video tres".

"Ahi si, listo, ¿presionaste el registro?" dijo McGuillan.

"Sí, ya está grabando", dijo Ben.

"¡Tío Ben! ¡Tío Alex!" gritó Amy, llorando.

"Déjame leer esto", dijo McGuillan a la cámara.

"Por supuesto. El tío Alex tenía que escribir su mensaje en un papel", sonrió Amy entre lágrimas.

"Proteger a Amy, como la última esperanza de la sangre real del reino Strattos, ha sido mi propósito en la vida. Tayeb, yo y otros miembros hemos estado tratando de negociar con el ejército Strattos, los detalles de un intercambio que nunca sucederá. Entendemos las razones, poco claras, por las que este grupo específico de Strattos, quiere poner sus manos en el resto de los fragmentos del tesoro del tiempo, que se fundió creando una forma diferente hace varios miles de años. Tras el primer contacto con ellos durante los años cuarenta, en Roswell, Nuevo México, intentamos ganar tiempo, ubicando al planeta Strattos o un mundo parecido a la Tierra como alternativa para los supervivientes reales. Elaboramos un plan para proteger a los Lincoln de un posible ataque en unos pocos años. Proporcionaremos a su robot Frank las últimas características tecnológicas a través de un representante de la empresa Simma, que es miembro Sorvats. La misión se llama Invicta …"

Amy vio diferentes mensajes de video, todos ellos como parte de un programa desarrollado para hacer la vida del último grupo de Sorvats lo más normal posible. En los videos, los miembros de Sorvats se veían cómodos, como hablando directamente con los descendientes. La mayoría dijo que el desarrollo del programa en el que debían grabarse a sí mismos hablando era liberador, mientras que otros vieron la oportunidad de hablar con sus descendientes como parte de un protocolo de despedida adecuado."

"... una cosa importante que debes saber", dijo Ben, "y espero que puedas acceder a esta información algún día, es que solo el material del tesoro puede cortar, dividir o penetrar el fragmento que el Strattos llamado Kharpo se llevó con él a su planeta. Esa es la razón por la cual el faraón Asim creó ese molde con la forma de un arma afilada. Entonces, si llega el evento de reunir esas piezas, podría ser fácil fusionarlas en un objeto, apuñalando una contra la otra."

"Sesmar fue lo suficientemente inteligente como para darse cuenta sola de eso", dijo Amy, mordiendo otra gompa.

"El material del tesoro es una aleación de diferentes metales, algunos de ellos desconocidos para nosotros. El primer grupo de Sorvats que protegió a la familia del faraón, llevaba varias piezas pequeñas que saltaron del horno de fundición. Eso fue hace unos cinco mil años, en Egipto. Pero también otras personas encontraron algunas piezas pequeñas alrededor del horno. Esas preciosas piezas de virutas de metal, tuvieron un alto costo a lo largo de los años, y las vendieron como elegantes piezas de joyería, en inventos de ingeniería y como parte de otras formas interesantes. Nosotros, los Sorvats, compramos la mayoría de esas piezas, con la idea, eventualmente, de crear la energía suficiente como para alimentar portales. Solo necesitaba una descarga de alto voltaje para generar energía alta, estable y confiable. Así es como estamos impulsando los portales de la Tierra y la Luna. Esperamos terminar pronto el portal que vamos a instalar en Marte. Creemos que si tenemos para investigar ésto, un par de años más, podremos impulsar una nave espacial con la capacidad de viajar a través del universo en segundos, solo alimentando el transporte, con una de esas piezas de metal. Estamos trabajando e investigando a toda máquina, porque sabemos que se nos acaba el tiempo."

"Nivel de batería: bajo", apareció un mensaje en la pantalla, indicando que la batería del comunicador se estaba agotando.

Amy decidió detener su investigación. "Voy a tener tiempo en Hyperterra para revisar todos estos archivos, pero ahora mismo necesito organizar a todos para mañana."

CAPÍTULO 19 - UN VISTAZO AL TIEMPO

Amy terminó su baño y se vistió con las túnicas blancas reales que le dejaron los Strattos. Sumergió sus pantalones y camisa en el agua, esperando poder lavarlos más tarde. Luego de eso se puso los brazaletes del reino y la corona. Además, unas suaves y hermosas sandalias doradas culminaban su potente imagen real sumado a su resplandeciente cabellera pelirroja. Su amor por la nación Strattos residía profundamente en su corazón y mente, vaticinando que los siguientes pasos para completar su misión podrían ser dolorosos para ellos, pero era lo correcto. Finalmente, la gente de Pree encontrará la paz y caminará a un nuevo comienzo, un nuevo comienzo en un planeta lleno de vida.

"Frank, quédate aquí. Voy a visitar a mis amigos. Necesito tu batería llena por la mañana."

"No hay problema Amy. Estaré aquí en modo de espera", dijo Frank.

Amy subió las escaleras, seguida por ocho guardias reales, visitando primero a las familias de sus amigos. Khenra también estaba con ellos. Al instante, todos los Strattos de la habitación se arrodillaron en su presencia.

"Ponte de pie con honor y orgullo", dijo Amy.

Luego caminaron hacia Amy para tocarla y saludar a su reina.

"Mi reina", dijo Khenra. "¿Qué le pasó a mi hijo?"

"Oh querida, no creo que haya tiempo para decir esto de otra manera", dijo Amy, tocando las manos de Khenra. "Sesmar le disparó a Harkhuf y está muy herido. Entiendo que los especialistas están haciendo todo lo posible para salvarlo. Voy a visitarlo ahora por si quieres venir conmigo. Lo mismo para ti," dijo Amy, mirando a la esposa de Makho. "Harkhuf tuvo la profunda sensación de que podía dialogar con ella y ayudarla a tomar una decisión positiva, de llevarla a la luz, pero ella no le dio la oportunidad. Sesmar no vaciló al disparar. Ella me atacó antes, y por eso no pude salvarlo."

Entonces Amy tocó las manos de la esposa de Makho. "Makho fue apuñalado en la pierna por Jhul. Ese viejo Strattos encontró una forma de entrar en nuestra nave antes de que nos fuéramos. Makho perdió mucha sangre y su herida probablemente se infectó. Sesmar lo noqueó cuando intentaba ayudarnos. Makho está ahora en un coma profundo. Los especialistas dijeron que parece que está durmiendo solamente. No sabemos qué hacer, pero está estable y espero que se despierte pronto. es fuerte y lo va a lograr."

Amy dio algunos pasos hacia atrás y los miró a todos con lágrimas en los ojos. "Debo decir que sus familias fueron bendecidas con la misión histórica de traer la Piedra del Tiempo de regreso a Pree. Pero ahora tengo que organizar todo para mañana por la mañana. Activaremos el tesoro, y necesito que toda los habitantes estén en la superficie de la ciudad muy temprano en la mañana, antes de que las maniobras de traer a la ciudad a la luz comiencen. Ya instruí a los miembros de la guardia real para que visitaran los demás módulos, informando a todos. Traeré a Zhoto y a Mokhy en un momento a esta habitación. Por favor, permanezca aquí. Los quiero mucho."

"Mi reina", dijeron todos, arrodillándose cuando Amy salió de la habitación.

Mokhy estaba descansando, mirando el hermoso cielo de su habitación en el palacio. Entonces sintió que la puerta se abría. Se sentó en la cama y vio a Amy. Ambos corrieron hacia el otro y se abrazaron. Lloraron mientras los guardias esperaban en la puerta. Mokhy y Amy construyeron una conexión increíble, y necesitaban un momento para descansar en sus corazones, mirando hacia atrás, a los tremendos riesgos que corrieron en busca del tesoro. Cayeron de rodillas.

"Siento mucho lo que le paso a Makho", dijo Amy, llorando en su hombro. Mokhy estaba acariciando suavemente su cabello rojo. "Escucha", dijo Amy sentada en el suelo. "Puedo sentir que Makho estará bien pronto. Él te ha estado protegiendo toda su vida, y sé que lo sabes, pero te necesitaba allí. Ahora voy al edificio de salud y me gustaría que vinieras conmigo."

Mokhy asintió mientras miraba hacia la puerta.

"Mi reina", dijo Zhoto.

Mokhy ayudó a Amy a ponerse de pie y ella caminó hacia Zhoto. "¿Dónde estaríamos ahora sin tu ayuda?", dijo Amy, poniendo las manos de Zhoto en su rostro. "Lo hicimos. Fuimos por ella y la piedra. Y estamos de vuelta con nuestros seres queridos. Es hora de terminar con todo esto y voy a necesitar tu ayuda una vez más."

El grupo visitó el edificio de salud en medio de la cirugía de Harkhuf. El especialista estaba haciendo todo lo posible para mantenerlo con vida. Dejaron que la reina entrara en la habitación y le explicaron que Harkhuf estaba gravemente herido. Revisaron sus heridas y describieron el estado real de su lesión respiratoria. Amy les pidió que dejaran entrar a su familia en la habitación tan pronto como terminaran la operación.

"Si Harkhuf va a morir, necesita estar con su familia en su último momento", dijo Amy.

"Como desee, mi señora", dijo el especialista en jefe.

Luego visitaron la habitación de Makho. Llevaron la cantidad de su sangre a un nivel promedio y le mostraron su condición cerebral. Estaba bien, pero no se despertaba en absoluto. Su ritmo respiratorio era normal y los latidos de su corazón eran regulares.

"¿Por qué no se despierta?" preguntó Amy.

"Mi reina, mire aquí en este monitor, se puede ver que está inconsciente y tiene una mínima actividad cerebral. Él está vivo pero no muestra signos de conciencia. Dirigimos varios métodos para despertarlo, pero no responde a su entorno o estimulación física."

"Entonces, ¿está durmiendo, verdad?" preguntó Amy.

"Eso es, mi reina, muy profundamente, como si su mente estuviera en otro lugar," dijo el especialista en jefe.

"Al igual que Harkhuf, quiero a toda su familia aquí, con él", dijo Amy.

Mokhy besó la cabeza de Makho y le tocó la mano. Zhoto estaba detrás de él, apoyándolo.

"Es fuerte y sabes que le gusta la atención. Él ya está disfrutando de todo esto", dijo Zhoto.

Mokhy y Amy sonrieron optimistas.

Cuando las familias entraron en las habitaciones, Amy, Mokhy y Zhoto regresaron al palacio, seguidos por guardias reales. Fueron a la cámara del rey, donde Frank estaba cargando la batería. En el interior, varios Strattos de la orden real de la reina, estaban limpiando todo. También lavaron y secaron la ropa de Amy, mientras preparaban una mesa con comida y bebidas. El aire de la cámara estaba lleno de un delicioso olor cítrico procedente de un frasco humeante en el centro de la habitación. Los Strattos hicieron una reverencia mientras caminaban hacia la puerta.

"Muchas gracias", dijo Amy, sonriendoles.

Luego del sonido de las grandes puertas cerrándose, quedó una habitación silenciosa con los cuatro adentro.

"¿Cuál es el plan, mi señora?" preguntó Zhoto.

Necesito que te sientes. Tenemos mucho de qué hablar esta noche", dijo Amy.

Caminó hacia Frank y lo invitó a despertar y unirse a la reunión improvisada.

"No sé si estas son buenas o malas noticias, pero hay un paso más que debo dar e involucra borrar todo lo que ustedes saben", dijo Amy.

"¿Qué quieres decir?" Mokhy hizo una señal.

"Escuchen, la Primera Luz le dijo a Karshaham que en el futuro el tesoro sería tomado de su lugar original, conducido por la ambición de poder. Pero eso ustedes ya lo saben. Cada vez que se reactiva el tesoro, se crea un nuevo universo, paralelo y exactamente igual al anterior. Hasta ese momento, todos los universos son iguales, con la diferencia de que cada una de esas copias inició una nueva línea de tiempo. Karshaham me dijo que en cada uno de esos universos, al que llamó Orb, hay otro Karshaham, pero que no puede interferir ni interactuar con ellos. Cada Orb es independiente del otro."

"Esto es increíble", dijo Zhoto.

"Escuché algo sobre la replicación cuando conocí a la Primera Luz. Karshaham me dijo que la réplica se resolvió después de que la Primera Luz le diera vida al Orb. Entonces ella creó el primer Strattos y el Thry. Creo que antes de que la Primera Luz los uniera como un nuevo comienzo, era una mezcla de diferentes realidades, como un multiverso, todas ellas en un evento caótico. Sin embargo, cada una de las ubicaciones del Thry posee un tesoro. Esos tres planetas representan un elemento del Thry. Karshaham los llamó Los Constituyentes."

"Ese será Kostra, con el tesoro de la Lógica. Pree, que es el tesoro del Tiempo, y Viktre, con el Fuego, ¿verdad?" dijo Zhoto.

"Eso es correcto", señaló Mokhy.

"Ahora, para hacer posible la vida en el Orb, la Primera Luz envió a Karshaham en una misión de explorar el universo, colocando en cada planeta que reuniera la temperatura perfecta Los Fundamentales, que son Aqua, Zethroh o Pettron, Metal y Luz . ¿Me están siguiendo?"

"Sí. Esas eran las cámaras del templo de Ptah", dijo Zhoto.

"Exacto", respondió Amy.

"Finalmente, el Orb está interconectado por una vasta red, llamada Estructura de Pensamientos, y gira alrededor de lo que tenemos en nuestras mentes. Los pensamientos, el conocimiento y los sentimientos conectan el Orb, más allá de la vida, más allá del tiempo."

"¿Eso significa que tú y yo estamos conectados?" Mokhy hizo una señal.

"Así es, mi querido amigo, desde mucho antes de que nos conociéramos", dijo Amy, sonriendo amistosamente.

"¿Y dónde está la estructura de los pensamientos? Además, ¿cómo se accede a ella?" preguntó Frank, guardando todos estos nuevos datos en su memoria cuántica.

215

"Buena pregunta. Así fue como conocí a Bhongo, el guardián del jardín de los recuerdos", dijo Amy.

"¿Qué? ¿Hay alguien viviendo allí?" preguntó Zhoto.

"Sí, pero no recuerdo cómo llegué allí. Él es adorable. Tenía tantas ganas de abrazarlo. Dijo que no me recordaba, pero sí recordó las acciones que rodearon mi vida. Bhongo también puede ver los recuerdos de los que ya están muertos o de los que aún no han nacido."

"Fascinante", dijo Frank con las luces de su sistema parpadeando rápidamente.

"Y aquí es cuando las cosas van mal para los Strattos", dijo Amy. De repente, Zhoto y Mokhy respiraron profundamente. "Debido a que la creación del tiempo se generó con el primer Strattos, la especie lleva el poder del tesoro como esencia de la línea del tiempo, conectados todos a un componente físico, que en este caso es la Piedra del Tiempo. Tuve visiones del tesoro antes, yendo y viniendo desde que la Primera Luz nos trajo a la vida, y esas no eran una piedra o una daga."

"¿Eso significa que moriremos?" Mokhy hizo una señal.

"¿Es eso lo que nos quieres decir?" peguntó Zhoto.

"No. Los Strattos seguirán viviendo, pero una copia de esta realidad comenzará en algún lugar de un nuevo Orb, en una nueva línea de tiempo. Esos Strattos comenzarán con una nueva vida. Bueno, sin recuerdos" dijo Amy, mirando hacia abajo, triste.

Los ojos de Mokhy se llenaron de lágrimas al instante. "¿No te recordaré?" preguntó con sus manos.

Amy lo miró con lágrimas en el rostro. "Yo si te recordaré."

"¿Qué pasa con ... Qué va a pasar con ... Pero ..." dijo Zhoto, perdido en la conversación, confundido y molesto.

"Es por eso que he estado evitando este momento, comenzando un nuevo Orb, borrando los recuerdos de mis amigos. Ustedes son las únicas personas que amo y que están vivas. No puedo hacer esto sin su aprobación."

Zhoto y Mokhy estaban en shock. Frank se acercó a Amy. "¿Puedes explicarme eso sobre el jardín de los recuerdos?"

"Claro", dijo Amy, limpiándose la cara. "Hay un túnel lleno de recuerdos. Todos los recuerdos de los seres vivos están ahí. Todos ellos. Me refiero a los que estuvieron, están y estarán en este Orb. El universo entero está conectado a esa estructura de pensamientos. Esa es esencialmente la riqueza más valiosa de la creación. No sé quién lo creó ni cómo funciona, pero su guardián, Bhongo, está protegiendo ese túnel. Me mostró recuerdos de mis padres y de otros eventos importantes. Él lo sabe todo. Bueno, lo recuerda todo."

"¿Crees que podría devolvernos nuestros recuerdos?" preguntó Zhoto.

"No estoy segura de eso, pero puedo preguntarle", dijo Amy. "Ahora, es importante que sepas que no tengo idea de cómo voy a lugares o eventos en la línea de tiempo. Además, no sé cómo llegué al jardín de Bhongo, pero puedo intentarlo."

"¿Qué pasa si hay una manera de contarles sobre sus vidas?" dijo Frank.

"¿Qué tienes en mente?" preguntó Amy.

"Creo que, si el guardián lo sabe o recuerda todo, podría ayudarles a recuperar los recuerdos de todos los Strattos de esta ciudad. Calculé que un par de cientos de ellos están asociados en grupos de cuatro o cinco de cada sistema familiar. Si sus viajes al destello del tiempo duran uno o dos segundos, puede realizarlos y recuperar sus recuerdos en medio día".

"Guau", dijo Amy.

Luego, Mokhy puso en el suelo el símbolo de su familia que lleva en el cuello. Luego lo pisoteó muy fuerte, partiéndolo en dos.

"¡Pero, Mokhy! ¡Qué estás haciendo!" gritó Amy.

"Mokhy, no te enojes ahora. Tenemos que mantener nuestras mentes enfocadas en ... " dijo Zhoto cuando se dio cuenta de lo que Mokhy estaba haciendo.

Mokhy le entregó una pieza a Amy, colocándola suavemente en su mano.

"Eso es correcto. Así es como vamos a saber a qué familia pertenecemos", dijo Zhoto, mirando a Mokhy.

"¡Genio!" dijo Frank.

"Sí", dijo Amy con emoción. "Yo te pertenezco y tú me perteneces".

Mokhy se colocó otra vez su collar con el trozo quebrado y Amy rasgó una sección de su túnica, haciendo un collar con la otra parte rota. "Este es el plan. Reuniremos a todos frente al palacio. Todos llevarán sus collares con los símbolos familiares mientras yo viajo a la montaña de la Piedra del Tiempo. Allí, estableceré la nueva línea de tiempo y volveré aquí. Trabajaremos todo el día viajando con grupos familiares para vislumbrar uno a la vez hasta traer los recuerdos de todos."

Los tres se abrazaron, incluyendo a Frank en el círculo.

"Me gustaría agregar algo aquí", dijo Frank. Los tres se movieron levemente para mirarlo. "No podemos decirle esto a la ciudad. Será una confusión de proporciones y el plan no funcionaría", dijo Frank.

"He visto cómo la mente de los seres vivos reaccionan perturbadamente ante situaciones sin precedentes. No creo que los Strattos sean la excepción a este evento. No podemos decírselo. Solo les diremos que mantengan su símbolo familiar en el cuello y que se organicen por familias. Solo eso."

Zhoto, Mokhy y Amy asintieron, pensando que Frank tenía razón. Además, tuvo una visión de cómo era el comportamiento de los seres vivos, como los humanos, los Strattos y los animales. Tenía razón, y el éxito de esta misión resultará en un fracaso de proporciones si saben que todos sus preciosos recuerdos se borrarán para siempre. Podría ser un caos.

Temprano, cuando el cielo púrpura aún brillaba sobre la enorme ciudad en movimiento de los Strattos, los ciudadanos marcharon por toda la superficie, y se reunieron frente al palacio. Algunos de ellos trajeron a sus bebés o niños aún durmiendo en pequeños carruajes cubiertos con hermosas mantas, todos ellos llevando en su collar el símbolo de sus familias.

Amy visitó a Harkhuf y Makho por última vez antes de comenzar su viaje al destello del tiempo.

La reina Amy se reunió con todos y caminó entre ellos, mirándolos a los ojos. Todos le hicieron una reverencia al verla pasar y ella les tocaba los hombros mientras caminaba entre la multitudinaria audiencia. Detrás de ella, los guardias reales y un grupo de Strattos de la orden real, caminaban, quemando vegetación cítrica, purificando el ambiente antes de la activación del tesoro.

Cuando Amy llegó a la cubierta, pudo ver toda la ciudad frente a ella. Luego, asintió con la cabeza a uno de los guardias. Un par de segundos después de eso, una bocina sonó en el aire con fuerza. Éste era diferente, largo y sólido. Un sonido como este se realizó sólo una vez en la vida de la ciudad mecánica cuando la estructura masiva se detuvo por completo para tomar los restos de la reina Meryptah. Poco a poco, la ciudad redujo la velocidad, deteniendo la estructura por completo después de unos segundos. En los Strattos se percibía la preocupación, por la situación y algunos de ellos empezaron a asustarse. Todo el mundo estaba preocupado de que la ciudad entrara en el lado abrasador.

"¡Ciudadanos!" gritó Amy con los brazos extendidos. "Asegúrense de tener cerca a los miembros de toda su familia. Los dejaré por un momento, pero regresaré con la noticia de que la Piedra del Tiempo regresó a Pree, dejando atrás esos horribles años de sufrimiento. Hoy, esta ciudad verá por última vez un amanecer en un planeta seco y muerto. Mañana será un nuevo día, una nueva vida, un nuevo tiempo. Cierren los ojos, tómense de las manos y estemos juntos en este maravilloso momento. Ponte de pie con honor y orgullo."

En un momento de alegría silenciosa, los ciudadanos tomaron las manos de sus familiares y algunos de ellos rezaron por el fin de la miseria. Amy caminó por la cubierta hacia la nave del rey, seguida por los guardias y la orden real, de la Reina. Frank ya la esperaba dentro, y en la rampa, Mokhy aguardaba para despedirse de su amada amiga. Detrás de Mokhy estaba Zhoto y su familia esperándola también.

"Amigo mío, ha sido un placer compartir este viaje contigo", dijo Amy, sosteniendo las manos de Mokhy.

"Te vi en mis sueños, y te veo ahora. Eres la misma persona, y te prometo que te recordaré por siempre", señaló Mokhy con lágrimas en los ojos.

Amy lo abrazó, tratando de mantener sus emociones bajo control. Ella lloró de todos modos mientras Zhoto acariciaba su hermoso cabello rojo. Entonces Mokhy le ayudó a colocarse el bolso de cintura. Ella sacó del pequeño bolso el collar de la abuela Erinak y se lo puso en el cuello, cerca del símbolo de Mokhy. Miró a todos por una vez más, una ciudad silenciosa mientras el cielo cambiaba lentamente de color a una luz brillante.

"Te veré pronto, amigo mío", dijo Amy, besando su frente.

Luego caminó dentro de la nave del rey mientras el transporte comenzaba a brillar con un azul brillante. Antes de que la nave cerrara la rampa, Amy miró la ciudad. "Espérame. Volveré. Ponte de pie con honor y orgullo."

CAPÍTULO 20 - TIEMPO - PARTE 1

Amy trasladó la nave del rey a la cima de la montaña de la Piedra del Tiempo. Una vez que estuvo en la cima, vio en la superficie varias estructuras como cúpulas hechas de metal, y en el centro de la cima, un gran círculo hecho de rocas bellamente alineadas entre sí. Desde el aire, vio que las estructuras formaban el símbolo del reino y que el triángulo interconectaba el lugar como una red, en una instalación energética. Amy descendió lentamente la nave por el costado del complejo y rápidamente caminó hacia la cúpula en el centro. El viento sobre su rostro era cálido y ella vio en el horizonte cómo salía el sol, con la amenaza abrasadora sobre la superficie.

"Es la hora. Hagamos esto," dijo Amy, seguida de Frank, quien instantáneamente abrió las celdas de su panel solar para captar algo de energía.

Zhoto instaló una bandeja metálica en el brazo original de Frank, la que podía mover hacia arriba y hacia abajo incluyendo un sistema que podía cerrar y abrir cuatro garras diminutas. Dentro de la bandeja, asegurado con estas garras estaba el tesoro, una luz brillante y centelleante alrededor de su campo de energía.

Amy caminó dentro de la cúpula vacía, que tenía en el centro un podio hecho de metal dorado rodeado por una secuencia de símbolos tallados en el suelo, como contando una historia.

"Ahí, Frank", señaló Amy. "Ese es el lugar donde se debe colocar el tesoro".

"Perfecto. ¿Podrías quedarte a esa distancia? Déjame colocarlo primero. Entonces puedes acercarte. Una vez que te acercas lo suficiente a este elemento, no hay nada que yo pueda hacer para interrumpir la conexión," dijo Frank, moviéndose alrededor de Amy hacia el podio en el centro.

Frank usó la bandeja metálica con movimientos precisos, colocando el tesoro del tiempo justo en la superficie dorada. El campo de energía azul brillante que rodeaba el tesoro creció, alimentando toda la cúpula desde el podio, atravesando los símbolos en el piso y alrededor de la estructura circular. A lo lejos, los Strattos vieron desde la ciudad el resplandor azul.

"¿Está todo esto realmente sucediendo?", dijo Zhoto emocionado. Sus labios tiritaban mientras lágrimas caían suavemente por su rostro. "Esperé toda mi vida para ver esto."

Mokhy estaba cerca de Zhoto mirando la montaña, deseando que Amy, su mejor amiga, estuviera a salvo.

"Mis queridos amigos," gritó Khenra desde la cubierta. "Por favor, únanse a mí en una oración por nuestra reina. ¡Oremos por su regreso sano y salvo a nosotros y por el fin de nuestra miseria!"

Toda la ciudad se arrodilló frente al palacio con la montaña al fondo. Muchos lloraron de emoción, otros apretaron sus párpados por miedo a lo desconocido. Luego, una señora mayor de los Strattos comenzó el canto del antiguo rey, la misma melodía que cantaron cuando Amy fue coronada. Al instante, todos siguieron la melodía con lágrimas en los ojos.

"No te olvides volver a mí," dijo Frank suavemente enfocando el rostro de Amy en su lente.

"No lo olvidaré", dijo Amy, abrazándolo. Amy sacó una pequeña cuerda de su riñonera y agarró su hermoso cabello rojo haciendo una cola de caballo. "Estoy lista", murmuró. Luego caminó hacia el tesoro con decisión. Al instante, mientras se acercaba, el piso comenzó a llenarse con una capa poco profunda de agua que brotó de entre los símbolos. Amy, sorprendida, miró a Frank.

"Está bien, querida", dijo Frank, dándole una palabra de tranquilidad. "Las estrellas te están esperando."

Mientras ella caminaba, sus ojos y la marca real en su nuca brillaron como nunca antes. Sus brazos se elevaron hacia el tesoro, y el campo de energía alrededor del tesoro envolvió su cuerpo. Frank retrocedió alejándose del agua mientras toda la cúpula se llenaba con un campo de energía de resplandor azul. Mokhy abrió los ojos y miró hacia la montaña mientras una sólida columna de luz subía vigorosamente hacia el cielo. Todo el planeta se sacudió con un leve temblor en el preciso momento cuando Amy puso sus manos el tesoro.

Amy abrió los ojos. Todo estaba en silencio y Bhongo la estaba mirando. Amy sonrió y miró alrededor del túnel lleno de coloridas flores de recuerdos.

"Estoy lista", dijo Amy.

"Así veo," dijo Bhongo, moviendo su peluda cola. "Antes de establecer una nueva línea de tiempo, hay algo que debe recordar".

"Espera, ¿algo que necesito recordar?"

"Sí, por supuesto. Ya hiciste esto antes, ¿verdad?" dijo Bhongo. "Bueno, eso es lo que recuerdo. Déjame ilustrarte. Algunas flores sobre tus recuerdos no muestran nada, pero están ahí por una razón. Ahora, puedo recordar algunas de tus acciones después de que hiciste ciertas cosas, pero algo me impide recordar esas cosas. Es como una decisión. No puedo ver lo que sigue después de una decisión."

"Interesante. ¿Significa eso que no puedes ver mis recuerdos después de este preciso momento? Quiero decir, ¿aquí mismo, ahora mismo?" preguntó Amy.

"Eso es correcto. Lo que sí recuerdo es, qué sucedió antes", dijo Bhongo. "Puedo sentir tu emoción, tu paciencia, tu ansiedad por lograr esta circunstancia, este evento que no recuerdo de ti. Recuerdo que le dije lo mismo la primera vez que él me visitó," dijo Bhongo.

"¿Quién te visitó?"

"Karshaham, lo recuerdo", dijo Bhongo, moviéndose hacia una sección del jardín. Amy lo siguió. "Tienes que tomar una decisión. Establecer una nueva línea de tiempo, se trata de saber qué sucedió antes y por qué se interrumpió la línea de tiempo. Una vez que comprendas el Thry, Los Fundamentales y te conectes completamente a la estructura de los pensamientos, debes elegir. Dejar todo como está actualmente o restablecer el equilibrio del Orb, con los resultados que ya comprendes."

223

Bhongo se detuvo en una sección de flores azules brillantes. Estaba buscando una en particular. "Yo recuerdo ... recuerdo ..." dijo repetidamente, Amy estaba parada detrás de él. "Todos sus pensamientos están conectados desde el primer recuerdo en el primer Orb. De alguna manera tengo la misma memoria duplicada o triplicada, y no entiendo por qué. Algunos de esos recuerdos son diferentes, pero comienzan como los mismos recuerdos. Entonces sucede algo y se vuelven diferentes."

"La decisión", dijo Amy.

"¿Qué quieres decir?" preguntó Bhongo.

"Cada vez que se toma una decisión se crea un duplicado de esa memoria. Eso significa que cada Orb tiene una memoria desde ese punto en adelante, y todos esos están aquí, conectados pero separados físicamente."

"Orb ... lo recuerdo", dijo Bhongo.

Bhongo avanzó rápidamente por el jardín y Amy lo siguió, corriendo detrás. Con una luz azul detrás de él, Bhongo le mostró el rastro de los recuerdos."

"Aquí, ¿puedes verlo? Hay tres Karshaham, pero desde este punto hasta ese otro recuerdo más lejos, cada uno de ellos hace cosas diferentes", dijo Bhongo, mirando dentro de esos recuerdos.

Amy vio algo a través de los ojos de Bhongo, en una transmisión de pensamiento sin precedentes.

"Wow, ¿cómo ..." dijo Amy, impresionada al ver a Karshaham hablar con tres seres diferentes. En su mente, la escena tuvo lugar en la habitación en la que Amy lo visitó en uno de sus viajes al destello del tiempo. Karshaham estaba sentado y hablando con tres imágenes diferentes superpuestas. Luego, un Karshaham se puso de pie y comenzó a gritar y mover los brazos, mientras que la otra versión de Karshaham seguía sentada. Luego, otro Karshaham se puso de pie y caminó por la habitación. Hay tres versiones diferentes de Karshaham en la habitación. Luego, los personajes que hablaban con él se movieron un poco de sus posiciones. Uno se puso de pie y el otro se inclinó hacia adelante mientras el tercero aún estaba sentado. Uno de ellos era un Strattos. El segundo tenía un aspecto aterrador, como una persona de tamaño humano con la

224

piel negra quemada y achicharrada, llena de baches que parecía hecha de capas de lava fría. El ser tenía una prolongación rectangular a la altura de su cabeza en ambos lados. En ese momento Amy pudo ver el tercer ser. Era ella.

"Yo recuerdo esto", dijo Amy.

"¡Sí! ¡Yo también lo recuerdo!" dijo Bhongo. "Ahora, dime ¿qué sientes?"

"No sé. Estoy confundida, y por alguna razón tengo miedo," dijo Amy, mirando al ser que ella nunca había visto antes.

"Algo está sucediendo allí, y no entiendo por qué sucedió tres veces", dijo Bhongo, tomando distancia de la flor.

"Creo que puedo explicártelo", dijo Amy.

"Oh, recuerdo que me dijiste esto", dijo Bhongo. "Nunca pensé que la línea de tiempo podría superponerse sobre otra. De nada."

"Eso es correcto. Y gracias por ahorrarme la explicación", dijo Amy.

"Ya dije, de nada," dijo Bhongo, moviéndose a otra sección del jardín.

"¡Espera!" dijo Amy, corriendo detrás de él.

"Antes de tomar una decisión, debes comprender que controlar tus sentimientos es una acción vital para desarrollar tus habilidades y así manejar los recuerdos", dijo Bhongo mientras flotaba sobre las flores. "Los sentimientos y pensamientos en este jardín son los mismos. La única diferencia es que uno de ellos se puede visualizar físicamente. Como la tristeza o la felicidad."

"¿Y el amor?" preguntó Amy.

"El amor es inconmensurable", respondió Bhongo, deteniéndose y girando. "Espera… Yo recuerdo este momento."

"¿Qué parte, yo preguntándote sobre el amor?"

"No", dijo Bhongo. "La Primera Luz. Te mostró que estaba interesada en tu sentimiento inconmensurable."

"Sí, pero le dije que no".

"¿Por qué le dijiste que no?" preguntó Bhongo, acercándose a Amy suavemente.

"Porque lo necesito."

"¿El sufrimiento?"

"No, el sentimiento inconmensurable llamado amor."

"Sí, lo recuerdo. Pero el amor es sufrimiento, ¿verdad?" preguntó Bhongo, moviendo la cola.

"No, el amor es ..." Amy hizo una pausa. "El amor tiene un poco de sufrimiento, supongo".

"Si el amor es sufrimiento, ¿por qué no se ama el sufrimiento? ¿Estás sufriendo ahora mismo? ¿Te encanta sufrir?" insistió Bhongo.

"El amor abarca una variedad de estados de ánimo, emocionales y mentales poderosos y precisos," dijo Amy, recordando algunas líneas que Frank le enseñó. "Me encanta sentir amor. Por eso estoy aquí. Pero también estoy sufriendo y ese sentimiento no desaparece así como así."

"El amor tampoco desaparece, ¿verdad?" dijo Bhongo, mirando a Amy.

"El amor es para siempre, y el sufrimiento también, pero si tienes suficiente amor, puedes luchar contra el sufrimiento y hacer la vida más razonable", dijo Amy con lágrimas en los ojos.

Bhongo sonrió. "Interesante." La miró detenidamente en silencio por algunos segundos y después se trasladó lentamente a otra sección del jardín. "Sígueme." No muy lejos, Bhongo se detuvo. Las flores tenían destellos rojos brillantes.

"Amor y sufrimiento", dijo Bhongo suavemente, indicándole a Amy que tocara una flor específica.

Amy se limpió las lágrimas y extendió la mano hacia la flor. Instantáneamente ella estaba bajo un árbol púrpura gigante. La hierba verde era suave y el aromático aire soplaba suavemente hacia su rostro.

"Ah, sí... esto es lindo", dijo Amy. Ella miró a su alrededor, pero solo estaban el árbol y ella. Escuchó, cerca, algunas voces y risas. Intrigada Amy dió algunos pasos alrededor del inmenso tronco y descubrió un par de Strattos sentados en el césped, disfrutando de la sombra que daba el árbol. Amy tuvo la sensación de que conocía a uno de ellos. Uno de esos Strattos era femenina. La Strattos giró y la miró. Luego le sonrió amigablemente.

226

"¡Hola!" exclamó la Strattos.

Amy estaba confundida.

"¿Amy?" dijo el otro Strattos.

"¿Makho?" dijo Amy, con una rara mezcla de interrogatorio y sorpresa.

Makho se puso de pie y Amy caminó hacia él, abrazándolo y mirándolo a la cara.

"¿Qué estás haciendo aquí?" preguntó Makho sonriendo.

"¡Qué estás tú haciendo aquí!" dijo Amy.

"Espera, déjame presentarte a mi hermana", dijo.

"¿Ella es tu hermana?"

"¡Hola! Soy Mekha."

"Es ... es un placer conocerte, Mekha," dijo Amy, buscando respuestas. "Makho, ¿estás bien?"

"¡Sí! Maravillosamente.

"¡Makho me dijo que eres nuestra nueva reina! ¡Eso es muy emocionante! Estos son buenos tiempos para los Strattos", dijo Mekha.

"Sí ... Sí, lo son. Umm, Makho, sabes que tu familia te está esperando, ¿verdad?" dijo Amy, sosteniendo su mano.

"¿En serio? ¿Por qué?" preguntó Makho, sonriendo.

"Quiero decir, sabes lo que está pasando, ¿verdad?"

Mekha les sonreía mientras hablaban. Makho parecía estar pasando un buen rato con su hermana.

"Estoy muerto, ¿verdad? ¿Por qué me esperan? No hay forma de volver una vez muerto. Al menos eso es lo que todos dicen. Que no puedes volver de entre los muertos", dijo Makho.

"¿Qué? ¡No! ¡Estás bastante vivo! ¡Y te están esperando!"

"Pero ... No, no puede ser. Eso no es posible. Yo me morí allí. Ella me mató", dijo Makho.

"¡No! ¡Estás vivo! ¡Créeme! ¡Y ya es hora de volver!" dijo Amy.

"Pero, ¿qué pasa con mi hermana? ¿Puede venir conmigo, cierto?"

Amy tenía una situación complicada en sus manos, y la respuesta correcta en su cabeza podría ser un poco dolorosa. El sufrimiento y el amor del que hablaba con Bhongo le dieron una situación difícil de superar.

"Makho, lo siento, pero ella no puede venir con nosotros", dijo Amy.

"Pero, pensé que tú ..."

"Makho, es hora de irse a casa", dijo Amy en voz baja.

"¡No! ¡No quiero volver! ¡Yo la amo! ¡No puedo dejarla sola aquí!"

"Makho, ella ..." dijo Amy.

"¿Me vas a dejar sola?" dijo Mekha.

"¡No! ¡No, no te voy a dejar aquí!"

El entorno alrededor del árbol se oscureció un poco y la hierba verde se volvió gris y seca, sin vida a su alrededor. Amy estaba consciente de los cambios en su entorno. Trató de tocar la mano de Makho, pero no podía tocarlo físicamente.

"¿Makho? Tenemos que irnos," exclamó Amy, poniéndose nerviosa.

"¿Makho?" dijo Mekha, tristemente.

"¡No! ¡Espera!" gritó Amy mientras Makho y Mekha se desvanecían, desapareciendo.

"¡Esperar! ¡Pero qué está sucediendo!" gritó Amy. "¡Makho! ¡Makho!"

Entonces el gigantesco árbol se secó. La hierba era solo un campo de vegetación muerta, y el bello color púrpura de las hojas se desvaneció.

"¿Makho? Makho? ¿Estás ahí? ¡Tu familia te está esperando!" gritó Amy. ¿Qué es todo esto, Bhongo? ¿Bhongo?"

Amy estaba sola. El cielo oscuro se volvió muy nublado y un par de gotas de agua cayeron sobre su rostro.

"¿Qué está pasando ..." murmuró Amy, llorando. Mientras lloraba, la lluvia se hizo fuerte. Lloró aún más y truenos aparecieron instantáneamente.

"¡Bhongo! ¡Bhongo! ¡Que está sucediendo!" Amy lloró con fuerza.

Estaba toda mojada y la lluvia llenó rápidamente una capa del suelo. La lluvia era ruidosa y le hacía oír cosas.

"¿Qué?" susurró Amy. "¿Quién es? ¿Hay alguien ahí?" gritó Amy, asustada en medio de la oscura y aterradora tormenta.

"¡Amy!" una voz rompió el sonido de la lluvia.

"¡Aquí! ¡Estoy aquí!" gritó Amy mientras el agua ya le tocaba las rodillas. "¡Ayuda! ¡Estoy perdida!"

"¡Sí! ¡Ya voy!" dijo la joven voz masculina.

"¡Ayuda!" gritó Amy de nuevo, llorando, mirando una silueta que se acercaba a ella.

"¡Ya voy, Amy!" dijo la forma.

Cuando la persona se acercó a ella en medio de la lluvia, Amy notó también que otra pequeña figura caminaba detrás, como un animal.

"Amy, quédate ahí. ¡Me estoy acercando!" dijo la voz. Amy sintió que conocía esa voz.

"¡Toma, toma mi mano!" dijo la persona, en medio de la tormenta, extendiendo su mano esperando que ella hiciera contacto.

Entonces el perro que le acompañaba ladró.

"¿Zima?" murmuró Amy al darse cuenta de que su amigo Malik estaba frente a ella.

"¡Vamos, Amy, toma mi mano!" dijo Malik.

"¡Malik!" dijo Amy, llorando aún más fuerte.

"¡Para de llorar! ¡Nos vamos a ahogar!" gritó Malik mientras el agua cubría sus codos.

"¡Malik!" gritó Amy al hacer contacto.

"¡Sí! ¡Soy yo! ¡Para de llorar!" gritó Malik.

"¡Yo ... yo no puedo!" dijo Amy, lanzando más truenos a su alrededor.

"¡Amy! ¡Tienes que dejar de llorar! ¡Eso ya es parte del pasado! ¡Todo el mundo está bien! ¡Y estamos muy orgullosos de ti!" gritó Malik a través de la ruidosa tormenta.

Amy lloró aún más, muy fuerte haciendo que el agua le llegara casi al cuello.

"¡Malik! ¡Te extraño!" gritó Amy.

"¡Amy! ¡Para de llorar! ¡Lo vas a empeorar!" gritó Malik.

"¡Malik!" gritó Amy mientras comenzaba a ahogarse, tratando de agarrarse al árbol, sin dejar ir a Malik.

"¡Ayuda! ¡Ayuda!" trató de gritar Amy , pero el agua le llenó la boca.

No soltó la mano de Malik. Amy cerró los ojos, pensando que su muerte podría llegar rápidamente. Después de un par de segundos, sumergida y lejos del ruido, abrió los ojos bajo el agua. Podía ver solamente un poco más lejos que su brazo. En ese preciso momento alguien la agarró de la mano. Conteniendo la respiración, Amy esperaba ser rescatada de la inundación. Rápidamente llegaron a una sección poco profunda del campo y ella pudo pisar el terreno sumergido, empujando con fuerza, tratando de salir del agua.

"Ven, cariño, tú puedes hacerlo", dijo Russell, vistiendo la misma ropa que tenía cuando se ahogó en el agua fría.

"¿Papito?" dijo Amy, tosiendo.

"Amy, tienes que dejar de llorar. Es una pérdida de tiempo y energía", dijo Russell con un mandato de voz de papá.

"¡No puedo!" dijo Amy. "¡Estoy triste! ¡No puedo dejar de llorar!" gritó Amy mientras la tormenta empeoraba.

"¡Amy! ¡Para! ¡Déjanos ir! ¡Estamos bien, te lo prometo!" dijo Russell.

"¿Qué? ¡Pero les extraño! ¿Dónde está mamá?"

"Amy, estamos bien, déjanos ir, ¡deja de sufrir! ¡Estamos bien!"

"¡Pero no puedo! ¡No puedo vivir sin ustedes!"

"¡Sí! ¡Sí puedes! ¡Es el propósito de la vida! ¡Ese es el propósito de todos! ¡Sigue viviendo una vida digna y significativa! ¡Haznos orgullosos!"

Mientras Amy se estaba calmando, la tormenta estaba llegando a su fin. La lluvia persistía mientras Amy recuperaba el aliento.

"¡Padre!"

"¡Lo sé, cariño, todos lo sabemos! ¡Solo queremos que sepas que hemos estado contigo todo este tiempo! ¡Deja de llorar y vámonos! ¡Deja de sufrir por nosotros, estamos de maravilla! ¡Te prometo! ¡Solo descansa y disfruta de lo que tienes!"

Amy comenzó a calmarse. La nube se hizo más fina y una suave brisa movió las últimas gotas de agua por el campo.

"Solo recuerda amarnos. Es la única forma de detener el sufrimiento", dijo Russell.

"Pero, nunca dejaré de quererles," dijo Amy, un poco más tranquila.

"Sí, lo sabemos", dijo Russell, apartando el cabello mojado de su cara. "Pero todavía estás sufriendo por nosotros. No tiene que ser así. Se feliz. Disfruta lo que tienes. Pronto estaremos juntos, ¿de acuerdo nena?"

El agua se absorbió en el terreno, dejando una sensación de frescura en el aire, mientras el verde se volvía brillante y hermoso.

"Sólo vete y vive, Amy", dijo Malik, cerca de Russell. Zima se acercó a Amy y le lamió su rostro.

"Estamos bien. Tú también deberías estar bien, ¿de acuerdo? Te veremos en las estrellas," dijo Malik, alejándose con Russell y Zima.

Amy estaba triste, pero con una rara sensación de felicidad después de saber que todo estaba bien con sus seres queridos.

"Gracias", susurró Amy mientras giraba lentamente su rostro para mirar el campo. Debajo del árbol estaba Makho con su hermana. Amy caminó suavemente por la hierba hacia ellos, sonriendo y tocando la hierba que cubría sus rodillas.

"¡Hola de nuevo!" dijo Mekha sonriendo amistosamente.

"¡Hola!" gritó Amy a la distancia.

"¡Espera, mantente alejada de nosotros!" dijo Makho.

"No te preocupes, todo está bién", dijo Amy, caminando hacia una hermosa manzana roja que colgaba del árbol.

"Pero, pensé que tú querías separarme de ella", dijo Makho defensivamente.

"No, no quiero eso chicos, diviértanse", dijo Amy, mordiendo la manzana. "Vaya, buen trabajo, Bhongo. Esto sabe increíble."

"¡Sí! Esas son muy ricas", dijo Mekha, riendo amablemente.

Una suave brisa movió la espesa hierba. Amy se acercó a Makho amigablemente.

"Makho es hora de irse".

"Pero, no me quiero ir".

"Lo sé, pero no es que no quieras irte. Lo que sientes es que no quieres alejarte de ella."

Makho miró el lindo rostro de Mekha, que nunca dejó de sonreír y parpadear con sus preciosos ojos. "Ella es mi hermanita."

"Sí, lo sé, me lo dijiste un par de veces. ¿No crees que a ella también le gustaría conocer a Mokhy? ¿Puedes hacer eso?" dijo Amy gentilmente, mascando la manzana.

"Sí, supongo, pero ... Pero dijiste que ella no podía venir conmigo".

"Sí, lo sé, y estaba equivocada".

Makho abrió los ojos y sonrió. "¿Ella puede venir también?"

"Por supuesto que sí puede. ¿Eso te hace feliz? dijo Amy, acercándose a sus manos. "Makho, es hora de que dejes ir a Mokhy", dijo Mekha desde atrás.

"Pero ... Él también me necesita. Ya sabes, no puede hablar." dijo Makho.

"Pero lo amas, ¿verdad?" preguntó Mekha.

"Sí, lo amo tanto que no puedo dejar que le pase nada."

"Y lo entiendo. Pero ahora es el momento de volver y hacerle saber que lo amas. Sé que será doloroso dejarlo ir, pero le espera un hermoso futuro. Déjalo ir. Ha llegado el momento. Te demostró que es capaz y que puede vivir solo", dijo Mekha con mucha suavidad.

"Sí, es verdad. Mokhy es un increíble Strattos", dijo Makho.

"Sí, eso es cierto", agregó Amy.

"¿Va a estar bien?" Makho le preguntó a Mekha.

"Ya no tienes que proteger a Mokhy. Él es como tú, como yo. Merece vivir su propia vida y te puedo asegurar que está listo", dijo Mekha.

"El amor es sufrimiento, Makho. Pero si amamos más, el sufrimiento pareciera desvanecerse. No desaparecerá del todo, pero estará ahí, dormido, todo el tiempo que ames", dijo Amy.

"¿Y qué va a pasar contigo?" Makho le preguntó a Mekha.

"Voy a estar bien. Vete a casa con tu familia. Te están esperando", dijo Mekha, soltando su mano.

"Solo vete a casa y llévate a Mekha contigo ... aquí", dijo Amy, tocando el pecho de Makho. Una luz brillante salió del pecho de Makho, haciéndolo desvanecerse pacíficamente mientras la brisa movía la hierba.

"Todos vienen aquí hasta que les llega el momento de volver. Otros nunca lo hacen y se quedan aquí para siempre, atrapados en sus recuerdos", dijo Mekha. "Gracias por ayudarlo a volver, Amy."

"Ha sido un viaje largo para todos nosotros", dijo Amy, mirando al campo.

"¿Estás sufriendo, Amy?" preguntó Mekha, tocando su mano.

"En realidad si, si lo estoy. Pero tengo mucho amor," dijo Amy, mientras Mekha caminaba, desapareciendo suave y lentamente por la hierba.

"¡Se está despertando!" dijo una voz femenina.

Makho abrió los ojos en la habitación del edificio de salud, rodeado de su familia.

Mokhy también sintió en su pecho a su hermano despertando. Pensó inmediatamente en Amy. "Gracias, amiga mía", pensó.

233

CAPÍTULO 21 - TIEMPO - PARTE 2

Después de todos esos años viviendo sola y protegida únicamente por un robot, lo cual es un hito histórico para cualquier equipo dotado con inteligencia artificial, Amy finalmente sintió alivio en su pecho. Ahora sabe que su familia y amigos la esperan en algún lugar. La sensación de saber que habían estado con ella todo este tiempo le hizo creer que todo valía la pena, incluso rompiendo su regla número uno, evitar matar. Miró el árbol y su altura y miró también el bello y pacífico prado en el que estaba. Ella sintió paz, amor y sufrimiento. Sabía que estaba cerca de terminar con todo eso por lo que los humanos y Strattos lucharon durante tantos años y de traer esperanza y vida a una especie desolada que, desde su perspectiva, merecía algo más que ser guardianes del tesoro del tiempo.

Amy se sentó a la sombra de ese árbol, terminó su manzana y pensó en el próximo movimiento.

"Necesito aprender a activar esta cosa", dijo en voz alta.

Amy cerró los ojos y respiró profundamente. "Bhongo dijo que necesitaba entender las razones y, a partir de ahí, tomar una decisión sobre si quiero seguir adelante y establecer una nueva línea de tiempo o dejar que todo sea exactamente como está."

Luego, Amy repitió la técnica de entrar en los sentimientos de su padre Russell. Tan pronto como lo intentó se trasladó instantáneamente dentro de la nave con Jhul. El sonido de las alarmas que indicaban un inminente choque contra la pared del templo llenaban la atmósfera con una estresante sensación de muerte.

"¡Oh no!" gritó Jhul.

"¡No, no quiero volver a ver esto!" gritó Amy.

Entonces Jhul se giró. Amy sintió la sorpresa en el rostro de Jhul. Él podía verla. Entonces Amy se relajó y cerró los ojos. En eso, ella sintió el viento arenoso de la acabada Tierra. Estaba cerca de la nave en la cual llegaron frente al templo. Harkhuf estaba de pie en el centro y Jhul se le acercaba lentamente empuñando el mismo cuchillo con el que ya había atacado a Makho. Estaba cerca de él, pero la arena empujaba a Jhul. Amy sintió que Harkhuf moriría y caminó hacia él tratando de interrumpir este evento. Amy sintió un campo de energía amarillo brillante a su alrededor. Al instante, Jhul la vio y dejó de caminar. Detrás de Jhul, caminando lentamente estaba Mokhy. Él también vió el resplandor. Mokhy aprovechó la distracción del ser resplandeciente y golpeó a Jhul en la cabeza. Después de eso, Amy sintió que lo que estaba haciendo estaba mal, que necesitaba detenerse. Escuchó algo que se acercaba a ella desde su izquierda. Amy se giró y la rodearon hermosos árboles. Algunos eran de color púrpura brillante, como los que tiene en su campamento, en Hyperterra.

"Recuerdo esto", dijo Amy. "Genial, ahora estoy hablando como Bhongo".

Caminó un par de pasos y vio una cerca hecha de gruesas secciones de árboles. "Espera un minuto. ¡Esta es mi cerca! ¿Acaso estoy en mi campamento?" dijo Amy, sorprendida.

Luego se dio cuenta que estaba posicionada al otro lado de la cerca, fuera de su campamento. De ahí, un ruido detrás de ella vino fuerte y se estaba acercando. Ella miró hacia arriba y vio algo volando en el aire, como una pequeña nave. La cosa pasó alrededor de unos árboles, dando un largo giro. Luego, comenzó a volar directamente hacia ella.

"Marshall ..." susurró Amy.

Marshall vio una cosa brillante entre los árboles durante su vuelo preliminar al campamento humano.

"Ese debe ser el campamento que los científicos construyeron. Se ve increíble", dijo Marshall, iniciando la maniobra de aterrizaje.

Descendió rápidamente para meterse entre los árboles cuando vio la cosa amarilla brillante más cerca de él. Estaba impresionado y confundido por esta cosa que brillaba en medio del bosque. Pasó tan cerca que Amy vio su rostro claramente a través del cristal protector de su casco. Marshall se distrajo mirando el resplandor amarillo brillante y se dio cuenta demasiado tarde de que estaba más cerca del muro echo de troncos, perdiendo el control y estrellándose.

"¡Oh, no!" gritó Amy.

La fuerza del impacto dañó gravemente la cerca y el dron con Marshall cayó entre la vegetación dentro del perímetro del campamento. Amy vio que los tubos de madera hacían todo tipo de ruidos, iniciando la alarma de invasión.

"Este es el Sector Rojo", dijo Amy. "Por eso Marshall se estrelló. Vio mi campo de energía."

Pronto Amy se vio a sí misma llegando en su transporte en compañía de sus beardogs para analizar la situación. Escuchó los ladridos, pero otro muy particular estaba detrás de ella, gimiendo. Amy se giró y vio a Zima, entre una densa niebla.

"¿Zima?" dijo Amy, muy confundida.

Entonces otro animal se acercó a ella. Era Berry.

"¡Oh Dios mío! ¡Ustedes!" dijo Amy, tratando de agacharse y tocarlos, pero no pudo moverse. Ella entendió que era solo una visitante en la línea de tiempo o los recuerdos de aquellos a quienes amaba.

"Mi corazón está al mando de mis viajes a través del destello del tiempo. Ahora entiendo. Mi amor y sufrimiento están guiando mi interacción con la línea de tiempo."

Los perros continuaron mirando el campo de energía, moviéndose y gimiendo.

"¿Ustedes pueden verme?" Ambos animales se movían a su alrededor, moviendo sus colas y haciendo todo tipo de ruidos amistosos. Luego, los animales comenzaron a olerse a sí mismos, a caminar y actuar como si nunca antes se hubieran visto.

"Esperen ... ¿Ustedes se están conociendo por primera vez? ¿Yo hice que se conocieran? ¡Qué!" dijo Amy, impresionada y muy emocionada. Trató de encontrar a su familia, empujando su corazón para llevarla a ese momento. Sabía que estaban cerca entre la niebla.

Luego, vio a mucha gente detrás de árboles y estructuras metálicas. La niebla desapareció paulatinamente. Quería permanecer escondida detrás de la vegetación porque había demasiada gente que podía ver su resplandor. Entonces escuchó una voz familiar dando instrucciones a viva voz.

"Te dije que te mantuvieras alejado de nosotros, pero no, tenías que jugar al guardia superhéroe, ¿eh?" Amanda le gritaba al guardia de un centro espacial mientras otras tres personas lo ataban contra un árbol.

"¿Revisaste anoche los explosivos debajo del escenario?" Un chico le preguntó a Amanda.

"Sí, todo está en orden", respondió ella.

"Perfecto, tan pronto como escapemos y todos estén fuera, activa el explosivo para que podamos volar esa nave espacial", dijo el tipo.

"Sí, todo saldrá como estaba planeado", dijo Amanda, mostrando el gatillo detonador en su mano derecha.

"¡Amanda!" gritó otro chico.

"¡Qué!"

"Ella está ahí, cerca de ese árbol", dijo el tipo. Entonces, cuatro hombres vestidos con trajes y camisas negras se acercaron a ella en silencio.

"¿Y ustedes quiénes son?" preguntó Amanda.

"Somos Caballeros de Hulmor. ¿Reconoces estos símbolos?" Uno de los chicos preguntó con voz sólida.

Amanda estaba confundida mientras preparaba a su grupo para asaltar la 'Misión 100' que estaba a punto de despegar en cualquier momento.

"Caballeros, ¿eh? Eso es muy ceremonioso verdad?" dijo, agarrando la hoja de plástico con símbolos impresos. "Es curioso, nunca en mi vida escuché sobre ustedes".

"Apoyamos a tu organización, Los Ayudantes" dijo otro tipo.

"Ah, patrocinadores", dijo Amanda burlescamente.

"Equivocada. Somos los dueños de tu organización", dijo el primero.

Amanda los miró, sorprendida. Luego miró los símbolos. En la hoja, había nueve formas organizadas en tres columnas. Al instante vio la mancha de nacimiento que la pequeña Amy tenía en la parte trasera de su cuello, cerca de la nuca y que Elizabeth siempre cubría con su largo cabello rojo y suéteres de cuello alto.

"Parece que reconociste uno, ¿no es así?" dijo el chico de enfrente.

Amanda estaba confundida y aterrorizada con solo mirar a esas personas y cuáles podrían ser sus intenciones con su familia.

"Yo ... supongo que ya vi este antes", dijo Amanda, señalando un círculo con una estrella en el centro.

Uno de los chicos la miró, para nada convencido.

"¿Estás segura? ¿Podrías mirar de nuevo?"

"Sí. ¿Sabes? Lo vi en la televisión el otro día.

"Señor, señor, hay uno de ellos en el grupo que está en el escenario ahora mismo", le dijo otro tipo de su organización secreta.

El primer tipo miró a Amanda durante un par de segundos. "Déjenla. Vamos."

"Amanda, movámonos rápido. ¡Es la hora del espectáculo!" dijo una miembro de Los Ayudantes, muy emocionada con un rifle de asalto automático en sus manos.

El resto del grupo, todos vestidos con overoles blancos, se movió rápidamente detrás de los árboles.

"¿Estamos listos? ¡Vamos!" gritó otra mujer.

El grupo se movió rápidamente hacia el escenario, mostrando sus armas y haciendo que todos se posaran en el suelo. Todos gritaron y los adultos protegieron a los niños, en el evento que se estaba a punto de lanzar al espacio, con la esperanza de salvar a la raza humana.

"¡Todos, abajo, abajo!" gritó Amanda.

"¡Ese, el tipo de pelo gris!" Uno de los Caballeros gritó.

Rápidamente lo sacaron del escenario y empujaron su rostro hacia el césped. Amanda vio esa situación mientras el resto de Los Ayudantes saltaba al escenario, apuntando sus armas. Los Caballeros agarraron a la persona que estaba en el suelo y le quitaron la manga derecha, revelando una marca real en la parte superior de su mano.

"¿Es un descendiente!" dijo uno de Los Caballeros.

Rápidamente sacó una pistola de su cinturón y la puso sobre la frente del hombre.

"Ponte de pié con honor y orgullo", murmuró el anciano.

El Caballero de Hulmor le disparó en la cabeza sin dudarlo. El cuerpo del hombre sin vida cayó sobre la hierba mientras otros dos tipos revisaban sus pertenencias. Amanda estaba horrorizada con la situación, petrificada en la base de las escaleras del escenario.

"Señor, este es un tatuaje, señor. Es falso", dijo uno de los miembros.

Entonces, el tipo de la pistola se volvió hacia el escenario en medio de la terrible escena y vio a Amanda. Al instante ella sintió que la pequeña Amy podía estar en peligro. Amanda continuó su viaje rápidamente al podio, en el escenario, y segundos después de eso, activó un artefacto explosivo, matando a todos a su alrededor. Incluidos los Caballeros de Hulmor.

Amy se quedó estupefacta. Vio una escena diferente en la televisión con la gente de Toskesville.

"Ella no lo supo hasta el final", dijo Amy.

El calor de la explosión hizo que Amy se tapara la cara con las manos. Después de eso, abrió los ojos y un pequeño fuego estaba frente a ella. Personas vestidas con pieles se paseaban alrededor del fuego en medio de un ambiente rodeado de nieve. Un camión detrás de ellos iluminaba los alrededores. Había perros, niños y adultos mayores hablando, comiendo y bebiendo. Amy vio a su alrededor y no vio brillo. Ella ya no brillaba. En eso Amy vio a lo lejos un grupo de luces entre la espesa nevazón, como un grupo de personas que buscaban algo. La luz proveniente de sus vehículos también iluminaban a la distancia. Esas luces le fueron familiares a Amy hasta que se dio cuenta de que esas personas a lo lejos eran los que les perseguían, después de descubrir que habían matado a todos esos prisioneros cerca del lago. Su corazón la conmovió rápidamente y vio a Frank, Elizabeth, Russell y a ella misma en la nieve, cubiertos y perdiendo sus vidas congelados. Los malos se acercaban rápidamente en el horizonte, siguiendo las marcas que habían dejado. Amy sintió la necesidad de ayudar, aunque sabía que escapaban de esta horrible situación. Pero también pensó que este evento estaba sucediendo nuevamente y que tenía que hacer algo para salvarse a ella y a su familia.

Se desplazó rápidamente de nuevo hacia el grupo de esquimales alrededor del fuego. Su estrés y desesperación la hicieron brillar con un intenso resplandor amarillo, y los esquimales lo vieron de inmediato. Algunos de ellos saltaron de sus lugares mientras otros instantáneamente cayeron de rodillas, pensando que era un alma desde las estrellas. Una dama se acercó al resplandor que flotaba en la nieve. Amy la reconoció. Era la abuela Erinak. La señora mayor sonrió ante la brillantez y extendió su brazo, tratando de tocarla. Su mano pasó sin interacción física. Amy instó a Erinak a seguirla y salvar a su familia. Un grupo de otros esquimales de repente siguió el resplandor hasta que llegaron a la familia casi congelada.

El corazón de Amy latía rápido cuando se dio cuenta de su conexión con todos estos eventos.

"Voy a matarlos a todos", susurró la voz de Russell detrás de ella.

Cuando se giró, vio un dormitorio con dos personas mayores durmiendo. Russell caminaba hacia ellos, sosteniendo un cuchillo en posición de matar. Amy nunca vio a su padre en este estado y se asustó.

"¡No! ¡Para!" dijo Amy mientras su brillo se intensificaba.

Russell la vio.

"Lo siento, lo siento mucho", susurró Russell con lágrimas en sus ojos, tomando las llaves y retrocediendo. Ese fue el momento en que pisó un cable, empujando una lámpara al suelo. Las personas mayores en la cama se despertaron.

"¡No hagan nada, no se muevan! ¡Sólo quiero las llaves del camión!" dijo Russell.

Marjorie y Carl también vieron la imagen brillante en el dormitorio, pero Marjorie gritó.

Una fuerza intensa empujó a Amy hacia atrás. Estaba asustada por la situación y abandonó la zona en la línea de tiempo rápidamente. Durante ese momento, entre las nubes, Amy vio la pirámide escalonada en México. Un reflejo de cristal procedente de la base llamó su atención. Sentía curiosidad al recordar que Sesmar visitó esa estructura en busca del tesoro. Acercándose, encontró a tres hombres mayores y un niño, todos sentados en sillas de picnic. Amy nunca visitó México con sus padres y tuvo la oportunidad de ver este colosal monumento de la civilización humana. Se dio cuenta de lo increíble que podía ser visitar un momento de la historia de la humanidad con fines educativos.

"Qué genial sería si pudiera traer niños aquí para que aprendan cómo empezó todo para la humanidad. Qué genial podría ser si pudiera hacer lo mismo por los Strattos y su propia historia. Hay tantas piezas de historia que perdieron a través de la malvada idea de otros de obtener el tesoro. ¿Qué pasa si voy a cortos momentos de la historia? Probablemente podría aprender a activar el tesoro. Por cierto, ya estoy controlando mis sentimientos relacionados con el amor y el sufrimiento, ¿verdad, Bhongo? Bhongo? ¿Me vas a contestar o qué? Además, ¡no tengo idea de cómo volver al destello de tiempo!"

Amy estaba hablando, pero Bhongo no respondió. Luego trató de tocar la pared en la parte superior de la pirámide, pero su presencia estaba lejos del mundo físico.

"Pero Zima y Berry me escucharon. Eso significa que hay mucho más que aprender aquí, ¿verdad Bhongo?" dijo Amy.

Lo intentó de nuevo, poniendo un dedo en la superficie rugosa de la cima, pero no pasó nada. Lo intentó varias veces sin éxito. Aburrida, revisó toda la construcción y se detuvo en el mismo lado donde estaban sentados los ancianos. Desde arriba, los miró. El niño que acompañaba a los mayores la estaba mirando directamente.

"¿Puede verme? ¿Está mirando al templo aquí en la parte superior, o quizás esté mirando al cielo?" murmuró Amy.

En su mezcla emocional, Amy avanzó, tocando físicamente un pequeño trozo de roca. Sintió el sonido de la roca cayendo paso a paso por la pirámide. Ahí se dio cuenta de que podía traspasar la línea de tiempo a un estado físico. La piedra cayó justo entre las sillas de las personas que acampaban allí. Todos miraron hacia arriba al mismo tiempo. Amy se sintió avergonzada y contuvo la respiración, desapareciendo.

"¿Puedes ver algo, Fernando?" preguntó uno de los mayores.

El niño apuntaba a una estrella singular, claramente visible a la mitad del día, justo en el mismo ángulo en el que estaba Amy.

Amy sintió escalofríos al solo imaginar lo que podía hacer con el poder del tacto en la línea de tiempo. Ella sabe que Karshaham le dijo que no interactuara directamente con la línea de tiempo, pero era curiosa y joven. Tenía la necesidad de descubrir, más allá de la sensación de tener el poder de cambiar las cosas, como alterar la historia.

"Probablemente este es el sentimiento de poder que impulsó a los seres que antes robaron el tesoro del tiempo. No puedo permitir que eso vuelva a suceder. No tengo ningún interés en cambiar las cosas. No hay nada en dominar la historia que me atraiga", dijo en voz alta, confirmando su perspectiva de los hechos, en caso de que Bhongo estuviera escuchando y todo esto fuese una prueba para ella.

Amy se movía a través de la nieve que apareció en un abrir y cerrar de ojos. En el suelo había varias personas muertas y algunos vehículos estaban en llamas. Mientras atravesaba la devastadora escena, vio a un joven llorando por un moribundo. Se movió alrededor de ellos, pero no los reconoció.

"Tayeb, toma mi collar. Esas pequeñas piezas de metal son la prueba de que su tesoro está aquí en alguna parte", dijo el moribundo.

"¿Tayeb? Tayeb Abucalil? ¡El está tan joven!" dijo Amy.

"Usa esas piezas para encontrar las respuestas, como dice el código Sorvats. Hazlo antes de que regresen", dijo la persona en el suelo.

"Pero Connor, ¿crees que van a volver?" preguntó Tayeb.

"Por supuesto, necesitan el tesoro. Por eso tienes que encontrarlo tú primero," susurró Connor.

"¿Pero cómo?" dijo Tayeb, sollozando.

"Sigue el código Sorvats, ponte de pié con honor y orgullo", fueron las palabras finales de Connor.

En ese momento, Amy sintió tristeza y comenzó a brillar. Tayeb, entre sus lágrimas en el ambiente frío, miró hacia arriba y vio la presencia del resplandor amarillo.

"Pero... ¿Por qué esto termina así? ¿Estamos haciendo lo correcto? ¿Va todo esto a terminar algún día?" preguntó Tayeb a la presencia, sollozando.

"Amy no sabía cómo hablar con el joven Tayeb, pero sabía que podía tocar. En un esfuerzo por crear comunicación a través de la línea de tiempo con Tayeb, sintió la nieve. Ella le escribió un mensaje que pensó que Tayeb podía ver.

"¿Qué?" murmuró Tayeb.

La nieve soplaba rápido y era espesa.

"¡Vamos, Tayeb, léelo!" dijo Amy.

Tayeb se puso de pie, miró el cadáver de su amigo y caminó hacia algo que apareció en la nieve.

"Honor, orgullo", dijo Tayeb en voz alta. "Entonces, ¿estamos haciendo lo correcto? Lo estamos haciendo? ¡Lo estamos haciendo! ¡Lo estamos haciendo! Connor, ¿escuchas esto? ¡Estamos en el camino correcto, amigo mío!"

Amy pensó que su interacción con Tayeb alimentaría su corazón y la misión de los Sorvats. El joven Tayeb estaba solo en medio del espantoso evento. Amy miró a su alrededor en busca de ayuda, pero lo vió solo a él, el único sobreviviente de un ataque o algo más que sucedió antes de que ella llegara. Luego sintió que la energía la empujaba hacia atrás. Esta vez se resistió, no porque quisiera ser rebelde y hacer un lío en la línea de tiempo, sino porque quería dar esperanza a la gente que sufría. Ella pensó que su parte en la historia era traer alegría, esperanza y preparar al mundo para lo que vendría después, no interrumpir el curso de la historia de manera irresponsable.

"¡No, no voy a renunciar!" gritó Amy con firmeza, cerrando los ojos.

Entonces sintió una liberación y aire caliente. La gente lloraba a su alrededor. Había un grupo de Strattos recuperando los restos quemados de la reina Meryptah.

"Recuerdo esto ..." dijo Amy.

Ella comenzó a brillar de nuevo. Los cuatro Strattos la miraron.

"¿Puedes oírme, verdad?" preguntó Amy suavemente.

Asintieron, llorando frente a un resplandor dorado flotando en la tierra quemada.

"Volveré. Espérenme." dijo Amy.

Entonces, la fuerza la empujó fuertemente de nuevo.

"¡No esta vez!" dijo Amy, resistiéndose.

La fuerza la empujó aún más fuerte hacia atrás contra las paredes de la rampa. Sintió el impacto en su pecho y su cuerpo contra el metal de la ciudad. Amy gritó, resistiéndose al evento. Los cuatro Strattos vieron desaparecer el brillo dorado en la superficie de las paredes metálicas de la rampa. De repente, Amy se enfureció. Ella estaba de pie en lo alto de un edificio. Vio las llamas del sol abrasador de Pree, quemando todo a su alrededor. La superficie de metal estaba hirviendo y derritiéndose. Amy se volvió para mirar a su alrededor y vio que la ciudad de los Strattos se alejaba de ella.

"Esto no está ocurriendo. ¡Esto no está ocurriendo!" gritó Amy, volviendo su presencia en la línea de tiempo nuevamente como un campo de energía brillante.

"¿Vienes por mí?" dijo una mujer, llorando, vestida con una armadura dorada.

Amy analizó la escena por un segundo, pensando que estaba en el último momento de la reina Meryptah.

"¿Meryptah?" dijo Amy. "¿Puedes oírme?"

"Sí, puedo. ¿Es este el final?"

"No, esto es solo el comienzo, Meryptah", dijo Amy, extendiendo su mano, sintiendo pena por Meryptah.

"Este es mi mensaje para mi reino. Estoy segura de que esto no fue un accidente y hoy voy a morir por ellos. Sabrán que tienen que luchar por nuestra nación. Tienen que encontrar la verdad."

Amy también lloró con la mano extendida. Meryptah vio que algo se acercaba a ella y fue por ello. Amy sintió la mano de la reina en un momento mágico de la interacción de las líneas de tiempo.

"Los ayudarás", dijo Meryptah.

"Sí, pero fuiste tú la que los salvó", dijo Amy. "No te preocupes. Estaré aquí contigo hasta el final." Amy agarró la mano de Meryptah con fuerza, y el alma de Meryptah se transfirió, a través del puente en el tiempo, que Amy había creado. Todo lo que Karshaham le prohibió hacer, fue en ese instante de reencarnación, quebrantado.

"¡Ciudadanos! ¡Soy el nuevo Rey!" gritó una voz. Amy estaba aturdida y desorientada. Suspendida en el aire, miró hacia la ciudad metálica de los Strattos, pero toda la estructura era diferente a la que ella conoció. Esta era pequeña, con un edificio prominente, que destacaba en el centro. Todos los Strattos estaban frente a esta estructura pero le faltaba una sección. Amy vio gente llorando y otros sin expresiones en sus rostros.

"Hoy iniciaremos un nuevo momento en nuestra historia. ¡Hoy el reino y el ejército estarán en el poder como uno solo!" dijo el Strattos, luciendo una corona y los brazaletes reales. "Soy el rey general Net, nieto del gran general Prass. ¡Bienvenidos a una nueva era, la dinastía de los Reyes Generales!"

El ejército rodeó al grupo de ciudadanos y otro grupo de soldados se encontraba alrededor del departamento de justicia. Todos parecían asustados y desesperados.

"¿Qué está sucediendo aquí?" pensó Amy.

"¡Tengo instrucciones específicas de mi abuelo!" dijo el rey-general Net. "Vamos a traer de vuelta la Piedra del Tiempo a nuestro planeta, donde siempre tuvo que estar. ¡A partir de ese momento, seré el ser más poderoso del cosmos, y todos ustedes trabajarán duro, más duro que nunca, para hacernos cumplir esa promesa!"

Mientras Net sonreía en su ceremonia de coronación, Amy vio un brillo en sus ojos. Ella sintió rabia, decepción y dolor sin límites. De pronto estaba oscuro, húmedo y olía horrible. Había un Strattos tras las rejas en los calabozos más profundos de la ciudad de metal. Frente a ese viejo Strattos había un joven, escuchando fragmentos de un plan. El joven Strattos estaba triste, pero prestó estricta atención a la palabra del Strattos encarcelado.

"Al volar las garras de la ciudad con las cargas explosivas, no habrá forma de evitar que el palacio se desacople y quede atrás", dijo el viejo Strattos.

"Pero padre, ¿qué pasará con el departamento de justicia y el ejército? ¡No podemos matarlos!" dijo el joven Strattos.

"Shh, no hables tan fuerte, Sab. Escucha, será muy bueno perder algunos enemigos en este evento catastrófico", dijo el anciano. "Tú, hijo mío, le pasarás este plan a tu hijo, convirtiéndolo en el nuevo rey general de la nación Strattos. ¡Será mi sangre, la sangre del general, quien gobernará el futuro de esta ciudad!" dijo Prass, tosiendo, casi moribundo.

Sus muñecas y tobillos estaban atados a pesadas cadenas. Sab estaba asustado, pero quería enorgullecer a su padre.

"Aquellos que morirán por Pree vivirán para siempre", agregó Prass.

"La hija del rey morirá quemada por el sol dentro de la sección separada del palacio, pero ¿qué va a pasar con el rey Kharpo?" preguntó Sab.

"Tú hijo... Tienes que matarlo. No podemos permitir que gobierne y que elija a su sucesor después del asesinato de su hija," dijo Prass.

Amy se dio cuenta de que el hijo y el nieto de Prass planearon el accidente que mató a Meryptah y que su nieto, Net, asesinó a Kharpo. Después de conocer esta horrible verdad, Amy sintió presión en su pecho. Sintió el dolor de algo atrapado en su lado izquierdo, cerca de su corazón y su brazo izquierdo le dolía. Cuando abrió los ojos, vio la cámara real del rey Kharpo. Sobre su cama, un Strattos estaba empujando un cuchillo en el pecho de Kharpo.

"¡No!" gritó Amy, brillando intensamente.

Net y Kharpo vieron el vigoroso resplandor iluminando la habitación. Kharpo extendió, en medio de su muerte, una de sus manos, tratando de alcanzar el brillo dorado, pero Net aprovechó el momento de distracción y lo acabó. Net se rió y Amy sintió furia. Quiso matarlo, vió todo teñido de rojo y rabia. Se movió contra Net y este rápidamente se puso de pie, asustado.

"¿Qué vas a hacer, ah?" le gritó Net al resplandor. "¡No hay nada que puedas hacer! El gran general Prass ganó, ¡y será así para siempre! ¡Para siempre!"

Amy sabía que tenía que detenerse. Sabía que las palabras de Net terminarían sofocadas por la extinción, cuando la última generación del linaje de Prass desapareciera para siempre en los hombros de Sesmar.

Amy calmó su corazón y el brillo desapareció. Amy vió todo desvanecerse alrededor de ella.

"Esa corona era mía y me la robaste", dijo un joven Strattos en la oscuridad.

"Ella me eligió a mí, Prass. Supéralo", le respondió otro joven Strattos en frente.

"Eso ya lo veremos, Ufusta..." dijo el joven Prass, alejándose.

"¿Todo bien?" dijo la princesa Tella, entrando en la cámara de almacenamiento del ejército.

"Sí, querida, todo está bien," dijo Ufusta.

"Todo bien, mi princesa", dijo Prass, retirándose sin voltear, cerrando la puerta.

CAPÍTULO 22 - MATROX

Amy despertó sobre arena blanca, suave y cálida. Meryptah cree que está muerta y que este lugar, tranquilo y pacífico, probablemente esté más allá de las estrellas, un lugar que su padre, y el suyo antes que él, le dijeron que encontraría después de su muerte. Pero su mente estaba confundida, tenía recuerdos mezclados de su vida, de el amor y sufrimiento, como una humana. Los alrededores eran como un túnel, lleno de flores multicolores que parpadeaban a su alrededor. Luego miró a su derecha y vio a Bhongo.

"Oh, Dios mío, Bhongo. Tuve el viaje más loco en la línea de tiempo. Necesito un momento para descansar mi mente. Estoy confundida y mareada, como cuando tienes una terrible pesadilla."

"Te recuerdo, Meryptah", dijo Bhongo.

"¿Cómo me acabas de llamar?" respondió Amy.

"¿O prefieres que te llame Amy?" dijo Bhongo. "Ambas ya saben que soy el guardián del jardín de los recuerdos. Ahora que las tres piezas de Matrox están configuradas, te ayudaré a comprender el Thry y cómo desbloquear tu mente. Una vez que aprendas a gobernar el Matrox, la elección será suya. Reiniciarás el tesoro del tiempo estableciendo una nueva línea cronológica o dejarás todo como está. Ambas han sido elegidas para detener la expansión y la aceleración del Orb. Esto hará que la distancia con el Thry no siga creciendo, dejando como resultado todo y a todos alejados unos de otros."

Amy tenía una sensación de paz en su pecho. Por alguna razón, le vinieron a la mente recuerdos sólidos y vívidos de ambos mundos. Bhongo no recuerda nada porque su trabajo no es recordar sino leer los recuerdos de todos en el Orb. No sabe nada, pero visita los recuerdos de todos.

"Me gustaría mostrarte algo", dijo Bhongo, cerrando los ojos.

Amy también cerró los ojos.

"El Orb. Un universo creado por la Primera Luz, conectado por la estructura de los pensamientos. En él, están los recuerdos, sentimientos, conocimientos y vanidad. Al principio, la Primera Luz encontró el Remolino, un espacio sumergido en la oscuridad y sin sentido. La Primera Luz quería llenar esos planetas vacíos en el Remolino con una mezcla perfecta, rica en vida. La mayoría de los ingredientes que La Primera Luz deseaba en la fórmula ya estaban en el Orb. Solo faltaba un componente. En la colosal e inconmensurable tarea, la Primera Luz creó algo que ayudaría a traer vida al vasto e infinito espacio del Remolino. Así fué creado el Strattos Karshaham. Cuando la Primera Luz comprendió el Orb, también descubrió que todas esas estrellas muertas tenían múltiples dimensiones corriendo simultáneamente, pero todos los seres vivos, que alguna vez poblaron el Remolino, desaparecieron.

La tristeza, el final y el dolor eran los restos físicos en ese lugar sin vida. Entonces, la Primera Luz resolvió el caos multidimensional, una gran entidad que se extendía más allá de los límites observables de la Primera Luz, creando la cuarta dimensión. Toda esa estructura, era parte de una formación aún más grande, que incluía muchas otras versiones del lugar inicial que encontró la Primera Luz. Algunas otras réplicas estaban tan lejos que incluso los recuerdos de quienes alguna vez vivieron allí, se habían perdido para siempre, como universos desconectados. Todo el lugar se expandía y aceleraba sin control.

La Primera Luz reunió todos esos volúmenes multidimensionales y los bloqueó con una rotación central única, obligándolos a permanecer juntos, corriendo en una línea recta que la Primera Luz llamó tiempo. A partir de ese punto, las múltiples dimensiones establecerían una sola línea de escritura, que debía ser fijada firmemente por un elemento físico. La primera tarea de Karshaham fue crear esa estaca temporal, pero no tenía nada que pudiera usar para generar el elemento antes mencionado."

"Les daré Los Fundamentales", dijo la Primera Luz. "Luz, Aqua, Metal y Zetroh".

Los elementos estaban envueltos en una bolsa que Karshaham sostenía en su mano izquierda. Colocó una pizca de cada uno sobre un pequeño destello que La Primera Luz le entregó. "A todo este instrumento le falta algo. Se supone que es un ser vivo que traerá alegría y propósito a esas criaturas y le falta la sustancia más importante", dijo la Primera Luz.

Karshaham sintió repentinamente envidia cuando se dio cuenta de que él estaba solo y de cómo los futuros seres vivos disfrutarían de la compañía de los demás. Luego decidió darles algo de él, el último ingrediente. Karshaham se cortó el codo, dejando que su sangre cayera sobre el elemento. En un instante, toda la nueva entidad se volvió poderosa. Su poder era tan vasto que ni la Primera Luz ni Karshaham podían comandarla. Lo establecieron cerca de Kostra y Viktre, los planetas resultantes donde estaban contenidos los pensamientos, los recuerdos, el conocimiento y la fuente de poder más antigua; el fuego. La Primera Luz nombró al último planeta Pree, determinando con ello el centro del Orb; el Thry.

Cuando la entidad del tiempo tocó la superficie del planeta vacío, lo alimentó tan intensamente que creó tierras fantásticas y diferentes componentes, todos existiendo en perfecta armonía.

"Esta es la cosa más hermosa que jamás he creado. Ahora, aquí tienes una guía que puedes utilizar para replicar maravillas alrededor del Orb, incluso en el borde más distante", dijo la Primera Luz. "Te daré suficiente vida para cumplir esta misión, Karshaham. Además, sentí tu envidia por aquellos que algún día tendrán a alguien con quien compartir el Orb. Al final de tu asignación, ya no me servirás más. Descansarás al lado del instrumento del tiempo, rodeado de un mundo nuevo que crearé para ti a tu imagen y semejanza."

Entonces se completó el Orb. La memoria de aquellos que desaparecieron al final de la existencia de Remolino se restableció desde el principio, lo que les permitió reescribir su primera vida en línea recta. Como resultado, se creó un bucle alrededor de Kostra. Un manifiesto de esos pensamientos, recuerdos y conocimientos contenidos en el planeta. Serían protegidos por un guardián, sin pasado, presente o futuro, llamado Bhongo. Viktre estaría protegido por el pájaro de fuego, Ra. El guardián de Viktre lideraría los soles, la luz, el calor y el crecimiento contenidos dentro del Orb. "Planetas perfectos en una zona perfecta y equilibrada te esperan para ser descubiertos. Dales vida y llénalos de criaturas que podrán traerme el último elemento que me falta", dijo la Primera Luz.

"Pero, ¿cómo voy a cumplir con tu misión?" dijo Karshaham.

"Solo necesitarás Los Fundamentales. Quémalos en esas superficies con el poder de Ra, usa el conocimiento de Bhongo y al final, conéctalos con la cadena del tiempo", dijo la Primera Luz.

Al comienzo de su viaje, el Strattos Karshaham construyó el Thutmose. Un transporte que podría usar para viajar a través del Orb llevando Los Fundamentales. La nave tenía todo el mapa del universo con los planetas perfectos en él, todos ellos ubicados en el cielo de la nave y representados individualmente por silkaly, piedras de la luz perpetua.

El Strattos Karshaham realizó sus viajes interestelares en la cuarta dimensión haciendo contacto con el mapa a través de su sangre. La embarcación, lo llevó usando la estructura de los pensamientos, y después de completar un mundo, regresaba la Primera Luz, quien llenaba su bolsa con más Fundamentales.

En cada misión a lo largo de su vida, Karshaham comenzaba localizando algún brote de campo magnético en la superficie del planeta vacío. En ese punto, y lo más cerca de una fuente de agua líquida, Karshaham construía una estructura cuyas caras laterales eran triangulares, unidas en la punta, de base cuadrada, formando una figura geométrica. Una pirámide a la cual llamó El Catalizador.

La estructura piramidal se ubicaba perfectamente en línea a los cuatro puntos geográficos del planeta para difundir Los Fundamentales en proporciones iguales.

Usando Zetroh, movía cantidades masivas de rocas, con forma de cuadrados o polígonos que juntos podrían servir para retener la fusión ardiente de los Fundamentales una vez que interactúan entre sí. La Pirámide tenía varias cámaras, pero las más importantes estaban ubicadas debajo del nivel de la superficie y en el centro de la estructura. El propósito de la cámara inferior era estar sumergida en una fuente de agua usando la gravedad interna del planeta y uno de Los Fundamentales; Aqua. Antes de que se construyera la estructura, Karshaham colocaba una gran caja rectangular hecha de la piedra más pesada que se encuentra en cada mundo. La caja sólida con Aqua generaba la presión que conducía el agua a través de un intrincado sistema de túneles subterráneos. La presión resultante empujaba el agua enriquecida con Aqua a través de la estructura hacia la cámara superior.

Una vez allí, se producía una segunda reacción en otra caja de piedra de similares características, donde se reactivaban Luz, Metal y Zetroh, empujando la mezcla a través de tubos delgados que apuntaban hacia los cuatro puntos geográficos fuera de la estructura. La enorme máquina pulverizaba la energía de Los Fundamentales mezclada con agua líquida hacia el cielo, creando células, aire y otros minerales necesarios para la vida.

Después de que El Catalizador usara todos los recursos y nutrientes del suelo, nada crecería cerca del sitio.

El resultado, una pulverización masiva de Los Fundamentales en la capa transparente que cubría el planeta. Dependiendo del tamaño del mundo, Karshaham tuvo que construir dos o tres pirámides para cubrir la superficie de esos globos.

Karshaham dejaba los planetas con la marca de la declaración de la Primera Luz, la pirámide. La masiva estructura piramidal, quedaba erigida en el paisaje de esos planetas, como un testigo mudo del nacimiento de vida, el propósito y la creación.

Repitió la fórmula toda su vida, inspirado en la hermosa composición de la naturaleza del planeta Pree, tratando de imitar esas tierras y la vida próspera en ellas.

Karshaham completó su misión casi al final de su vida, visitando todos esos millones de mundos habitables.

"Como te prometí, y como recompensa por tu éxito, te daré tu propio mundo a tu imagen y semejanza", dijo la Primera Luz.

El corazón de Karshaham se dividió en tres, dando vida al primer Strattos masculino y femenino nacidos en Pree. Tenían la marca del Thry en las palmas de las manos, la misma que tenía Karshaham en la frente. Karshaham sonrió por primera vez, y después de su aprobación, la Primera Luz llenó a Pree con versiones masculinas y femeninas de Karshaham sin la marca del Thry. Él estaba feliz y satisfecho.

Karshaham creó el reino de los Strattos, hizo reglas, escribió manuscritos, enseñó los secretos de la creación, y descubrió nuevas habilidades en aquellos que vivían con él. Karshaham descansó para siempre en el planeta que le dio vida eterna, junto a sus seres queridos, hasta el final de su existencia.

Pree es el único mundo habitable del Orb que no tiene pirámides.

El Orb era perfecto, pero tenía algo que el Strattos Karshaham tuvo al comienzo de la creación del tiempo y que firmó con su sangre; La envidia.

Un sentimiento oscuro alimentó los corazones de algunas especies, despertándolas a la codicia por tesoros más allá del mundo tangible. La poderosa entidad del tiempo era una bola de energía desde el principio y fue arrebatada de su ubicación original por unos Strattos codiciosos, llenos de envidia y ambiciones de poder. La fórmula se repitió más tarde después de que la poderosa entidad del tiempo cambió su forma física por una corona en manos de un Hulmorian. Después de que el tesoro estableció un nuevo comienzo, en su tercera gestión corrupta, un Strattos cambió la forma física del tesoro en una piedra, con el propósito de hacerlo menos atractivo y menos deseable para los demás.

Cada vez que la poderosa entidad del tiempo volvía a situarse en Pree, se producía una duplicación del Orb, creando una dimensión alternativa. Una elección, que guiaría el destino de ese universo, estaba disponible para aquellos que aprendieran a dominar el Matrox. Después del tercer reinicio del tiempo, el Orb original estaba fuera de control. Las otras dos versiones del Orb estaban llenas de tiranía, miseria y desolación.

Durante la dinastía de la reina Tella, la poderosa entidad del tiempo se dividió en tres fragmentos. Usando el mapa del Thry, los fragmentos se escondieron muy lejos en las manos de los trillizos reales, Kharlo, Kharpo y Karmo. El equilibrio del tiempo se corrompió y el Orb comenzó a acelerarse y expandirse nuevamente, distanciando las galaxias, empujando los planetas vivientes a estar más separados entre ellos que antes.

El esposo de Tella, el rey Ufusta, temeroso de perder su Mer-Ek, siguió y ejecutó el plan de emergencia creado por Karshaham, en el que otros fracasaron; el mapa del Thry.

La Primera Luz le dijo a Karshaham que el sufrimiento y la miseria llegarían al Orb. Karshaham, asustado por su reino y la vida de los Strattos, diseñó el plan perfecto que ejecutaría los deseos de la Primera Luz. Su plan, protegería el tesoro, si es que alguien intentara corromperlo. Pero al final, con la capacidad de manejar el Matrox, solo una elección, podría traer más miseria o unidad a la creación.

"Estoy lista", dijo Amy.

CAPÍTULO 23 - LA ELECCIÓN

Amy tuvo que dar un último paso y fue el más difícil. Sabía que las elecciones siempre eran parte de un cambio en la vida y tuvo que hacer varias de ellas en los últimos nueve años. Amy sabía mucho de elecciones y opciones desde que perteneció al equipo de escalada de su escuela.

"¡Cállense y escuchen!" dijo Troy, el entrenador.

"¡Pero entrenador!" dijo Lexia, la mejor amiga de Amy.

"¡Dije escuchen!" gritó el entrenador en medio del ruidoso estadio, lleno de escuelas de todo el distrito, padres y amigos. "¡Aquí estamos! Todo el entrenamiento, el dolor en las articulaciones y el agotamiento, pagarán la factura hoy. ¡A esto vinimos! No espero nada más que lo mejor de lo mejor. Cuando finalmente armé este equipo hace dos años atrás, sabía que seríamos los mejores. ¡Lo sabía! Cada temporada, de forma ininterrumpida, hemos estado entrenando para esto. ¡Somos los mejores! No hay nadie aquí que pueda decir que estoy equivocado."

Las siete niñas, de nueve años, estaban listas para reclamar el trofeo. Vestían con orgullo los uniformes amarillo y azul de su escuela, y el director Cooper, desde la audiencia, era el fan número uno del equipo, con los colores pintados en su cara. Las chicas estaban en círculo, recibiendo las últimas instrucciones de su entrenador. El equipo había ganado el campeonato estatal el año pasado y estaban listos para repetir el sueño.

El desafío fue cruzar siete muros con diferentes obstáculos en cada uno de ellos. Cada miembro del equipo tenía su especialidad. Amy era la de manos fuertes. Podía resistir más tiempo que nadie aguantando su propio peso. Lexia era la más rápida del equipo y los dos últimos segmentos del desafío eran las partes definitivas que marcarían la diferencia para el equipo contrincante.

"Amy, este es exactamente igual al campeonato del año pasado", dijo el entrenador. "No tienes nada de qué preocuparte, nada. Pero sí, entiendo que estás muy preocupada por la presión, y que te pueden empujar a hacer los vítores de la multitud. La

255

adrenalina de esa presión te pondrá en un lugar complicado. Pero escucha esto. Esta noche es para tu equipo, para ellos, para tu escuela. Piénsalo."

"¡Hablando de presión!" dijo Lexia.

"No me malinterpreten en esto", dijo el entrenador. "Ustedes son sólo nueve de los cientos de estudiantes de nuestra escuela. A ustedes los ven como sus héroes. ¡Y adivinen qué! ¡Ustedes son sus héroes! Ustedes nueve tienen un superpoder que nadie en la escuela tiene: un superhéroe que confía en su propio poder. El superhéroe cuenta con eso y sabe que, haga lo que haga, su superpoder lo respaldará. Entonces, hoy, en los próximos segundos, saltarán esa pared, y pasarán la barra al próximo compañero, una pared a la vez, pero como superhéroes. Todo esto tiene que ver con el equilibrio, y no me refiero al equilibrio escalando la pared, sino que el equilibrio de sus mentes. No pueden presumir que quieren otro trofeo. Chicas, eso fue el año pasado y a nadie le interesa. Ahora es el momento de equilibrar la buena fortuna, ganemos este trofeo y después veamos la vitrina con copas."

"¿Oiga, y habrá espacio en la vitrina para la copa del año que viene?", dijo Lexia.

"¡De eso es de lo que estoy hablando!" dijo el entrenador. "Por favor, háganlo por ellos, por la escuela, porque ellos cuentan con ustedes. Quieren volver a la escuela con una victoria, ¡así que démosle eso!"

El entrenador Troy puso su puño en el centro e instantáneamente las nueve chicas también lo hicieron.

"¿Y qué pasa si fallo?" preguntó Amy.

El resto de las chicas lo miraron.

"No lo harás", respondió el entrenador.

"¡Damas y caballeros! ¡Quién está listo para el último desafío del día!" gritó el locutor a través del sistema de megafonía.

"Estoy mirando los ojos de las chicas más hermosas y fuertes de la galaxia. Ojalá pudiera tener sus superpoderes", finalizó el técnico antes de que el equipo gritara.

Mientras las chicas iban a tomar sus posiciones, Amy vio a Elizabeth y Amanda entre la multitud. También se habían pintado la cara. Amy sonrió. Luego caminó hacia la banca. "¿Entrenador?"

"Sí, Lincoln. Sé lo que vas a preguntar."

"Es solo que ... El último agarre, ese de color rojo en la parte superior ..."

"Te conozco Amy. Mira, no voy a estar allí para decirte que hacer, para decirte que elección tomar. Confiaré en tu juicio. Todos confiaremos en tu juicio. ¿Por qué? Porque tú sabes qué hacer, has estado entrenando para esto. Además, eres una pequeña humana inteligente. Sabrás exactamente cómo enfrentar ese último agarre", dijo el entrenador Troy.

"Sin presión", dijo la pequeña Amy, sonriendo.

"Mira, hazlo a tu manera. Tendrás la última opción, pero antes de determinar cuál elección tomar, te detendrás a pensar", dijo el técnico. "Porque mañana cuando despiertes en tu cama, sentirás en tu pecho la satisfacción de haberlo arriesgado todo o la desesperanza de haber tomado la decisión equivocada. No estoy aquí para ser dulce. Mi misión aquí es darte a ti y al equipo las herramientas necesarias para que desarrollen juicio y autoestima, para que sean mujeres capaces y se conviertan en una contribución para el futuro y la sociedad."

"¡Sí, entrenador!" gritó Amy.

Durante la competencia, después de que Amy recibió la barra en el nivel seis de manos de su compañera, ella continuó con movimientos suaves e inteligentes que enloquecieron a la multitud. Ella era la mejor y todo el mundo la quería por eso. Luego se enfrentó al último agarre. Era un movimiento complicado, y su adversaria en la pared contraria se acercaba rápidamente. El agarre rojo estaba lejos, incluso si Amy extendía su cuerpo al máximo. Ella tenía que arriesgarlo todo y saltar por ese agarre. Era todo o nada. La multitud gritó cuando vieron que el competidor estaba cerca. Amy sabía que Lexia era la más rápida del equipo y le entregaría el triunfo a la escuela. Solamente tenía que saltar, agarrar el último obstáculo y pasarle la barra a Lexia.

"Al fin nos vemos las caras, maldito agarre rojo. Tengo que tomar una decisión," susurró Amy llena de adrenalina.

Entonces Amy hizo un movimiento que podría ayudar a su pequeño cuerpo a alcanzar el agarre. Con una mano, sostuvo todo el peso de su cuerpo. Luego apoyó su pierna sobre dos puntos de apoyo detrás de ella. La idea era lograr el impulso suficiente y usarlo para saltar hacia el agarre rojo.

"Tú puedes hacer esto. ¡Es solo física!" susurró Amy a sí misma.

Luego, su mano se deslizó catastróficamente, haciéndola perder contacto con la pared. La multitud contuvo la respiración mientras Amy caía. Miles de cosas pasaron por su joven mente. Pensó en Russell recibiendo la videollamada con la noticia de que su equipo perdió esa tarde. Entonces vio un punto de apoyo que se acercaba a ella. Amy entrelazó los dedos con la idea de crear un aro con sus brazos para poder atrapar ese elemento y evitar su caída. En un movimiento rápido y coordinado, en segundos Amy se agarró al punto de apoyo y el resto de su cuerpo creó un efecto de látigo vertical, arrojándola de nuevo, más cerca del agarre rojo. La multitud gritó al ver su diminuto cuerpo volar hacia la victoria.

"Nunca he visto algo como esto", dijo el entrenador Troy.

Amy agarró el punto de apoyo rojo, y luego de levantar su cuerpo a la cima, la cara de asombro de Lexia esperaba con la mano extendida, lista para recibir la barra, y terminar así el juego. Amy agarró con la otra mano la barra de su cinturón y se la acercó a Lexia.

"Eso fue increíble", dijo Lexia.

"Tráenos ese trofeo, amiga mía", dijo Amy.

Amy estaba flotando, con las piernas cruzadas sobre una plataforma circular, hecha de metal con acabado brillante, con un fondo apocalíptico hasta donde le alcanzaba la vista. La plataforma estaba rodeada por una enorme esfera hecha de agua cristalina. Las manos de Amy estaban ubicadas sobre sus rodillas y sus dedos índice tocaban los pulgares. Su cuerpo estaba en una posición perfecta con la espalda completamente extendida y su cabeza miraba hacia adelante. Amy no podía moverse de esa posición, pero podía mover los ojos. Vio que a su lado izquierdo, no muy lejos, estaba Bhongo mirándola. Karshaham estaba frente a ella con los ojos cerrados en la misma posición física que Amy. Luego, a su derecha, había un pájaro de tamaño humano cubierto de hermosas llamas danzantes, flotando como todos los demás, y que también la estaba mirando. Él era Ra, el guardián del fuego que vive en Viktre.

"Te recuerdo", dijo Bhongo, acercándose a Amy. "Recuerdo a este humano haciendo algo aquí que lo cambió todo, pero no puedo ver más allá de ese punto", dijo Bhongo.

"Es porque no puedes ver más allá de su elección", dijo Karshaham.

"Te equivocas, puedo recordar su elección. Pero no recuerdo qué pasó después de eso."

"Hagámosle un nuevo Orb para ella, y terminemos con todo esto, como lo hemos hecho antes con los otros. Aquí no hay esperanza," dijo Ra, con una profunda voz de barítono que resonó en el pecho de Amy.

Amy intentó hablar, pero no podía mover los labios. Además, ella no podía moverse en absoluto de todos modos. Bhongo, Karshaham y Ra hablaban en un nivel más allá del mundo físico, y Amy podía escucharlos con claridad en su mente, como antes lo hizo Bhongo.

"¡Pero no podemos simplemente ignorarla y darle un nuevo Orb! ¡El humano tiene que tomar una decisión!" gritó Karshaham.

"Todos ellos hicieron prolíficamente lo mismo. Todos vinieron aquí con el mismo propósito", dijo Ra, enojado.

"Recuerdo este momento", dijo Bhongo. "Recuerdo que ella cambió todo esto."

Entonces Bhongo, Karshaham y Ra la miraron.

"Habla", dijo Ra.

"El sufrimiento. Quiero terminar con la miseria", dijo Amy mientras liberaban su mente para poder comunicarse, finalmente.

"¿Y qué nos vas a dar?" dijo Karshaham.

"¿Qué me vas a dar?" respondió Amy.

"Este ser es el mismo que los demás", dijo Ra. "Démosle lo que quiere."

"Tú no sabes lo que quiero", dijo Amy.

"Si, si lo sé. Quieres el conocimiento del Orb, el tiempo y el fuego. Quieres el poder absoluto, como todos los demás", dijo Ra.

"Recuerdo este momento", dijo Bhongo.

"No. No quiero tu poder," dijo Amy. "Estoy aquí para detener la aceleración y la expansión. Estoy aquí para traer equilibrio."

"¡Silencio!" gritó Ra, aumentando el nivel de las llamas a su alrededor.

"Ya hiciste cambios en mi línea de tiempo. ¡Cómo te atreves a venir a pedirnos algo bueno si ya rompiste la regla número uno de la Primera Luz!" dijo Karshaham.

"No, estás equivocado", dijo Amy. Karshaham levantó la mirada y la miró desafiante.

"Tu propia regla número uno, dirás. No escuché a la Primera Luz hacer o establecer ninguna regla. No hice ningún cambio en la línea de tiempo, que además diré, que no te pertenece. Tu eres solamente el guardián. Se supone que debes mantener el tiempo seguro. Ahora aquí estamos. Por alguna razón, alguien de su futuro entró aquí, en el Thry sagrado, y se reunirá con ustedes tres por ... ¿la cuarta vez, supongo? dijo Amy.

"Has alterado la línea de tiempo. ¡Todos te vimos!" dijo Ra.

"Sí, pero no hice ningún cambio. Solo les di confianza. Les di la expectativa necesaria para empezar a creer en el futuro. Y… ellos están esperando", dijo Amy.

Los maestros del Thry guardaron silencio. Las llamas de Ra disminuyeron paulatinamente y Karshaham bajó la vista.

"¿Qué quieres, Amy del futuro?" dijo Bhongo.

"¿No te acuerdas?" respondió Amy sonriendo.

Bhongo miró a Ra y Karshaham, avergonzado.

El grupo guardó silencio por un momento. Amy estaba ansiosa por terminar su misión y no podía dejar de pensar en sus amigos. Bhongo, Karshaham y Ra percibieron sus cálidos sentimientos.

"Esa sensación. La hemos estado buscando," dijo Ra.

"¿Cuál, amor?" preguntó Amy. "La Primera Luz ya me lo pidió y le dije que no. ¿Por qué debería darte eso? Y, si todos estamos de acuerdo aquí, ¿qué me vas a dar a cambio?"

Ra miró a Karshaham. Bhongo se acercó a Amy.

"¿Qué vas a hacer para recordar?" dijo Bhongo.

"Todo", dijo Amy, pensando intensamente en los últimos nueve años de su vida.

"Está hecho", dijo Ra, retrocediendo de la reunión.

"¡No está hecho!" gritó Amy, haciendo que todo su cuerpo resplandeciera de color azul.

Las llamas de Ra aumentaron fuertemente a medida que se acercaba a Amy. Karshaham avanzó, interceptando la rabia que llenaba el comportamiento de Ra.

"Yo recuerdo esto. Ahora está lista para hacerlo", dijo Bhongo.

"¿Hacer que?" preguntó Amy.

"La elección", dijo Karshaham.

"Muy bien entonces ..." dijo Amy. "¿Cuál es la elección que tengo que hacer?"

"El Matrox", dijo Bhongo. "Desde el principio, los ingredientes para completar el Orb de la Primera Luz estaban a nuestro alcance. Algunos ya existían en el Remolino, mientras que otros fueron traspasados a su dimensión a través de las chispas de la Primera Luz. Pero hay un ingrediente que no podemos encontrar. Por alguna razón, los seres vivos del Orb están todos locos y malvados. No hay nada en el fuego, el tiempo o el conocimiento que puedan aportarnos ese último elemento. Ahora, recuerdo que estabas aquí mismo, esperando."

"Algo sucedió en el futuro que ni siquiera Bhongo puede ver", dijo Karshaham. "Algo instó a esos seres vivos a lograr una resolución y deseaban poder, más allá de las necesidades de los demás".

"Pecaminosidad", dijo Ra con los ojos bien abiertos. "Obsesionados, tomaron el control del fuego y adquirieron el suficiente conocimiento para sembrar terror, miseria y pesimismo. Pero no fue suficiente para ellos. Fue entonces cuando llegaron a nosotros a través del tesoro del tiempo."

"Recuerdo que los mantuvimos bajo control aquí, al principio, como tú ahora", dijo Bhongo.

"Pero fue sólo momentáneamente", dijo Karshaham. "Este es el comienzo, para nosotros, para ellos, para todas las cosas. Pero tú, como los otros tres antes que tú, desbloquearon el control absoluto del Matrox. Tan pronto como vieron lo poderoso que eran, se volvieron imparables y lo querían todo."

"¡Y qué pasó!" dijo Amy, sintiendo que podía mover su cuello suavemente.

"Siguieron avanzando hacia su codicia, egoísmo y oscuras ambiciones", dijo Ra, bajando los ojos. "Después de eso, tomaron el control. Les dimos la opción de continuar con sus expectativas sacrificando el tesoro supremo."

"¿Qué es?", dijo Amy.

"Tus recuerdos o los recuerdos de los demás", dijo Bhongo.

Amy los miró, tratando de juntar las piezas. "¡Pensé que ese poder del tiempo solo estaba conectado a los Strattos, como guardianes del tesoro del tiempo!"

"Lo están, pero tan pronto como tomaron el control de Matrox, no pudimos hacer nada. Restablecer la línea de tiempo haría que el Orb, colapsara en el tiempo."

"Fue entonces cuando abrimos el colapso gravitacional", dijo Karshaham.

"¿Un agujero negro?" susurró Amy.

"Un túnel que podría conectar el Orb a una copia de sí mismo", dijo Ra.

"Y ... ¿Qué pasó en esos universos?" dijo Amy con lágrimas.

"Terror, miseria y desesperación", dijo Bhongo.

"¿Eso significa que creaste un universo de dolor y sufrimiento? ¿Cómo te atreves a actuar arrogante, en mi cara, tras una aberración tal? ¡No puedo creer que en esos universos no haya siquiera fe!" gritó Amy, moviendo la mitad de su cuerpo mientras brillaba azul como nunca antes.

"Recuerdo esto", dijo Bhongo, mirando a Amy en un estado de trance.

Ra y Karshaham se quedaron atrás mientras el campo de energía de Amy crecía.

"¡Arreglaré este desastre y todos ustedes me ayudarán!" gritó Amy dentro de sus mentes. "¡Ellos prefirieron conservar sus propios recuerdos y establecer un nuevo universo de sufrimiento como maestros de su Orb, borrando los recuerdos de cada ser vivo! Eso es ... ¡Eso es horrible! Y ustedes lo permitieron."

"¡Pero mantuvimos el Orb original tal cual como está!" dijo Ra, justificándose. "¡Este Orb en el que estás viviendo es el original!"

"¡Siempre pensamos que habría algo que se pudiese hacer!" dijo Karshaham.

"Si, estamos cerca, muy cerca. Recuerdo esto ..." susurró Bhongo.

Amy sintió en su pecho el final de su ruta. Sabía que su destino arribaba al último momento de su vida. Todo lo que ella quería o deseaba era diminuto en comparación con lo que la Primera Luz trajo al desolado universo multidimensional. El último sacrificio de Amy no era morir, era olvidarlo todo. Ahí ella lo entendió todo. Sus ojos miraron lejos, perdiéndose en la inmensidad. Su identidad, su nombre, sus aficiones y sus aventuras. Sus talentos y habilidades. Estaba en paz y lista para perder todo lo que la hacía ser, quién era. Comprendió que así, de esa manera, olvidaría su dominio sobre el Matrox, y que Bhongo, Karshaham y Ra tomarían ese último elemento que Amy portaba para completar el Thry. Finalmente podrían traer al Orb orden y equilibrio.

"Tómenlos," dijo Amy, con lágrimas y propósito. "Tomen mis recuerdos, mi pasado y mi futuro. Tómenlos. Además, gobiernen el último elemento que completará la creación de la Primera Luz. Su intención original, de crear un universo interconectado con sentimientos, no funcionará sin esto."

"¿Te refieres al calor en tu pecho?" dijo Bhongo.

"No, Bhongo. No es solamente una reacción física, como el calor o los latidos de mi corazón. Es... Es amor... Es amor. El sufrimiento y el amor no pueden vivir separados. Es parte de la fórmula", dijo Amy, cerrando los ojos entre lágrimas.

Bhongo, Karshaham y Ra se acercaron frente a Amy. Con Bhongo en el medio, Ra y Karshaham tocaron el pequeño cuerpo flotante de Amy. Bhongo extendió su peluda cola y tocó la frente de Amy. En ese instante, ella abrió los ojos.

"Levántate con honor y orgullo".

Al final de sus recuerdos, Amy vio una luz brillante que llenaba el espacio vacío de un Remolino girando fuera de control, rodeado de planetas muertos y constelaciones polvorientas y sin vida. Vio cómo esos planetas cobraron vida y cómo Karshaham preparó esos mundos para el brillante futuro de la conciencia y la evolución. Su pecho sintió la vida moverse. Sintió el aire fresco y el ruido de esos animales que dominaron la tierra desde un principio. Vio la evolución de las especies alrededor del Orb que sintieron curiosidad por las estrellas, deseando cada noche tocarlas y conquistar nuevos horizontes. Amy vio transportes moviéndose por su sistema solar con mensajes de amistad y confianza, con especies que se sentían solas y esperando a que alguien en una frontera remota, considerara que no estaban solos. Vio la estructura del pensamiento y cómo la vida comprendía las cuatro dimensiones, acortando las distancias dentro del Orb como una red masiva de vida, sentimiento y amor. Vio a Marshall, su sonrisa y sus besos. Vio a Elizabeth y Russell acariciándole el pelo por la mañana. Amy vio a Malik y su familia. La nieve y la playa. Vio a los Katos cazando y otras especies en otros planetas lejanos. Vio a Frank desde el momento en que fué construido hasta el momento en que ella nació. Frank estaba allí. Vio el futuro en Hyperterra, con humanos de túnicas blancas marchando en línea hacia una cima alta. Vio al Orb prosperar. Vio confianza. Amy lo vio todo, desde la Primera Luz hasta ese preciso momento del fin de sus recuerdos. Vio desde muy lejos, una esfera gigante que una vez llamó universo. Amy vio los otros Orbs, uno cerca del otro. Vio que todo se oscurecía, que se desvanecía para siempre.

Mokhy estaba mirando la columna de luz que conectaba el cielo con la montaña de la Piedra del Tiempo. Un masivo estruendo llenó el aire mientras Mokhy y Zhoto se preparaban para perder sus recuerdos. La columna de luz azul se apagó repentinamente, anunciando el final de la misión que tardó cinco mil años en completarse. Mokhy vio que la luz desaparecía y cerró los ojos.

Otro fuerte estruendo rompió el silencio e hizo vibrar el suelo, abriendo grietas alrededor de la superficie del planeta. Un resplandor azul viajó por todo Pree como señal de un nuevo comienzo. Desde lo alto de la montaña, un colosal grupo de líneas llenas de vegetación corrían colina abajo trayendo el color verde más hermoso a la devastada superficie del planeta Pree. Mokhy abrió los ojos y miró lo que sucedía. Tocó el hombro de Zhoto y se miraron.

"No funcionó. Todavía puedo recordar", dijo Zhoto.

"Yo también", señaló Mokhy.

Entonces, la ciudad se estremeció. El bloque de la ciudad se movía como olas en el océano mientras la vegetación verde rodeaba la estructura metálica de la ciudad. El cielo se comenzó a llenar con hermosas nubes que agradaban la vista y, en algunas áreas del planeta, la lluvia cayó por primera vez en miles de años. Los ciudadanos se pusieron de pie, confundidos por lo que tenían enfrente.

"¿Esto está sucediendo realmente, Mokhy?" dijo Zhoto, sosteniendo a su familia con él, tiritando.

Mokhy lo miró de nuevo, con una suave sonrisa y lágrimas en los ojos. "Ella lo hizo. Ella lo logró", señaló con sus manos.

La lluvia cayó sobre la ciudad e instantáneamente, los Strattos gritaron de felicidad. Todo era cierto. El sufrimiento se había ido y Amy había restablecido la confianza en el cosmos. Las plantas brotaron por todas partes en la superficie de la ciudad y las flores estallaron coloridas. Entonces, volaron pájaros de todos los colores y tamaños, bendiciendo el cielo con un pacto de continuidad. El ruido de grandes animales corriendo por la tierra recreó los ojos de los Strattos con la escena más magnífica que la naturaleza les podía proveer.

Los Strattos corrieron por la ciudad, deslizándose sobre las enredaderas gigantes, tocando el suelo y comiendo los frutos de los árboles. Zhoto estaba llorando, pensando en todo lo que sufrió la ciudad durante miles de años y en el privilegio de estar vivo en ese preciso momento.

Mokhy estaba mirando la montaña sin posibles respuestas. Miró a su alrededor y vio felicidad en cada rincón. Pero estaba vacío. Extrañaba a su amiga y se preguntaba por qué sus recuerdos seguían intactos.

En la cúpula central de la montaña, el cuerpo de Amy estaba en el suelo. Frank estaba cerca de ella tratando de hacer contacto con sus sentidos auditivos, pero nada funcionaba. Los árboles alrededor de la cúpula desprendían delicados aromas. Algunos de esos olores la hicieron regresar a la conciencia.

Amy abrió los ojos suavemente, estirando su cuerpo como después de una fuerte siesta. El cielo azul y los pájaros volando eran algo maravilloso de ver. Ella sonrió. Su cabello pelirrojo formaba una exquisita mezcla de colores con los rayos del sol que atravesaban las columnas metálicas que rodeaban la cúpula. Entonces vio a Frank.

"¡Hola!" dijo Amy amistosamente.

"Hola Amy. ¿Te sientes bien?"

"¿Quién es Amy?"

Frank quedó perplejo.

CAPÍTULO 24 - LA REALEZA

Los ojos de Amy no tenían la chispa que siempre tuvo. De pronto ella comenzó a temblar, asustada del medio ambiente y mirando a Frank como algo que podría lastimarla. Ella tampoco tenía suficiente fuerza en sus brazos o piernas. Amy retrocedió, arrastrándose hacia el lugar donde estaba colocada la Piedra del Tiempo. El ruido de los pájaros volando alrededor de la cúpula la asustó. Los latidos de su corazón estaban elevados y Frank estaba tratando de calmarla.

"Vas a tener un ataque al corazón si sigues así, Amy. Cálmate," dijo Frank.

"¿Qué? ¿Qué?" dijo Amy.

Miró a su alrededor muy rápidamente, sin reconocer nada sobre la vida. Entonces, ella empezó a llorar. Lloró como una bebé, fuerte y quedándose sin aire en cada secuencia. Frank estaba sin ideas y no sabía qué hacer. Decidió darle espacio para que se calmara.

El llanto persistente fue intenso. La cara de Amy estaba roja y sudaba mucho. Fue así durante varios minutos. Frank la vio así solo cuando nació. Parte del sonido que salía de la boca de Amy sincronizaba otros archivos que tenía desde el día en que ella nació. Luego Frank revisó algunos logaritmos en su sistema cuántico lo más rápido que pudo.

"Espero que esto funcione", dijo Frank.

En su altavoz externo, una voz suave cantaba una dulce canción. Amy lloraba sin parar. Entonces Frank se movió lentamente hacia Amy, tratando de no asustarla. También elevó un par de puntos el nivel de la música hasta que la canción captó su atención. Ella miró a Frank, buscando el sonido de la hermosa canción que la voz de Elizabeth estaba cantando mientras caminaba por el dormitorio, haciendo dormir a la bebé Amy. Ella vio a Frank como la fuente de ese agradable sonido, mientras que su ritmo de respiración interrumpido la hacía saltar entre jadeos y suspiros. Ella todavía estaba temblando y haciendo movimientos erráticos con su cuerpo. La canción de Elizabeth era encantadora y Amy finalmente encontró la calma.

Frank sabía que el desafío que tenía por delante podría ser el más difícil desde que tenía memoria, y nunca tuvo la responsabilidad de hacer crecer a un bebé sin ayuda alguna.

"Vamos a hacer esto juntos, querida Amy", dijo Frank en voz baja.

Amy lo estaba mirando, jadeando mientras las lágrimas aún corrían por su rostro. Estaba exhausta, y la secuencia larga del parpadeo de sus ojos le dio a Frank la información de que estaba a punto de quedarse dormida. Tocó la canción en un bucle, reduciendo el volumen gradualmente. Le tomó un tiempo dejar de temblar, respirar normalmente y cerrar los ojos mientras se chupaba el pulgar.

Frank tocó la canción durante un largo rato, procesando durante ese tiempo varias variantes acerca de qué hacer a continuación. El logaritmo le presentó cuatro opciones, pero solo una de ellas era la correcta.

Frank tenía en sus archivos la conversación que tuvo con Amy acerca del guardián del jardín de los recuerdos, Bhongo. Además, Frank tenía un audiolibro avanzado con teorías sobre cómo colocar ideas en los sueños de una persona como una forma alternativa de educación y relajación. La introducción de audio o información física durante el periodo REM podría desencadenar el inicio de ideas o situaciones durante su sueño.

Frank se tomó un momento para crear un archivo audio con la voz de Elizabeth, seleccionando palabras de diferentes diálogos. Luego superpuso los dos archivos de sonido, la canción y las frases juntas, mezclándolas todas en una composición suave, con la confianza de poder ayudar a Amy a encontrar a Bhongo en busca de sus recuerdos.

"¿Sabes cuál es la estructura de los pensamientos?" Decía la voz de Elizabeth en el archivo de audio. "Busca a Bhongo, el guardián del jardín de los recuerdos. ¿No recuerdas cómo llegaste allí? Él es adorable ¿Y te acuerdas que tenías tantas ganas de abrazarlo? Hay un túnel lleno de recuerdos. Todos los recuerdos de los seres vivos están ahí, y Bhongo está protegiendo ese túnel. Él lo sabe todo y te ayudará. Vé con él."

Frank repitió ese archivo de audio con la canción de fondo, con la ilusión de desencadenar el inicio en su mente.

Luego, suavemente, Frank tomó la mano de Amy con su brazo robótico. Ella movió los ojos después de que el frío metal de su brazo tocó su piel, pero estaba exhausta y siguió durmiendo. Frank levantó su brazo lenta y cuidadosamente, apuntando al tesoro del Tiempo. La marca real de Amy no brillaba, lo que era una pésima señal para los logaritmos de Frank. Aún así, continuó con el plan tratando de elevar la mano de Amy hasta el tope del podio. Tan pronto como la mano de Amy tocó la superficie del tesoro, su cuerpo dio un pequeño salto y la marca en su nuca comenzó a brillar suavemente de la nada a un azul intenso y hermoso. Frank estaba grabando como siempre este momento en su sistema.

Bhongo, Karshaham y Ra estaban flotando sobre la plataforma brillante, mirándola a los ojos en silencio. Amy no podía verse a sí misma y estaba asustada. No podía hablar ni moverse. Amy era solo una energía presente en la esfera del Thry.

"Te hemos estado esperando", dijo Bhongo, moviendo la cola para llamar la atención de Amy.

Ella sintió felicidad con solo mirar su cola haciendo esos delicados movimientos, casi hipnotizada como una bebé. Entonces vio a otra persona cerca de ellos. Era su propio cuerpo, en posición de meditación. Amy vio ese cuerpo y quiso acercarse. Bhongo, Karshaham y Ra no hicieron un solo movimiento, dejando que la energía que conecta el alma de Amy con su aspecto físico interactuara.

"El Thry está completo", dijo Ra.

En su estado de energía, Amy miró a Ra, pero decidió acercarse a esa persona que flotaba en el centro de la plataforma.

"¿Qué va a pasar después de que hagan contacto?" preguntó Karshaham.

"Recuerdo que la llevaré a dar un paseo por el jardín", dijo Bhongo.

"La Primera Luz tenía razón sobre ella," dijo Karshaham. "Cuando Amy apareció segundos después de que la Primera Luz resolviera la réplica, Amy le dijo que tenía que ayudar a sus amigos. que tenía que volver."

"La Primera Luz vio su calidez y supo que algún día en un futuro muy lejano sería un humano quién colocaría el último elemento en el Thry", dijo Ra.

La energía de Amy vinculó su figura en el Thry con su presencia física en el Orb al tocar su cuerpo en un estado de meditación. Entonces, la reina de Pree, hija de Elizabeth y Russell Lincoln, descendiente de la dinastía del faraón Asim, sangre del rey Kharpo y alma de la reina Meryptah terminaron la complejidad del equilibrio del Orb colocando el cuarto elemento en la esfera de Thry. Amor.

Bhongo le tocó la frente con su peluda cola y, en una chispa cargada de sentimientos, Amy abrió los ojos. Miró a su alrededor. Luego movió el cuello y las manos. Tocó el vientre de Bhongo y pasó la mano de izquierda a derecha.

"Eres suave, exactamente como te imaginaba", dijo Amy, sonriendo.

"Recuerdo que me gustó esto", respondió Bhongo. "Pero por alguna razón, no recordaba que me tocaras."

"Es porque tomé una decisión, Bhongo. Ahora, cada paso que dé será un nuevo recuerdo. Puedo ver mi nuevo propósito por delante, y también puedo ver el tiempo y el fuego. Además, puedo ver lo que sigue. Puedo ver los otros Orbs."

Amy cerró los ojos, sonriendo. Escuchó a lo lejos una canción en su mente que le abrigaba el corazón con la dulce voz de su madre.

Un pájaro estaba buscando algo para comer, caminando alrededor de Frank. Su panel solar se abrió, capturando energía para cargar su batería mientras la canción seguía sonando en su altavoz externo. Entonces, Amy abrió los ojos con suavidad. Vio el pájaro y toda la vegetación alrededor de la cúpula. El suave aire fresco que sopló en su rostro anunció el final de una historia llena de dolor, sacrificio y sufrimiento, pero equilibrada con esperanza, amor y amistad.

"Toma nota de esto, Frank", dijo Amy en voz baja, bostezando después de un largo sueño. "El amor es sufrimiento, pero el sufrimiento no puede existir si no hay amor".

"Muy profundo. ¿Estás pensando en ganarte la vida como poetisa?" preguntó Frank.

"Probablemente. Pero por ahora tengo que empezar a pensar en cómo mantener tranquilos a cien niños durante el día", dijo Amy, mirando al cielo.

"Poesía y lectura podría funcionar", dijo Frank.

Entonces Amy se acercó a Frank y lo abrazó. "Sé lo que hiciste hoy aquí por mí y vi lo que harás en el futuro. Estaremos agradecidos de ti por siempre. Y te agradezco por todo eso, amigo mío."

Frank miró el rostro de Amy a través de su sensor de video. Sus logaritmos dieron como resultado una operación exitosa y su código binario mostró un esquema que Frank podía traducir en una ecuación perfectamente equilibrada. En otras palabras, Frank estaba feliz y satisfecho. Amy lo abrazó durante un largo rato. Ella también estaba contenta y emocionada, lista para caminar por el nuevo sendero frente a sus ojos.

En el edificio de la salud, todos los esfuerzos intentaban salvar la vida de Harkhuf yendo a los límites de sus habilidades y conocimientos médicos. Khenra, su madre, rezaba sin detenerse, sin darse cuenta de lo que sucedía afuera. La ciudad entera está de fiesta mientras su corazón se negaba a perder también a su hijo, al igual que su marido, en manos de Sesmar. La herida de Harkhuf era tan profunda y destructiva que era demasiado tarde para ayudarlo, y todo el mundo a su alrededor lo sabía, incluyendola.

Uno de los técnicos hizo una seña a los demás asistentes, ordenándoles que trajeran adentro a su madre. Khenra vio esto a través del cristal que separaba la habitación. Se puso de pie rápidamente y corrió hacia la puerta.

"Querida, no sabemos por qué, pero tu hijo está completamente despierto. Le dimos un jugo concentrado que mantendrá su mente alejada del dolor. Esa máquina roja está conectada a su corazón. Mientras su corazón esté funcionando, la máquina roja empujará aire en su pecho y hará circular sus fluidos. Hasta ahora, no hay nada que podamos hacer más que esperar a que sus órganos se estabilicen, si es que eso llega a suceder," dijo el jefe de salud. "Quiero ser franco y claro contigo porque te conocemos a ti y a tu familia desde que se convirtieron en miembros del reino. Estamos haciendo todo lo que está en nuestras manos. Tu hijo se encuentra muy cerca de dejarnos y creemos que está despierto gracias a ti y a tus oraciones. Por supuesto, su corazón quiere quedarse contigo antes de irse hacia las estrellas."

Después de la devastadora noticia, Khenra entró en la habitación con los ojos perdidos en el suelo. Caminaba sin propósito ni voluntad de vivir. Khenra no sabe si quiere atravesar este trágico evento o si su corazón resistirá el dolor y el sufrimiento.

"Madre", dijo Harkhuf suavemente.

"Tu padre estaría muy orgulloso de ti", dijo Khenra.

"¿Viste lo que está sucediendo afuera?" dijo Harkhuf.

"No, ¿qué es?", dijo, mirando por la ventana.

"¿Estoy soñando con esto, madre? ¿De verdad lo logramos?"

Khenra tenía sentimientos encontrados en su corazón después de ver cómo se movía la vida a su alrededor.

Lo que vió por la ventana fueron nubes moviéndose en un hermoso cielo azul, pájaros volando y los ciudadanos corriendo hacia las plataformas de observación. Otros se deslizaban sobre las enredaderas hasta el suelo, haciendo una fiesta en cada lugar alrededor de la ahora, completamente detenida, enorme ciudad metálica.

"Supongo… supongo que tienes razón hijo mío. Incluso es difícil para mí ver esto. Probablemente sea un sueño. Un sueño que tu padre no pudo ver con sus propios ojos."

"Pero murió intentándolo, madre. Él quería traer la paz a su ciudad. Hoy lo estamos honrando a él y a todos los que lucharon por este día."

Khenra vio el rostro de Harkhuf, lleno de alegría, sin percibir que su vida se apagaba minuto a minuto. Ella tomó su mano, deseando cambiarlo todo esperando a que su hijo abandonara la vida.

En ese momento, hubo una celebración fuera de la habitación. Khenra y Harkhuf se miraron, felices por el final de una dinastía tan terrible pero también felices por la gente.

"¿Sabes dónde está Amy?" preguntó Harkhuf.

"Estoy aquí", dijo Amy desde la puerta de la habitación. Su cabello rojo brillaba sobre su túnica blanca, y los brazaletes del reino mostraban que su misión había terminado. Debajo de su túnica, llevaba el cinturón de gravedad y su riñonera, y en su pecho, la mitad del símbolo familiar de Mokhy junto con el pescador tallado de la abuela Erinak. Entonces Makho, Mokhy y Zhoto aparecieron detrás de ella.

"¿Qué es esto? ¿Vas a otra misión? Déjame vestirme. Necesitarás un piloto."

"Sí, ese es nuestro Harkhuf", dijo Zhoto.

El grupo caminó hacia su cama y Amy abrazó a Khenra. Ella la miró y le susurró que su hijo no lo lograría, que estaba agonizando. Amy recibió el mensaje tristemente. Tomó suavemente el cuello de Khenra y lo bajó a su tamaño para hablarle al oído.

"Tu hijo no puede morir hoy. Lo vi en el futuro liderando a su gente. No te preocupes, no morirá hoy," dijo Amy.

Amy volvió a tomar distancia de ella y la miró a los ojos. Khenra rompió a llorar sosteniendo las manos de Amy.

"¿Por qué están llorando ustedes dos? ¿Le pasó algo a Frank, no es así? ¿Frank está bien?"

"Sí, él está bien, no pasa nada. Simplemente nos sentimos afortunadas", dijo Amy.

"Y si, estoy bien. Gracias por preguntar, Harkhuf", dijo Frank.

"Yo también estoy bien para que lo sepas", dijo Makho.

Todos sonrieron, ansiosos por unirse al exterior y celebrar los nuevos comienzos. Entonces, Harkhuf comenzó a toser. Era solo una simple tos. Mokhy y Zhoto lo ayudaron a sentarse suavemente, pero empeoró rápidamente. Su tos venía con sangre la cual salía por su nariz también.

"¡Especialistas! ¡Especialistas!" gritó Khenra.

El equipo de salud llegó rápidamente mientras Harkhuf se recostaba en la cama, inconsciente. El resto del grupo fue empujado hacia atrás mientras Amy y Khenra permanecían en la pared observando los esfuerzos del equipo de salud, tratando de traer de vuelta a Harkhuf.

"No te preocupes Khenra, lo vi, lo vi..." susurró Amy, hiperventilando a cada segundo.

Khenra estaba llorando mientras comenzaba de nuevo con sus oraciones. Makho, Mokhy y Zhoto estaban afuera con otros miembros del edificio de salud, desesperados.

"¡Dame esa botella! Y empuja este cilindro hacia atrás. ¡Necesitamos sacar su sangre de su sistema respiratorio!" gritó el jefe de la unidad.

Entonces, el corazón de Harkhuf se detuvo, sincronizandose con la máquina respiratoria.

"¡No, no!" gritó Khenra.

"No puede ser", murmuró Amy.

"¡Ayúdame aquí, cámbialo a operación manual!" gritó el jefe.

Otros dos técnicos llegaron a la habitación mientras el jefe y sus asistentes apretaban una válvula para mover su corazón, bombeando. La habitación y el pasillo se llenaron abruptamente de oraciones. Khenra miró a Amy en busca de respuestas.

"No entiendo ... lo vi. Estaba sano y vivo ... yo ... lo siento, Khenra", dijo Amy, perpleja. Ella estaba allí, viendo a todos hacer todo lo posible para traer de vuelta a Harkhuf.

"Hijo mío, por favor, no me dejes", dijo Khenra.

Amy pensó en la posibilidad de ir a la línea de tiempo y cambiar esta horrible escena, pero sabía dos cosas. Cambiar los hechos en la línea de tiempo podría arruinar todo por lo que han luchado. El equilibrio en el Orb y el equilibrio del Thry. Además, ella lo vio. Amy vio a Harkhuf liderando a los Strattos, y está segura de que no fue un sueño o una visión de otra línea temporal del pasado. Esto era diferente. Estaba rodeado de una hermosa y verde vegetación, los Strattos estaban felices y su especie prosperaba. Ella vio bondad y determinación en sus ojos. Vió victoria y éxito. Amy vio a Harkhuf como un rey con un hijo y una esposa.

"Esto no puede estar sucediendo. Yo lo vi. No puede ser," decía Amy repetidamente mientras los esfuerzos llegaban a su fin.

Khenra se acercó a la cama rápidamente. Harkhuf murió de la mano de su madre en el día más triste en la vida de Amy desde que Marshall desapareció. Todos guardaron silencio. La celebración de los ciudadanos afuera era el único sonido alrededor de la sala y los pasillos adyacentes.

"Lo siento, Khenra", dijo el jefe, caminando suavemente hacia atrás.

"Ponte de pie con honor y orgullo, hijo mío."

Amy estaba asombrada. Todos en la sala la miraron, esperando a que la realeza en la sala diera la primera despedida de los Strattos, como siempre fue la tradición.

Amy caminaba, como si estuviera soñando despierta. Lágrimas en sus ojos dificultaban su visión mientras caminaba. Al otro lado de la cama, Amy tocó la mano de Harkhuf, deseando que todo fuera solo un mal sueño.

"Mi reina", dijo Khenra.

Amy la miró, sintiéndose horrible por llevar a su hijo a una pelea con el ser más peligroso del Orb. "Él la amaba", dijo Amy. "Él pensó que podía cambiarla hablando con su corazón. Pero falló. Ella ya no lo amaba. Harkhuf me ayudó a devolverle la vida a Pree y equilibrar nuestro tiempo."

Amy miró a Makho, Mokhy y Zhoto con tristeza. "Lo siento", luego miró a Harkhuf. "Alakamath, mi querido amigo. Ve junto a las estrellas."

"Alakamath, mi querido hijo", dijo Khenra, cerrando los ojos.

Amy cayó lentamente sobre el cuerpo sin vida y lloró. El momento con el corazón roto fue seguido por todos en la habitación con lágrimas en sus ojos.

"Esto no puede estar pasando, Harkhuf. Te vi. Te vi como nunca antes. No puedes estar muerto. Simplemente no puedes estar muerto."

Algunos técnicos se alejaron de la cama y caminaron respetuosamente hacia la puerta. Amy levantó la cabeza lentamente y, cuando abrió los ojos, vio al pequeño pescador dentro de la bolsa de Erinak. La pequeña figura sostenía una lanza, de pie con experiencia y sabiduría. Amy vio la figura detenidamente.

"Todas las historias tienen algo de verdad. Algunas tienen momentos importantes de lo que les sucedió a sus protagonistas", murmuró Amy. "Algunas historias son tan buenas que parecen reales, mientras que otras sucedieron en realidad".

Amy se paró frente a Harkhuf, sosteniendo la pequeña figura de pescador. "No puedes estar muerto Harkhuf, porque te vi. Y esa parte de la historia es real. Ahora, hay otra historia por ahí, y vamos a averiguar ahora si fue real o no."

Amy levantó la mano izquierda y con un rápido movimiento empujó la pequeña lanza del pescador en su palma. La sangre de su piel goteó instantáneamente sobre el pecho de Harkhuf.

En un destello de vida, Harkhuf vio el nacimiento de Amy y los rostros de sus padres llenos de felicidad y gratitud. Vio a Asim despertando de entre los muertos y a un agradecido Kharpo de rodillas cerca de él. Harkhuf vio a Karshaham abrir los ojos como el comienzo de todo, y vio la Primera Luz trayendo tiempo, recuerdos, y fuego al Remolino desencadenado y fuera de control. Luego vio a Amy colocando el último elemento, ese amor que completaba la fórmula del universo. El mismo amor que lo estaba devolviendo a la vida. Una vez que un rayo de vida alcanzó sus ojos, Harkhuf pestañea, sorprendiendo a todos. En ese instante, apareció una marca de nacimiento triangular invertida de color marrón en el pecho de Harkhuf.

"Ahora, como puedes ver, no puedes estar muerto. Al menos no todavía," dijo Amy.

Harkhuf la miró sorprendido. "Yo lo vi."

"Si, lo sé. Y es hermoso, ¿Cierto?", respondió Amy.

Harkhuf se sentó en la cama frente a la asombrada audiencia. Khenra lo estaba mirando, sorprendida y sin palabras. Amy miró a Mokhy y le tendió la mano, invitándole a acercarse a ella.

"Amistad. Ese es el último ingrediente. La amistad nos trae un propósito y confianza", dijo Amy. "Además, cuando tenemos amigos, queremos que vivan para siempre, ¿no es así?"

Mokhy le tomó la mano y con la otra se tocó una ceja con su dedo. Zhoto y Makho también se acercaron a la cama mientras el jefe del grupo revisaba sus signos vitales.

"Yo ... no entiendo", dijo el jefe.

"No tienes nada que entender, jefe", dijo Amy, sonriéndole. "La historia era cierta. Ahora Pree está a punto de comenzar un nuevo reino en manos de su propia gente. Los Strattos recuperaron su sangre real y juntos vamos a establecer la paz en Pree."

CAPÍTULO 25 - EL MURO THRY

Las puertas del edificio de salud se abrieron y una multitud que esperaba atentamente afuera saltó en celebración. La reina Amy salió sosteniendo la mano de Harkhuf, seguida por Frank y rodeada por la guardia real y todos los que estaban dentro del edificio. Los Strattos estaban teniendo el mejor día de sus vidas y nadie quería perderse ningún detalle. Hubo celebraciones en todos los rincones de la superficie. Algunos ingenieros del Tercer Piso salieron de sus trabajos por última vez y se reencontraron con sus familias, listos para construir una nueva vida, lejos de la esclavizante misión que los antepasados pusieron sobre sus hombros. El jefe de la panadería estaba regalando comida y Amy olió esas deliciosas gompas desde la distancia.

"Ven, sígueme" dijo Amy, agarrando con la otra mano el brazo de Mokhy.

Se apresuraron a atrapar algunos de los últimos gompas recién horneados, y otros Strattos llevaron a la realeza jugos, flores y todo lo que pudiera coincidir con el increíble momento que estaban saboreando.

"Mi Reina, ¿Te vas a quedar con nosotros?" preguntó el panadero jefe.

Amy lo miró sonriendo. "No, tengo que volver a mi mundo. Tengo un tema pendiente que abordar ahí, bueno, unos cien problemas que atender ahí. Pero visitaré a Pree constantemente para que me enseñes cómo hacer estas gompas." Ella miró a Harkhuf. "Además, debo volver aquí, ya que también tengo un negocio que atender y un rey a quien apoyar."

Harkhuf sonrió.

La procesión caminó ruidosamente entre música, pétalos de flores y mariposas volando alrededor del Strattos. El desfile tenía como objetivo el palacio, donde se tomarían un momento para detenerse, reorganizarse y planificar lo que vendría después.

Amy tenía prisa por volver a Hyperterra. Mokhy lo sintió y tomó su mano con aprecio.

"Tengo que volver a Hyperterra"

"Lo sé", señaló Mokhy. "Puedo sentirte."

Amy le sonrió y puso la cabeza sobre su pecho mientras el grupo pasaba por las puertas del palacio, cubiertas de hermosas enredaderas llenas de flores naranjas y rosas.

"Nunca había visto el palacio así antes", dijo Harkhuf, con un profundo sentimiento de futuro y prosperidad.

"Mi reina, tengo una sugerencia que darle", dijo Zhoto.

En el centro de la cámara del reino, una mesa triangular hecha de metal con el símbolo real por toda la superficie, el equipo de la reina Amy se reunió para evaluar algunos cambios y dar un paso adelante antes de su partida.

Los miembros de la Corte Real de la Reina estaban detrás de la mesa, los miembros del edificio de salud, el tercer nivel, la Guardia Real y el centro educativo.

"Mi reina", dijo Zhoto. "Tras su último viaje al destello del tiempo, reflexioné sobre todo lo que nos pasó durante los últimos días. Todos sabemos que esto sucedió antes, y quién sabe cuáles fueron las consecuencias de esas malas decisiones."

Amy lo miró, sabiendo la respuesta exacta para esa línea y el estrés en su pecho que la hizo imaginar la miseria por la que otros seres vivos están pasando sin nadie que pueda salvarlos o hacer justicia a sus Orbs.

"En mis pensamientos, apareció una pregunta que me angustió profundamente, y me gustaría sugerir un plan de emergencia, exactamente como el que el rey Karshaham creó al usar el Thry".

"¿Qué sugieres?" preguntó Amy.

"Mi reina, sugiero que creemos una firma de su conocimiento, algo físico que la nación Strattos podría leer si algo así sucediera nuevamente. Una guía sobre qué hacer si es que el tesoro es extraído y nuestras memorias borradas."

El resto de la audiencia estaba confundida. Zhoto dijo este mensaje diplomáticamente, sin usar una palabra que pudiera crear pánico tras el hecho de que podrían perder sus conocimientos y recuerdos.

Amy miró hacia abajo y respiró hondo. "Lo que Zhoto está tratando de decir es que algo pudo suceder hoy, algo trágico que pudo afectarnos a todos nosotros, incluyéndome. Afortunadamente, sortié varios obstáculos antes de que eso sucediera y lo logramos. Muchas de las cosas que suceden en nuestro universo nos llevarían varios años de entender y asimilar, pero sepan que podremos lograr cosas increíbles como seres vivos. Después de decir eso, quiero que sepan que siempre estaré con la nación Strattos, incluso cuando ya no esté con ustedes físicamente. Y esto no es una promesa, es un hecho."

Amy se tomó un momento para colocar las palabras precisas y así poder explicar que tan grande y grave era la imagen total. Sabía además que no podía liberar toda la información del universo a la vez. Aún así, como Zhoto siempre le aconsejó, nadie, incluidos los Strattos, podía extraer conocimientos sobre la concepción de la vida en el universo sin romper algunas cosas que los seres vivos siempre pensaron o creyeron. Y Amy tenía un plan para todo eso.

"Hace cinco mil años, la reina Tella y el rey Ufusta recibieron el regalo de los trillizos", dijo Amy. "Eso no fue un milagro ni una coincidencia genética. Fue algo que sucedió antes que ellos, desde la primera vez que alguien se robó el tesoro del tiempo. De hecho, cosas como esa sucedían todo el tiempo en mundos donde la línea de tiempo estaba corrompida y modificada. Los elementos o eventos se duplicaron o triplicaron, lo que hizo que todos creyeran o sintieran que estaban experimentando cosas una y otra vez. En mi viejo mundo, la Tierra, experiencias como esa se llamaban Dejavu.

La verdad es que cada vez que algo estaba alterando la línea de tiempo, el tesoro del tiempo mismo intentaba reparar el problema encontrando agujeros. Esos pequeños agujeros específicos en la línea recta del tiempo fueron el nacimiento de una nueva historia. Esto siempre se manifestó en la especie que estaba corrompiendo el tesoro, y a veces sucedía en números sin control. Sucedió en la Tierra, y sucedió aquí, donde se estableció el tesoro del tiempo desde el principio. Eso es algo que la Primera Luz comprendió y resolvió. La Primera Luz lo llamó replicación. Gracias a eso, tenemos un pasado, un presente y un futuro. Sin embargo, como mi querido y experimentado consejero de la reina, Zhoto, este evento podría volver a ocurrir, y tiene razón. Deberíamos estar preparados para cuando eso suceda."

"Tenemos que construir algo que unirá a los Strattos", dijo Makho.

"También necesitamos instrucciones sobre qué hacer", dijo Harkhuf.

"Y adónde ir en busca de respuestas," señaló Mokhy.

"De acuerdo", dijo la reina. "Zhoto y Makho, elijan un grupo de sus personas más dedicadas y creen un plan para esta tarea lo antes posible. Miembros del tribunal de justicia se unirán a Harkhuf y a mí para escribir esas instrucciones después de esta reunión. Mokhy, diseñarás una pared de metal, lo más resistente posible, la que contendrá esos textos. Los miembros de la corte real prepararán un evento de coronación en el exterior, en el suelo de Pree. Hoy celebraremos el regreso de la sangre real a los Strattos en la ceremonia de coronación de Harkhuf. Los miembros de la guardia real dividirán sus efectivos y se asegurarán que tengan todo lo que necesitan. Pónganse de pie con honor y orgullo."

La reunión terminó rápidamente y las tareas comenzaron de inmediato.

Ese día, un día glorioso para los Strattos, el sonido de las campanas y cuernos del Tercer Nivel anunció la entrada del sucesor de la corona a un escenario de coronación construido frente a la rampa sagrada. Luego, sumergido en una nube de finas ramas de vegetación ardiente, un grupo salió de la rampa hacia la hierba verde y fresca, acompañados de las coloridas flores que crecían en el suelo del nuevo Pree. Los dos primeros Strattos del grupo llevaban una amplia placa metálica donde la vegetación quemaba un humo blanco, dejando el aire tranquilo y aromático. Los miembros del departamento de justicia, vestidos con túnicas blancas y collares de oro, siguieron la marcha mientras la multitud comenzaba a tararear una melodía. Detrás de la bandeja de vegetación en llamas, uno de los Strattos llevaba un cojín de delicada tela roja. Sobre ello el par de brazaletes dorados del reino con triángulos invertidos tallados alrededor de la pieza en la parte superior, realzados con detalles de cristal y gemas. Los brazaletes brillaban con la luz del sol en medio de la marcha.

Al final del grupo, vestida con túnicas doradas, la hermosa Amy caminaba como reina de la nación Pree. Detrás de ella, con los ojos cubiertos de lágrimas, Harkhuf.

La multitud se acercaba a la procesión con pétalos de flores blancas para purificar el camino del reino. Amy llevaba el collar de Tella, que brillaba de un azul intenso en su pecho, y en su mano sostenía la bolsa con el collar que le regaló la abuela Erinak. La melodía tarareada por los Strattos llenaba el aire fresco hasta que el grupo se detuvo.

Dos miembros de la corte real de la reina se acercaron a Amy. Llevaban los brazaletes del reino, símbolos del poder sobre la nación Pree. Uno de ellos le susurró.

"Muchas generaciones de nosotros oficializamos la ceremonia ritual de coronación leyendo lo que escribió el rey-general Net. Dice que la Primera Luz nos dio seis valiosos regalos, todos ellos relacionados con el tiempo," dijeron los Strattos. "Amor, bondad, religión, poder, sabiduría y protección. Nos gustaría saber si todo eso se queda como está o si mi reina quisiera ilustrarnos en la reescritura de los textos correctos de coronación."

"A partir de hoy, habrá uno nuevo", dijo Amy, lista para cambiar el discurso de coronación con la historia real. El Strattos hizo una señal a uno de sus ayudantes, quien trajo un pergamino en un tubo dorado y tinta.

"Estoy listo, mi reina. Dígame qué escribir", dijo el Strattos.

Amy susurró el nuevo manuscrito y el público esperó en un silencio sublime. Una vez que terminaron, los Strattos que dirigían la corte real de la reina hablaron con la nación.

"La Primera Luz creó al Strattos Karshaham. Juntos, nos regalaron tiempo y los Fundamentales: Aqua, Zethroh, Metal y Fuego. La Primera Luz agregó una chispa, y la sangre del Strattos

Karshaham combinó vida y vanidad. Después de eso, la Primera Luz estableció el Thry sembrando los recuerdos de cada ser vivo en Kostra, protegido por Bhongo, y el poder del fuego, protegido en Viktre por Ra. Karshaham fue enviado para traer vida al cosmos. Después de regresar de su misión, la Primera Luz le dio su propio mundo. Estableció el primer reino de Pree, representado por estos dos brazaletes. Dado que la sangre real regresó a Pree en manos de un humano, el dominio estará a salvo, dividiendo su poder. Un brazalete estará en posesión de un Strattos de sangre real. El otro brazalete se conservará en Hyperterra, el planeta de los humanos, como un testigo silencioso de la amistad interestelar entre las naciones."

Otros miembros de la corte real caminaron hacia Amy y Harkhuf, trayendo una copa de plata con agua. Lo vertieron suavemente sobre las manos reales.

"Con el sello del elemento más puro de nuestra nación, les transfiero a ustedes, Strattos y Humanos, el poder de Pree, hijos de la Primera Luz", dijeron los Strattos.

Después de eso, los miembros de la corte real de la reina le pusieron los brazaletes a Amy y Harkhuf. Los ciudadanos se arrodillaron por primera vez en su suelo de Pree.

Amy y Harkhuf se miraron sonriendo.

"¿Estás listo?" le preguntó Amy.

"Gracias, Amy. Mi señora," respondió Harkhuf.

Se volvieron hacia la nación y se tomaron de las manos haciendo juego con los brazaletes. "¡Ponte de pie con honor y orgullo!" gritaron al mismo tiempo.

Más tarde, mientras Pree estaba a punto de llegar a su primera noche natural, la reina Amy y sus amigos trabajaron en la zona de aterrizaje, preparando todo para su partida. Las celebraciones continuaron alrededor y sobre la enorme ciudad metálica, que finalmente descansaba para siempre, como mudo testigo, de la lucha de la especie Strattos por mantenerse con vida. Zhoto le dio a Amy una receta para la sopa torga que tanto le gustaba y le mostró los ingredientes que pudo encontrar en unos recipientes metálicos que le preparó.

"Y este otro pergamino, fue enviado por el jefe de la panadería", dijo Zhoto.

"¿La receta de las gompas?" dijo Amy, tomando la nota.

"¡Por supuesto!" dijo riendo. "Mokhy está metiendo en la nave algunas bolsas con semillas y otras plantas que tenemos aquí. Si esas raíces crecen aquí, crecerán en su mundo."

"¡Bueno, yo también tengo algo para ti!" dijo Amy.

Abrió su bolsito de cintura y sacó su noter. "Te prometí que si algún día regresaba a mi planeta, te daría esto."

Zhoto estaba visiblemente conmovido por el gesto de Amy y la tremenda importancia que, para un Strattos como él, ese noter tenía. Además emocionar a Zhoto era una tarea nunca fácil de lograr.

"Guardaré esto como un tesoro precioso en el tercer nivel. Ese lugar ahora será una comunidad para aprender sobre nuestro pasado y educar a la próxima generación de ingenieros. Ellos serán quienes construirán la próxima ciudad de Pree".

"¿En serio? ¡Esa es una gran idea!" dijo Amy. "Después de todo, desmontar esta tremenda ciudad llevaría mucho tiempo. Mejor si lo usan para algo con propósito. Además, ¿van a ponerle nombre a la nueva ciudad esta vez?"

"Sí, por supuesto", gritó Makho. "Makho City. ¡Qué otra cosa!"

Todos alrededor se rieron.

"¡Haber, haber, oigan chicos! ¡Ya hablamos de esto! ¡Yo regresé de la muerte! ¡Vamos! Es lo mínimo que la ciudad haría por mí" dijo Makho.

Harkhuf se acercó lentamente y tomó las manos de Amy. Sonriendo reveló el nombre de la nueva ciudad. "La llamaremos Lincoln City, en honor a la familia más valiente del universo", dijo Harkhuf.

Las lágrimas cubrieron los hermosos ojos de Amy, pero ella estaba sonriendo.

"Deben estar muy orgullosos de ud", dijo Zhoto.

"Paren. Me van a hacer llorar."

"Además, la pared del Thry se colocará justo enfrente de la rampa sagrada. Ese será nuestro lugar de adoración."

Por la noche, los ciudadanos se reunieron en la superficie metálica de la ciudad para despedirse de su reina. Zhoto, Harkhuf, los mellizos y Frank abordaron con ella la nave del rey Karshaham. La multitud celebró con hogueras, por todo el territorio, mientras el transporte se elevaba y desaparecía. En un parpadeo aterrizaron cerca del refugio de verano en Hyperterra, visualizando de inmediato los vestigios de una batalla en la superficie del suelo, cuando la lucha por lo que era correcto tomó el veredicto final. La nave de Sesmar estaba estacionada en el mismo lugar, aguardando que la llevaran de regreso a Pree.

Mientras salían, Harkhuf vio algo brillante en el suelo. Una pequeña cosa azul estaba llamando su atención mientras se acercaban. Luego, se sintió conmovido cuando descubrió que esa cosa azul era el collar de Sesmar.

"¿Qué es eso, Harkhuf?" preguntó Amy.

"¿Esto? Es un testigo más y resplandeciente de lo que pudo ser una completa tragedia para todo el universo. Lo bueno es que estuvimos aquí para prevenirlo".

"Y lo logramos", agregó Amy. "Lo siento, Harkhuf. Sé que lo intentaste con todo tu corazón."

"Sí, lo intenté, pero ya era demasiado tarde. Ella ya estaba corrompida por la ira y las siniestras ambiciones de poder de su familia. Ella no fue nada más que un aparato, como el resto de sus predecesores", dijo Harkhuf, sosteniendo el trozo de piedra resplandeciente.

Luego, los ladridos del refugio de verano anunciaron que los Beardogs estaban listos para regresar a los brazos de Amy. Zhoto, Makho, Mokhy y Harkhuf de un salto ingresaron a la nave aterrorizados de los animales. Amy los presentó mientras se acercaban lentamente. Les mostró algunas de las órdenes que les había enseñado, y todos se convirtieron en los mejores amigos en cuestión de minutos.

Más tarde, Amy les pidió que la ayudaran a cavar para dar sepultura a los que murieron el día de la invasión. Era un momento emotivo para Amy y un momento significativo para Harkhuf. Todos presentaron sus respetos en silencio pero especialmente Harkhuf, quién cargaba con un cierto grado de vergüenza y arrepentimiento.

El lugar que eligió Amy era hermoso, cerca del refugio de verano con una gran vista del valle, al otro lado del río. Debajo de un árbol, después de la ardua tarea física, Amy les dio mucho jugo amarillo para ayudarlos a recuperar el aliento. Ella estaba tendida en el suelo junto a Mokhy, ambos mirando el precioso cielo azul de Hyperterra.

"¿Qué pasó con ese humano que estaba cerca del río? Parece que alguien lo atacó", señaló Mokhy.

"Creo que Sesmar lo usó para obtener el portal que hoy nos mostró Harkhuf. Probablemente le prometió que viviría después de eso," dijo Amy, sacando sus propias conclusiones de lo que sucedió ese día.

"¿Quieres ir a ese momento en el tiempo y verlo con tus propios ojos?" le dijo Mokhy con sus manos.

"No. Lo que pasó ese día quedará aquí en mi mente, y no necesito volver a verlo," respondió Amy mientras Harkhuf la miraba, triste y avergonzado. "Me prometí a mí misma que nunca volvería a ese día. Como decía mi padre, la vida se escribe en línea recta. No estaba equivocado."

"Amy, creo que nos falta uno de tus amigos", dijo Harkhuf, tratando de averiguar quién era el humano que lo liberó y que ayudó a Sesmar y su ejército a pasar a Hyperterra.

"Sí. Nos falta uno y creo que nunca encontraremos su cuerpo", respondió Amy.

"¿Quién era esa persona?" señaló Mokhy.

"Su nombre era Marshall", dijo Frank. "Era inteligente y le dio a Amy cariño y compañía. Lo sé por la información física del brazalete que ella porta."

"¿Pero qué sucedió con el?" preguntó Mokhy.

"No lo sabemos. Fue enviado aquí para salvar a la raza humana. Ayudó a Amy a proteger esos embriones humanos que viste dentro del refugio. Creo que planeaba ser líder, pero desapareció sin dejar rastro el día de la invasión de Sesmar."

Harkhuf se sintió enfermo de inmediato. En ese momento supo que ese humano en la cueva era Marshall y que él lo había matado.

"¿Lo amaste?" Harkhuf preguntó suavemente.

"Aún lo hago", dijo Amy, mirando al suelo.

Mokhy la abrazó.

Harkhuf sabía la verdad y lo dolorosa que era. Esto podría ser desastroso para el corazón de Amy y Harkhuf ama la amistad que han construído. En ese momento, Harkhuf decidió nunca decirle la verdad sobre los minutos finales de Marshall. Su resolución le dió a entender que era mejor así. Pero luego recordó que el cuerpo de Marshall estaba dentro de la cueva.

"Amy, me gustaría pedirte un favor", dijo Harkhuf suavemente.

Todo el grupo marchó por el camino entre el territorio de Amy hacia la cueva donde Harkhuf estuvo prisionero. Con la idea de enterrar sus errores de vida y resguardar la felicidad de Amy, Harkhuf le propuso demoler la cueva. Su propósito profundo sobre esta destrucción era permitir que el cadáver de Marshall y los hermosos recuerdos que tienen juntos protegieran los sentimientos de Amy, y como un final posterior, dejar que todo lo hiriente muera. Ella estuvo de acuerdo.

Amy usó esa cueva por varios años durante los peores y más oscuros momentos de su vida. Después de que construyó su campamento y terminó la cerca exterior, Amy nunca volvió a usarla, hasta que tuvo la oportunidad de privar a Harkhuf de su libertad, con el plan de mediar en una resolución absoluta al conflicto bélico que existía entre las dos especies.

Harkhuf arrojó una bomba de roca que los Strattos usaban en el complejo minero subterráneo. Sesmar llevaba varias de esas bombas en su nave. Segundos antes de la detonación del explosivo,

Harkhuf recordó el último momento de Marshall y cómo murió. Sabía que Amy no creería su versión de los hechos de ese día, porque vivía en su piel la ceguera de negar las malas intenciones de Sesmar, mientras su corazón estaba lleno de amor por ella. A Amy le tomaría tiempo comprender y ver la verdad sobre Marshall y su malvada determinación de acabar con esos humanos indefensos del universo. Esa mañana, Harkhuf recibió instrucciones específicas de Marshall para cometer ese genocidio, y se sintió enfermo con solo imaginarse a sí mismo perpetuando ese horrendo evento.

Harkhuf, con el pulgar en el gatillo, pensó en la palabra correcta para explicarle a Amy todo lo que sucedió esa mañana. En cambio, decidió omitir, esperando estar listo para ese momento y explicárselo a Amy algún día. Por ahora, quería que ella fuera feliz y haría todo lo que estuviera a su alcance para que eso fuera posible.

Rápidamente, sin darle a Amy la oportunidad de cambiar de opinión, Harkhuf voló la cueva.

Los Strattos ayudaron a Amy a limpiar las áreas y llevar los elementos orgánicos que trajeron desde Pree. Amy les mostró las incubadoras con los cien primeros bebés y las piezas de tecnología, que el último grupo de humanos, trajo a Hyperterra desde Marte a través del portal. Les enseñó los recursos naturales, que recolectaba, para mantenerse alejados del comienzo del verano, donde las temperaturas incomodaban mucho a los humanos. Amy también les mostró cómo recolecta agua dulce. Cerca de ese lugar, los paneles solares que alimentan la energía de las incubadoras, brindan una hermosa vista entre la naturaleza y la tecnología del paisaje.

En la zona de aterrizaje, Amy les mostró la cerca y dónde se encuentra su territorio en el planeta, haciendo dibujos en la tierra. Quería expandirse en el futuro con fines agrícolas, esperando que los primeros cien humanos llegaran al planeta.

"Voy a necesitar más comida de la que solía cosechar cada año. Pero nada es imposible," dijo Amy optimista.

"Podemos venir y ayudarlos periódicamente, mediante la creación de un grupo que podamos entrenar como una experiencia para compartir, promoviendo la Botánica y las formas orgánicas de alimentar a nuestra población en ambos planetas", dijo Harkhuf. Él realmente percibía que era un nuevo Strattos. Se sentía diferente, con propósito. También, sintió el período de Sesmar en su vida, como algo que nunca le había sucedido antes.

"Vamos a tener tiempo para que les muestre el resto de mi planeta", dijo Amy. "En este momento, los dejaré para que puedan regresar a la ciudad y disfrutar de su primera noche en libertad."

"Esta noche, oraremos por usted y por todos aquellos que perdieron la vida durante este período horrible, honrando sus sacrificios y listos para construir los próximos caminos hacia la felicidad", dijo Harkhuf.

"Mi rey", dijo Amy.

"Mi reina," dijo Harkhuf.

"Necesito un título. Algo así como, comandante en jefe o el asistente más grande de los dos mundos. Estoy abierto a las ideas", dijo Makho, haciendo reír a todos.

"Yo... Yo vi muchas cosas en mi último viaje al destello del tiempo", dijo Amy a Harkhuf. "Vi angustia y cosas que podrían llevarme mucho tiempo explicar, y me gustaría mostrarte esas cosas en el futuro. No tengo mucho tiempo por el momento, también tengo mis desafíos por aquí, pero te daré el espacio suficiente para organizar tu reino y asegurar la próxima generación de miembros de la realeza.

"Cuente conmigo para ese próximo viaje, mi reina. Todos los recursos que tenemos en Pree estarán disponibles para usted. Además, necesitará un piloto", dijo Harkhuf sonriendo.

"Oye, Harkhuf, toma esto", dijo Amy, quitándose el collar de Tella, poniéndolo en sus manos. "Pree necesita tener esto de regreso. El que usas, tiene una narrativa llena de sufrimiento y sangre." sonrió Amy con gratitud.

Harkhuf le dio el collar de Sesmar y ella lo guardó inmediatamente en su bolsito de cintura. Ambas piezas brillaban intensamente. Harkhuf prometió volver, para que Amy pudiera transmitir sus conocimientos a la próxima generación de miembros de la realeza. Amy lo besó en la frente y Harkhuf la abrazó. Después de eso, con ambos emocionados, Harkhuf entró a la nave de Sesmar, preparando el ascenso.

Amy abrazó a Zhoto y también lo besó en la frente. Lo mismo con Makho.

"Mi reina, manténgase segura y no olvide visitarnos", dijo Makho. "Vamos, hermano. Es hora de irnos."

Pero Mokhy no se movió.

"¿Mokhy? ¡Vamos hombre! Sube a la nave", dijo Makho.

Zhoto vio los ojos de Mokhy y su determinación. Luego puso su mano derecha en el centro del pecho e hizo una ligera inclinación hacia adelante con la mano. Le sonrió y entró a la nave.

"Espera un minuto", dijo Makho. "Espera espera. ¿Hablas en serio sobre esto? Tú, Amy, ¿no me vas a ayudar aquí?"

Amy se tocó la barbilla y señaló hacia adelante.

"Pero, pero ..." dijo Makho, confundido y profundamente triste.

"Me quedaré aquí, hermano", señaló Mokhy.

"¡No! ¡Vienes conmigo! ¡Tengo que protegerte! No puedes ... no puedes ..."

"Él puede. Y tu lo sabes," dijo Amy en voz baja.

"Oye, Frank, ayúdame aquí", dijo Makho.

"Nivel de batería: bajo. Lo siento, chicos. Tengo que ir a cargar mi batería. ¡Buen viaje, Makho!" dijo Frank, saliendo del área rápidamente.

Amy caminó hacia Makho y le tomó las manos. "Recuerda lo que te dijo Mheka. Es hora de dejarlo ir. Mokhy está listo para seguir viviendo su próxima aventura. Tú, como su hermano mayor, en seis segundos, o como sea, tienes que apoyarlo. Este es tu momento para mostrarle tu amor y afecto. Así es como se supone que debe ser. Ve, abrázalo y deséale una buena suerte."

Los ojos de Makho se llenaron de lágrimas. Miró a Mokhy con la visión más triste que jamás haya visto, pero con una sonrisa llena de confianza y buenos deseos.

"Ya déjalo ir. Es hora. Cuidaré de tu hermano, no te preocupes", dijo Amy. De ahí, les dio espacio para que se despidieran, mientras se alejaba de la zona de despegue. Frank volvió a su lado.

"Pensé que tu batería estaba baja", dijo Amy, mirando a los hermanos.

"No me gustan los conflictos. Utilizo un viejo truco para evitarlos", respondió Frank.

"Espera un minuto. ¿Usaste eso conmigo antes?" dijo Amy, sorprendida.

"Nivel de batería: muy bajo. ¡Adiós!" dijo Frank, rodando hacia el refugio de regreso.

"¡Oye! A veces me sorprende lo humano que es este robot," murmuró Amy.

"¡Escuché eso!" dijo Frank desde el comunicador.

Mokhy caminó hacia Amy, con lágrimas en el rostro, pero agradecido por el momento que la vida le estaba dando. Se paró al lado de Amy mientras Makho se despedía con la mano, en su último adiós.

"¿Lo sabías?" señaló Mokhy.

"Por supuesto. Lo vi", dijo Amy. "Además, voy a necesitar ayuda con la agricultura y unos bebés."

En la nave, Harkhuf, Zhoto y Makho se preparaban para despegar.

"¿Estamos listos?" dijo Harkhuf.

"Sí, sí lo estamos", dijo Makho, limpiándose la cara.

"Espera, ¿dónde está Mokhy?"

"No vendrá con nosotros", respondió Zhoto con las manos sosteniendo la barra frente a él.

Entonces Harkhuf miró a través de la ventana de la nave y vio a Amy y Mokhy de pie, saludándolos. Harkhuf sonrió, dándose cuenta de que Mokhy finalmente había encontrado su lugar, donde sería amado, feliz y útil. Entonces, Harkhuf volvió su rostro hacia el panel de control y sostuvo el collar de la reina Tella. Extendió el brazo para alcanzar el flujo macrozoide. En ese instante, Harkhuf tuvo una chispa de buenos recuerdos donde él y Sesmar sonriendo se preparaban antes de comenzar su primer salto en el espacio juntos. Ella era diferente en ese momento. Harkhuf la imaginó a su lado, sonriendo, como cuando le daba flores.

"¡Mira! ¡Te traje una flor!" decía el joven Harkhuf.

"El jardín está cubierto de flores, Harkhuf. Yo puedo ir a tomar una por mi misma", respondió la joven Sesmar sin perder las líneas de su lectura.

"Umm ... Sí, lo sé, ¡pero elegí esta solo para ti!".

"¿Y?"

"Bueno… Esta flor es especial porque es una flor con amor. No vas a encontrar una así en todo el jardín."

La joven Sesmar sonrió sin mirar a Harkhuf a los ojos. Lentamente extendió el brazo y recibió la flor, tocando suavemente los dedos de Harkhuf.

Harkhuf también sonrió, mirando el panel de control.

"¿Estás bien rey?" dijo Zhoto.

"Sí. Sí lo estoy. Me siento genial. Volvamos a Pree. Regresemos a casa."

La nave se elevó lentamente mientras Amy y Makho sonreían, concluyendo la experiencia más extraordinaria de sus vidas. En un instante, la nave desapareció entre el cielo azul y las nubes.

"Atención, atención, esta es la última llamada. Todos al refugio de verano. ¡El chef Mokhy va a hornear unas gompas recién hechas!" dijo Amy, alejándose.

"¿Chef?" pensó Mokhy, sonriendo y siguiéndola.

CAPÍTULO 26 - REPLICACIÓN

TDespués de la Batalla de las Orbs hace 45 mil años, la Maestra Comandante Amy Lincoln y el Ejército de las Almas pusieron orden en el caos multidimensional al derrotar a los seres que robaron anteriormente el tesoro del tiempo, quienes crearon su propia copia del universo, convirtiéndose en señores de miseria y agonía.

Una vez que Amy resolvió la réplica, solo un Orb mezclado quedó en armonía y equilibrio, pero el resultado fue una cuarta versión final de los Orbs superpuestos a la actual. La Maestra Comandante Amy Lincoln llamó a ese último Orb, Genesis.

Desde entonces, los Strattos del planeta Pree reciben cuatrillizos y la posterior pérdida de memoria de aquellos que portan la sangre real, debido a que la energía de los Orbs mezclados, encontró una manera de ajustar la línea de tiempo. Por lo tanto, los ciudadanos del planeta Hyperterra dan la bienvenida a los visitantes de sangre real sin memoria cada cinco mil años, celebrando el "Día del Génesis".

Aquellos sin memoria siguen las instrucciones que la dinastía de Harkhuf dejó de manera perpetua en la muralla metálica de la antigua ciudad Strattos. La Orden del reino Strattos agregó un nuevo miembro a su organización religiosa. El piloto solitario. La sagrada misión del piloto solitario era viajar a Hyperterra, con los miembros de la realeza sin memoria y entregarlos a la última metrópolis humana santa, Ciudad Mayor.

El linaje del piloto solitario es una de las posiciones más sagradas en la Orden de los Strattos, y se remonta al pasado, cuando uno de los últimos trillizos nacidos en Pree decidió asumir el deber y las generaciones posteriores a él, de servir al reino como una oferta por el regalo de la vida y la prosperidad; Primer Piloto Jefe de la División Aérea, Capitán Makho. El capitán Makho recibió el entrenamiento y la educación de manos del mismísimo rey Harkhuf. Sus historias fueron legendarias e inspiraron a muchos Strattos a unirse a la Guardia Real. Hoy, Montrheal, la generación 56 del capitán Makho está a punto de iniciar el viaje hacia

Hyperterra con los miembros de la realeza sin memoria a sus doscientos años de edad.

"Todo listo, Piloto Solitario", dijo uno de los técnicos.

"Muy bien. Informen al rey que estamos listos para despegar," dijo Montrheal, mirando a la multitud a través de la ventana de la nave.

El técnico y los cuatro guardias reales asintieron y caminaron hacia el rey, quien estaba sentado en su trono en una plataforma circular, rodeado de ciudadanos, con la antigua ciudad metálica de los Strattos detrás. Pree luce maravilloso, con armonía y equilibrio natural. Hoy, toda la nación saluda a los miembros de la realeza sin memoria que buscan el comienzo de un nuevo período de cinco mil años de equilibrio y victoria.

Afuera, fusionados con la multitud están su madre y su padre, sintiéndose orgullosos de ella. Montrheal estaba muy nerviosa y tenía un papel con las instrucciones de qué decir y hacer. En secreto, las leyó rápidamente mientras el rey y los pasajeros caminaban hacia ella, acompañados de las canciones de los ciudadanos y la música solemne del importante evento.

Susurraba las últimas líneas mirando al rey, concentrada en las palabras a recordar. Detrás del rey Schorch marchaba la reina Ka y sus cuatro hijos sin memoria.

La música terminó y el rey se detuvo justo frente a Montrheal. Un pájaro que volaba cerca era una distracción para ella, pero en su mente, estaba repitiendo las palabras una y otra vez.

"Después de cinco mil años, hoy continuamos con nuestra parte en el equilibrio del Orb. Hoy, mis hijos, que perdieron sus recuerdos hace algunos días, están comenzando su viaje hacia la verdad del universo y el regreso de sus pensamientos, sentimientos y conocimientos", dijo el rey Schorch.

Montrheal se quedó helada mirándolo.

"Vamos, aquí es donde tu dices algo", susurró el rey, sonriéndole gentilmente.

"44 mil ..." Montrheal se detuvo. "Hace 45 mil años, el Primer Piloto Solitario, Jefe de la División Aérea, Capitán Makho, prometió el regreso seguro de la realeza sin memoria como un regalo para la vida y la prosperidad. Hoy, yo ... quiero decir ... " dijo Montrheal, rascándose la cabeza.

"Sólo respira," susurró el rey.

Montrheal inhaló y exhaló vigorosamente. Luego miró a su madre, quien hizo una suave señal con las manos, invitando a Montrheal, a calmar su espíritu.

"Hoy, yo, Piloto Solitario Montrheal, continuaré la ... La misión que se le encomendó a mi familia".

Montrheal cruzaba por un intenso pánico escénico. Entonces el rey Schorch le tocó la mano. Montrheal respondió con sorpresa, sonriendo al rey. Él era uno de los Strattos más gentiles en generaciones de reinado.

"Gracias, rey Schorch. Yo, yo estaba un poco..."

"Con esta piedra ancestral que la reina Tella dejó a su reino ..." El rey continuó con el discurso ceremonial, sonriendo a Montrheal. "Te confío la vida y la seguridad de la próxima generación de sangre real a ti y al legado de tu familia".

Los jóvenes y hermosos ojos verdes de Montreal estaban muy abiertos. Ella abrió su mano lista para recibir la famosísima piedra de la que había escuchado en muchas historias y que leyó en muchos pergaminos sobre la reina Amy y la batalla de los Orbs.

"Oh, vaya", murmuró Montrheal.

La pequeña piedra brillaba azul radiante en las manos del rey, y la luz se desvaneció un poco tan pronto como el rey dio un paso atrás.

"Cuida de mis hijos, Montrheal," dijo el rey, sonriendo gentilmente.

"Sí, sí. Si. Sí, mi rey. Si. Por supuesto. Sí, dijo Montrheal.

El rey Schorch giró mientras la guardia real guiaba a la realeza sin memoria hacia la rampa de la nave. Montrheal buscó a su familia mirando rápido mientras le enviaban besos con los ojos llenos de lágrimas y orgullo. Los hijos del rey no sabían nada, miraban a su alrededor, totalmente confundidos por todo lo que los rodeaba. Cada uno de los cuatro niños caminó guiado por un guardia que les explicó cómo acostarse boca abajo sobre la rampa.

Estaban callados y Montrheal les sonrió, pero ninguno de ellos hizo gesto alguno.

"Estos tienen la cabeza vacía como un cubo de metal oxidado", murmuró.

Lentamente, uno por uno, los hijos del rey entraron en la nave y los guardias reales se aseguraron de que estuvieran a salvo antes de cerrar las rampas. Pétalos de flores volaron en el aire mientras el rey caminaba hacia el trono exterior con su esposa. Montrheal respiraba, intentaba mantener la solemnidad y memorizaba todo lo que había aprendido durante tantos años de entrenamiento. Muchas generaciones pasaron el legado de Makho, pero solo ocho de ellas tuvieron la misión de llevar a los miembros de la realeza sin memoria a Hyperterra, para así reinstalar sus recuerdos. Montrheal sería el noveno miembro de la familia en efectuar este viaje, el que se realizaba cada cinco mil años. Ella pasó muchos años viajando a través del Orb en diferentes misiones de paz como piloto maestra. Aún así, la Real Orden de los Strattos hizo varios viajes a Hyperterra con fines de conocimiento y entrenamiento de rutina para ambas especies, manteniendo vivo el vínculo que consolidó el legado de Amy Lincoln, algo único en el universo.

"Pasajeros en posición. Buen viaje, Piloto Solitario Montrheal", dijo uno de los guardias reales.

"Muy bien. Muchas gracias," dijo Montrheal.

Luego, un grupo de seis miembros de la Orden caminó hacia Montrheal, llevando cada uno de ellos una bandeja de plata con elementos que le servirían durante el viaje.

"Piloto Solitario, acepta estas ofrendas para mantenerte segura y conectada con tu misión", dijo el miembro mayor.

Montrheal asintió, recibiendo los pequeños elementos, símbolos de la tradición. Luego caminaron detrás del rey.

"Muy bien, tú puedes hacer esto," murmuró Montrheal, dándose la vuelta y recostándose en su rampa. Extendió su brazo, tocando la palanca que accionaba el cierre de la nave, mientras sus padres, a la vista, desaparecían entre la estructura. "Adiós, madre. Adiós, padre," murmuró ella.

Una vez que estuvo en la cabina, en silencio, Montrheal miró a los hijos del rey. Todos tenían miedo del proceso y del oscuro entorno al interior de la nave.

"Hola, soy Montrheal, su piloto".

Los cuatro jóvenes Strattos la miraron sin decir una palabra.

"¡Bien! Vamos a tener un divertido viaje, ¿Ah?" dijo Montrheal con sarcasmo. Tocó los botones y las palancas del panel de control, mientras una joven Strattos cercana a ella la miraba, siguiendo cada movimiento que hacía con las manos. Montrheal se dio cuenta de esto y comenzó a hacer ruidos divertidos mientras se movía y tocaba el panel.

"Blip, blup, ping tung pang".

Los otros jóvenes Strattos sonrieron levemente. "¡Sí!" dijo con una voz divertida y amigable. Luego continuó mientras la atención de los cuatro se concentraba en sus manos y dedos.

"Chiuuuu pow ... blip pun pun pun, ping poing pang ... shiuuuuuuuu".

Ahora, los cuatro estaban sonriendo y haciendo ruidos de bebé. Afuera, la multitud estaba esperando que la nave despegara, pero Montrheal se estaba divirtiendo mucho con los jóvenes Strattos.

"¿Crees que cumplirá su misión?" preguntó el rey Schorch a uno de los Strattos de la Orden del reino.

"Sí, mi rey, ella es uno de los miembros más serios y responsables de nuestra Orden", respondió el viejo Strattos.

"Triummmmm, Triummmmm, wak, wak, wak, piummmmmm", Montrheal estaba divirtiéndose con los pasajeros. Se reían con tanta fuerza que sus ojos se llenaron de lágrimas y uno de ellos orinó sus ropas reales.

"Está bien, está bien, es hora de irse, ¿de acuerdo?" dijo Montrheal, riendo. Colocó la piedra de la reina Tella en el flujo macrozoide y la nave se activó instantáneamente. Montrheal indicó con algunas señas que debían poner las manos en la barra frente a ellos, pero los jóvenes Strattos no entendieron nada.

"Haber. Chiuuuuu pung, pung," Montrheal hizo sus sonidos divertidos explicandoles a ellos qué hacer con sus manos. Inmediatamente, los Strattos con mente de bebés sostuvieron la barra frente a ellos, listos para que comenzara el viaje.

"Ahí es, muy bien," dijo Montrheal. En segundos, la nave se elevó en el aire y desapareció entre las nubes. El viaje de tres segundos hacia Hyperterra hizo que los jóvenes Strattos se sintieran tan incómodos, que tan pronto como la nave se acercó a la zona de aterrizaje, los cuatro comenzaron a llorar intensamente sin parar.

"Chiuuu, chiuuu, ping blip blooooooop", dijo Montrheal, pero nada funcionó. "Está bien. Está bien. Todo va a estar bien," dijo, tratando de calmarlos.

Hyperterra era el planeta más hermoso del Orb. La conexión de los humanos con las plantas y los animales del planeta estaba más allá de lo imaginable. En tierra, tres humanos dirigieron las operaciones de aterrizaje de Montrheal, ayudándola a colocar el transporte en la ubicación correcta para que comience el evento. Toda la ciudad estaba alrededor de la plataforma de aterrizaje, filas rectas de personas vestidas con túnicas blancas. Los humanos eran sabios y vivían como ascetas, pero con alta tecnología y habilidades curativas avanzadas. Ellos viajaban alrededor del Orb curando a los que sufrían y ayudando a las nuevas civilizaciones a tener éxito después de aprender de Amy, quien desbloqueó parte de la capacidad cerebral de los humanos. Les enseñó a vivir en armonía con sus cuerpos y su entorno desde que recibió a los primeros cien humanos hace 45 mil años. La población total humana siempre se mantuvo entre quinientas a setecientas personas.

"Está bien, está bien, está bien. ¡Ya terminamos! ¡Todo va a estar bien!" dijo Montrheal en voz baja.

Tan pronto como las rampas de la nave se abrieron, algunos humanos subieron para ayudar a los Strattos, sujetando sus cuerpos, mientras caminaban fuera del transporte. Los humanos en el suelo hacían sonidos agradables con campanillas, llamando la atención al instante de las mentes infantiles de los Strattos. Fueron increíblemente amables con ellos, invitándolos a ponerse de pie, cubriéndoles la cabeza con suaves y blancas sábanas de telas, impregnadas de esencias aromáticas. Al instante, los Strattos se calmaron mientras respiraban.

Un anciano con una larga barba negra se acercó a Montrheal sonriendo. Luego movió su mano del hombro izquierdo al hombro derecho. Montrheal respondió deslizando su pulgar hacia abajo sobre el pecho y luego tocando su hombro izquierdo. Ambos sonrieron.

"¿Cómo está mi Strattos favorita?" dijo el viejo humano.

"Hola Koroh", dijo Montrheal, tomándole las manos. "Creo que uno de ellos tuvo un accidente en su ropa. Al parecer lo hice reír mucho."

"Mmm, así veo," dijo Koroh. "Puedo ver que les hiciste reír, como te enseñé. ¡Bien hecho, Montrheal!"

Koroh la invitó a arrodillarse mientras besaba su frente. "Bienvenida de vuelta a Hyperterra, Montrheal", dijo, indicando al resto del grupo que comenzaran a caminar. Koroh tomó la mano de Montrheal mientras caminaban frente a la procesión hacia el monte Zima.

Los humanos alrededor de la plataforma de aterrizaje estaban silenciosos, y el único sonido alrededor eran las túnicas blancas moviéndose con el viento, como banderas. Estaban de rodillas, mirando la punta de sus manos, las cuales tocaban el hombro del humano más cercano a ellos. En el centro, desde la pista de aterrizaje hacia el estacionamiento de transporte, un camino hecho de bloques de roca rosa, perfectamente cuadrados, dirigía la procesión en solemne silencio.

Montrheal y Koroh abordaron el primer transporte y detrás de ellos, los Strattos sin memoria, en vehículos individuales.

Los hermosos vehículos hechos de Pettron blanco, fueron cortados al milímetro con agua a presión, con la forma de un antiguo carruaje terrestre. Delante de cada transporte, Pettron negro con forma de caballo tiraba de los carruajes, mientras que otras piezas de Pettron negro, en la base, ayudaban a que el carruaje se levantara del suelo.

La caravana con los invitados se elevó suavemente en segundos hacia la cima de la montaña. Al mismo tiempo, Montrheal observó la hermosa vista de los fértiles campos de verduras y frutas, que los humanos trabajaban triangularmente en la superficie.

"Se acerca el Día de Amber. ¿Vas a venir a celebrar con nosotros?" dijo Koroh mientras viajaban por el aire.

"El primer verano del año", dijo Montrheal, sonriendo. "Por supuesto que voy a estar aquí".

"Vamos a tener una competencia para la mejor gompa del mundo, y necesitamos un nuevo juez, que sea imparcial, obviamente."

"¿Pero, y qué pasó con Clarkson?" preguntó Montrheal.

"El estará participando como competidor este año. Todo el mundo dice que Clarkson ganará. Ya sabes, se unió a la panadería este año."

"¿En serio?"

"Sí. ¿Podemos contar contigo?"

"¡Dónde firmo!" respondió Montrheal.

Los transportes fueron aterrizando uno a uno en una superficie plana, hecha del mismo bloque de rocas rosadas. Los guardias ayudaron a los Strattos sin memoria a sentarse en un grupo de sillas con ruedas doradas montadas en un mini ferrocarril. El sistema de asientos encadenados tenía hermosos detalles de los Strattos y de la vida humana. El grupo de cuatro Strattos, estaba sentado en silencio, mientras el fresco y puro aire del planeta soplaba gentilmente sobre la procesión en la cima del monte Zima. Los guardias formaron una línea y se cubrieron el rostro con una venda, hecha de una delicada tela, que llevaba el símbolo Strattos. Luego, los guardias dieron una media vuelta, de cara a la maravillosa tierra de Hyperterra. Montrheal estaba nerviosa, pero se preparó toda su vida para este momento. Leyó todos los pergaminos con historias de los Strattos que sirvieron a este momento único. Respirando hondo y tratando de disfrutar la tradición de ambos planetas, ella caminó a la parte trasera del tren de sillas de ruedas y puso las manos en el panel de control, el sistema de velocidad y frenos, estaba dividido en dos palancas. Koroh asintió con la cabeza a Montrheal, indicándole que comenzaría a caminar hacia el Templo del Conocimiento. Montrheal presionó suavemente la palanca de velocidad y el tren comenzó a moverse. Los Strattos sin memoria disfrutaron mucho el viaje hacia las enormes puertas, las que exibían finos detalles tallados en tres maderas de colores naturales diferentes. Entonces Koroh empujó las puertas con sus manos, mientras un contrapeso ayudaba a la apertura, girándolas en 90 grados.

A los jóvenes Strattos parecía fascinarles todo aquello, y hacían todo tipo de sonidos de bebés. Montrheal estaba tratando de mantenerse concentrada, pero esta era su primera vez en el Templo del Conocimiento, así que todo para ella era increíble y fantástico.

Cuatro gigantescas estatuas talladas en piedra fina, permanecían imponentes a ambos lados del pasillo de entrada, iluminadas por miles de velas. A la derecha, las imágenes de Ra y Karsham tenían a los jóvenes Strattos con la boca abierta. Y a la izquierda, estaban las esculturas gigantes de Bhongo y Amy. Montrheal había visto a Amy antes en dibujos e imágenes que los Strattos guardaban en el museo, dentro del antiguo tercer nivel, pero este tenía más detalles y era hermoso para los ojos. Amy aparecía con el bolsito de cintura que siempre llevaba en sus aventuras, las que Montrheal disfrutaba leyendo. Además, portaba el collar con la figura tallada en hueso, la misma que usó para devolverle la vida al rey Harkhuf, y al lado tenía el collar de la reina Tella. Montrheal miró instantáneamente el collar que tenía en su pecho y lo tocó con su mano. Era exactamente el mismo. Montrheal tenía los ojos cubiertos de lágrimas, mientras los jóvenes Strattos sin memoria eligieron a Bhongo como su favorito.

Llegaron al final del pasillo, donde siete escalones relucientes y pulidos representaban los siete obstáculos que la reina Amy y sus amigos tuvieron que pasar para recuperar el equilibrio en el universo.

Koroh caminó hacia las puertas y las cerró. La gran sala solo estaba iluminada por las velas, mientras Montrheal miraba a su alrededor, sintiéndose bendecida por la oportunidad que tenía. "¿Estás lista?" le preguntó Koroh suavemente. Ella asintió. Ayudaron a los Strattos a ponerse de pie y les indicaron que debían sujetar sus manos en una cadena. Luego, todos caminaron hacia un banco, de forma circular, con una entrada lo suficientemente grande para que personas pudieran acceder en él. El banco estaba acolchado por un cojín rojo, circular y suave. Koroh los invitó a sentarse, cerrar el círculo tomados de las manos y cerrar los ojos. La base del círculo se llenó rápidamente con una capa poco profunda de agua, mientras Koroh abría la parte superior de su túnica, revelando la marca real de los Strattos en su hombro. Montrheal nunca le había visto la marca real en ninguna de sus visitas de entrenamiento y se alegró mucho de haber mantenido un ojo abierto.

Koroh puso su mano izquierda sobre su pecho mientras sostenía la mano de un Strattos con la derecha. Montrheal hizo lo mismo que decían las instrucciones. Puso su mano derecha sobre su pecho mientras mantenía la mano del siguiente Strattos a su izquierda. Entonces, la marca real de Koroh comenzó a brillar como lo hizo la piedra del collar de la reina Tella. Montrheal quedó impresionada cuando, en un abrir y cerrar de ojos, estaba de pie en un lugar blanco frente al Primer Piloto Solitario, el capitán Makho. Montrheal no podía ni hablar ni moverse.

"Díle a tu próxima generación la importancia de vivir feliz y asegúrate de que todos los que te rodean lo estén también. Se valiente y se digna de llevar a cabo la misión que Amy Lincoln nos encomendó", le dijo Makho a su mente.

Montrheal parpadeó y estaba sentada de nuevo con los cuatro Strattos y Koroh.

"Bienvenida de nuevo, Montrheal", dijo Koroh. "Y bienvenidos a ustedes también, Wakho, Wekhet, Wikha y Wokhu."

"¡Qué pasó!" preguntó Wikha.

"¿Dónde estamos?" preguntó Wekhet, mirando a su alrededor.

"Alakamath, hijos del reino", dijo Montrheal.

"Hola, Montrheal", dijeron los cuatrillizos al mismo tiempo.

"¿Montrheal?"

"¡Oh, Montrheal!"

"¿Montrheal? ¿Qué estás haciendo aquí?"

"¿Completamos la replicación?" le preguntó Wikha a Montrheal.

"Sí, y todo está bien", respondió Montrheal.

"¿Estamos en Hyperterra?" preguntó Worthy.

"Sí, sí que lo están", dijo Koroh.

"Lo siento, ¿Y tú quién eres?" preguntó Wikha, levantando las cejas.

"Lo siento mucho. Mi nombre es Koroh, el Maestro de los Elementos."

Instantáneamente los cuatrillizos se arrodillaron en ell agua poco profunda. "Lamento muchísimo nuestro comportamiento, Maestro de los Elementos", dijo Wikha. "Estábamos confundidos y no te reconocimos", dijo Wekhet. "Lo sentimos mucho, Maestro de los Elementos", susurró Wakho.

"Por favor, siéntese", dijo Koroh sonriendo. "Leí que esto siempre sucede después de que los recuerdos, sentimientos y conocimientos de los Strattos regresan a sus mentes. Por favor, no se preocupen."

"Mis miembros de la realeza, por favor, levántense", dijo Montrheal.

"Vamos a subir esas escaleras. Allí encontrarán respuestas a todas sus preguntas, pero primero, tengo que leer el texto sagrado en la pared para todos ustedes, como dice la tradición," dijo Koroh.

Todos giraron sus cuerpos hacia la pared. En la superficie, tallada en la roca plana más lisa del interior del templo, había un importante mensaje de bienvenida. Koroh leyó en voz alta:

Hyperterra, el último mundo de los humanos.

En el cuarto comienzo, yo, Amy Lincoln, la última humana nacida en la Tierra, induje el equilibrio en el tiempo,

303

deteniendo la expansión y aceleración del Orb. Desde entonces, los humanos han sido los guardianes de la llave, la pieza más crucial de nuestro conocimiento físico.

Los Strattos son los guardianes del tesoro del cosmos, el tiempo, el cual les da acceso al Thry, accediendo al núcleo del universo y realizando cambios, reconstruyéndolo o destruyéndolo. Es imperativo que ustedes, herederos de tal deber y responsabilidad, comprendan el sufrimiento que muchos tuvieron que vivir, en generaciones antes que la vuestra.

Para caminar hacia la verdad, les brindo mi tesoro, La Llave.

Pónganse de pie con honor y orgullo.

Amy Lincoln.

"Por favor, sigan al maestro Koroh", dijo Montrheal solemnemente.

El grupo caminó en silencio hacia las escaleras marcadas paso a paso con Los Fundamentales y El Thry. Al final, un camino de varios cables provenientes del exterior cruzaban todas las paredes alrededor de la gran sala. Cuando se acercaron a un podio en el centro de la habitación, una suave luz blanca iluminó el lugar electrónicamente. En el suelo, una frase daba la bienvenida a aquellos hambrientos de conocimiento: "Las máquinas fueron construidas para hacer, no para vivir".

Montrheal sabía que estaba a punto de encontrarse con la leyenda más icónica de la historia del Orb, y sintió que sus ojos y oídos estaban destinados a ese momento. Los cuatrillizos se detuvieron frente a la frase grabada en el suelo mientras el último foco iluminaba el centro del podio. Koroh sonrió frente a una máquina plateada brillante con un brazo de madera. La máquina giró suavemente su lente hacia los visitantes.

"¡Hola! Mi nombre es Frank."

FIN DEL LIBRO TRES

EPÍLOGO

Segundos después de que Sesmar abandonara la superficie de Marte hacia Hyperterra, una enorme nave que parecía un asteroide de grandes proporciones apareció en la órbita del planeta rojo. La vasta roca espacial no se movió ni dio señales de vida inteligente, al menos no momentos después de su arribo. Luego, desde uno de los cráteres en la superficie, un grupo de cuatro naves espaciales plateadas salieron desde el interior de la roca. Los transportes aterrizaron rápidamente en el destruído campamento científico humano. Las rampas de todas las naves se abrieron y grupos de al menos diez alienígenas con formas humanoides bajaron de ellas. La mayoría de ellos parecían niños y sus cuerpos eran translúcidos, como fantasmas.

"Maestro, siento que un dispositivo acaba de salir de la atmósfera de este planeta a gran velocidad", dijo uno de ellos.

"¿Puedes localizar el destino?" preguntó otro.

"Creo que podemos encontrar esa información dentro de la instalación", dijo otro, analizando lo que probablemente sucedió en el campamento.

"Hazlo. Puedo sentir que estamos más cerca que nunca ", dijo el líder del grupo. "Finalmente, encontramos lo que estábamos buscando. Maestro Kharlo, Padre de Nurbia, prometimos venganza por su asesinato y el genocidio de nuestra especie. Al parecer, ya es hora de cumplir con aquella promesa."

CON GRATITUD

A mi querida esposa y editora personal, quién respondió a la llamada y editó mis tres primeros libros entre horas después del trabajo y fines de semana, mi fuente de inspiración, mi amor verdadero, Meredith Moore.

Para el niño más increíble, asombroso y creativo del mundo, creador de "The Hyperverse" y Fan número Uno de la Serie Hyperterra, Stavros Winston.

Al hombre que me dijo que mi libro tenía mucho potencial y que me inspiró a escribir más, mi querido Jay Moore.

A mi editora en español, correctora de escenas, directora del departamento de continuidad y Fan número uno de Amy Lincoln (además que odia a Sesmar), mi querida hermanita mayor, quién dedicó meses editando mis tres primeros libros (100 mil palabras cada uno), Rodghen Patiño.

DISFRUTA UN AVANCE DE LA SECUELA DE LA DAGA DE LOS MUNDOS

CAPÍTULO 1 – UNA SEÑAL DE MARTE

"¿Cómo voy a celebrar cien fiestas de cumpleaños en un día?" dijo Amy, sentada en una roca con Mokhy. Ambos miraban el reflejo de la puesta de sol en la superficie del lago.

"Estaré pescando ese día. Muy lejos de aquí," señaló Mokhy.

Amy sonrió irónicamente. "¿Oh, en serio? Si, claro. No lo creo."

Mokhy salió con una idea inteligente, dibujando diez círculos en la tierra con su pie. "Con 10 pequeños círculos dentro de cada uno".

Veamos, tú, Frank y yo. Vamos a necesitar siete clones nuestros más," dijo Amy burlescamente.

"Zhoto y su esposa, Khenra, Harkhuf y su esposa, Makho y su esposa. De nada," señaló Mokhy levantando su ceja.

"Sí, claro. Van a correr por estar en una fiesta con cien niños", agregó Amy, mirando la puesta de sol.

"Diez", agregó Mokhy.

Amy lo pensó. Le encantaba celebrar fechas y ya pensó en hacer una proclamación con el primer año de vida de esas criaturas. Después de un año de vivir en paz, las cosas se veían bastante bien. Estaba feliz, contenta y el cuidado de los bebés iba muy bien. Las máquinas que alimentaban a los bebés funcionaban perfectamente y sin fallos, y la cúpula que Mokhy construyó para los recién nacidos era estupenda. Su organización y uso del espacio fue más allá de cualquier habilidad que Amy tenía en el mundo de la construcción. Frank pensó que si un bebé lloraba, todos los que estaban más cerca de ese bebé llorarían también. Por esa razón, Mokhy diseñó una pared que filtraba perfectamente el ruido del llanto y construyó toda la cúpula con ese estilo de estructura.

El horario de la rutina de los bebés, era básicamente lo único que hacían durante el día. Los días en Hyperterra son más prolongados que en la Tierra, y Amy basó el comportamiento de los bebés, en estudios médicos sobre el sueño. Todos esos libros digitales que Elizabeth compró y leyó esperando a que Amy naciera eran la herramienta perfecta para ejecutar el Baby-Dome, como lo llamó Mokhy.

La misión de Mokhy era construir cosas constantemente. Aprendió a usar el comunicador, mirando dibujos de cunas, cochecitos y todo tipo de cosas diseñadas para bebés. Construyó además un columpio gigante, que podía transportar 20 bebés en dos filas, diez a cada lado. Todo el columpio se movía de izquierda a derecha y ayudaba a los bebés a descansar o calmarse cuando estaban molestos.

Mokhy también construyó una estación para cambiar las toallas de los bebés. Lo suficientemente alto para él en un lado y lo suficientemente alto para Amy en el lado opuesto. A veces estaban frente a frente mudando a los bebés y se sonreían el uno al otro. Amy diseñó esos pañales con fibras vegetales. Mokhy odiaba cambiar las toallas de esos pequeños. Amy le hizo una mascarilla especial para que no tuviera que oler eso, pero prefiere usar su casco. A los bebés les encanta ver a Mokhy con ese casco.

Mientras los pequeños humanos duermen, Amy escribe un diario, destinado a que la siguiente generación lea, cuando aprendan a hacerlo. Mokhy y Amy iban a la zona abierta del lago cada atardecer con los bebés, para que ellos pudieran ver el color anaranjado del cielo, invitándolos naturalmente a dormir como parte del ciclo animal. La mayoría de los bebés regresaban a la cúpula ya durmiendo, y Amy los dejaba en el tren de cochecitos mientras que ella y Mokhy colocaban a los que aún estaban despiertos en sus cunas individuales. El tren de cochecitos era tan perfecto y cómodo que dejaban a los bebés ahí, hasta que llegaba el momento de alimentarlos. El tren de cochecitos flotaba en el suelo gracias a las piezas de pettron, estaba construido en madera y metal. El tren conectaba vagones de 9 sillas ajustables, con una articulación que hacía que todo el tren de 12 vagones se moviera en una línea perfecta, cuando visitaban el lago o el campo para que los bebés pudieran estar bajo el sol y tomar algo de vitamina D.

Mokhy buscaba constantemente nuevos equipos que pudieran ayudarlos a mover, alimentar y entretener a los cien pequeños humanos. A veces sorprendía a Amy con sus inventos, como aquella vez que construyó un sistema de sonido que capturaba el viento a través de tubos de madera, como tuberías. Aquellos tubos con diferentes tamaños y longitudes estaban ensamblados en una plataforma giratoria. Por las tardes, abrían una pequeña sección del techo de la cúpula, lo que a su vez empuja el sistema de tubos sobre el techo a través de la abertura. Instantáneamente el viento pasaba por los tubos haciendo hermosos sonidos, y debido a que los tubos tenían una pequeña cola en un extremo, el viento accionaba un sistema que detenía el sonido de algunos de ellos y empujaba el aire hacia los otros, haciendo cada vez una nueva melodía. A los bebés les encantaba esa música, Amy pensaba que el invento de Mokhy era encantador, ya que hacía felices a los bebés. Ella llamó el invento de Mokhy "La caja de música."

Un día se olvidaron cerrar esa ventana, y esa noche un frente de fuertes vientos pasó sobre el campamento, rompiendo la escotilla. La energía del viento hizo que los tubos giraran rápidamente, haciendo un silbido tan fuerte que despertó a todos los bebés. Lloraron toda la noche, hasta que Mokhy pudo cerrar la abertura con trozos de madera. Fué una noche terrible.

"En seis días tendremos una gran celebración, y estoy segura de que los bebés van a disfrutarla", dijo Amy, mirando el tren lleno de bebés.

"No tendrán idea de lo que pasa," señaló Mokhy sonriendo.

"Bueno, es por eso que tenemos a Frank y su sistema de grabación de video, para que puedan ver la fiesta que armamos para ellos, cuando sean mayores", agregó Amy.

"¿Ah, de verdad? ¿Soy el nuevo videógrafo de eventos?" dijo Frank desde el otro lado de la roca donde estaban sentados. Frank estaba cargando su batería a través de su panel solar, captando los últimos rayos del sol.

"Los bebés van a tener una hermosa fiesta, lo pasarán muy bien," dijo Amy, volviéndose hacia la puesta de sol. "Será increíble."

Mokhy movió los brazos dos veces, pero con un movimiento lento y bostezando.

"Oh, basta", dijo Amy, abrazándolo.

Después de casi un año haciendo esa misma rutina al atardecer con los bebés, en cuanto se desvanecía el último rayo de sol brillante, todos los pequeños estaban durmiendo. El tren hacía un suave viaje de regreso a casa flotando sobre las piezas de pettron, las que iluminaba Frank con su gran foco principal, manteniendo a todos los bebés en un sueño profundo. Pero Michael no era así. Uno de los bebés no experimentaba los mismos efectos de la puesta de sol activando el botón natural de dormir. No, él estaba bien despierto hasta altas horas de la noche. Dormía durante el día cuando todo el mundo estaba despierto. Michael fué el único que pudo dormir durante la tormenta de viento. Por eso, y porque siempre estaba hablando y haciendo todo tipo de ruidos, Amy lo colocaba en el último vagón. Estaba allí solo, con todas las demás cosas que siempre llevaban a sus paseos, como el suero, juguetes y mantas. Michael estaba bien con aquello, y le encantaba ser el único despierto para poder disfrutar él solo, de Amy y Mokhy.

"Michael a veces me asusta", dijo Mokhy.

Amy se rió, mirando a la diminuta criatura. "Sí yo también. Cuando no hace ruidos, me mira con seriedad, ¡Es como si analizara mis pensamientos!"

Ambos rieron. Mokhy bajó suavemente de la roca y tomó al bebe en sus brazos. De ahí volvió a sentarse en la roca con Amy.

"¡Hola cariño bello! ¿En qué estás pensando, eh?" dijo Amy con una voz muy dulce y agradable que hizo sonreír al bebé al instante.

Mokhy se rió con sus típicos sonidos de cachorro provenientes de sus dañadas cuerdas vocales. Eso hizo que Amy se riera aún más. En ese instante el bebé soltó su primera carcajada. Al instante, Amy y Mokhy se detuvieron con los ojos bien abiertos.

"¿Acaso fué esa la primera carcajada de Michael?" preguntó Frank.

"¿Lo grabaste?" susurró Amy.
"Por supuesto. Siempre estoy grabando".

¿Quieres más?
Visita el contenido gratuito y el calendario de lanzamientos en:

www.thehyperterra.com

Stavros D. Tofalos Bradanovich
Cuenta cuentos y amante del espacio

Stavros comenzó a escribir *Hyperterra* en el 2015 después de ver un programa televisivo llamado *"Cosmos: A Spacetime Odyssey"*, presentado por el astrofísico Neil deGrasse Tyson. La historia de *Hyperterra* en su mente era demasiado intrincada para caber en las páginas de una novela de 90.000 palabras, por lo que decidió dividirla en una serie.

Luego, con la ayuda del talentoso Tyler Burkhalter, armaron una versión en video del prólogo del Libro Uno: *El último brillo distante*. Eso lo cambió todo.

Stavros Tofalos es un productor y ha desarrollado historias durante más de 12 años. Estudió diseño de publicidad digital y es un editor de video certificado. Dirigió y produjo el documental *"Gladiadores"* (Chile) y dirigió programas de televisión en Jacksonville, Florida, Estados Unidos.

Su hijo de ocho años es un colaborador activo en la historia de Hyperterra. ¡Y descubrimos que es excelente para contestar las preguntas de la trama! De hecho, creó las palabras *"Hyperverse"* e *"Hyperblog"*.

Los favoritos de Stavros:
Película de ciencia ficción: *Interstellar* (Christopher Nolan)
Libro: La serie *Maze Runner* (James Dashner)
Película de Star Wars: *El Último Jedi* (Rian Johnson)
Frase: *"¿Cómo puede ser el elegido, si está muerto?"* (Matrix)

www.ingramcontent.com/pod-product-compliance
Lightning Source LLC
Chambersburg PA
CBHW072131250626
47159CB00007B/2645